侯卫东官场笔记④

逐层讲透村、镇、县、市、省官场现状的自传体小说

小桥老树 著

凤凰出版传媒集团
凤 凰 出 版 社

U0862906

图书在版编目（CIP）数据

侯卫东官场笔记．4／小桥老树著．-- 南京：凤凰出版社，2010.11
ISBN 978-7-80729-957-8

Ⅰ．①侯… Ⅱ．①小… Ⅲ．①长篇小说－中国－当代
Ⅳ．① I247.5

中国版本图书馆 CIP 数据核字 (2010) 第 189653 号

书 名 侯卫东官场笔记 4

作　　者 小桥老树
责任编辑 陈　欣
特约编辑 程　峰
策　　划 读客图书
版　　权 读客图书
封面设计 读客图书　021-33608311
出版发行 凤凰出版传媒集团　凤凰出版社
出　　品 凤凰出版传媒集团　北京凤凰天下文化发展有限公司
集团网址 凤凰出版传媒网　http://www.ppm.cn
印　　刷 北京盛兰兄弟印刷装订有限公司

开　　本 680mm x 990mm 1/16
印　　张 20.25
字　　数 310 千
版　　次 2010 年 11 月第 1 版　2014 年 2 月第 21 次印刷
标准书号 ISBN 978-7-80729-957-8
定　　价 29.80 元

如有印刷、装订质量问题，请致电 021-33608311（免费更换，邮寄到付）

版权所有，侵权必究

读客® 知识小说文库

读小说，学知识

本书主要人物关系表

省级干部

（省委书记）蒙豪放　（省长）钱国亮

（副省长）秦路　（副省长）吴永忠　（省政协主席）马云栋

市级干部

（市委书记）周昌全　（市长）刘兵　（市人大主任）高志远

（市政协主席）郑儒林　（常务副市长）步海云　（副市长）高榕

（市委副书记）黄子堤　（市政法委书记）洪昂　（市纪委书记）济道林

县级干部

（县委书记）马有财　（县长）杨森林　（市委书记秘书）侯卫东

（市财政局局长）季海洋　（副县长）李冰　（副县长）曾昭强

（市园林局副局长）谢婉芬　（县委副书记）高小楠　（市城管局长）李太忠

科级干部

副镇长　（民政局局长）张庆东　县委书记秘书

（镇委书记）粟明　（交通局局长）朱兵　（国土房产局局长）肖兵

（府办主任）刘坤　（财政局局长）桂刚　（副镇长）唐树刚

（民政局副局长）许彬　（新管会副主任）章湘渝　（县副检察长）柏宁

基层公务员

青林镇驻青林山工作组成员　郭兰　王兵　张小佳　任小蔚

马小莉　刘维　刁昭勇　周菁　易中成　苏亚军　杨凤　苟林

欧阳林　杨腾　晏春生　黄正兵　盛奎　尹大海　付江　唐小伟

村干部

（村支书）何红富　（村支书）贺合全　（村支书）唐桂元

（村委会主任）江上山　（村委会主任）曾宪刚　（村委会主任）孙虎

目录

第一章　领导都想用自己熟悉的人 /1

杨柳微微叹了一口气，眼圈红了，道："一朝天子一朝臣，这是由来已久的陈规陋习。"

侯卫东自嘲道："这很正常，任何一位当政的领导，都想用自己熟悉的人，只要用人体制不变，这个问题永远解决不了。"

第二章　没有闲职，只有闲人 /19

侯卫东没有掩饰自己的真实想法，道："当科委主任，我不想成天看报纸，做成这个项目，也算是没有白混日子。"

季海洋明白侯卫东此时的心境，道："这个项目不错，我尽量促成此事。"

第三章　如何让"领导的领导"看上你？ /75

侯卫东虽然没有采纳杨柳的建议，却开启了思路，他想到市委办公厅信息科长杨腾曾经说过，市委书记周昌全每天到办公室第一件事情就是看《人民日报》、《岭西日报》和《沙州日报》，这是雷打不动的习惯。他心中有了想法，立刻与《岭西日报》的王辉取得了联系，然后直奔岭西。

第四章　不做只会拎包的市委书记秘书 /102

走到饭桌前，喝着鸡汤，侯卫东叫苦道："周书记未免太瞧得起我，第一天就让我做这样一篇大文章，还要在《沙州日报》上发表。我没有跟着周书记去南方考察，在这里凭空想象，真的是强人所难。"

"这种文章不应该交给你来写，我估计周书记是在考验你。"

第五章　领导不说的，自然就别问 /145

侯卫东一直在猜测江副秘书长说了些什么，可是周昌全阴沉着脸，不说话。他不说，洪昂不问，侯卫东也自然不问。

城府是怎么炼成的，就是在一次又一次忍着不说、忍着不问的过程中炼成的。侯卫东当了两茬秘书，又当了新管会和科委的一把手，也算略有心得，没有这个经历，就算多活十年二十年的，也不会将官场和社会上的事情弄明白。

第六章　多用阳谋，少用阴谋 /191

这个规程可以有效对付自行其是的刘兵，对于市政府的重大决策，周昌全可以睁只眼闭只眼，但是如果要管，他随时可以拿起议事规程这个武器，保持着对重点工程项目的发言权。

周昌全很赞赏地给洪昂扔了一支烟，心道："论起阴谋诡计，搞小手段，黄子堤比洪昂要厉害。可是论起搞阳谋，洪昂当过县委书记，又是老牌子大学生，到底不同凡响。"

第七章　省纪委盯上沙州市 /237

周昌全突然问道："对省纪委的调查，你有何看法？"

侯卫东直言道："第一纪检监察室三年没有到沙州查过案子，这次过来查案却是这种小案子。我个人觉得这种小案子，直接交给市纪委就行了，完全没有必要由陈再喜亲自跑一趟。"

周昌全赞许地道："你也注意到这事，说明你很有政治敏锐性。"

第八章　招待省委书记夫人、省长儿子 /261

刘明明一直在注意观察着侯卫东，暗道："侯卫东在吴英和我父亲面前亦是这种不卑不亢的模样，此子不俗。"他接触过太多优秀的年轻人，这些人分为两类，一类是削尖脑袋想钻进他们这一个圈子，另一类是自以为有本事而笑傲江湖，而侯卫东这种不骄不躁的气度，让他觉得很舒服。

第九章　县长侄子叫板省委书记女儿 /281

聊了两句，吴英道：“这几年沙州开发的力度很大，建筑市场的情况如何？”

这个问题很宽泛，侯卫东心里不断考虑着吴英的真实目的。官场行走，最需要理解能力，从云山雾罩的官话和看似无意的行为中发现实质问题，这是一位成功领导的必备素质。

第十章　让领导在关键时刻，先想起你 /300

晚上，周昌全整夜未眠，早上起来，眼里布满了血丝。到了办公室，他将侯卫东叫到身旁，道：“成津经济发展水平低，矿业秩序混乱，黑社会横行，县委书记章永泰死得不明不白，我准备在适当的时间派你去收拾乱局，有信心吗？”

侯卫东没有料到机遇这么快就来了，他挺起胸膛，道：“不压千斤担，没有硬脊梁，我不会辜负组织和周书记的信任，有信心将成津的工作做好。”

第一章

领导都想用自己熟悉的人

祝焱走了，谁来当县委书记

岭西省发展银行的贷款如强烈的催化剂，使沙州市益杨县新城管委会迅速变换模样，就如《异种》中那位带着外星血统的女主角，每隔一段时间就会长大一轮，很快就由女童变成会吃人的美女。

1998年2月，春节假期结束第三天，益杨县委召开了县委扩大会议。这是收心会，预示着新一年工作拉开了大幕。

益杨新城管委会党组书记、主任侯卫东陪着县委书记祝焱吃了晚饭，将祝焱送回家以后，他习惯性地开着车在新城区闲逛。

远景公司的六幢楼房已经封顶，月色迷人，将房屋轮廓清晰地勾勒出来。十来辆运泥土的大车仍然在工作，轰隆隆的机器声刺破夜空，声音随风而飘，传到远处。

侯卫东将车停在了一个只有数米高的小山坡上。晚上一个人来到土坡上，遥看着新管会日渐开阔的土地，心胸为之一阔，心中郁闷被风吹散了不少。

新管会的巨变是他一手推动，为此，他很自豪。建功立业是深藏在很多男人心中的梦想，多数人的梦想永远是梦想，少数人才能将梦想变成现实。

正在遐思中，手机响了起来。尽管隔了上百公里，段英的声音依然异常清晰："我们开了夜会，老总布置了任务，把记者们全部派出去搞大回访。具体来说，去年的重点报道全部要重新走访一遍，集中版面做三期回访，这次我和王辉一组，明天上午到益杨。新管会没有问题吧？"

侯卫东信心十足地道："新管会经得起检验，什么时候你也来看一看新管会，变化真的很大。"又问道，"你们是明察还是暗访？是否与我见面？"

段英声音低沉而有磁性，道："多数是暗访。王辉对你有信心，就不暗访了，明天一早他应该会给你打电话。"

"谢谢你，段英。"

"我们之间，何必客气。"

结束通话以后，侯卫东暗道："这一次要争取在《岭西日报》弄一篇大文章，隆重地将新管会推出去。只要有了社会影响，引起沙州市领导重视，祝焱离开后，我就会好过一些。"

早上，侯卫东在阳台上做了三十来个俯卧撑，翻身起来的时候，他忽然想到一个问题："这一次王辉来回访，肯定是要给益杨新管会增光添彩，是否需要将此事报告给县委、县政府？"

祝焱没有调走之前，侯卫东以及新管会的地位很超然，基本上是自行其是。如今形势发生了微妙变化，不管是杨森林还是马有财来当县委书记，如果不及时调整做事方法，自己的发展以及新管会的建设必将遇到阻碍。

此时，祝焱将调走的消息虽然还处于保密中，但是这种重大人事调整，根本无法完全保密，此时已经有了各种传言。这些传言五花八门，从无数角度蹿出来，以大无畏的气势迅速成为茶余饭后的谈资。甚至还有祝焱被双规的离谱消息，这个离谱消息居然还传到了吴海县，侯永贵听到这个流言，急急忙忙地给侯卫东打来电话，让侯卫东哭笑不得。

"在事情未明朗之前，我需要投石问路吗？是找马有财还是杨森林？"侯卫东默默地想了一会儿，还是觉得马有财不太可靠，毕竟他以前紧跟着祝焱，与马有财发生过好几回冲突，裂痕是深埋于心。

到了办公室，侯卫东集中半个小时处理了一些日常工作。看着手下人鱼贯而入，领命而出，他有一种事业在手的成就感。事务性工作处理完毕，他抽着烟，看《岭西日报》，等王辉的电话。

9点30分，王辉的电话打了过来。侯卫东笑呵呵地道："王主任上次的文章，有力地推动了岭西省开发区的建设，有的开发区是受害者，但是我们新管会是绝对的受益者，这全是王主任的功劳。”

前一次的调研对新管会确实起到了极佳作用，王辉心里颇为自得，口里谦虚道：“我有什么功劳，只是把事实摆出来而已。这一次是回访，你不要做准备，我想看最真实的情况。”

此时侯卫东下定了决心，给县委办任小蔚打了一个电话：“杨书记上午有具体安排没有？”

任小蔚翻了翻领导工作日程安排，道：“上午没有具体安排，他在办公室里，暂时没有其他人，下午要召开一个座谈会。”

侯卫东得到了准确消息，叫上车，直奔县委。

杨森林似乎很有些闲情，站在窗前，用喷壶给一盆文竹浇水。等侯卫东进门，道：“你先坐。”他细细地用水喷着文竹叶子，等他放下喷壶时，文竹翠绿盎然。

侯卫东报告道：“今天上午11点，《岭西日报》王辉主任要采访新管会，上一次岭西开发区调查就是出自他的手笔。”他只是说了具体事，然后静等杨森林指示。

“王辉，《岭西日报》资深记者，我知道他。”杨森林在沙州市委办公厅的时候，曾经搞过一段时间的信息工作，屡次在内参上见到王辉的大名，印象很深刻。特别是他去年的调研文章，直接促使省里下定决心关闭了不合格的开发区，充分显示了其能量，这引起了杨森林的高度重视。

“这样办，你先带他到新管会参观，午餐安排在小招，我和王辉见面。”杨森林痛快地答应了侯卫东的请求，当侯卫东出门时，他若有所思地看着这位年轻属下挺直的背影，心道：“侯卫东很少来主动汇报工作，今天过来，他肯定得知了祝焱要调走的消息，这是在投石问路。”

11点，王辉的普桑下了益杨高速路道口。车停在道口上，视线所及，是一大块平地，水泥路纵横交错，把这些平地分割成棋盘状，有六幢楼房已经完工，工人们正在贴墙砖。

杜成龙拿起相机，正调着镜头，侯卫东带着新管会一班人就出现在镜头之中。他们走得很快，脸上都带着灿烂的笑容。杜成龙麻利地按下了快门，同时为这张照片想好了一个名字：“前进中的新管会”。

侯卫东指着步高的楼盘以及李晶正在开工的楼盘，语带自豪地道：

“王主任，新管会这张答卷如何，能评多少分？”

“还不错，但是要看完以后才能准确评价。”新管会在短时间内发展成这样，远远超出了王辉的预料，他还是习惯性地打了伏笔。

侯卫东带着王辉一行，沿着新管会新修的环线，先到开发区，参观了正在安装设备的秀云药厂，又看了啤酒厂、轴承厂和通远机械厂。这几个厂都有现代化厂房，颜色、规格统一，整整齐齐地排在新管会内环线北侧。

王辉伸了伸大拇指：“东南亚金融风波起后，各地开发区都出现了大量半拉子工程，新管会大部分项目都在正常开工，了不起。”

在新管会工地上转了一个多小时，看完了所有在建项目，气氛很不错。走完最后一个点，侯卫东抬手看了表，道：“王主任，县委杨书记听说你要来，特意在小招待所准备了便餐，我们现在过去吧？”

王辉没有推辞，道：“我正准备采访杨书记，既然中午能够见面，下午我就搞个正式采访。”

车到小招待所，杨森林的小车刚刚开了过来，同行的还有宣传部长刘军。

杨森林放下了县委副书记的架子，握着王辉的手，道：“王主任，我们俩可是老相识了。我以前在沙州市委搞过信息工作，有一期内参上同时发了我们两人的文章。”

王辉发表的文章很多，一时没有想起是哪一篇文章，经杨森林提醒，他才想起，道：“那是按照省委要求进行的采访，有十多篇报道，杨书记那篇文章是沙州唯一中选的，很受好评。”

杨森林代表益杨县委高规格地宴请了王辉。午饭后，杨森林又隆重向王辉发出了邀请：“下午3点，在益杨宾馆召开益杨新规划汇报会，由北京城市设计院作主汇报，县里邀请了部分沙州退居二线的老领导、市委研究室、市政府研究室、建委、《沙州日报》等市级相关部门来参会，益杨这边是全体在家的县级领导参会。”

他热情洋溢地道：“益杨新规划是县里的重点工程之一，是益杨由县级城市迈向中等城市的基础性工作。王主任是省报资深记者，我代表县委邀请王主任参加本次会议。”

王辉彬彬有礼地道：“很感谢杨书记给的这个机会。报社每年都要搞专题研究，今年分给我的题目就是县域经济发展，能参加这个会，是我的荣幸。”

王辉原本是采访新管会，但是县委副书记杨森林一出面，自然而然就成为中心。侯卫东很配合地跟在杨森林身后，如躲在黑暗中的老狗，时刻注视着形势的发展。他琢磨着杨森林不一般的热情，心道：“杨森林很有政治头脑，是想借用《岭西日报》的聚众效应，增加知名度，扩大影响力，为自己增加筹码。”

杨森林如此重视王辉一行，县委办自然不会马虎，委办主任杨大金亲自将王辉等人安排到条件最好的县委小招2号楼。

当王辉住进了小招，马有财接到了宣传部部长刘军的电话。刘军先是谈了几件杂事，然后随口讲了杨森林接见岭西报社王辉的事情。马有财很敏锐地抓住了问题的实质，道：“新管会能发展起来，祝焱功不可没，如今人还没有走，就有人开始抢功。”

刘军最明白马有财的心思，又道：“省电视台的记者答应过来做专题片，现在要宣传提纲，请马县长稍作准备，头发还得弄一弄。”

《岭西日报》的记者刚走，岭西电视台专题部的记者就从高速路上下来了。刘军亲自到高速路口迎接，这是他通过自己的关系，特意从岭西电视台请来的贵客。他代表县长马有财来迎接这些客人，专题片的内容是反映益杨交通巨变。

马有财出任县长以来，开始着力推动交通建设。几年来，益杨交通出现了翻天覆地的变化，基本建成完整的公路路网，方便了群众，有力地促进了地方经济的发展。

益杨交通网的建设，算得上马有财的主要政绩之一。

不久以后，省报和省电视台相继报道了益杨县，省报以杨森林为主角，电视台以马有财为主角。

3月，岭西省委关于调整部分地区负责人的文件出台，祝焱出任茂云地委副书记，这让益杨官场犹如爆发了一场地震。

祝焱正式调动，意味着益杨官场将有一场大调整，有想法的官员如春天的虫子一般，立刻从地底苏醒，开始琢磨着如何走好自己的下一步棋。而那些原本占着好位子的人，则拿出母鸡保护小鸡的警惕心，保护着自己的官位。

益杨县的情况比较特殊，杨森林虽然是主持县委工作的副书记，但是他在益杨的时间不长，说话并不太灵光，这就让益杨不少干部两头为难："如果想要快刀切豆腐两面光，一来成本太高，二来还有两头不讨好的风险；如果把宝押在一人身上，又要担心偷鸡不成反蚀半把米。"

侯卫东曾经奉命追查益杨土产公司，狠狠地得罪过马有财。这个过节很深，难以轻易揭开，他对县长马有财的态度是敬鬼神而远之，保持着正常上下级关系。**这种正常上下级关系，在官场中意味着关系的疏远**。他小心翼翼地向县委副书记杨森林伸出橄榄枝，并不想在杨森林手里升官，只求平稳过渡。

4月16日，风和日丽，万里晴空飘着朵朵白云，春意盎然，正是外出逗花弄草的好时间。

晚上8点，侯卫东陪了一天客人，累了，回到沙州学院的家里。正在喝水，放在茶几上的手机又不知疲倦地叫了起来，他实在提不起兴致，第二次铃响，才将手机拿了起来。

见是粟明俊打来的电话，侯卫东忙道："粟部长，不好意思，刚才我在卫生间里。"

粟明俊道："我在益杨的步行街，有空没有？"

听说粟明俊在益杨县步行街，侯卫东吃了一惊，心知定然有事，抓起手机就朝外跑，在步行街找到了粟明俊。

稍作寒暄，粟明俊开宗明义地道："这一次沙州纪委牵头组成了一个调查小组，我是副组长。"

"什么大事，需要你亲自出马？"

"有一封检举马有财的信，省里、市里都有，周书记很重视，责成济书记牵头调查。"粟明俊简单将调查小组来到益杨的事情讲了一遍。

侯卫东吃了一惊："居然有这种事情，检举马有财！多半是县委书记这个位置惹出的祸事。"

"你知道这事就行了，具体内容不说了，明天要找你谈话，主要是益杨土产公司迁到新管会的事情。你在这方面有问题没有？"

"绝对没有。"

"我想你也没有问题，但还是要提醒你。"粟明俊平时是一个很稳重的人，说话办事都很有分寸。在侯卫东这种关系很好的朋友面前，他才说些老实话，给侯卫东打一打预防针。

侯卫东感激地道："粟部长放心，我不会做违法乱纪的事情，不会愚蠢到自毁前程。"

“周书记接到检举信，很生气，要求查个水落石出。虽然现在没有结果，但是从我个人感觉，你点到了问题的要害处。益杨县委书记是肥缺，几任书记都被提拔使用，杨森林和马有财都想着这个位置。”

侯卫东暗道：“杨森林不会这样愚蠢吧，在这个关键时期用上这种招数，除非他手中有铁证。”口里道：“查个水落石出，是指查马有财，还是查写信的人？”粟明俊说到这里也就打住了，笑而不答，问：“你希望谁当县委书记？”

“这是你们组织部的事情，我说了不算数。”侯卫东本来想开玩笑，见粟明俊很认真，就收敛了笑容，道，“我希望杨森林当县委书记，他从大机关下来，见多识广，冲劲很足。前一次清理污染企业，虽然当年要损失些税收，但是留给新管会一个干净的环境，也变相增加了新管会的价值，算总账并不亏。”

聊了一会儿，侯卫东建议喝茶，粟明俊道：“算了，非常时期，随便聊聊就行了。”他建议道，“你曾经是祝书记的秘书，留在益杨，不论是杨森林和马有财，都不会重用你。你最好能跟着祝书记到茂云，这是发展的捷径。”

沙州市委组织部常务副部长如此直言不讳，让侯卫东心里暖洋洋的，他也就没有遮掩，道：“茂云才经过官场大地震，形势不明。祝书记让我暂时留在新管会，等那边理顺了，再调我过去。”

“既然这样，我就放心了。”粟明俊叮嘱道，“杨森林和马有财都有后台，谁当县委书记还说不定，你就老老实实工作，什么事都别跟着掺和。”

将粟明俊送回小招待所，在距离小招待所一百米处，侯卫东停下来，目送着粟明俊进去。他心道：“粟明俊作为组织部常务副部长，能做到这一步已是很不错了。虽说以前曾帮助过粟糖儿，可是现在与粟明俊关系弄得如此牢靠，小佳的夫人路线功不可没。”

第二天，侯卫东安心等着纪委的电话。他没有在新管会贪污一分钱，根本不怕纪委的调查。10点，纪委副书记、监察局局长刘凯打来电话：“侯主任，你好啊，我是纪委刘凯，请你在10点30分到小招待所。呵，没什么大事，来了就知道，都是工作上的事情。”

侯卫东道：“刘书记，你别吓我，弄出心脏病来，你要负责。”在益杨土产公司一案中，侯卫东与刘凯有过合作，两人关系也还可以，说话也就随便。

刘凯虽然是纪检干部，却并不古板，道："就是例行调查，问些小问题。"

到了小招待所，侯卫东见到纪委孔正友站在门口，像门神。孔正友是那种办事极为认真的人，回地方工作几年，办了好几件案子，有功劳，得罪的人也不少。侯卫东从一般科员混到了新管会主任，他还在原地踏步。

孔正友面无表情地对侯卫东道："济书记要和你谈话。"他这种表情被称为纪委脸，很不招人待见。他将侯卫东带到了济道林门前，转身离开。

侯卫东进屋就见到了济道林和一名年轻人，道："济书记，你好。"济道林很是随和，让助手给侯卫东泡了茶，与侯卫东拉了些家常："当年你们那一届学生会干部，我很熟悉，你这么年轻就能当上新管会一把手，很不错。"

聊了几句，他脸色一正，进入了主题，问道："你在县委办和新管会工作过，能否谈一谈益杨土产公司的事情？"

侯卫东早就考虑成熟了，他为今天谈话定的基调——实事求是，就如实报告了益杨土产公司发生的事情。

济道林问道："在县里，重大工程是如何操作的？"

"重大工程要经过政府常务会讨论，涉及全局的项目必须提交县委常委会。益杨土产公司的项目改制经过了正常程序。"侯卫东补充了一句，"在新管会征用土地是我经办的，作为新管会主任，我严格按照规则拍卖土地，所有的档案资料都在。减免税费也是经常委会研究决定的，至于原厂房的土地情况，不在新管会范围内，我不清楚。"

济道林在笔记本上记了几笔，对身旁的小伙子道："你和刘凯到新管会去一趟，将益杨土产公司在新城区买卖土地的档案调出来看一看。"侯卫东身后有石场以及精工集团股份作为支撑，他并不缺钱，从来没有想过要利用职务之便发财，经得起调查，当刘凯接受任务以后，他神色依旧。

济道林温和地解释："这是例行检查。"

侯卫东道："纪委的检查是对我们的保护，我理解。"

听到侯卫东表态，济道林高兴地道："我们学院的毕业生素质就是不一样，你能有这个认识，很不错。纪委对大家要求严格，其实是对同志们负责，一是防微杜渐，二是让廉洁干部受到保护，三是铲除腐败。”他又问，“小侯在益杨工作也有几年了，听到过县委、县政府领导的作风问题没有？”

“没有。”侯卫东答得很干脆。

“从来没有听说过？”

侯卫东心道：“难道检举信中还有风流事？马有财在这方面从来没有传闻的。”口里道：“益杨不大，没有多少娱乐设施，县里领导要有点花边新闻，早就传开了，我确实没有听说过。”

济道林曾在沙州学院工作了相当长的时间，了解益杨风气，点头道：“当年学院一个女老师和学生搞师生恋，益杨大街小巷都传遍了，害得有些老太婆还跑到学校来看稀奇，这是封闭落后的象征。在上海、深圳这样的大城市，这些事情根本没有人会注意，除非他们是明星。”

说到沙州学院，他想起许多往事，随口道：“我记得你是九三年毕业的，在毕业那天，男生楼朝下面扔了不少东西，当时你扔了没有？”

侯卫东嘿嘿一笑：“读书四年，只能发泄一次，我肯定扔了，机不可失，时不再来。”

聊了一会儿，济道林接到了刘凯的电话：“新管会关于益杨土产公司的账目清楚，与事实相符。”

“这么快？”

刘凯肯定地道：“新管会有专门档案馆，管理规范，账目没有问题，很清楚。”

济道林放下电话，看着侯卫东的眼光便多了几分赞许，道：“今天我是代表沙州纪委找你了解情况，此事还在调查之中，希望你能保密。”

接连找几位部门领导谈话以后，济道林便给市委周昌全书记打了电话：“周书记，我们分成两组，找了相关干部谈话，目前检举信上反映的内容，一件都没有查实。”

周昌全有些恼怒：“济书记，此事关系着党风问题，我们决不能姑息，要彻查到底。”

济道林效率很高，两天时间便将检举信上的内容查得一清二楚，得出了“实质问题纯属捏造”的结论。离开益杨时，他向主持益杨县委工作的杨森林通报了市委调查组得出的调查结论。

检举信与主持县委工作的杨森林没有任何关联，可是，益杨县正处于县委书记缺位的非常时期，这些检举信便显得颇不寻常。

当济道林向他出示了周昌全的批示后，杨森林心里紧缩了一下，暗道：“按常理分析，这封检举信应该就是马有财的竞争对手所写，也不知济道林是如何看待这个问题的。”此事最令人郁闷的是，杨森林自身还无法主动解释。若主动解释，则显得心虚，但是不作解释，这屎盆子就会莫名其妙地扣在自己头上。

杨森林咬牙切齿地想道：“肯定是马有财自编自演的这场戏，为了当县委书记，这些人真是无所不用，狗日的！”尽管心里恨着，脸上表情却不能带出来，他道：“这五条罪状真是荒谬。‘生活作风烂，与六位年轻漂亮女子保持情人关系’，这完全是笑话，马县长夫妻关系很好，夫唱妇随，举案齐眉。

“‘搞一言堂，破坏民主集中制’，这更是欲加之罪，何患无辞。凡是规定范围的重大事项，全部都上了常委会。要说搞一言堂，我这个主持工作的副书记，还真的搞过几次一言堂。

“还有……”

杨森林作为县委书记的有力争夺者，还得主动为马有财解释，这种被人牵着鼻子走甚至是被戏耍的感觉，让他怒火中烧。

济道林态度很平和，从他的表情上看不出什么情绪，道：“调查组得出结论，这封检举信所列问题都是不实之言，市委可以放心了。”

他略略提高了声音：“益杨总体情况不错，党组织建设、经济发展、城市建设等几个方面都走到了沙州前列，市委对益杨工作是很肯定的。如今东南亚金融危机越演越烈，国内经济面临着许多困难，你们党政一班人要增强团结，一心一意谋发展，将益杨前进的势头保持住，这也是昌全书记的交代。”

送走了济道林，杨森林心里一阵烦闷，他直接回到小招待所一个单独的后院，这是他在益杨临时的家。

在小院子侧门的车库里，停着一辆桑塔纳2000。这是一位企业家朋友借给他代步所用，挂的是沙州牌照，平时锁在车库里。虽然省里严禁领导驾车，但是他心里有事情的时候，总习惯开车四处转转，从这一点来说也暗中违背了省里的要求。

开着车，杨森林习惯性地沿着老公路朝沙州开去。自从高速路开通以后，老公路车流量就大大减少，杨森林把车速控制在三十来码，慢慢开。

到了沙弯子，他停车熄火，独自在这个破败的地方抽了几支烟，这才继续上路。

在市长办公室，马有财看完检举信，对市长刘兵道："刘市长，这事让人感觉很滑稽，满纸都是无稽之谈，就算要诬告，也要找些有技术含量的东西。"

刘兵盯着马有财的脸，道："你给我说实话，检举信上说的事，到底是怎么回事？"上午，他和济道林、黄子堤在周昌全办公室碰了头，济道林汇报了调查情况，他已经知道检举内容不实，却依然想当面听听马有财的解释。

"我可以用党性、人格保证，检举信上列举的五条，全部是胡说八道。以前祝焱书记在县里的时候，我们配合得很好。杨森林来主持县委工作，他是年轻人，想改革，冲劲足，有些事情我并不太支持，可是为了班子团结，经常把意见咽在肚里。"

说到这里，马有财很气愤地道："自己老好人也当了，原则也放弃了，居然还被指责为搞一言堂，真是天大的冤枉。至于交通建设、益杨土产公司搬迁等事情，都是为了益杨发展。如果做这些事情也有人说三道四，我们基层干部就没有办法干工作了。"

市长刘兵宽慰道："年轻干部追求进步是人之常情。这件事，组织上是有考虑的，能力重要，政治素质更重要。"此时，他已经认定这封检举信就是杨森林所为。

马有财在市长刘兵面前拍了胸膛，内心最深处又有着深深的悔意，**他收了易中岭一百万，等于收到了一副手铐，而手铐的钥匙就掌握在易中岭手里**。在益杨土产公司的案件中，易中岭曾经赤裸裸威胁过马有财，这事给了他极大的阴影。

他当了数年益杨县长，除了正常收入以外，每年县级各部门发奖金都要给他备上一份。沙州市委、市政府要对县里进行考核，考核合格以后也有一份奖金。平时过年过节，还有些灰色收入。这些收入拉拉杂杂地汇集在一起，一年收入还是不错的。他并不缺钱，易中岭给的一百多万，原封不动地藏在隐秘之处，装在一个箱子里。

“是要解决这一百万元，否则，自己就成了易中岭的牵线木偶。”这一百万现金绿油油一片，就如会吐出氧气的森林。马有财拿起一叠钱，在手里拍了拍，钱币发出“哗哗”声，格外清脆悦耳。他已经下定了决心，要将这一百万解决掉，否则自己必然会被易中岭拖累。

马有财老婆听到了他的决定，心疼得紧，道：“我就不相信其他县长都这么清白，你这一辈子又赚得到几个一百万？等到退休以后，谁理睬你？”

“这钱咬手，现在不想办法处理了，只怕以后要留在监狱里。”马有财取出一张纸条，道，“明天，你到沙州去，将这钱寄到这上面的地址去，记住汇款条子一定要收好，这或许是保命的条子。”

马有财老婆极不情愿，道：“你真是胆小如鼠，我就不相信祝焱是清白的，他一边拿钱还能一边升官，你为什么不行？”马有财脸一沉，道：“你少啰唆，女人就是头发长见识短，为了这一百万，把你老公送进监狱，到时你就是劳改犯家属，出去抬不了头。”

他见老婆眼泪在眼眶里打转，缓和了语气：“你别贪这些钱，我再当十年领导，过年的奖金、工资，加上过生日收的钱，拢在一起，够我们晚年生活了，而且这钱来得理直气壮，晚上睡得着，家里也平安。捐建希望小学，功德无量，我们也会长寿。”

尘埃落定

蒙厚石带着夫人到省城做手术，他有熟人在省一院当主治医生，熟人熟路，很快将夫人安顿好，他抽空来到省委副书记朱建国家里。

“森林这孩子像极了他爸爸，个性耿介，性格冲动，代理了一年县委书记，惹出不少事情，刘兵市长对他很有意见。”蒙厚石是特意来谈杨森林的事情的。

朱建国没有接话头，他将自己珍藏的和田玉围棋拿了出来，道：“我给省院康有志打了电话，将弟妹安排到高干病室去了，你就别操心了，来，杀一盘。”

当年在工厂时，朱建国、蒙厚石就常常下围棋。这副围棋就是杨森林爸爸在抄家时搞到的，在文化生活极度匮乏的时代，有了这副围棋，三个年轻人的业余生活便丰富了许多，下围棋的习惯便一直保留下来，并传给了下一辈。

两个人谈了一会儿，朱建国突然道："森林的事情已经有安排了。"

他凝神看着棋局，落下一子，道："森林在益杨主持县委工作，总体来说是好的，政治上没有偏离方向，工作上抓住了关键，生活上亦没有什么问题。他啊，还是性格问题，和他爸爸一模一样，冲动，不稳重，作为县委一把手，还欠火候。"

蒙厚石道："前一段时间，有人写信检举马有财，虽然不知是谁写的信，但是不少人都认为是森林写的。我相信森林不会写这封信，他有不少缺点，但是人品端正，智商不低。"

朱建国作为省委副书记，经历过太多斗争，道："庙小妖风大，池浅王八多，这是常态。"

蒙厚石尽量想为杨森林美言，道："关闭四家氨基酸厂，我认为是合理的。污染问题在发达地区已经显现出来，只是由于沙州患上资金饥渴症，眼里只有钱，并没有真正认识到环保问题的重要性。至于车辆问题，森林就说不清楚了，他确实借了一辆车，这孩子，糊涂！"

朱建国沉吟道："前几天，周昌全到了省里，特意谈了益杨干部配备问题，有意让森林任县长，马有财出任县委书记。马有财是多年的县长，出任县委书记很正常，这个方案符合惯例，我同意了周昌全的意见。"沙州市委调整一个县级班子，并不需要市委书记亲自给省委副书记汇报，只是由于杨森林的关系，周昌全特意向朱建国作了汇报。他汇报时准备了两个方案，第一方案是马有财出任县委书记，第二方案是杨森林出任县委书记，他主推第一方案。如果朱建国确实有态度，则由杨森林出任县委书记。周昌全客观汇报以后，朱建国对第一方案未持否定态度。

蒙厚石暗道："周昌全是资深市委书记，风骨甚硬，这才敢于直言。如果换一个人，知道这层关系，则是完全不同的做法。"他对杨森林感情很深，道："我相信森林不会用这些'文革'手段，如果不是森林写的信，这封信就大有来历。"

朱建国考虑得很深很细，道："不管其他人用了什么手段，森林在工作和为人处世中确实存在着问题，这种安排，对森林来说是一个大挫折。他性子傲，还需要磨一磨。我这一届还有几年，如果森林能挺过这一关，我就再扶他上一个台阶。我退下以后，他能走多远，就看他自己的本事了。”

见老伙计神色黯淡，又道：“老蒙，你要理解我，我这是对党的事业负责，更是对森林负责，当能力不到时，扶他上位，反而是害了他。”

蒙厚石听朱建国如此说，心知大局已定，这个结局虽然不是最理想的结局，也还是可以接受，就看杨森林能否正确对待这次人事调整。

正式消息传出，益杨县舆论大哗，几家欢喜几家愁。

这是侯卫东最不愿意看到的结果，此时，他在益杨已经很尴尬了。马有财曾经是祝焱的死敌，虽然后期被迫俯首称臣，但是心里肯定不会服气。他上了台，侯卫东用屁股想也知道自己的处境必将不妙。

马有财出任县委书记以后，益杨县掀起了轰轰烈烈的“超越自我，争创一流”的学习运动。此项活动将分为四个阶段：第一个月为学习阶段，各地各单位要成立机构，制订方案，积极读完县委规定的学习读本；第二个阶段是查找问题阶段，在第一个月学习的基础之上，结合本地本单位的实际，找出差距；第三个阶段是整改提高阶段，就是以实际行动来解决查找出来的问题，切实提高发展水平；第四个阶段是在活动结束以后三个月，再重新检验活动效果。

这项活动是马有财任县委书记以后的第一个动作，声势搞得很大，引起了省委、市委相关部门的重视。县委书记马有财在动员报告中说：“这是益杨县的小整风，通过小整风，将提高干部队伍的战斗力和凝聚力，将益杨发展推入一个新高潮。”

侯卫东对整个动员报告记得不清楚，唯独记得三个字“小整风”，暗自嘲笑道：“马有财气魄大，居然敢用‘整风’两个字。”在这一段时间里，他保持着相对独立，按照祝焱的叮嘱，一心一意忙着工作。

到了6月11日，县委下发进一步搞好科技工作的文件，这是配合岭西省科技强省目标所下发的文件，没有什么新意。侯卫东从岭西回来以后，采取以不变应万变的策略，时刻注视着县委、县政府大院的一举一动。他内心深处对这种形而上的东西不感兴趣，只是按照县委文件要求，中规中矩将活动搞下去，不超前，也不落后。

6月18日，侯卫东亲自开车，送蒋玉新和祝梅到了茂云。

19日清早，侯卫东一个人返回益杨。茂云大部分地区是山区，经济条件比沙州差了不少。公路建设更是有极大差距，不仅没有高速路，连一级路都不多，其间险象环生的盘山路段倒是不少，开了三个多小时，才进入了岭西高速路。

岭西高速路笔直宽敞，与盘山路相比，一个在天上，一个在地下。侯卫东狠踩了油门，速度很快就到了一百二，开车回到益杨，刚好是下午1点。

侯卫东直接将车开到了不起眼的面摊处，要了三两豌杂面。放下碗时，满嘴是油，肚子微胀，胃里的舒服程度比得上吃金星大酒店的大餐。他正舒服地坐在驾驶室里剔牙，季海洋的电话打了过来，口气很急，道："卫东，你在哪里？马有财要动你。"

侯卫东愣了一会儿，道："季书记，他想把我调到什么地方？"

"半个小时之前，马有财把我和柳明杨叫到办公室，商量相关组织人事工作，柳明杨突然就提出了一个益杨县干部调整方案，这方案应该是马有财的意思。"季海洋一直是分管组织的副书记，组织部长柳明杨酝酿此事，应该先和他通气，这一次他明显被马有财和柳明杨联手弄了一家伙，心里火气不小。

"你被调到科委当主任，按照老柳的说法，你学历高，能力强，在科技战线上大有作为。"侯卫东根本没有意识到马有财下手这么狠，道："还有挽救的余地吗？"

季海洋道："马有财经过精心准备，搞的是闪电战，下午两点召开常委会，距离现在还有半个多小时。你找人恐怕晚了，这事已成定局。据我估计，以前祝书记信任的人，逐步都要被调整。"

他见侯卫东半天没有说话，安慰道："你得忍着，先到科委去干一段时间，再想办法调到沙州或是茂云，免得在这里受窝囊气。"

接了季海洋的电话，侯卫东立刻给粟明俊打电话，粟明俊一听也急了："老弟，两点开常委会，你怎么现在才给我打电话？"侯卫东苦笑道："前一段时间没有一点风声传出来，我有些麻痹大意。"

粟明俊道："我先跟马有财联系一下，探探他的口气。"

很快，他打电话回来，道："办公室无人，手机关机，看来马有财不想接任何人的电话。"

伸头是一刀，缩头也是一刀，事已至此，侯卫东只得认命，自我鼓励道："人死卵朝天，不死万万年，我年轻，这就是资本，一次跌倒，怕个屌。"

挂断了电话，侯卫东立刻给祝焱打了电话，报告了自己的调整情况。祝焱没有把这当成一件大事，道："马有财上任，我就知道是这个结果，这是对你的考验，最关键是不能乱了阵脚。"

侯卫东已经镇定下来，道："祝书记，下一步应该怎么走？"

"茂云情况比沙州更复杂，我目前还没有把事情理顺，你暂时别过来。等我站稳了脚跟，才能给你安排一个好位置，你先在益杨县科委主任位置上待一段时间。年轻人受点挫折，未必没有好处。更何况科委主任也是正科级，抓抓科技工作，也是一种锻炼。"祝焱这是真心话，他在茂云是三把手，算是正处升为副厅了，虽不能一言九鼎，也有一定的发言权，但是真正的关键位置，还是由一把手说了算。

侯卫东道："祝书记，我还是想跟着你走。"

祝焱对侯卫东的态度很满意，开导道："人生不如意十之八九，这点挫折比起当年的五七干校、牛棚又算得了什么？你抱着积极的心态就能愉快工作，我这边安顿好了，你就到茂云来。"

打完电话，侯卫东心里踏实了。

办公室主任杨柳拿了文件夹请侯卫东签字，顺手又把茶水泡上。这些事情，侯卫东已经习惯了。今天听说了自己调动的事情，见到杨柳泡茶的背影，心里被狠狠地刺了一下，想道："杨柳算是紧跟着我的人，如果我调到科委去了，新来的主任或许就不会用她。"

在这一刻，侯卫东突然意识到，自从当上新管会主任以后，一年多来已有许多人把他当做了依靠，他这样抽身走人，也自然把杨柳等人晾在了一旁。

他对杨柳道出了实情："杨柳，我要调走了，感谢你这一年来对我的支持。"杨柳吃了一惊，道："调走？怎么没有听到一点消息，到哪一个部门？"

"科委主任。"侯卫东用手指了指县委的方向，道，"现在正在开常委会，说不定正在讨论我的事情。"

杨柳微微叹了一口气，眼圈红了，道："一朝天子一朝臣，这是由来已久的陈规陋习。"

侯卫东自嘲道："这很正常，**任何一位当政的领导，都想用自己熟悉的人，只要用人体制不变，这个问题永远解决不了。**"

杨柳神情低落，道："今晚有空没有？我把秦小红和老梁夫妻叫上，我们一起吃顿晚饭，提前给你饯行。侯主任，你是我最佩服的领导，没有你的苦心经营，新管会根本不会有这样的局面。我相信金子总会发光，说不定哪一天你就是县领导了。”

侯卫东握了握杨柳的手，道：“但愿吧。”

很快，县委文件就出来了，这一次调整六名干部，侯卫东排在了首位：“免去侯卫东新城区管理委员会主任职务”。后面是一句“任命侯卫东为科委主任”。任免职文件中还有一句：“请接到文件五日内办好交接手续。”

侯卫东将这份任免文件看了一遍，心道：“**难怪有人叫干部为二指干部，一条免职，一条任职，加在一起，正好是两根手指的宽度。**”就是为了这两根手指的宽度，不知发生了多少悲欢离合的故事，无数人为其绞尽脑汁，发生了无数的阴谋诡计，这正是数千年官本位在现实生活中的反映。

侯卫东根本不想拖泥带水，接到文件以后，立刻交接工作，半天时间就将工作交接完毕。

晚餐，新管会张劲、章湘渝在重庆江湖菜馆办了三桌，科室二级班子正副职全部参加。侯卫东再次发扬了在上青林的拼命劲头，来者不拒，直至大醉。杨柳叫人将侯卫东抬上车，车到沙州学院门口，杨柳见其醉得厉害，便掉转车头，将其送到医院。

晚上12点，侯卫东醒了过来，见到坐在床边的杨柳，道：“我在哪里？在医院吗？”杨柳埋怨道：“你是瞎逞能，二十多人敬酒，你酒量再大也会喝趴下。”

侯卫东揉着太阳穴，翻身起来，他虽然头痛欲裂，但是人已经清醒了过来，道：“我们回去吧，没事。”杨柳迟疑了一下，道：“侯主任，你就在这里休息，明天早上走吧。”

侯卫东道：“走吧，我想回去洗澡换衣服，满身酒臭。”

杨柳这才道：“天这么晚了，现在没有车，老陶家里有急事，他将车开回去了。”

老陶是驾驶员，以前侯卫东出去办事，他总是无怨无悔地在外面等着，从来没有一句怨言。今天他将侯卫东送到医院以后，只等了十来分钟，借口家里有急事，溜了。其实，所谓的急事是三缺一，他赶回家打麻将。

杨柳嘀咕道：“这人真是势利眼，人刚走茶就凉。”

侯卫东心态很好：“没有什么，无所谓，正常。”

早上，侯卫东回到新管会清理了办公室的私人物品。离开新管会时，张劲、章湘渝带着新管会机关干部，在院子里为侯卫东送行。侯卫东与众人一一握手，开玩笑道：“别搞这么隆重，我还在益杨，又不是调到火星上。”

开车时，侯卫东挥了挥手，没有带走天边的云彩，只是激起了一股灰尘，将新管会或真诚或虚假的面孔弄得有些模糊。

第二章
没有闲职，只有闲人

还是要做事

侯卫东在家里休整了两天，才到县科委报到。

上一次从县委办调到新管会，组织部柳明杨部长亲自将侯卫东送到新城管委会。这一次组织部恰好开部务会，组织科来了一个科员，陪同侯卫东来到县科委。科委主持工作的副主任周永泰召集全体同志开了简短的见面会，然后各归各位。

周永泰和小宁主任陪着侯卫东到了科委主任办公室。

科委主任办公室布置得很普通，和这幢大楼多数办公室一样，没有什么特点，只是按照行政级别和单位实际财力配备了办公设备。

“侯主任，如果缺什么，安排小宁去置办。”周永泰交代一句，离开了办公室。

侯卫东对小宁主任道：“你把科委的职责找给我。”

小宁主任答应得爽快，道：“我马上去拿过来。”

以前在新管会，上班时间，杨柳都要将茶水泡好。现在到了科委，他只得自己动手泡茶。打开茶柜时，他惊讶地发现，茶柜里面居然写着“益杨革委会”五个大字，与以前上青林的旧柜子是同一时代的产品。柜子里的茶叶是最普通的益杨茶。侯卫东为人并不挑剔，一般情况都随大流，唯独对茶叶有着特殊的爱好。

等了半个小时，小宁主任仍然没有过来。在新管会里，只要吩咐一声，杨柳一定会以最快的速度将所需要的文件送来，像这种关于职责的文件，绝对不会超过五分钟。

走到档案室门口，侯卫东见到小宁正如热锅上的蚂蚁，文件乱七八糟地摆在桌上。

小宁在一堆档案袋里翻了半天，仍然没有找到科委职责。看着新主任似笑非笑的表情，他面红耳赤地道："职责就在袋子里，前些天弄资料，把档案弄乱了。"

侯卫东也不生气，道："你慢慢找，找到以后给我拿过来。"

等到侯卫东转身离开，小宁主任飞也似的朝人事局办公室跑去。前年机构调整时，人事局专门下了一个编制方面的文件，上面有科委的工作职责。果然不出所料，他在人事局很顺利地找到了科委工作职责，复印之后，喜滋滋地给侯卫东送了过去。

"这个职责就在手边的档案里，刚才没有看到。"小宁主任不愿意说是在人事局找到的，说了一个小小的谎话。

侯卫东拿到职责以后，随口道："科委好歹是全县的科技部门，知识分子集中之地，目前条件虽然差些，可是档案也不能乱成这样。"

虽然是轻言细语，小宁主任还是觉得面子被刺了一下，分辩道："我接手办公室的时候，档案比现在还要乱，所有文件全部堆在文件柜里，根本无法查找。我来了以后，才用袋子装起来。"

侯卫东原本是随口一说，此时听到小宁的话，将脸上的笑容收了起来，道："档案管理是一个单位最基础的工作，工作并不繁杂，却很重要。你去买一些专用的档案夹，组织办公室人员，尽快将档案整理好。如果对这项工作不熟悉，我可以请档案局的同志帮忙。"

小宁主任只得道："侯主任，我这就去办。"新主任第一天正式上班就批评了自己，这让他心情极为不爽，回到自己办公室，他使劲地摔了文件夹。

等到小宁讪笑着离开办公室，侯卫东不由得想起了杨柳。当初在新管会，杨柳将办公室打理得井井有条，新管会一年的文件、纪要、合同很多，只要侯卫东需要，她总是能立刻拿出来。小宁根本没有认识到办公室的问题，反而将责任推到别人身上，这是责任心不强的典型表现。

侯卫东很快就将小宁扔到了脑后，认真地翻阅科委职责，虽然对科委主任这个职位不满意，他也不愿意做昏官，了解职责是最基础的工作。益杨县科委职责共十一条，第一条是“贯彻执行党和国家的科技方针、政策，组织实施国家的科技法律、法规；会同有关部门研究制订本地实施意见，并对其执行情况进行督促检查”……最后一条是“承办县委、县政府交办的其他事项”。

琢磨了一会儿职责，他又对科委1997年的《工作要点》和《工作总结》以及1997年决算表和1998年预算表进行了一番研究，就这样不慌不忙地看了整个上午，对科委工作已有概要性了解。

11点，侯卫东来到了副主任周永泰的办公室。

周永泰戴着老花镜看报纸，见侯卫东进来，取下眼镜，道：“刚才我到门口来，见你认真看文件，没有来打扰你。”

侯卫东坐在周永泰对面，递了一支烟。

两人聊了几句，周永泰开始习惯性地倒苦水：“科委的状况众所周知，首要问题是地方政府领导对科技部门重视力度不够，雷声大，雨点小。科委是著名的贫穷单位，科技经费严重不足，这导致科技管理干部缺乏内在动力，优秀人才不愿意到科委来，造成了人员普遍没有荣誉感和自豪感。”

侯卫东用手指了指桌子，道：“我以前虽然也在这幢大楼里上班，确实没有想到科委是这样的状况，那个茶几居然是革委会时代的，堂堂科委居然只有打字室有一台电脑，传出去是个笑话。”

周永泰苦笑道：“这也不是我们益杨科委才有的事情，岭西所有的县级科委都差不多。大部分县级科委本身无多少经济实体，缺乏造血功能，就靠财政那点钱，只能如此。”

侯卫东暗自皱眉，心道：“周永泰作为副主任，怎么是一副受害者的心态？有这个心态，科委工作怎么能搞得好？”

与周永泰聊了一会儿，到了吃饭时间，侯卫东道：“走，我们一起吃午饭，喝点革命小酒，我私人请你。”

周永泰有些不好意思：“本来应该给你接风。”

侯卫东打断道：“我们是一个战壕的战友，别那么客气，中午就我们两人。”

吃吃喝喝这一招来源于乡镇工作经历，虽然粗了一点，却是屡用不爽的绝招，想必用在知识分子身上一样适用。为了让周永泰更随意，侯卫东也没有到常去的重庆江湖菜馆以及益杨宾馆，他找了一家味道还算不错的小馆子，炒了几个家常菜，要了一瓶益杨红。

聊了一会儿，几杯下肚，周永泰舌头大了，脸上红成一片，结结巴巴地道："侯主任，我知道你是被人整了，这事在益杨县委、县政府的都知道。其实科委蛮不错，县里领导很少关注，工作不重，压力不大，就是油水少一些。"

他主动与侯卫东碰杯，又道："油水少些就少些，吃差点，穿孬些，日子过得悠闲自在，可以多活好几年。"

侯卫东没有想到周永泰喝了酒就如换了一个人，见他醉态可掬，便不准备多喝。谁知周永泰抢着杯子主动喝，几杯酒下去，头就耷拉在桌子上了。看着丝毫不动的周永泰，侯卫东只得苦笑，给小宁主任打了传呼。过了一会儿，小宁主任才回了电话，道："侯主任，我是小宁，刚才在车上，没有办法回电话，有什么事情吗？"

"周主任喝醉了，他家在哪里？"

小宁主任笑道："周主任是著名的三杯倒，喝了三杯酒，就算用冷水浇也弄不醒。"

侯卫东问："周主任家在哪里？我要送他回去。"

小宁道："他在县政府家属大院，第七幢二单元四楼，楼上有名字，很好找。"

挂断电话，侯卫东不禁又想起自己当秘书和办公室主任时，只要领导有事，必然会以最快的速度赶到。这个小宁主任面对着本单位的一把手与二把手，居然是这种满不在乎的态度，这让侯卫东很是纳闷，心道："小宁这个态度，说明单位领导威信不够。再观察小宁一段时间，如果真的不识相，就不能留在办公室。"

小宁主任其实撒了谎，此时他正在益杨宾馆喝酒。上午11点，县政府办公室通知县委、县政府各部门办公室主任开会，布置一些诸如水电费如何划分的具体工作。县府办主任刘坤恰巧有事从学习班请假回益杨，也参加了此会。散会以后，县府办就在益杨宾馆办了几桌。

刘坤是县府办主任，在参会人员中地位最高，众星捧月般坐在上席。小宁主任眼观六路耳听八方，飞快地抢了一个好位置，紧靠着刘坤。小宁主任与刘坤认识好多年，当时刘坤在县府办当一般工作人员，小宁已经是科委办公室主任。几年时间，刘坤跃升为县政府办公室主任，小宁还是科委办公室主任。

正吃着，小宁主任接到侯卫东的传呼，他不知道刘坤与侯卫东之间盘根错节的关系，卖弄地道：“卫东主任找我，他才来报到，工作热情高得很，今天给我打了好几个传呼。”

刘坤对于侯卫东被调到科委一事，心里着实痛快，他听出小宁主任的卖弄，毫不顾忌地道：“侯卫东手腕高超，小宁主任可要细心服侍，免得他不高兴，就让你下课。以前新管会的易中成主任，一言不合，就被侯卫东发配到研究室。”

小宁主任听说过此事，他见刘坤提起侯卫东时有着幸灾乐祸的意味，配合着道：“侯卫东怎么会从新管会调到科委？这是从米堆跳到了糠堆里。”

刘坤有意给侯卫东上眼药，道：“侯卫东以前紧跟着祝焱，得罪了不少人，现在祝焱走了，他的日子也不好过。”说到这，他又略带嘲讽地笑道，“侯卫东是新管会主任，当科委主任肯定没有问题，在他的领导之下，科委肯定会发生翻天覆地的变化。”

小宁主任已经明白了刘坤的态度，附和着道：“科委这单位，换谁来搞也差不多。”他知道刘坤家里背景深厚，便又上前敬酒，脸笑得几乎变形，“刘主任，政府办是否需要人？我在办公室也工作好几年了，调我过来打杂还是胜任的。”

刘坤只是笑，并不回答。

这时，陆续有人向刘坤敬酒，小宁主任急忙抽个空子赶到外厅，给侯卫东回了电话。尽管侯卫东在县里被排挤，如今却是自己的直接上司，他还得小心应付。

得知周永泰大醉，原本想着赶过去帮助侯卫东，却又不愿意放弃接触县府办主任刘坤的好机会，稍有犹豫，只是说了周永泰的家庭地址。

侯卫东问明了地址，扶着烂醉如泥的周永泰出了门。站在门口，平时成天在眼前晃的出租车突然没有了踪影。周永泰站立不稳，突然“哇”地吐了出来，酒后污物在还算整洁的大街上格外显眼，过往行人无不侧目。

遇上这等尴尬事情，侯卫东只能自认倒霉，见地上的污物实在刺眼，他将周永泰拖回小餐馆，放在椅子上，自己借了小餐馆的扫把，去收拾残局。

酒味混合着菜味以及胃液的味道，格外难闻，侯卫东强忍着呕吐的欲望，在街道上打扫卫生。

“侯主任，你怎么在这里扫地？”一辆三菱车急停在侯卫东身边，随后一双高跟鞋出现在侯卫东眼前。

侯卫东见到从车上下来的杨柳，直起身，道：“周主任喝醉了酒，在这里吐了，我正在为他揩屁股。”

杨柳见到侯卫东提着扫把的样子，眼泪奔眶而出，她急忙侧过身，抹掉泪水。

侯卫东注意到她的小动作，心里暖洋洋的，道：“周主任还在饭馆里躺着，我扶他出来，你这车来得正及时。”

杨柳帮着侯卫东将大醉的周永泰送回家。

周永泰老婆以前是丝厂财务科长，丝厂破产以后就下岗在家里。她和周永泰都是财校毕业的，比周永泰要低一年级，是财校有名的漂亮女孩子，下嫁给当时很木讷的周永泰，自然在家中有些优越感。再加上丝厂前些年着实风光了一阵，她作为财务科长，还时常与县里领导见面，因此在家里一直充当着正家长的角色。周永泰作为副家长，只能提建议，并不能对家务事最终表态。

只是风水轮流转，红火的丝厂最终没有顶住市场冲击，当年的财务科长不得已成了家庭妇女，一家人靠着老周的工资生活，日子过得紧巴巴的。

她的一腔怒火时常在心里憋着，工作时还能向部下发火，如今只能向周永泰发火。等侯卫东费尽力气将周永泰扶上楼，他老婆开门见到周永泰这个样子，脸上立刻板起了一层寒霜。“你这死人，喝不了三口猫尿，硬是要喝，其他人哪有你这么傻，你喝醉了，他们怎么没喝醉？”

杨柳跟在侯卫东身后，听到周永泰老婆不分青红皂白就是一顿夹枪带棒的话，很生气，道：“早知这样，就把他扔在饭馆里。”她声音不大不小，刚好能让周永泰老婆听见。

侯卫东转过头，用眼色给杨柳示意了一下，他不想与周永泰老婆一般见识，等到她扶住周永泰，转身便走，并不啰唆。

杨柳对驾驶员老陶有意见，这名驾驶员原本是开发区驾驶员，当初为了开车，在她面前说了不少好话。当自己和侯卫东扶周永泰时，他稳坐在车里，屁股都没有抬，杨柳心道：“这人眼窝子浅，不可深交。”

等到侯卫东上车，杨柳问道：“侯主任，你回家还是到县政府？”

侯卫东道：“办公室。”

到了益杨县政府大院，杨柳跟着侯卫东下车，这时她才找到同侯卫东单独交谈的机会：“孟关镇张有发书记已经过来报到了，他马上要去沙州市党校学习三个月，张劲还是常务副主任，目前就由他主持工作。”

侯卫东与张有发也是熟人，今年过春节，张有发要给祝焱拜年，还是通过侯卫东得到祝焱的消息。对此人，侯卫东有好感也有戒心，他对杨柳没有保留，道：“张主任八面玲珑，与县里领导关系都还不错，他是多年领导，有自己一套用人办法。”

这句话说得含糊又有深意，杨柳是侯卫东在新管会最得力的部下，张有发到了新管会以后，会不会继续用杨柳就是一个问题，侯卫东点出了这层意思。

杨柳听得明白，道：“我就是尽到办公室主任的职责，如果领导不满意，最多换一个岗位，无所谓。”

侯卫东见杨柳把话说透，也就不再含蓄了，道：“季书记和我的关系很好，如果你以后在新管会干得不愉快，随时可以换工作，不用委屈自己。”

看着三菱车离开，侯卫东心里便有各种不同的复杂滋味。

这一次事件让他明白了许多事情，其中之一就是明白了为什么“一人得道，鸡犬要升天，一人倒霉，就会祸害一片。”

这个道理其实很简单，得道之人总是靠着众人的力量才能最终白日飞升，没有一帮手下给得道之人赚钱、煮饭、打扫卫生、照顾双亲，只怕这位得道之人在没有升天之前，便会被俗务累死，哪里还有能力飞天？所以他升天之后便要带着鸡犬，这也是滴水之恩当以涌泉相报的传统。如果升天时不带最亲近的人，反而带些外人，未必太不近人情。

同理，一人倒霉，他的手下人必然是被打压的对象，痛打落水狗嘛，免得落水狗趁人不备来咬人，这是岭西自古以来就有的传统，也是现实生活中的经验教训。

带着乱七八糟的思绪，侯卫东回到了顶楼的科委办公室，坐下还未来得及喝茶，信息所王所长走了进来。

王所长四十来岁，梳着根大辫子，她的衣服仿佛还停留在80年代，坐在侯卫东对面，道：“侯主任，有空没有？我给您汇报工作。”

中午那顿酒，周永泰在喝醉前，已将科委几个人的情况基本上介绍了。周永泰介绍王所长时，对其工农兵学员身份进行了特别强调，侯卫东记得特别清楚。

1966年“文化大革命”一开始，高考就取消了。直到1971年，大学才重新开始招生，但是当时上大学并不需要高考，而是推荐读书。大学新生直接从工人、农民和士兵中推荐产生，报名者必须当过三年以上工人、农民或士兵。这就是“工农兵大学生”的由来。

中央政府把新生名额分配给各部、各省和部队，再由他们逐级向下分配名额，一级一级地分到工厂、县和连队。在1970年，只有不到1%的中国人受过高等教育，而大学的录取名额在中国许多地方不到适龄青年的1‰。在一些地方和单位，推荐过程中由于裙带关系而腐败变质。

1972—1976年，70%通过推荐上大学的学生是干部子女或者有政治背景，本科学制从四年缩短到三年，由于在劳动中荒废了学业，以及新生的水平参差不齐，一些教授抱怨说一些大学生水平还不如高中生。王所长就是一名工农兵大学学员，在科委这个知识分子较为集中的地方，连中专毕业的同事都看不上这位工农兵学员。

侯卫东为王所长倒了一杯水，等着她说话。

王所长捧着茶杯，深有感触地道：“我在科委陪了四个主任了，到办公室汇报工作的次数也不少，只有侯主任给我倒了茶水。”

“给王所长倒水，是待客之道。”

王所长道：“‘文革’时期知识分子是臭老九，现在知识分子的地位总算是提高了，没有党的好政策，我们也不能安安静静地在这里研究科学工作……”

她绕了一大圈，才把事情扯到自己身上，道：“侯主任，我大学毕业参加工作已经二十多年了，如今才是副主任科员。以前每次调资评级，我都发扬了风格，眼见着就要退休了，仍然是副主任科员，请侯主任为老同志考虑具体问题。”她又道，“以前姚主任心胸狭窄，找到机会就报复我，算了，以前的事情就不说了。”

在岭西的人事制度中，主任科员、副主任科员都属于非领导职务，与工资挂钩。每个单位根据人数、级别等情况，分别有一定额数的非领导职务，如果职数满了，即使有资格评上非领导职务，也要等着职数空出来才能依次递补。

侯卫东并没有直接回答，道："我知道了，等到有条件了，会综合平衡。"

王所长并没有期望汇报一次工作就能解决问题，她热情地道："我们信息所是科委下属单位，请侯主任抽个时间来看一看，指导工作。"

信息所王所长走了以后，侯卫东心中暗道："这个信息所名不副实，连电脑都没有，怎样开展信息工作？"

坐在办公室想了一会儿，侯卫东直奔三楼，他要去找分管科委的高副县长，请他解决一些经费，为科委购买电脑。

到了三楼，他没有与县府办联系，而是直接到高副县长办公室。刚到了办公室门口，秘书小林正好从高副县长办公室出来，见到侯卫东，客气地道："侯主任，请稍等一会儿，曾副县长刚进去，两位领导谈点事情，你到我办公室来坐一会儿。"

侯卫东就跟着秘书小林来到了县府办秘书科。小林是比任小蔚晚一年的选调生，刚刚到县府办时，时不时地还要到委办来串门，与侯卫东也熟悉。他麻利地给侯卫东泡了茶，便搬了张椅子坐在侯卫东面前。

正聊着，刘坤拿着一份文件走了进来，进来就道："小林，你这文件还要修改，第二段与第三段逻辑关系混乱，结尾没有说清楚。"

小林站起来，恭敬地听着。

"这篇稿子要得急，抓紧时间改一改，下班之前拿给我。"刘坤这时才把眼光转向了侯卫东，问道，"侯主任有事？"

侯卫东平静地道："找高县长。"

西装、白衬衣加上领带，让刘坤显得很是英俊，他抬了抬下巴，道："高县长三点半要开县政府常务会，有事最好明天来找他。"这时他衣袋中的手机响了起来，他没有再与侯卫东说话，接着电话便走出秘书科办公室。

侯卫东跟随祝焱这一段时间，在潜移默化之中，境界与青林镇时相比大大提高，他无意与刘坤争短长，只是平静地对待所发生的事情。

等了一会儿，曾昭强还没有出来。侯卫东不想再等，出了小林办公室，就见到曾昭强走了出来。

侯卫东与曾昭强副县长握了手，进了高宁副县长办公室。

高宁听了侯卫东的汇报，挠了挠头，道："科委确实需要电脑，但是年初没有预算，今年财政压力特别大，有些难办。这样吧，先坚持一年，明年想办法增加科委预算，你到时提醒我。”

侯卫东以前在新管会时，打个报告，财政立刻就配了一台三菱车，此时配几台电脑都是一件难事，让他挺无语，道：“好吧，那年底我再来汇报。”

高宁还是给了一点面子，在侯卫东出门前，把他叫住：“这样，你让办公室报一份购买一台电脑的请示，先给你配一台电脑。”

侯卫东的办公室在顶楼科委最里面，要到他的办公室，必须依次从其他办公室门前走过。

侯卫东从高宁办公室回到了自己的办公室，顺便就将每位同志的表现看得一清二楚：周永泰烂醉如泥，被送回了家，办公室自然是大门紧闭；小宁主任伏在桌上，在呼呼大睡；信息所王所长正在与另一位女同志凑在一起聊天；还有两位老同志伏在桌上抄抄写写。

科委这种状况也有着深层次的多种原因，积习所致，并非短期可以改变。侯卫东知道在许多制度性、物质性问题没有解决之前，这种现状无法解决。他摇了摇头，回到自己的办公室。

喝了一会儿茶，将科委订阅的报纸拿起来随便翻了翻，将一个月左右的《人民日报》和《岭西日报》看完，不知不觉中，时间已到了下午3点。

侯卫东不由得就想起了朱自清关于时间的散文，暗道：“假如一个人活一百年，也就是三万六千多天，而我们却将有限的时间随意地浪费，时间在不经意间就永远溜了，再也没有追回来的可能性。据说一个物体的速度达到光速，时间便会变慢，但是以现在的科技，有生之年他不可能达到光速，所以属于自己的时间将永远地失去了。”

想到这大好光阴就消磨在报纸和烦琐无意义的小事上，他心里涌起莫名的烦躁。

3点30分，接到了曾昭强的电话，道：“卫东，五点半在高速路口会合，我和朱兵过来，到汉湖吃晚饭。”

放了电话，侯卫东发了一会儿愣，就出门来到小宁办公室。

小宁主任仍然伏在桌上。侯卫东弯着手指，轻轻敲了敲桌面，小宁主任仍然如泰山一般岿然不动。他加重了些，敲打声便大了许多，这才将小宁主任惊醒。

小宁主任眼神很蒙眬，当然这不是见到恋人时的蒙眬眼神，而是喝酒过量的迷离。他瞬间有些迷糊，没有认出站在面前之人是谁，等到看清是侯卫东时，道："侯主任，有事吗？"

看小宁的状态，侯卫东就知道他中午肯定喝了酒。若是在新管会，办公室这种窗口部门肯定是不允许这种事情发生，如今情况不同，他的尺度就放宽了许多，心平气和地安排道："你给政府写一份请示，购买一台电脑。"

小宁带着醉意，道："年初写了报告，领导不同意。"

"让你写就写，我有分寸。"

小宁主任当了多年办公室主任，这点小文章自然是小菜一碟。他取过稿纸，按照侯卫东的要求，没有打草稿，一挥而就。

"好漂亮的一笔字。"侯卫东看到小宁主任的稿子，由衷地赞美了一句，"我读大学的时候开了书法课，不过我没有写字的天分，现在都是一笔烂字，以前在委办的时候被季书记批评过好多次。"

小宁主任是沙州书法家协会的会员，对这一手字很是自负，听到侯卫东表扬，自嘲道："如今报材料都要求用印刷体，领导们根本不看手写体，字写得好没有什么用处，字是敲门砖的概念已经过时了，只能自娱自乐。"

此篇稿件从格式到内容都没有任何问题，加上文字漂亮，看上去很是赏心悦目，侯卫东提起笔就签上"发"。写完之后，他仔细看了看这个"发"字，他的字也不差，还算中规中矩，但是与小宁主任的书法相比还是颇有差距。

小宁主任拿着侯卫东签过字的文件，便一摇一晃地走了出去。侯卫东看着他的背影，暗中拿小宁与易中成相比较："小宁主任与易中成不一样，易中成有着易中岭的背景，必须要调离，小宁的缺点是小节，可以容忍。"科委与新管会虽然都是正科级单位，但是两者却截然不同，新管会手下有几十号人，用来换掉易中成的人选并不缺，科委却只有几个人，细细数来，还只有小宁主任最适合当办公室主任。

5点，侯卫东提前离开了办公室，他是一把手，所以不用请假，关门走人，很自由。到梁必发院子开了蓝鸟，在城里转了一圈，他习惯性地将车开到了南郊，穿过新管会的地盘，到了高速路口，他下了车，出神地看着曾经挥洒过汗水的新管会。

步高的楼盘已经封顶，外墙砖基本贴完，红白相间，看上去如十六七岁的女子，少了些青涩，多了些靓丽。而李晶的楼盘如竹笋一般往上长着。两个楼盘隔着一条宽阔的公路，很有几分岭西楼盘的味道。

整个新管会的规划凝结着侯卫东的心血，新楼盘的布置更是与侯卫东密不可分。正要出硕果的时候，一纸调令，侯卫东就从热火朝天的新管会调到了科委，人生之无奈，他深深地体会到了。

低价买了个煤矿

等了一会儿，一辆桑塔纳也开到了高速路口，下来之人是青林镇的老熟人——火佛煤矿的周强，他极为热情地道："侯镇长，好久没有见到你了。"

周强是益杨小有名气的人，清理基金会时，他逃之夭夭，等到风声过后，他还了一部分贷款，又回到了益杨。他消息灵通得很，知道侯卫东由新管会调到了科委，但是仍然按照以往在青林镇的称呼，这样就显示其亲热和厚道。

等了几分钟，交通局商务车开了过来。商务车在益杨很少见，交通局是第一个吃螃蟹的单位。朱兵坐在副驾驶位置上，他没有下车，在车上对着侯卫东和周强招了招手，道："汉湖。"

周强这才知道侯卫东要同曾昭强一起去汉湖，他谈生意，不想过多的人知道，心道："侯卫东是科委主任，跟在一起凑什么热闹。"

高速路沙益段开了两个道口——益杨道口和沙州道口，这种格局让距离沙州城郊二十多公里的双江镇变得不上不下，原来的交通优势反而变成了劣势。

双江镇是沙州的后花园，以色情业、服务业和餐饮业闻名，高速路开通以后，双江镇各行各业都受到了影响。在双江镇强烈要求之下，高管处终于同意双江镇开一个路口，今年春节，双江镇路口终于通车了。

下了高速路，刚到场口，就见到一个装修得不错的美容院。几个涂着红嘴唇的女孩子穿着暴露，站在院外骚首，一个中年人在路边招手。见三辆车没有停下的意思，中年人也不生气，又回到门口坐着。

一路上，侯卫东粗略估计，至少有十来家发廊和所谓的美容院，这些店外停着不少小车，看来生意还不错。在场尾有一幢二层小楼，门口挂着一个警徽，小院停着两辆警车，在二楼左侧有几个大窗户有明亮的灯光。

侯卫东感到很奇怪，心道："派出所怎么开起了夜会？"

又开了近十分钟，车进汉湖，直接进了2号楼。

汉湖还是那个汉湖，可是少了风姿绰约的李晶，在侯卫东心中就骤然失色，没有了韵味。

曾昭强、朱兵、侯卫东坐在沙发上喝茶聊天，周强则出去安排晚上的活动。

侯卫东心里琢磨着："周强是做煤矿生意的，请分管工业的副县长曾昭强是正理，为什么要请交通局长朱兵吃饭，难道想转行？"

正想着，曾昭强道："老朱，周强的工程队素质如何？"

朱兵道："这一次他们修了七公里县道，经过验收，质量还算不错，他想到益陈路上搞一个标段。"

曾昭强仍然有些怀疑："他以前一直搞煤矿，有没有能力建路？"

朱兵道："周强对市场运作很熟悉，他从沙投司招了不少技术人员，技术上还可以。沙投司真是可惜了，三年前还那么红火的企业，居然就这样垮了。"

他们说着工程上的事情，并没有避着侯卫东。侯卫东听到益陈路，知道自己的猜测大致靠谱。

益陈路，是指益杨县到陈桥县的公路，陈桥县是茂云的人口大县，与益杨接壤。打通了益陈路，沙州到茂云就可以经过益陈路，至少可以节约三个小时，正因为如此，当县委副书记杨森林提出益陈路的工作建议以后，沙州与茂云方面都相当支持。相关手续办下来以后，县委副书记杨森林已经变成了县长杨森林，成了益陈公路建设指挥部指挥长，曾昭强是副指挥长，朱兵则是指挥部办公室主任。

曾昭强跟朱兵谈了工程上的事情之后，将目光对准了侯卫东，道："县委乱弹琴，老弟这种干才，怎么舍得放到科委这种部门？老弟，你要多想想办法，我建议你调到茂云去，有祝书记提携，几年时间就是县领导了。"

侯卫东含糊地道："我也正在想办法，这种事急也不行。"

曾昭强又道："我知道你心里不爽，早就想约你出来散心，一直忙着益陈路的事情，今天终于有空闲。我们几兄弟好好喝一顿，一醉解千愁，醒来又是一条好汉。”

侯卫东道：“曾县长说得好，今晚大醉一场。”

周强安排妥当，笑着进来，道：“今天上午我就与汉湖这边联系，他们特意空运了鲥鱼与刀鱼，这两种都位列长江四大名鱼。另外就是河豚和鮰鱼，河豚太毒了，我不敢吃。”

曾昭强道：“既然有长江名鱼，我们今天就好好吃一顿，朱局，你别跟我提工作上的事情，陪着侯老弟醉一场。”

一道道美味摆在桌上，果然不愧为正宗的长江河鲜，肉嫩汤鲜。

曾昭强吃得津津有味，道：“先吃鱼，等一会儿喝酒，几杯酒下肚，味觉就被破坏了，简直就是暴殄天物。”

这句话正对了侯卫东的心思，他觉得河鱼实在鲜美，也就不客气，专心地品尝美味。不一会儿，鲥鱼与刀鱼盆子见了底，至于其他河鲜，味道不及这两样，平时也经常吃，根本未曾动过。

猛吃了一会儿，曾昭强发话：“周总，把酒倒上。这一段时间侯兄弟受了委屈，第一杯酒祝侯兄弟早日脱困。”

曾昭强是大块头，平日在台上是很严肃很有气势的，今天以他副县长的身份能说出这样的话，还是让侯卫东很是感动，端起酒来就是一阵猛碰。

虽然曾昭强曾经说过不谈正事，周强心里却一直惦记着此事，趁着曾、朱两人喝得高兴，还是提起了益陈路的事情。

对于曾、朱两人来说，只要有资质和资金，谁来做工程都差不多，曾昭强对周强的实力还有些怀疑，道：“周总，我有话就直说了，修路可需要资金，如今煤炭不好卖，你有没有垫底的资金？”

周强手里的火佛煤矿原本是青林镇的煤矿，后来企业改制，他花钱将煤矿买了下来，谁知道煤价节节走低，如今火佛煤矿货场的煤堆得如小山一般高，他的钱亏进去不少。曾昭强提起资金，恰好抓到了周强的痛处。

周强道：“我手里还有些钱。另外，我正准备将火佛煤矿出手，火佛煤矿资源丰富，设备经过几次改制，也很好，现在已有好几个老板想买我的煤矿，只是价钱还没有谈妥。”这一番话就是强撑着面子，煤炭行业极不景气，谁愿意来买煤炭？如今是周强为了筹款接工程，四处求着人家将手里的火佛煤矿接过去。

曾昭强分管工业，很清楚煤炭行业的困境，道："你能卖出去就是烧了高香，谈不起价钱。"

周强知道瞒不过曾昭强，道："火佛煤矿不一样，资源厚，设施好，等到行情一好，迟早要赚钱，如果不是这个工程急等着用钱，我也不会想着卖煤矿。"修路赚的是现钱，而煤炭行情到底什么时候能好起来，心里实在没有底，他急于从煤炭行业中脱身，抓紧时间修路赚现钱。

侯卫东从石场上挖到的第一桶金，素来对资源型企业情有独钟，听到这一番对话，心思活动起来，暗道："火佛煤矿倒是不错，如果买下来，以后肯定有搞头。"道："我在新管会的时候认识了不少大老板，可以帮你问一问。"

周强眼睛一亮，道："那就麻烦侯主任了，你知道我的电话吗？有消息就及时跟我联系。"侯卫东看到他的神情，心道："周强如此急切，看来可以砍砍马腿。"

朱兵在一旁道："既然侯主任愿意帮忙联系，周总还不多敬两杯？"

周强便举起酒杯，道："这件事就拜托侯主任了，有了消息就跟我联系。"

酒酣饭饱，周强道："听说汉湖这边新来了几个按摩师，技术很好，领导们平时太累了，今天放松放松。"

周强是靠着秦飞跃搭上曾昭强的。上个月，曾昭强到南方去，周强一直跟随左右，回来以后，关系就拉近了，所以周强才敢来参加益陈路标段的投标。

曾昭强很稳重地道："做做正规按摩还是可以的，别搞其他花样。"

侯卫东与曾昭强在汉湖一起玩过，曾昭强答应了，他也没有反对，不过他想起派出所的灯光，心里隐隐不安。跟着小妹朝外走，他莫名其妙地想起了秦飞跃的事情。当年秦飞跃正是在很安全的地方被派出所堵住了，所幸他本人并没有被当场抓住，否则就不可能东山再起。

侯卫东走进顶楼按摩房，一位稚嫩女子垂手而立，见到有人进来，便鞠躬致意。

侯卫东心里愈发不安，他总是想着双江镇派出所二楼明亮的灯光。以前在青林镇工作时，只要派出所晚上灯光大亮，十有八九是有行动。有了这个想法，他退出房间，拿着手机到了顶楼，给大哥侯卫国打了一个电话。

侯卫国正在与江楚进行习惯性争吵，这是一场没有赢家的家庭战争，因江楚坚持要做清莲产品而愈演愈烈。

吵到后来，江楚提着满满一包产品冲出了房门，侯卫国蛮横的态度令她深受伤害，走到大街上，眼泪终于夺眶而出。走着走着，脑海中浮现出讲台上老师坚定的眼神、铿锵有力的话语，勇气重新回到了身上。她擦干了眼泪，暗道：“侯卫国瞧不起我，我一定要做出成绩。”

她站在十字路口，拿出厚厚的通讯录，选了一个潜在客户，就去回访。敲开门，这位客户见是阴魂不散的传销人员，一句话不说，将门重重关上。防盗门关闭带来的风扑面而来，江楚也不气馁，她坚信客户的不理解是暂时的，精诚所至，金石为开，她再次按响了门铃。门打开，是一张凶悍的表情：“你别来骚扰我们，再来我不客气了！”

江楚提着产品，来到楼下站了一会儿，想起未来的希望，又毫不气馁地提着资料到下一家去拜访。

江楚离家出走，侯卫国气得将杯子摔进了卫生间。自从江楚迷上传销以后，他不知摔碎了多少杯子，此时再摔一个，只是给卫生间的瓷砖增加一条伤口而已。

正在气头上，电话响了起来，他原本不想接，但是出于职业习惯还是接了电话。听到老三的疑问，他立刻急了，道：“今天晚上是沙州全局统一行动，主要是针对娱乐场所黄赌毒。汉湖这段时间搞得太出格，已经引起了局里的注意，今晚肯定是检查的重点。”他特别强调道，“所有参加的民警都上缴了通讯工具，我前几天胳膊摔伤了，今天在家休息，要不然也接不到你的电话。”

侯卫东暗叫侥幸，若不是偶尔看到派出所二楼灯火通明，今天晚上说不定就要栽在汉湖。

当曾昭强、朱兵坐上小车，刚刚开出汉湖，迎面就来了两辆警车。曾昭强冷汗都吓了出来，对开车的朱兵道：“真他妈的险，这汉湖是怎么回事？他们的消息不是很灵通吗？”

朱兵同样被吓得不轻，道：“以前是李晶在这主政，她关系网宽，现在也不知是哪个王八蛋在这里，以后谁还敢来玩。”

到了双江镇，有好几辆警车停在了镇口，看来这次行动规模不小。

周强原本是想让曾昭强和朱兵吃好玩好，可是差点将几位领导弄进公安局，黄豆般的汗水出现在他的额头之上，过了双江镇后停在高速路口，他可怜巴巴地站在车下。

“曾县长，我……我……这……这纯属意外。”平时能说会道的周强，此时变得结结巴巴。

曾昭强坐在车上，脸有不快，挥了挥手，道：“累了，回家。”商务车越过周强，直接开到了高速路道口处。

侯卫东见周强有些失态，他将头伸出车窗，道：“今天没有撞上枪口，是不幸中的大幸，肯定会有后福。周总改天再找时间给曾县长、朱局长赔罪。”

周强这时才回过神来，暗道：“沙州太保守了，还是要想办法将曾昭强弄到南边去，那里美女多，玩得也开。”

隔天中午，周强给侯卫东打了电话：“如果不是侯主任建议大家离开汉湖，我就闯大祸了，哪里还能在益杨做生意！”

周强说的是大实话，益杨县经济不发达，市场培育得也不好，靠着政府发财是一条捷径。而与官员们打交道得讲究规则，如果生意人送了钱没有办成事就去检举，或是经受不住检察院考验将受贿对象吐了出来，他的信誉度会立刻降为零，没有任何官员敢同这种人打交道。同样，如果一个商人运气不好，总出事，与他接触的官员也就谨慎许多。

侯卫东对于此事并不太在意，道：“我看见派出所二楼大厅灯火辉煌，就想起青林派出所每次有行动时，干警们总在二楼集合，这才有了警觉，没有想到瞎猫遇见了死耗子，真被猜着了。”

周强东弯西绕说了些废话，道：“前天侯主任说有大老板想买煤矿，什么时候带来与我见一面？火佛煤矿是好矿，谁买到都要发财，我是急着要钱，否则也不会卖火佛。”

侯卫东道：“东南亚金融危机这么凶，日本和韩国都被波及了，垮了不少大财团，大老板们投资都很谨慎，谁想在这个时候买煤矿！”

这一段话是他从李晶那里盗用的，用在这里倒很是合适。他又在话里留了一个尾巴，道：“既然是周总所托，我尽力而为，有了消息马上同你联系。”

随后这几天，侯卫东开始着手收购火佛煤矿。他做好两手打算，如果在官场发展不顺，他就转身进入商场，火佛煤矿就是他的退路之一。

在当新管会主任这一段时间，青林镇石场生意一直很好，他手里积累了不少现金，钱不是问题。关键问题是他的干部身份，不能正大光明地做这件事情，他还得借用母亲的名义，才能完成这次购买活动。

他以委托人的身份与周强谈了好几次，周强想去修路，急需资金，虽然舍不得，还是将火佛煤矿以一百四十万出手。

正式谈判时，侯卫东的母亲刘光芬来到了益杨，她涂了口红，戴上墨镜，脖子上挂着金项链，尽管略显夸张，倒还有几分暴发户的味道。

刘光芬到厂里转了一圈，火佛煤矿矿部是一幢四层楼房，收拾得还算干净，比想象中的小煤矿好得多，唯一让人心焦的是堆积如小山般的煤炭。

侯卫东早已和周强将收购合同谈好，尽管刘光芬心有疑虑，但是出于对小三的信任，还是签下了合同。

回到了益杨县，刘光芬跟着儿子到了沙州学院。教授楼外绿树成荫，湖面随风微动，景色宜人，她啧啧有声地道："小三，你真会享福，这房子环境这么好，干脆我和你爸搬过来养老，你另外去买房子。"

侯卫东痛快地道："如果你愿意，今天就可以把爸爸叫过来。"

刘光芬这时又想起了堆积如山的煤炭，道："火佛煤矿条件倒还不错，就是煤炭行情太差，煤炭积压了这么多，你到底有办法没有？没有办法，这就是一个烫手的山芋。"想到女儿女婿的丝厂亏得一塌糊涂，她心里就紧张。

"国务院下了文件，要求关井压产，调整结构，火佛煤矿在益杨不算小，应该有赚头。"侯卫东在科委没有什么事情，将国务院发至省里、省里发至市里、市里再发到县里的文件统统看了一遍。他要买煤矿，特别留心这方面的事情，这个关井压产似乎是买煤矿的理由。

刘光芬的担忧并没有减少，道："我跟着你爸也在乡镇干过，小煤窑根本关不绝，关井压产是一句空话。"

侯卫东道："车到山前必有路，老妈不必担心。"

两人说着上了楼，正好遇到郭师母。得知眼前这个戴着项链和墨镜的洋盘中年女人是侯卫东的妈妈，郭师母脸上的吃惊表情毫不掩饰。回家以后，对郭教授道："小侯妈妈是小学老师，怎么打扮得怪模怪样？"郭教授道："你别乱说，越是人老，就越要打扮得年轻，这是新思想。"郭师母还是嘀咕道："我还是看不惯这打扮，小侯比他妈要朴素。"

两口子正说着，门外响起了敲门声。

郭师母开了门。刘光芬在门外提着些东西，此时她已是恢复了本来面目，道：“郭师母，侯卫东在这里住了几年，感谢你们关心帮助他，我从吴海县带了些山木耳。”刘光芬心细，得知邻居郭教授中风，特意买了山木耳，这对病人有好处。

“刘老师，你真是太客气了。”郭师母还没有完全适应刘光芬的变化。郭教授在屋里道：“你们俩别站在门口，快请刘老师到屋里坐。”

刘光芬恢复了老太婆本色，郭师母便很是热情，将刘光芬让到了屋里，坐在客厅里聊得开心，倒有些老朋友的感觉。

星期天，刘光芬一大早就与郭师母上街买菜，她给儿子买了些小米、枸杞、红枣等食品，彻底调整了侯卫东冰箱里的食物结构。

11点30分，刘光芬还在家里擦拭，侯卫东见母亲没有煮饭的意思，奇怪地问：“妈，中午要到外面去吃？”

刘光芬道：“中午郭师母要请我们俩吃饭，她家丫头也要回来，听郭师母说，她家丫头还没有对象，我答应让你哥给她介绍。听郭师母讲，郭兰以前曾和你在一起工作过，我看过她的照片，很漂亮的女孩子。刑警支队棒小伙子这么多，总有配得上郭兰的。”

侯卫东哭笑不得，道：“妈，没有看出来，你还是天生的自来熟，来了不过一天，怎么就操心起郭兰的婚事了？”

刘光芬手脚麻利地收拾着屋子，念叨着：“可怜天下父母心，我跟郭师母一起去买菜，她一半的时间在谈郭教授的病情，一半时间在谈郭兰的婚事。”她开起了玩笑，“郭师母对你的印象很好，恨不得招了你去当女婿。”

说者无心，听者心里却是荡了荡。男人对美女有着本能的爱慕，否定是虚伪，肯定也并不意味着淫荡，关键是要符合大众道德。

郭兰原来并不准备回益杨，恰巧星期一要到益杨来出差，便在星期天提前回家。进了家门，见满桌子好菜，她夸张地抱了抱母亲：“妈，我每个月都要回来，你弄这么丰富做什么？”

听说要请侯卫东和他的妈妈，郭兰道：“侯卫东的妈妈，她到益杨做什么？”

郭师母道：“那天你爸得病，侯卫东出了大力，他妈妈过来，我们热情一些，这也是表达感激的一种方式。”

听到母亲这样说，郭兰就去了卫生间，细细地洗了脸，化了淡妆，然后到厨房帮着母亲理菜。郭教授是做学问的人，喜欢安静，家里客人很少。今天请侯卫东吃饭，由于两家关系不错，也不算什么正式的客人，他便在屋里看书。等到刘光芬和侯卫东都坐上了桌子，他才从书房出来。

郭兰见父亲仍然有些瘸，关心地道："爸，你别成天关在书房里，要多出去走动。"

刘光芬道："我们学校的老校长十年前得了这病，他天天坚持在学校操场走圈子，现在身体很健康，比得病前还要好些。郭教授要多吃木耳、洋葱，还可以用花生米泡醋，这些都能软化血管。"

郭师母详细询问这个花生米泡醋的法子。

侯卫东话不多，慢条斯理地吃菜。郭兰主动问道："你到科委工作，比新管会工作轻松得多？"

由于与家长同桌，侯卫东说得轻描淡写："到哪里都是工作，我只能服从组织安排。科委的工作与新管会相比，工作量确实少得多，科委的同志想做事，可是找不到事情。"

"我陪同领导到科委去考察干部，市级科委同县级科委相比，日子好过得多。他们手里有项目，资金也不少，你也可以去跑一跑，看能不能争取到项目。"

"不知市科委近期有什么项目？"

"上一次我去考察，吃饭时听尹明主任说，科委准备在县里搞一个农业科技研究基地，这是省里来的项目，还没有最后确定下来。"

侯卫东立刻想起了益杨科委的职责，第五项是"编制和实施重点科技实验项目、工程技术研究、企业技术开发中心等科研基地建设；组织实施高新技术产业化项目的小试、中试、结题；推进高新技术产业化项目的规模化、商品化以及相关的科技基地建设"。

他认真研究过职责，当郭兰说起农业科研基地，他敏感地意识到这是一次机会。

吃完饭，侯卫东就给粟明俊打了电话。提起此事，粟明俊满口答应："明天我约尹明出来吃饭，你来参加，地点就在新月楼外面的水陆空，具体时间我等一会儿打电话给你。"

此事若办成，对科委将极为有利。侯卫东心情不错，对刘光芬道："妈，你别擦桌子了，你走了，明天还不是一样。"

刘光芬道："家里缺不得女人，你们这样长期两地分居也不是办法。”想到小佳，她不由得想起了江楚，道，“江楚这孩子不懂事，好好的日子不过，非要去搞传销，如果闹下去，恐怕要离婚。”说到这，她眼前一亮，对侯卫东道，“小三，你看郭兰怎么样？如果江楚与你哥离婚了，就把郭兰介绍给你哥，两人蛮配。”

侯卫东伸手摸了摸刘光芬的额头，道：“妈，你没有发烧，怎么大白天说起胡话，都是劝和不劝离，你这当妈的，怎么想着儿子离婚？还有，郭兰在市委组织部，眼光很高的。”

刘光芬假装生气：“没大没小，有谁这样说妈妈？”

“你有这种想法就不对。”

刘光芬刚才只是一句戏言，她叹了一口气，道：“改天我再找找江楚的爸妈，我们一起做工作，争取让江楚与传销彻底断掉，她要是和郭兰一样懂事就好了。”

侯卫东开车将刘光芬送到了吴海县，刚进家门，粟明俊的电话就打了过来，道：“我明天跟随着周书记到南方考察，约尹主任只能安排在今天晚上，你有时间吗？”他是市委组织部常务副部长，约科委主任吃饭，还是很有把握的。

这对侯卫东来说是一个机会，道：“我没有问题，随时恭候。”

过了一会儿，粟明俊打电话过来：“与尹主任说好了，6点，水陆空，最东的雅间。”

侯卫东接到准确消息便开车直奔沙州新月楼。回到新月楼的家中，抓紧时间洗澡，换上干净衬衣。

5点40分，侯卫东到了水陆空东边的雅间，略等几分钟，粟明俊和一位五十来岁相貌很儒雅的中年人走了进来。互相介绍以后，侯卫东主动道歉：“尹主任，我到益杨科委报到才几天，是科委系统的新兵，还没有来得及到市科委报到，你以后要多批评。”

科委尹明主任热情地道：“欢迎侯主任到科技战线来工作，科技战线需要你这种有锐气的年轻人。”县科委主任能请动沙州市委组织部常务副部长来作陪，这让他暗自吃惊。

有粟明俊作陪，气氛很是热烈，尹明一点都没有摆官架子，谈起科委的事情基本上是知无不言，言无不尽。侯卫东倒真是很有收获，他做了科委主任，虽然这个职务是强加给他的，但他并不想马虎了事。

星期一，侯卫东给尹明打了电话，说是要到市科委汇报工作，尹明满口答应："你过来吧，我把会议推掉。"听到尹明推掉会议等自己，不管是真是假，还是让侯卫东有几分感动。

侯卫东将副主任周永泰请到办公室，第一次正式商量工作。

说到农业科研基地之事，周永泰明显信心不足，道："这种好事能落到我们头上？"

侯卫东反问道："市科委总要布点，凭什么不能落在我们益杨？我们动作要快，文件我已经做好了，我们直接去找尹明主任。"

听到直接找科委一把手尹明，周永泰有些畏手畏脚，道："尹主任架子大，你和他不熟，直接找他效果不一定好。这事是市科委张副主任分管，我们先去找分管领导。"

侯卫东道："擒贼先擒王，没有尹主任点头，这事办不成。"

科委没有车，侯卫东亲自开车，和周永泰一起到了沙州市科委。周永泰是老同志，与市科委上上下下都很熟，他刚从蓝鸟车上下来，就遇到市科委的一名科长。科长看着蓝鸟车，被震了震，道："老周，益杨科委不错嘛，居然配了蓝鸟车，这可是科委系统中最好的一辆车。"

周永泰不好意思说是侯卫东的私车，岔开话题，问："尹主任今天在不在？我们来汇报工作。"

科长朝院中看了看，尹明的车子还停在院中，道："应该在，他的车还在院子里。"

上了楼梯，周永泰仍然有些犹豫，道："我觉得还是先找分管领导。"侯卫东摇了摇头，坚定地朝着尹明办公室走去。

令周永泰意外的事情发生了，当他们两人走进办公室，尹明主任居然态度很好，站起来握了手，然后亲切交谈，很和蔼的样子。

侯卫东汇报完益杨县科委的日常工作，用双手将请示递给尹明，道："尹主任，我们科委准备申请搞一个科研基地，县科委没有基地作支撑，腰杆子始终不硬。"

尹明看完请示，便明白侯卫东的真实意图，他没有挑明，道："科研基地需要土地，县里会支持吗？"

侯卫东道："高副县长很支持我的想法，土地没有问题，新管会有一大片地，如果市科委支持我们，我想弄一百亩。"

双方谈得很投机，不知不觉中接近下班时间，侯卫东道："听尹主任一席话，胜读十年书，我以后的工作中少走不少弯路。"他说得很真诚，尹明也有些诲人之后的快感，道："刚才谈到的许多东西都是我当科委主任的心得体会。有些科委主任不学无术，占着厕所不拉屎，如果全市的科委主任都和小侯主任一样敬业，我们的工作何愁搞不好，我们的地位何愁提不高。**有为才有位，这是颠扑不破的真理。**"

益杨前一任科委主任以前工作的岗位权高位重，到科委之后心气儿一直不顺，他年龄偏大了，并不想在仕途上另作发展，就等着退居二线。正因为如此，每次到市科委开会，会议结束以后，他拍拍屁股就走人，根本不和市科委的领导们接触。市科委尹明对益杨县科委就有了很大的意见。

前主任退休以后，周永泰暂时主持科委工作，他每次见到尹明，尹明都是一脸严肃，弄得周永泰几乎不敢和尹明说话。

侯卫东初来时，周永泰还隐隐拿着老资格的架子，此时见到侯卫东与尹明在一起谈笑风生，老前辈心理基本上烟消云散。

侯卫东见时间差不多了，道："尹主任，中午有空没有？能不能一起吃个午饭？我还有很多事情想请教。"

尹明道："到了市科委，怎么还让县里的同志请客，今天市委办公厅有两位秘书在科委，就一起了。我等一会儿还要与杨科长见一面，你们先到科技大楼等一会儿，我随后就到。"

科技大楼是市科委旗下的重要产业，一楼是门面，卖一些诸如电脑设备等似是而非的高科技器材，二楼是科普展览厅，三楼是录像厅，四楼则是对外营业的餐厅，科委的接待工作一般都安排在四楼的餐厅。

科委办公室的一位漂亮小姑娘，领着侯卫东与周永泰到了四楼的餐厅，她保持着表面上的礼貌，但是神情间却总显得有些冷漠。侯卫东主动搭腔，她也是爱理不理。这位小姑娘年龄不大，胸部不小，典型的胸大无脑型女子，侯卫东也不与她计较。

三个人在雅间傻坐着，盯着一台大电视。这是一帮脑残者拍的电视剧，剧情烂，服饰差，对白肉麻，侯卫东原本想换频道，见漂亮小姑娘看得起劲，只得忍受着这部电视连续剧的折磨。

过了一会儿，门外响起了脚步声，还有"尹主任好"的招呼声。小姑娘如川戏中变脸绝活一样，迅速地将一张冷面换成了一副笑脸。

跟着尹明主任进来两位年轻人，其中一位居然是熟人，市委办公室秘书杨腾。杨腾此时已荣登信息科科长之位，见到侯卫东，不等尹明互相介绍，亲热地道：“侯卫东，好久没有见到你了，那天黄秘书长从益杨回来，还跟我说起你的事情。他现在对打猎有了兴趣，还说秋天要到青林镇来打猎。”

侯卫东借竿上爬，道：“感谢黄秘书长关心，秋天野鸡、野兔、野猪正肥，正是打猎的好时机，到时请杨科长一起过来。”

尹明在一旁听着，心里一惊，道：“组织部常务副部长为了侯卫东亲自出面请客，市委常委还跟他一起打猎。此人年纪轻轻，关系网还真是宽，不简单！”

侯卫东热情地向尹明发起了邀请：“尹主任，我以前在益杨青林镇工作过。青林镇有一座青林山，山的东侧有一片保护得很好的森林，是天然猎场。请尹主任百忙之中抽出时间，我陪你去打猎。”

“我老了，翻山越岭，还不要了我的小命。”尹明说到这里，用眼角的余光瞟了一眼漂亮的小姑娘，正好与小姑娘的目光相遇，两人目光碰上又飞快地闪开。

由于是中午时间，加上尹明下午要到市里开会，所以只开了一瓶酒。这点酒对于侯卫东实在是小意思，但是尹明酒量不大，喝了几杯，谈兴就更浓了。

分手时，侯卫东正要询问农业科研基地的事情，尹明主动向侯卫东交了底：“市科委今年有一个好项目，是农业科技研究基地，上面带资金下来，如果益杨要争取，动作就要快一点。”

侯卫东道：“尹主任，益杨上上下下对这个项目都高度重视，您要考虑我们益杨。”

尹明谈了项目的具体情况，道：“作为市科委，项目放到哪个县都可以，关键是要及时。这得要看县里态度，哪一个县主动，得到沙州市领导的青睐，项目就可能落到哪一个县。如果有市领导发了话，我的意见就成了参考意见。”他这样说，算是交了真底，也给自己留下了一点活动的空间。

如果是祝焱在益杨坐镇，侯卫东心里必定很踏实，可是马有财当县委书记，他心里无底，但是嘴巴还是很硬，道：“尹主任放心，县里很支持这个项目。”

车行于高速路上，风驰电掣，两旁的行道树迅急后退，就如轻功高绝的四大恶人中穷凶极恶之云中鹤。

周永泰感慨万分，搓着手，道："尹明主任居然留我们吃午饭，还亲自陪同，真是稀罕事。"

侯卫东不以为然地道："他是市科委主任，我们是益杨县科委，留我们吃饭很正常。"

周永泰酒量不行，酒喝得虽少，却是微醉状态，道："侯主任，你当过县委书记秘书和新管会主任，确实与我们科委干部不一样，你就是在科委过渡，迟早要远走高飞。"

侯卫东知道周永泰开始说酒话了，笑而不言。

下了高速路口，侯卫东直接将周永泰送回家。这一次，周永泰只是半醉，摇摇摆摆自己上楼。

侯卫东回到科委办公室，稍稍休息了一会儿，又到三楼去找高宁副县长。

"建农业科技研究基地，市科委能出多少钱？"高宁听说这个项目，也很是高兴。

"沙州是农业大市，所以岭西省里在沙州布置一个农业研究基地。项目立项以后，省里就往下拨钱，建设费用在两千万左右。如今最关键的是土地。按尹主任的意思，这个项目需要一百亩土地，希望当地政府在土地价格上优惠。"

高宁皱着眉头道："昨天开了常委会，凡是划拨、征用土地在三十亩以上的，必须报经常委会通过。"

侯卫东以前当新管会主任的时候，为了推进新管会建设，权力很大，当时莫说三十亩土地，就算是一百亩土地，他说话也要算数。他暗自琢磨道："马有财这招很高明，既符合民主集中制的原则，又不动声色地将权力集中于常委会，看来杨森林的日子不好过了。"

他此时并不关心东风压倒西风还是西风压倒东风，只想把项目落实，然后把科委搬到基地去，自己暂时成独立王国，等待翻盘机会。

高宁沉吟了一会儿，道："这个项目不错，以科委名义打一个报告，争取上常委会。"

从本质上来说，侯卫东是一个倔强的人，他下定决心的事情，即使困难再大也不会害怕。以前在上青林修路，当时什么条件都不具备，最终还是让他办成了。这一次搞农业科研基地，条件很成熟，他更不会轻易放弃。

自从有了基地这个目标，他在科委的日子似乎也不是特别难受，又找到几分在新管会忙忙碌碌的感觉。

走出高宁办公室，他到了四楼，找到县委副书记季海洋。

季海洋痛快地道："这是好事，我估计常委会能通过。"他又加了一句，"没有理由不让项目通过。"

侯卫东想到尹明的交代，问道："什么时候开常委会？市科委在时间上有要求。"

季海洋道："什么时候开常委会，这就是县委书记的权力，我说了不算。"

侯卫东没有掩饰自己的真实想法，道："当科委主任，我不想成天看报纸，做成这个项目，也算是没有白混日子。"

季海洋明白侯卫东此时的心境，道："这个项目不错，我尽量促成此事。"

益杨县科委很快将报告送到县政府，过了两天，仍然没有消息。

侯卫东找到高宁，高宁道："我签了意见，已经送到了杨县长那里。"侯卫东如当初修上青林公路一般，发起了疯劲，他不愿坐等，直接找到了县长杨森林，汇报了项目之事。

杨森林道："我原则上同意，等常委会通过以后，作为今年益杨的重点项目。"

侯卫东从杨森林办公室出来以后又去找季海洋，道："季书记，什么时候开常委会？市科委尹明主任催得很急。"

季海洋笑道："老弟，心急吃不了热豆腐。马书记到东三省考察去了，还没有回来。这事涉及地方配套和土地，按照常委会的新规定，要等到马书记回来后才能定下来。"

拿下农业科研基地

侯卫东咬定青山不放松，下定决心要将农业科研基地项目拿下来，他从上青林弄了二十八只风干野山鸡，亲自给市科委送了过去。

市科委一正四副，二级班子七人，送了尹明四只风干野山鸡，其他都是每人两只。侯卫东还特意为那个漂亮小姑娘准备了两只，那天吃饭，他总觉得尹明与那个漂亮小姑娘关系很不一般。

将礼物交给了科委办公室主任，侯卫东上楼去向尹明汇报工作，刚走到楼梯口，听到楼道上传来熟悉的声音。

“尹主任，您请回，今天晚上不见不散。”

这是益杨原副书记赵林的声音，侯卫东当过益杨县委办副主任，对赵林的声音印象很深。果然，他刚走上楼道，见到赵林正在与尹明握手告别，任林渡手里提着一个黑色手包，含笑站在赵林身后。在任林渡身旁还站着一个瘦瘦的眼镜，与周永泰在气质上极为神似，应该是吴海县的科委主任。

任林渡比起以前沉稳了许多，见到侯卫东，眨了眨眼睛，轻轻点点头，算是打招呼。跟在领导身边，虽然好处不少，但是有得必有失，领导身边人在某种程度上失去了部分人身自由。侯卫东对此深有体会，也只是用眼神与任林渡打了招呼。

赵林带着吴海县科委主任到市科委，正是为了农业科研基地而来。吴海县与益杨县是处于一个档次的城市，但是在这几年的发展中，由于地理位置稍逊于益杨，以及领导决策诸多失误，其发展速度明显慢于益杨。赵林到吴海任县委书记以后，提出了“超越”战略，口号提出来容易，喊起来也响亮，落到实处却是极难。

社会发展有其客观性，一步落后，步步落后，追上来谈何容易。再加上吴海县经济技术开发区前期工作力度不够，操作不规范，被省政府下文取缔。缺少了开发区这个火车头，吴海县招商工作极为艰难。

赵林到了吴海以后，费尽周折，没有招到一个规模以上的企业。

正因为如此，赵林听到县科委主任汇报市科委有农业科研基地项目之后，亲自出马，带着委办副主任任林渡与科委主任老杜，一起来市科委跑项目。

见到侯卫东，赵林自然明白其意图。他是祝焱的助手与好友，一直是侯卫东的上级，见面自然很是从容，半开玩笑半认真地道：“小侯，吴海是你的家乡，这个项目你就别争了，为家乡作贡献。”

侯卫东对老领导赵林很是尊敬，如果是一般事情，赵林发了话，他也就执行了。只是此项目已经上报给了县政府，不是他个人所能决定，就如实道：“赵书记，杨县长对这个项目也很重视，这事我做不了主。”

赵林没有继续说这个话题，他和蔼地道：“吴海县开发区已重新获得批准，目前正在筹备，小侯在新管会工作得不错，有没有兴趣回到家乡工作，把开发区工作抓起来？”

赵林调到吴海之后，经过努力，吴海经济技术开发区重新获得批准，听说侯卫东调到了科委，他心里便有了挖墙脚的想法。今天与侯卫东见了面，顺口提了出来。

侯卫东心里动了一下，不过他很快就在心里否决了赵林的建议。祝焱此时已是茂云地委副书记，跟着祝焱，自己发展肯定要快一些，而跟着赵林只是重复过去。他含糊地道：“谢谢赵书记，调动的事情还要与家里人商量，老婆在沙州，她一门心思要我回沙州。”

尹明在一旁笑而不语，这个项目究竟花落谁家，他现在颇有些为难。吴海县是县委书记亲自出马，临津县的陈县长打电话说要过来拜访。市科委从来没有这样受人重视，他感觉良好。

送走了赵林，尹明对侯卫东道：“吴海赵书记很器重你，其实你能到吴海开发区主持工作，蛮不错，比当科委主任要强。”此时他对侯卫东已是刮目相看，黄子堤、粟明俊、赵林等人都是实权派，却和侯卫东关系都不错，这个小伙子肯定前途无量，说话间就亲热了许多，把市科委主任的架子收了大半。

侯卫东笑了笑，没有直接回答，跟着尹明到了他的办公室，道：“尹主任，我这次来就是汇报益杨县对项目的初步意见。”

听完汇报，尹明道：“既然益杨县委、县政府如此重视此项工作，市科委一定会认真考虑的。”话虽然如此说，尹明在心里却想道：“益杨县既然重视，县领导为何一个也不来，我看吴海县才是真正重视。”

离开了市科委，侯卫东暗道：“赵林亲自出马，看来这个项目有些悬了。”

他心里装着项目，没有在沙州停留，直接回益杨。到了益杨县政府已是下午，又马不停蹄地直奔三楼去找县长杨森林。

一般情况之下，找县长汇报工作必须要经过府办工作人员通报，但是侯卫东身份不同，他与府办秘书打了招呼，得知杨森林在办公室，便直接敲门。

开门的是府办主任刘坤，出门见是侯卫东，脸上没有多少表情，公事公办地问道："找杨县长有事情？"

侯卫东道："我有急事向杨县长汇报。"

刘坤表情不变，道："杨县长正在与重要客人谈事情，我建议你明天来，今天恐怕没有时间。"在益杨，要论对侯卫东的了解，他至少能排到前几名，他不愿意侯卫东与杨森林接触过多，这就如老虎天生对侵入自己领地的对手怀着警惕一样。

侯卫东转身回到科委办公室，想到刘坤正儿八经的面孔，骂道："阎王好见，小鬼难缠，当了府办主任，哪里用得着这样道貌岸然！"

等到下午5点，侯卫东决定不再去敲门，直接给杨森林打了手机，在电话里简要汇报了在市科委了解到的情况。

杨森林很重视农业科研基地的事情，作为农业大县，县里设置一个农业科研基地，对于全县农业发展极有好处。而且，这个项目仅是建设投资就有两千多万，以后每年也有科研经费。沙州几个县都对资金极度饥渴，如沙漠中缺水之人很难拒绝一瓶矿泉水，这种好事绝对不能轻易放过。

听说赵林书记为了项目亲自出马，杨森林道："你把相关材料拿到我办公室来，我再看一看。"

这一次到市科委，侯卫东扔给了市科委办公室主任一条娇子烟，两人关系顿时拉近许多。侯卫东弄到了一套农业科技研究基地的详细材料，回到益杨，他立刻将材料复印好几份，将相关文件收集在一起，由小宁主任在档案袋上写了"农业科研基地项目相关资料"，这份材料就变得有模有样。

侯卫东拿着档案袋到了三楼，高宁副县长也正从办公室出来，他见到侯卫东，问道："项目情况进展如何？"

"我才到市科委去了一趟，如今几个县都在争取这个项目。"

高宁与侯卫东进来时，府办主任刘坤也在办公室内，他为高、侯两人倒上茶水，拿着本子坐在一旁。

杨森林看完材料，道："老高，你是分管领导，既然有了项目，一定要主动与科委衔接，不能坐在办公室里指挥，光靠科委的力量，弄不下来这么大的项目。"他口气中就带着些批评的意味。

正所谓官大一级压死人，杨森林与高宁都是从沙州下来的，两人在市里职级一样，如今杨森林是县长，他是副县长，成为领导与被领导的关系。

被杨森林批评了几句，高宁就对侯卫东有了小小的看法。**侯卫东从沙州市科委回来，事先没有给自己报告情况，而是直接找杨森林汇报，这就是典型的越级汇报，而越级汇报是岭西官场中很忌讳的事情，虽然这种做法很普遍。**

高宁道："我明天就去市科委，与尹明主任具体谈，只是，这个项目常委会还没有研究，土地问题我不好表态。"

杨森林想了想，道："明天一早我和你，还有侯卫东，一起到市科委。这个项目如今是热包子，手脚稍稍慢一些，就会被其他人抢去，马书记还有些时间才回来，我们不能再等。"

马有财当过多年的行政主官，当上书记以后，还是习惯于政府那套做法，事情管得极细。杨森林是个急性子，也不会轻易服软，已对马有财的做法颇为不满，只是他在益杨势力单薄，只能忍着。这一次，他想借基地之事发出自己的声音。

杨森林如今是益杨县长，他决定争取市科委的农业科研基地项目，力度又有不同。他先给沙州市政府秘书长蒙厚石打了电话，以县长名义正式汇报了益杨县政府的想法。

他是蒙厚石的侄子，平时多是麻烦其解决个人问题，这一次是利用私人关系解决公事。

蒙厚石是市政府资深秘书长，他在基层工作时，现在的省委副书记朱建国也在基层奋斗。等到朱建国大权在握时，蒙厚石年龄已经偏大，志气消磨殆尽，只想在市政府秘书长位置上等着退休。

由于有了朱建国这层关系，沙州市政府一直都用他做秘书长。

蒙厚石在市政府的地位很超然，说话在某种程度上来说比某些副市长还有分量。市科委这点事情，对于他来说就是小事一桩，脑筋一转，计上心来，道："你以县政府的名义打个报告，要求建一个农产品科研机构，我来签字，建议将科委的项目放到益杨县。”

“高市长很快就回来，她是才上任不久的副市长，与下面关系都一般，我估计她还不知道此事。你们动作快一点，趁着其他县没有当面汇报的时候，就把事情解决了。”当秘书长多年，他对市政府的事情门儿清，轻重缓急把握得很好。

得到了蒙厚石肯定的回答，杨森林心里踏实了。他带着高宁和侯卫东一起前往科委拜访尹明，提出将新管会土地以五万元一亩作价给农业科研基地，一百亩土地就是五百万元，这个价格低于商业用地。

这个承诺已经违反了益杨县常委会重大事项相关制度，杨森林一方面是为了争取项目，另一方面也是有意借机挑战马有财的权威，试一试他的反应，打开一个缺口。

7月28日，侯卫东正在办公室看报纸，接到了尹明的电话。尹明高兴地道：“小侯主任，告诉你一个好消息，市政府已经同意将农业科研基地落户益杨，为了此事，我可是得罪了吴海等县的领导。”

当侯卫东喜滋滋地将这个消息报告给县长杨森林时，杨森林很平静，道：“我知道这事了，项目落户以后，科委要负责协调，将农业科研基地建好。”

农业科研项目一事，杨森林两天前就知道了。益杨县请求建科研基地的报告上报到市政府以后，秘书长蒙厚石在第一时间拿到这份文件，他在上面签道：“我市是农业大市，应该配置农业科研机构，益杨县条件最为成熟，建议将科委的农业科研基地项目落户在益杨，益杨就不必单独再建机构。请高榕副市长阅示。”

分管科技工作的副市长高榕是刚满四十岁的女同志，她原本是省政府副处长，在沙州市政府换届时，按照省委要求，需要在班子里配备一名有大学文凭、年龄在四十岁左右的女同志。省委组织部依葫芦画瓢，先把正处级女干部排了名单，居然没有一个符合条件，随后放宽条件，副处级女领导中只有高榕符合条件。

沙州市委就将高榕的材料上报给了省委，省委拿到高榕的档案，发现高榕还是民盟党员，省委副书记朱建国当即表态，这个女同志条件很好，纳入重点培养计划。

天上落下了馅饼，高榕稀里糊涂地当上了沙州市副市长。她当上副市长的原因传出来以后，让许多雄心勃勃的正处级男性领导哭笑不得。

高榕从欧洲回来，刚到办公室，政府办的小梁就将这份文件送了过去。她出去了一个多月，只知道科委有项目，并不知道具体情况，见到蒙厚石的意见，便打电话询问科委主任尹明。

尹明回答得很原则："沙州四个县都符合条件，各有优势。"

高榕看着蒙厚石的意见，问道："益杨如何？"

为了这个项目，四个县的头脑都先后与科委接触，这让尹明好生为难，此时听高榕特意提起益杨，他揣测高榕有意让项目落户益杨，道："益杨县交通便利，经济相对好一些，又搞过铜杆茹企业，是四个县中最理想的。"

高榕听到尹明如此说，在文件上签字："科委农业科研基地项目布置于益杨，符合实际情况，建议由科委与益杨县共同提一个方案，报市政府研究后实施。请刘市长阅示。"

对于沙州市长刘兵来说，农业科研基地是小事，他见高榕签了字，随手写了龙飞凤舞的两个字："同意。"

县委书记马有财回到益杨县时，杨森林快刀斩乱麻，已将农业科研基地定了下来，基地定点于新管会内，占地一百亩，每亩五万元。对于此事，马有财心有不快，只是杨森林手里有市长刘兵签字的尚方宝剑，他默认了这个结果。

在随后的一次常委会上，马有财专门强调纪律："常委会重大事项议事制度，是铁的纪律，任何人、任何事都要按照这个制度办事，否则就是对民主集中制的践踏，是对常委会领导集体的否定。"

这个帽子很大，杨森林在鼻子里哼了一声。

经过与祝焱的博弈，马有财的斗争艺术得到了极大提升，他并不想与杨森林闹出矛盾，但是和平共处的前提是自己要树立充分的威信。立威，是为了妥协。

杨森林锐气仍盛，他暂时还没有摸到马有财的真实想法。

农业科研基地项目是岭西农业科技改造的子项目，以中央财政专项经费为主体，地方配套30%。在侯卫东的多次汇报之下，益杨县采纳了侯卫东的方案，由侯卫东与市科委协商，在农业科研基地内单独设立一个益杨野生菌研究所，直属于益杨县科委，算是这个项目对县科委的直接回报。

侯卫东最真实的想法是借着益杨野生菌研究所这个项目，将科委电脑以及老古董家具全部换掉。办公条件好了，经济宽松了，科委同志才会有自豪感和荣誉感，没有一定的物质条件，思想工作必然是白费劲。

项目开工建设以后，侯卫东让副主任周永泰作为益杨科委的甲方代表，负责协调、监督工程，侯卫东则当起了甩手掌柜，不去沾手这些麻烦事。

科委日常工作琐碎，多是日常性事务，侯卫东每天上午只花半个小时就将事情办完了。以前在县委办和新管会时，他很少到石场去，这时他拥有大把大把的时间，经常开着皮卡车到石场和火佛煤矿，既照看了企业，又在广阔的大自然中享受生活。

如果不能在官场上有所作为，就在商海中一展身手，这是侯卫东调到县科委以后的两手准备。

这几年基建项目很多，石场一直不愁生意，狗背弯石场、芬刚石场以及下青林条石场，已经成为他稳定的利润来源。几年下来，石场的管理人员以及工人都成了熟练工，侯卫东只需看一看炸药用量和电费，就大体上算得出每月的营业额，相差极小。

而新购买的火佛煤矿则困难重重，国内行情长期不振，销售困难，料场的煤炭堆积如山。一些用煤大户总是拖欠着煤款，如果不是三个石场不断输血，这火佛煤矿根本无法维持。

8月15日，侯卫东开着蓝鸟车到了岭西，岭西火电集团下辖的两个火电厂，其中一个就在茂云。火佛煤矿距离茂云火电厂不远，侯卫东接手火佛煤矿以来，就开始给茂云火电厂送煤。数月过去，火电厂一分钱未结，何红富数次去找火电厂，对方总是推托经济紧张，不肯支付煤款。

眼见着石场的钱投到煤矿就如石沉大海，侯卫东这才明白周强为什么急于将煤矿出手："虽然前途是光明的，但是道路太曲折，恐怕没有等到光明前途到来，火佛煤矿已经垮掉了。"

这就是理论与现实的差距，也是办公室拍脑袋与真实情况的差距。

见到火佛马上就要停产，侯卫东心急了，把认识的人回想了一遍，料想到财政厅应该与火电集团有些关系。

这两年过春节，侯卫东都在祝老爷子家里遇到省财政厅蒋玉楼，从每年到了春节都给老领导拜年这一点来看，蒋玉楼应该是重情义之人，他就抱着试一试的态度打了电话。侯卫东的判断大体上准确，蒋玉楼稍为犹豫了一下，就答应了此事。

岭西火电集团是国有企业，借助省财政厅的时候很多，火电集团李总接到了蒋厅长的电话，爽快地道："蒋厅长开口，还有什么话说，我马上叫茂云电厂付款。"

一个小时以后，火佛煤矿接到了茂云火电厂的通知："可以付货款了。"拿到货款，侯卫东立刻松了一口气，有钱就可以付工资，就可以安置必需的设施。他办矿的原则是不赚黑心钱和血泪钱，所谓黑心钱就是克扣工人工资，血泪钱就是克扣安全投入而导致人员伤残。青林镇开办石场数年，只有侯卫东的芬刚石场和狗背弯石场安全条例最多，也只有这两个石场没有死人。

解了燃眉之急，侯卫东便考虑如何感谢蒋玉楼。一方面，知恩图报是传统，这次不感谢就没有下一次，另一方面，能与蒋玉楼这种财神爷成为真正的朋友，将受益无穷。

他开着蓝鸟车到了岭西。

在金星大酒店住下来，侯卫东给蒋玉楼打了电话："我是益杨小侯，感谢蒋厅长，火电厂已经将煤款全部拨了。"

蒋玉楼正关上门看东南亚金融危机的内部材料，道："是吗？我和火电集团李总也是多年老朋友，他这点面子是要给的。还有事吗？"

侯卫东道："蒋厅长，这件事情对您来说就是小事一桩，对于火佛煤矿却是生死攸关的大事，我代表火佛煤矿一百七十五位员工，真心感谢蒋厅长。今天晚上有空没有？我想请蒋厅长吃顿便饭，当面表示感谢。"他原本想说"请赏脸一起吃个饭"，又觉得如此说法太卑微了，反而让人瞧不起，就换了寻常一些的语句。

蒋玉楼道："不用这么客气，我今天很忙，晚饭就不必了。"

侯卫东只是益杨县的中层干部，正科级，进不了蒋副厅长的视线，他这次帮忙纯粹是看祝家两代人的面子。作为财政厅的副厅长，有无数的人排队请他吃饭，他实在没有兴趣和侯卫东一起吃晚饭。

第一次没有请动蒋玉楼，侯卫东没有气馁。任何人都有弱点，只要投其所好，对症下药，一般就能攻下难关。只是，侯卫东与蒋副厅长接触很少，不知道他的弱点。

他在酒店里给李晶打了电话："我在岭西，刚到。"

李晶道："我现在在成都，下午5点的飞机回岭西，你在家里等我。"她加了一句，"到了岭西，你就别住金星大酒店，酒店虽然好，毕竟不是家。”

侯卫东手里有李晶的钥匙，不过，他宁愿住在酒店里，也不愿意一个人住在李晶家里，道：“你不用叫司机到机场来，我过来接你。”

李晶笑道：“无事献殷勤，非奸即盗，你有什么事情？”

侯卫东嘴巴硬，道：“不愿意我来接你，就算了。”

李晶嗔怪道：“跟你开玩笑，还真生气了，你能来接我，我很高兴，破天荒啊。”

由于成都至岭西的飞机晚了点，李晶从机场出来已经是6点了，她拖着行李刚到大门，见到侯卫东站在门外挥手，由衷感叹：“有人接的感觉真好！”

夕阳很美，从云层里射下来千万道光芒，让侯卫东脸上身上都泛起金黄色，略显黑色的面皮很是英俊，直直的鼻梁、短短的头发，很有男子汉的味道。李晶紧紧地挽着他，心里格外温暖。

与侯卫东第一次疯狂之后，她就对那些肥肠满肚的男人失去了兴趣，甚至一想到白花花的肥肚皮就反胃呕吐。侯卫东就这样春风化雨般成为李晶生命中最重要的男人。

在成都开了会，走到春熙路上，望着一对一对幸福的年轻人，她不由得想起了侯卫东。久经风雨，她原本以为对男人已经麻木，如今却对一位比自己还要小几岁的男人牵肠挂肚，这种感觉让她新奇而幸福。

“难道，这是爱情吗？”李晶禁不住追问自己。在爱情影视和小说铺天盖地的时候，爱情反而成了奢侈品。

爱情，是属于少女时代的梦想。初中时，早熟的李晶时常捧着琼瑶的小说，第一本琼瑶小说是《一帘幽梦》，当时她看得如醉如痴，至今仍然记得泪水从脸颊滑下来的湿润之感。

同桌是一位个子高大的男生，他和李晶有着相同的爱好，李晶看琼瑶，他看金庸。两人互相将对方看成故事中的主人公，在不懂爱情的时候假装拥有爱情。下晚自习时还趁着夜色拉了手，还在街角第一次接吻，除了涂了满嘴口水以外，没有给李晶留下特别美好的印象。

初中毕业，短暂的爱情被一阵微风吹走。李晶阴差阳错考上了中专，那位男生转学去了另一个城市，两人甚至没有道别就分手了。这就是李晶的第一次爱情，淡淡的，有时回想此事，恍若隔世。

中专毕业以后，她辗转来到沙道司，当失身于已要到退休年龄的老总时，她蒙着被子痛哭一场，“爱情”这两个字便从她的人生字典里飞走了。没有想到，十年以后，李晶再次想到了“爱情”这两个字，只是她心里有着百般滋味，再不复当年懵懂时的清纯。

侯卫东专心开着车，见李晶突然不说话了，道：“怎么不说话了？如果想睡觉就眯一会儿。”

李晶“嗯”了一声，便真的眯上眼睛了，成都之行，她真的很累，靠在软软的真皮椅子上，睡着了。等睁开眼睛，车进了小区，稳稳地停在了楼底下。

回到家，侯卫东将火佛煤矿的前后事情给李晶说了。李晶此时已靠在了侯卫东怀中，道：“如今煤炭行情不好，很多老板亏惨了，你怎么还敢买煤矿？”

侯卫东道：“国务院正在关停小煤窑，关闭以后，行情肯定要转好，只是这个过程让人发狂。这一次如果蒋副厅长不打电话，火佛煤矿就要出问题了，我原本想约他吃晚饭，被他拒绝了。这一次他肯帮我，是看在祝焱面子上，下一次就说不清楚了。”

李晶明白他的意思，道：“你的想法很对路，不管是生意人还是官员都要建立自己的圈子，圈子都是从无到有，从小到大。依我的经验，要搞定一个人，不外金钱和美女两种，这是最简单、最庸俗也最有效的办法。如果这两种办法都不行，就寻找他特殊的爱好和需求，人无完人，总有弱点，在这个社会上要想洁身自好，很难。”

“道理我明白，具体如何操作？”

“我明天帮你打听。”

第二天是星期一，侯卫东给周永泰打了电话，给自己放了假。

山中无老虎，猴子充霸王。侯卫东不到办公室，科委同志就松了下来，有上班溜出去买菜的，也有提前下班的，反正在工作上也没有什么具体任务，一把手不在家，周永泰就睁一只眼闭一只眼。

李晶没有去上班，打了两个电话，很快就将蒋玉楼的情况摸了出来。蒋玉楼没有别的爱好，就是喜欢下围棋，业余三段水平，在岭西政府系统小有名气。

侯卫东跑遍了岭西，功夫不负有心人，终于买到一副古色古香的围棋，这是在岭西能够淘到的最好的围棋之一，价格自然不菲。

上面有人的好处

省财政厅气势磅礴，外墙是灰色大理石，中间是玻璃幕墙，就算是外地人没有看到挂在门口的牌子，仅从外表看也能知道这是一个有钱的单位。

侯卫东将车开到了财政厅时，恰好有几辆车正在进入财政厅，他紧跟着车子后面，没有受到阻拦便进入了大院。门口的保卫人员虽然不认识这个挂着沙州牌照的小车，但蓝鸟也算好车，又跟着厅长的车进来，便以为这辆蓝鸟是哪个地区或部门领导的车，正正规规地举手行礼。

跟着前面一群人进了大厅，侯卫东不愿意跟得太紧，见底楼有厕所，就走了进去，自然而然地与前面那群人拉开了距离。

厕所里的便器皆很高档，照着人明晃晃的，非但没有臭味，还有一股淡淡的檀香，比歌厅包间的味道还清新几分。

出了厕所，侯卫东很沉稳地朝电梯走去，根本没有拿正眼瞧坐在大厅里登记的保卫。保卫也就视侯卫东如无物，连问一句的兴趣都没有。在电梯里，侯卫东看了看楼层分布图，唯独缺九楼的示意图，这就意味着，财政厅的首脑机关在九楼，他暗笑道："这是真正的欲盖弥彰。"

九楼走廊上有许多花草，很安静，他看见左侧有几个门开着，便走了过去，经过一个虚掩的门，见到了正在专心写字的蒋玉楼。

蒋玉楼听到敲门声，也没有抬头，道："进来。"

"蒋厅长，您好。"

蒋副厅长见是侯卫东，很是惊奇，他的直接反应就是侯卫东又是来求自己办事。看在祝家父子面上，他还是给侯卫东留了三分面子，放下手中的笔，道："有什么事情吗？"暗道："办公室是怎么一回事，居然就让人直接进来了？"

侯卫东笑容满面，道："感谢蒋厅长，茂云火电厂已经将款项打了过来，这真是及时雨，要不然煤矿只能停产，一百七十多名工人也就要下岗了。祝书记说蒋厅长最是古道热肠，我真不知道怎样感谢。"

蒋玉楼此时正在看国务院的通报，听侯卫东说起煤矿，就想起了关于煤矿的系列简报，问道："小侯是新管会主任，怎么还开起煤矿了？"

虽然没有打招呼就来拜访，蒋玉楼的态度却比预想中还要好一些，这让侯卫东松了一口气，他早有对策，道：“我二姐与二姐夫原来在丝厂工作，丝厂破产以后，只能出来做生意。做了几年生意有了些积蓄，买了火佛煤矿，才知道掉到陷阱里了，长期亏损下去，二姐夫他们只得再次下岗。”

蒋玉楼脸上神情缓和下来，道：“煤矿是好项目，今年国务院接连下了两个关闭整顿小煤矿的通知，态度坚决，决心很大，主要目的是扭转煤炭供大于求的状况，我估计煤炭行情逐渐会好转起来。”

这些消息，侯卫东已经从报纸和文件中看到了，他装做很兴奋的神情，道：“太好了，国务院既然出了这样的政策，我回去劝二姐和二姐夫，让他们打起精神。”他话锋一转，道，“我听祝老爷子说，蒋厅长是围棋高手，我有一副围棋，还不错，放在我这里纯粹是明珠暗投。”说着，他就将提包里的围棋拿了出来。

蒋玉楼居高临下，不动声色地看着侯卫东表演，暗道：“侯卫东知恩图报，不是白眼狼。”

他喜欢下围棋是出了名的，也有不少人投其所好，送来一些高档围棋。当侯卫东将围棋拿出来时，并没有引起他的注意，他只是觉得侯卫东还算懂事，至于围棋如何，反而没有放在心上。等到侯卫东离开办公室，他看了看围棋，惊讶地发现这是一副玉棋。

侯卫东顺利地办完事，心情彻底放松下来。上了高速路，一路飞奔，看到距离沙州还有两公里的路牌以后，他想起了祝焱委托之事，开车下了高速路。

进了沙州，他给聋哑学校杨校长打了电话，问了祝梅近况，然后开车直奔聋哑学校。

来到聋哑学校，杨校长与祝梅一起站在门口。

祝梅穿了一条中学生常穿的花格长裙，神态安静，如果不说话，就如一个正常而清纯的小女生。

杨校长与祝梅并肩而立，他伸长脖子看着公路。1998年春节，新管会给聋哑学校送了些钱物，解决了杨校长的燃眉之急，因此，侯卫东的待遇直线上升。接到电话，杨校长与祝梅一起到了校门口。

说了些感谢话，杨校长又露出难为情的神色，道：“每一次见面我都要钱，太不好意思。祝梅用了电脑，绘画水平以及功课提高很快。其他聋哑孩子都很羡慕，学校也想办一个电脑室，我向教委申请，没有同意，说是沙州一中也是今年才配上电脑，让聋哑学校等一等。聋哑学校的孩子不同于正常人，可怜啊，都怪我这校长没有本事，弄不来钱。”

侯卫东对杨校长深有敬意，问：“需要多少台电脑？”

“四十台。”杨校长也觉得自己狮子大张口，可是为了学生们，他还是厚着脸皮求援。

“我争取找几家企业来赞助，四十台电脑不是小数目，可能要费一些时间。”侯卫东尽管觉得有些为难，还是痛快地答应了。

杨校长见侯卫东如此爽快，大喜过望，道：“敢情好，敢情好，我代表孩子们谢谢你。”

侯卫东给祝梅做了几个简单的手势，然后祝梅便上了车。

祝梅的电脑损坏了，这让她心急如焚，给父亲发了几个传真，一个劲儿想去修电脑。祝焱将此事交代给了侯卫东。

看着一溜烟开走的小车，杨校长抚了抚没有留下几根的头发，感叹地道：“要是周昌全的子女也是聋哑孩子就好了！”

将电脑送到维修店里，需要两个小时才能修好。这台电脑是祝梅最好的朋友，没有了电脑和网络，通向外部世界的大门便关闭了三分之二。祝梅很在意此事，听说要两个小时，她甚至有些等不及的感觉。

小店不大，放着些电脑器材。店主是年轻小伙，个子不高，只有一米六左右，戴着厚厚的眼镜，嘴唇上一圈小胡子，其实也不算是胡子，就是一圈淡淡的绒毛。他其貌不扬，手脚倒也麻利，三下五除二将电脑拆开。

侯卫东随口问道：“这是你的店吗？”

“技工校毕业又不包分配，我们只能摆个店找碗饭吃。”

“生意如何？”

“现在用电脑的人多起来了，勉强还能维持。”小伙子说的是谦虚话，他从六家亲戚那里借钱开了这个小店，原本想慢慢地熬着，没有想到生意好得很，一年多时间，成本收回来了，如今存款也到了五位数。

祝梅自然听不到两人的对话，她安静地站在侯卫东身边。那个小伙子忍不住偷看了好几眼清纯如水的祝梅。

祝梅并没有关注到这个小伙子，她更关心电脑。侯卫东在纸上写道：“时间还早，听说沙州开了德克士，是洋玩意儿，我请你去吃一顿。”

祝梅写道："好。"

德克士的东西完全不对侯卫东的肠胃，而祝梅则吃得津津有味，鼻尖还微微有些汗水。她的脸正对着一台电视，里面有一位港台歌星模样的人正在载歌载舞。两个与她同龄的女生站在电视旁，正目不转睛地看着电视屏幕。

祝梅看到这一幕，桌上的美食立刻没有了味道。在学校时，大家遭遇相同，她心情倒也平静，此时见到专心看电视的同龄人，巨大的落差突然间破坏了好心情，她立刻陷入了巨大的压抑与沮丧之中。

侯卫东并没有注意到祝梅的心理变化，听着音乐，心思开始胡乱游走，一会儿是与蒋玉楼见面的情景，一会儿是火佛煤矿，一会儿又是下一步的打算。

祝梅站了起来，写道："我要坐车到高速路上去。"

侯卫东这才注意到祝梅的神态有些不对，他对祝梅很有几分怜惜，见了她的要求，不忍心拒绝。

上高速路前，祝梅站了起来，撑着天窗，看着车外的世界。

侯卫东吓了一跳，将车慢慢地朝右靠，最后停了下来，他拿出小本子，在上面写道："危险，下来。"

祝梅摆了摆手，拒绝了。侯卫东见祝梅很固执，只得又将车启动，不过却将速度放慢了下来。

迎着不断刮来的风，祝梅头发飘扬着，她张大嘴，使劲地喊着，却发不出任何声音。眼泪一串一串往下掉，又被风吹到耳朵边，然后化做一颗颗晶莹的露水，直接飞到了半空之中，碎成小粒，不见踪影。

"迎着风，大声地呼喊，便能发泄心中的不快"，这是网友"风之子"教给祝梅的方法，今天她就要试一试。

在沙州的电脑维修店里，小伙子已将电脑修好了。其实这个电脑只是程序出了点小问题，但是他却大动干戈，把电脑拆掉，目的是要让顾客付更多的钱。等到侯卫东和祝梅离开，他很快就将电脑装好，安装了几个应用程序，电脑就恢复正常了。他高兴地哼着小曲，用"没有共产党就没有新中国"的调子唱起了"轻轻松松赚了三百块"。

此时店里正好没有事，他打开自己的电脑，没有收到"快嘴小翠"的信件。"快嘴小翠"是一个调皮的小姑娘，他以"风之子"的网名和她联系了一个多月，已经成为了网友。

"风之子"个子矮，其貌不扬，在现实生活中毫不起眼，他从内心深处颇为自卑，从来没有谈过恋爱。遇到了"快嘴小翠"，他的爱情之火被点燃了，加上从谈话内容来看，"快嘴小翠"是没有太多社会经验的小姑娘，于是他信心倍增，几次约小翠见面，小翠都用各种借口推辞了，这让"风之子"既甜蜜又苦恼。

侯卫东在高速路上开了一个多小时，要接近岭西省高速路道口时，突然后面警灯闪烁，一阵威严的声音在蓝鸟车后响起："前面站着的人，坐回到车里面去。"

这是高速路管理处的警车，例行巡查，见到有人站在天窗前，便追了过来。

祝梅站在天窗前吹了一个小时的风，眼泪干了，心情愉悦起来，她自然听不到后面警车上的喊话声，依然趴在车窗前，尽情享受着速度带给她的愉悦。她仿佛是打破了笼子的小鸟，尽情地在蓝天中飞翔。

侯卫东听到了后面的喊话声，慢慢地靠边停车，用手拍了拍祝梅的腿，又在小笔记本上写了"快下来，警察来了"。

警车停在了蓝鸟车后面，下来了一个年轻警察，他满脸是怒气，用手拍了拍引擎盖，道："下车，把驾驶证拿出来。"他走到车窗旁，眼睛看着车里面的小女孩。这个小女孩模样、穿着都很清纯，倒不是怪模怪样的小太妹。

警察有些意外，对祝梅道："你这样很危险的，知不知道？"祝梅只知道警察在跟自己说话，却听不见他在说什么，便微微笑了笑。

警察弄明白了怎么一回事，训了侯卫东几句，最后叮嘱道："太危险了，下次别这样。"

回到沙州，取回了电脑，已是6点30分，祝梅在纸上写道："学校洗澡时间是五点半到六点，我要找地方洗澡。"

侯卫东见祝梅早已变成了大花猫，写道："到我家去吧。"

在沙州百货买了全套衣服，祝梅跟着侯卫东到了新月楼。祝梅洗澡的时候，侯卫东就在外面看电视，放在桌上的手机响了起来。

"侯主任，我是杨柳。"杨柳在电话里犹豫片刻，还是道，"侯主任，你跟季书记很熟，能不能帮个忙？我不想在新管会工作了。"

"怎么回事？"

杨柳道："昨天组织部下了文件，任命易中成为新管会副主任，我不想在新管会工作了。”

在杨大金时代，易中成曾经是新管会办公室主任，杨柳是办公室副主任。侯卫东主政新管会以后，将易中成踢到了研究室，让杨柳做了办公室主任。从此，易中成在新管会恨上了两个人，第一是侯卫东，第二是取而代之的杨柳。

侯卫东对这些事情心知肚明，没有多问，态度鲜明地道：“你想到哪个部门？随便挑，季书记这点面子还是要给的。”

杨柳没有想到侯卫东这么爽快，眼窝子一热，泪水掉了出来：“侯主任面前，我就不想隐瞒了，既然要调动，能不能调到沙州去？”

“如果市委、市政府去不了，就到其他市级部门去，只是没有职务了，愿不愿意？”

“愿意，我这个办公室主任本来就不算是职务。”

“明天我给你正式答复。”

在新管会，杨柳是最得力的助手，她现在的事情与侯卫东有直接关系，侯卫东毫不犹豫答应了杨柳。

放下电话，在客厅里坐了一会儿，祝梅就从浴室里走了出来，她头发用浴巾包着，一张清瘦的小脸略有些苍白。

她进了客厅，写道：“我饿了。”

这个出水芙蓉一般的小女孩，由于天生聋哑而与现实社会有天然的隔绝，反而有一种别样的清丽。

侯卫东的视线从祝梅脸上一晃而过，拿出小笔记本，写道：“想吃什么？我带你去吃。能吃辣的吗？吃重庆江湖菜。”

祝梅点点头，写道：“我没有吃过重庆菜，试一试。”

沙州到处都能看到重庆菜，侯卫东在离新月楼不远的地方找了一个装修还不错的中等餐馆，要了一盘南山辣子鸡以及几个家常菜。

南山辣子鸡，里面的花椒和辣椒比鸡肉还多，切得很小的鸡块藏身于辣椒的森林中，要用筷子使劲翻才能找得到。吃起来虽然麻烦些，这菜的味道还真是不错，又麻又辣，与重庆水码头的气质接近。

祝梅在十几年的人生里，和温室里的花朵差不多，随着年龄增长，想看看这个世界的愿望越来越强烈。今天跟着侯卫东出来玩了半天，算是很大胆的行动。她吃了一会儿辣子鸡，被辣得直哈口，鼻尖有了一颗颗汗珠子。

正吃得高兴，门外一百多米处忽然传来了“轰”的一声巨响，饭馆里的玻璃被震碎了不少。侯卫东和祝梅坐在餐厅靠里位置，没有受到影响，只是这等惊天动地的大响动，还是让侯卫东吓了一跳。

祝梅无意识地朝门外看了一眼。

很快，警笛声大作，警察们拉起了警戒圈，将爆炸处包围了起来。侯卫东的蓝鸟停在餐馆旁，幸好有一辆大客车挡在前面，没有受到伤害，而那辆大客车一侧车窗尽碎，车厢严重变形。

侯卫国赶了过来，他身着便衣，冷着脸在外围转悠，先是见到熟悉的蓝鸟车，又见到站在人群中朝爆炸处张望的侯卫东和他身旁站着的瘦削清秀的小女孩，暗道：“这个女孩子是谁？怎么以前没有见过？”

等明白是爆炸案，再看看好几辆被炸得乱七八糟的小车，侯卫东倒吸一口凉气，暗叫侥幸，又见到大哥疑惑的眼神，他连忙解释道：“这是祝书记的女儿祝梅，聋哑。”

他又在小笔记本上写道：“这是我大哥，侯卫国。”祝梅礼貌地写道：“侯叔叔你好。”

侯卫国向祝梅点点头，又对侯卫东道：“你赶紧开车离开，发生了一起爆炸案子，幸好没有死人。”

看着围观的人群，侯卫东道：“怎么在沙州也有人搞起了爆炸？与国际接轨挺快。”侯卫国低声道：“我估计是矿山的事情，为了抢资源，搞得和黑社会差不多。”

在沙州与茂云交界的连绵群山里盛产有色金属和煤，储量不小。这几年煤矿行情走低，有色金属行情却一路节节走高。在沙州城内开高档车的，多数都是山区来的矿老板，这些前几年还穷得叮当响的山区小老板，一觉醒来，就可以开宝马奔驰。

也应了那句古话，祸福相依，由于开矿赚钱，这些老板便被各色人等盯住了，麻烦事情不断，侯卫国看到被炸的车是宝马车，便猜到是矿老板。

“前几天茂云几位领导还到了沙州，座谈关于有色金属的事情，祝书记也参加了会议，我在做保卫工作。”侯卫国看了一眼祝梅，道，“祝书记在茂云是三把手，你现在这种情况，还不如去投奔他。”

侯卫东道：“茂云情况很复杂，等祝书记地位稳定以后，我再过去不迟。”

将祝梅送回聋哑学校，已是傍晚时分，分手时，祝梅写道：“今天是美好的一天，谢谢大哥哥。”

她叫侯卫国为侯叔叔，称呼侯卫东为大哥哥，倒也有趣。

带着祝梅玩了一天，侯卫东心情很轻松，但是身体却有些乏了，回到新月楼，就开始泡澡，泡着泡着，突然想起了一个细节：当那一声惊天动地的爆炸声响起以后，祝梅无意识地向爆炸方向看了一眼。

“难道祝梅还残存着一些听力吗？是否还有治愈的希望？”侯卫东随后又在心里想道，“祝焱是何等精明的人，蒋院长又是医术很好的大夫，如果祝梅还能治好，肯定早就治了。”

他就将此念头埋在了心里。

从星期一开始，侯卫东一直在岭西和沙州。到了星期五，他才回到了益杨县。当他的身影出现在科委办公楼，留守在办公室的小宁主任马上打了一通传呼，在外面或逛街或回家睡觉的同志们纷纷偷偷摸摸地回到了科委。

侯卫东把修建农业科研基地的事情交给了周永泰，将机关日常工作交给了小宁主任，他乐得清闲，回来之后见到机关现状，也不问不管，悠然自得地喝茶看报。

想起了杨柳所托，他给粟明俊打了电话：“粟部，今天晚上有空没有？请你吃饭。”

粟明俊笑道：“你下了决心吗，要调回沙州？”

侯卫东直言不讳地道：“我暂时按兵不动，不过想请粟哥帮忙，新管会的办公室主任杨柳，是我提拔的干部，如今在新管会过得很不顺心，她想调到沙州，看有没有合适的岗位。”

粟明俊沉吟地道：“市委办公厅正在招人，要女的，杨柳是女的吗？写文章如何？”

“她是和我一批公招的大学毕业生，很优秀的办公室主任。”

粟明俊与侯卫东关系不一般，他没有打官腔，道：“我去约黄子堤，黄子堤如今被提拔为市委副书记，只要他点头，这事就算办成了。”他是组织部常务副部长，黄子堤还是副秘书长时，两人互相帮过忙，所以尽管黄子堤已由秘书长升成了市委副书记，粟明俊还是有把握约他出来吃饭。

侯卫东高兴地道：“能把黄书记约出来，太好了，我以前跟着祝书记也拜访过他，也不知他是否记得我。”他主动交代了这个情况，免得到时粟明俊会有想法。

“你认识黄书记，这更好办了，我先把杨柳的情况给黄子堤说一说，晚上如果他有时间，你将杨柳带来，算是面试。”

杨柳听说晚上有可能要与沙州市委常委、副书记黄子堤和组织部常务副部长粟明俊见面，就紧张起来，道：“侯主任，我担心过不了关，心里没有底。”

侯卫东说了一句以前在上青林经常说的话：“人死卵朝天，不死万万年，大家都是人，不要怕这些当官的。”

杨柳跟侯卫东也有一年多时间，甚少听见他说粗话，此时突然听到侯卫东说了一句粗口，心里特别踏实。

很快，粟明俊打来电话。

得知已经与黄子堤约定，侯卫东和杨柳没有耽误，提前来到沙州。

晚餐安排在沙州宾馆，侯卫东提前打了招呼：“杨柳，今天晚上的费用你别管。”

杨柳坚持道：“为我办事，不能让侯主任破费。”

侯卫东道：“你靠工资吃饭，能请几次客？别跟我争了，我好歹还能够报销。”虽然火佛煤矿让他经济上压力不小，可是请客吃饭这种事情仍然是小事，他肯定不会拿到科委去报账，只是口头上这样说，以免杨柳会有心理负担。

杨柳也就不再争了，道：“谢谢侯主任。”

黄子堤与粟明俊一起来到沙州宾馆。黄子堤见到站在门口迎接的侯卫东，不等粟明俊介绍，笑道：“我还说要到茂云去看看祝焱老弟，又抽不出时间，等到这阵子忙过了，小侯陪我去。”

侯卫东道：“随时听黄书记招呼。”

粟明俊见黄子堤很高兴的样子，便知此事基本成了，他介绍道：“这是杨柳，益杨新管会的办公室主任，与小侯一批公招的大学生，笔头子功夫很不错，综合协调能力很强。”他当组织部常务副部长多年，察人的本领还是不错的，从杨柳的气质、相貌与表情，他推断出杨柳的性格特点，和真实情况相差不多。

黄子堤对杨柳就很有些领导架子，慢条斯理、似笑非笑地道：“在市委工作，对人的素质要求很高，如果素质达不到，你会感到日子很难过。出于对组织负责，也对你本人负责，我得考考你，你找个安静的房间，将我们几个见面的事写一个简报，半个小时，够了吧？”

他这个题目，看似简单，却基本上可以看出一个人的综合素质，一看文字功底，二看逻辑思维能力，三看提炼能力。**这个提炼能力是在市委工作很重要的一项能力，因为许多会都是正常工作会，市委秘书要从这些平凡琐事中找出发光点，这也是一种很重要的能力。**

在新管会时，易中成闹情绪以后，大小文章一概不愿意承担。这一年来，新管会大小文章多是出自杨柳手笔。杨柳底子不错，又在工作中得到了切切实实的锻炼，她对黄子堤突然提出的考试，并不太慌张。

只用了十来分钟，杨柳便将简报写好了。她拟定的简报题目是“加强科技工作，实施科技强县战略”，文中多次提到“黄书记认为”、“黄书记指出”、“黄书记要求”、“黄书记强调”等字眼。

黄子堤将简报看了，道：“简报选题还算可以，文字功夫也行，但不算上乘之作，勉强及格。”

杨柳听到是这种评价，心里很紧张。

粟明俊与黄子堤很熟悉，对他的意思心领神会，道：“杨柳，到了市委机关，要多学习，努力提高自己的本领。”

“我一定加强学习，增强自身修为，提高自身素质。”这些话是经常写在半年总结以及年终总结中的文字，被杨柳一本正经地说出来，惹得黄子堤、粟明俊与侯卫东都笑了起来。

吃完饭，粟明俊道：“黄书记，现在时间还早，安排点节目。”

黄子堤喜欢打麻将，这一点在沙州官场很多人都知道，但是绝大多数人都只是听闻，只有少数人有资格与黄子堤坐在一起打麻将。听到粟明俊的提议，黄子堤点点头，道：“还是到财政局去打，那里环境好。”

来之前，侯卫东就给杨柳交代过，吃完饭肯定要打麻将，到时她就不必参加了。此时杨柳看到了侯卫东递来的眼色，便向黄子堤和粟明俊告辞。

到了财税宾馆，局长老孔已经在楼下大厅等着，他个子偏矮，人又胖，但是很威严，旁边一个大个子很恭敬地坐在他的身边。等到黄子堤等人出现，老孔便如皮球一般跳了起来。

侯卫东见到在楼下迎接的老孔，心中一动，暗道：“上一次到财税宾馆打牌，黄子堤是秘书长，孔局长是在聚贤阁等着他。现在黄子堤当上了副书记，孔局长就到楼下大厅等待，这些人倒真是现实。”

侯卫东曾经跟着祝焱到过财税宾馆，老孔早就将他忘得一干二净了，听说是益杨县的科委主任，老孔还是热情地与他握了手。老孔是沙州的财神爷，益杨县科委主任在其眼里实在算不上人物，只是此人是跟着黄子堤与粟明俊一起来的，老孔便重视了几分。

侯卫东这次与黄子堤接触，一方面是要为杨柳办事，另一方面也是与沙州市上层人物增进感情。这一段时间的经历，让他明白了一个道理：**在岭西现行体制之下，官员是任命制，他必须得对任命他的上级负责，搞好与上级的关系对于官员的升迁是第一重要的。**

在祝焱时代，侯卫东只是作为祝焱的随从出现在众人面前，这一次，他独立行使麻将权，与黄子堤、粟明俊、老孔等人同场竞技。他把握了一个原则，很少去和黄子堤的牌。

12点，财税宾馆顶楼上的麻将声这才散去。侯卫东输了不少，粟明俊基本上保本，老孔惨败，黄子堤通吃。

侯卫东与粟明俊一起回到新月楼，下了车，两人一边谈话一边走到中庭。粟明俊道：“你在科委主任位置上，没有多大意思，要么到市委去，要么到茂云去，必须早下决心。你现在二十七八，一晃就满三十了，如果到了三十来岁还弄不了副县职，以后发展也就慢了。”

侯卫东刻意保持低调，道：“粟部对我要求太高，能干到县职也就满意了。”

粟明俊摇头道：“你条件好，起步也早，应该趁年轻向上再冲一冲，只要抓住了机遇，别说副县职，就算市级干部也有希望，关键是看你自己的想法。”

送走了粟明俊，琢磨起自己的事情，侯卫东在床上翻来想去，居然有些失眠。

到茂云向老领导问计

早上起床，侯卫东开车直奔茂云地区，未来如何发展，他想征求祝焱的意见。

茂云地区的城市建设相比于沙州要差许多，进了城，侯卫东转了许久，也没有找到像样的宾馆，自语道："茂云好歹也是个地级城市，怎么连一个星级宾馆都没有？"

自从开石场赚钱以后，侯卫东出门在外总是要住最好的宾馆。一个地区的宾馆建设也往往能说明当地的经济情况，如果经济条件不好，则星级宾馆必然不多，因为除了建设费用以外，还必须得有住得起宾馆的人。最后，侯卫东住进了茂云宾馆，宾馆虽然挂着三星的牌子，却只有二星的水准。

侯卫东坐在茂云宾馆九楼，看着窗外的城市建设。他到了岭西，总认为沙州城市破破烂烂，而到了茂云，有了对比，觉得沙州还算不错。

祝焱接到侯卫东的电话时，正在开常委会，他道："我在开会，你先找地方住下来。"

侯卫东道："我已经住在茂云宾馆了，祝书记，我没有什么事，就是过来看看你。"

挂断电话，祝焱继续一本正经地听着地委书记哲明的讲话。哲明是前专员，也是茂云前一届班子仅存的三人之一。党组织对他与腐败分子作坚决斗争进行了高度赞扬，但是在茂云的局行干部圈子中，却有另外一种说法，认为哲明忘恩负义，将自己的老领导以及好几位同事送进了监狱。

专员梁天云眼睛对着笔记本，似乎在看着东西，又似乎在沉思，他本是茂云的干部，调到省里去工作了一段时间，这一次茂云出了事，他被调回茂云做专员。按他的话说是三进茂云。对于茂云大案，他深知内情，虽然说哲明的做法符合党纪国法，可是对这种海瑞式的人物，他还是很有戒心。他用眼睛余光瞟了一下祝焱，正好遇上了祝焱的目光，却又一触即避。

梁天云咳嗽一声，道："关于城市建设方面，我再来说两句。茂云这几年城市发展落后了，与周边地区相比，差距不是缩小而是在扩大，我们在招商时就很被动，连展览图片都拿不出手啊。”

祝焱沉着脸不说话，他到茂云来上班以后，很快就发现哲明与梁天云在城市建设上的观念是极不相同的。哲明是土生土长的干部，他主张先改造茂云连绵不断的棚户区。

所谓棚户区，那是大量破产企业职工的集居地。

由于多年没有检修，这些人家又在外面搭了些厕所或厨房，形成了规模不小的棚户区。那里面生活条件不好，污水横流，垃圾遍地，几乎还停留在60年代的水平。

哲明的意思是集中力量改造棚户区，为老百姓办点实实在在的事情。专员梁天云并不主张急于改造棚户区，他想先集中力量搞新城，建好新城以后，政府财政实力必然增大，到时候在新城可以建设一批居民区，就可以将这些棚户区全部解决掉。

哲明曾对祝焱说过：“现在有些地方搞政绩工程、面子工程，是为了自己升官考虑，心中哪里有老百姓。”

梁天云与祝焱一起到省里开会时，庆达集团请他们两人吃饭。看着岭西日新月异的城市面貌，梁天云感慨地道：“茂云要发展，就要从城市建设入手。城市是一笔重要的资产，不懂得经营城市，就是捧着金饭碗讨饭吃，而且是越讨越穷。茂云的许多干部还停留在小恩小惠的思路上，清官情结很重，这是阻碍茂云发展的重要原因。”

祝焱当然知道梁天云是什么意思，他是分管组织的副书记，位置很关键，是哲明与梁天云都想争取的人物。

他暂时还看不清形势，尽量做到一碗水端平，保持着中立，这样才更能游刃有余。

哲明是很有坐功的领导，常委会一直开到了下午1点30分才结束。散会以后，祝焱又被公安局曲政委堵在门口。这一次公安局传出了派出所正、副所长合伙敲诈犯罪嫌疑人的恶性案件，曲政委是来向分管组织的副书记祝焱汇报案情进展。

祝焱先给侯卫东打了电话，然后再对秘书道：“我有一位朋友住在茂云宾馆，中午我有事，你请他吃午饭，让他在茂云好好休息。”

祝焱到了茂云以后，已经换过一次秘书，新任秘书蒋坤是从纪委调过来的，拿到了侯卫东的电话，心知此人肯定与祝焱关系不一般，不敢怠慢，直奔茂云宾馆。

打开宾馆里的电视，有茂云地方台，电视正是午间新闻时段，多数节目都是会议镜头。侯卫东将节目锁定在茂云新闻，等了几分钟，见到花里胡哨的茂云新闻在一阵音乐声中被推了出来，茂云播音员端坐在电视屏幕前。

这个播音员普通话不错，相貌也还端正，身穿西装，可是与央视或省级电视台的播音员相比，带着些挥之不去的乡土气。这一点，益杨、沙州、茂云都相差不多。

第一条新闻是地委书记哲明，他梳着大背头，穿着夹克衫，正前呼后拥地带着一帮子人在查看一条公路，在公路边还与一位胖子亲切交谈，在两棵树之间有一条标语——“回乡企业家捐助致富路”。第二条新闻还是哲明，他正在与下岗工人围坐在一起，满面笑容，很亲切。

第三条新闻就是专员梁天云的镜头，他看上去也就四十出头，精神很好，讲话手势不断。

第四条新闻是人大主任开会的镜头。

祝焱在第五条新闻中出现，是出席一个表彰大会。

祝焱的镜头出现之后，就是一些杂乱的新闻。所谓杂乱，当然是侯卫东眼中的杂乱，因为这些新闻缺少了重量级人物参加，变得无足轻重了。**在岭西的政治艺术中，有领导人出席的新闻才有政治价值，才是政治格局的晴雨表。**

等到新闻结束，侯卫东自嘲地想道：“我只是益杨科委主任，何必关心茂云的政治风云，完全是咸吃萝卜淡操心。”但是自嘲的念头只是一闪即过，茂云的政治格局对于侯卫东来说太重要了，他如今站在十米板上，如果水温合适，就要跳进茂云这个游泳池之中。

坐在床上随意换着台，秘书蒋坤到了宾馆。中午伙食就安排在茂云酒店，侯、蒋天南海北聊着，倒也谈得来。

吃完饭，侯卫东道：“蒋秘，你事情多，别管我了。”

蒋坤道：“这怎么行，下午我陪你四处逛一逛。茂云虽然经济条件差一些，风景还是不错的。城外就有好几个大寺庙，在岭西都有名气，每年头香至少要五十万，现在虽然烧不了头炷香，还是很灵验的。”他又笑道，“这不是封建迷信，纯属发展茂云旅游业的需要。”

虽然蒋坤言谈还可以，两人毕竟不熟悉，侯卫东更愿意一个人待一会儿，道：“蒋秘，多谢了，我昨晚打了一个晚上的麻将，下午好好睡一觉，不知道祝书记晚上有什么安排？”

“听说接待岭西的客商。”蒋坤坚持道，“下午我陪你去转一转。”侯卫东只得同意了蒋坤的安排。

开着车在茂云城内转了几个大圈，又到城外去转了转，侯卫东看着与地级城市不相称的城市面貌，又想起茂云上半年的官场地震，心道：“这就是一个经济落后的地级城市，因为经济落后，所以官场就成为精英人员最好的出路，官场斗争自然格外尖锐。”

用通俗的话讲，经济越发达的地区，由于人们有更多选择，当官并不是唯一的出路，甚至不是最好的选择，在南方才有这样的话：“你不好好学习，将来只有当干部。”而在经济落后的地方，人们缺少更多的选择，所以都在官场上斗来争去。想到这一点，虽然侯卫东也是官场中人，他还是在心里对茂云有轻微抗拒。

下午5点，祝焱晚餐要宴请来自岭西的庆达集团老总张木山，他给侯卫东打了电话，叫他一起吃饭。

祝焱、张木山、侯卫东陆续到达餐厅。几分钟以后，茂云地区专员梁天云红光满面地走了过来，他与祝焱点了点头，又与张木山握手，道：“张总是贵客，这次到了茂云，一定要好好看一看茂云的山山水水。茂云几个景区都能达到国家三A或四A级景区标准，张总平时日理万机，趁这几天就好好放松。”

庆达集团这种级别的老总，在茂云干部眼里是货真价实的财神爷，能够享受到警车开道兼保卫的贵宾级待遇，这也是各地为吸引投资通用的做法。

张木山这几年走南闯北，见多识广，对于政府的热情已经处之泰然，他随口道：“我对茂云的风景是慕名已久，这次特意准备去看一看。”梁天云看到席间还坐着另一位陌生小伙子，以为是张木山的随从，主动去握手。

祝焱介绍道：“梁专员，这是益杨科委主任侯卫东，我的前任秘书。”梁天云脸上笑脸依旧，可是侯卫东感觉到他的笑意明显在减弱，两人职级差得太远，侯卫东没有期待能受到与张木山同样的待遇。

持续不退的东南亚金融经济危机，对庆达集团冲击很大。如今的庆达集团格外艰难，前一段时间收购的大量亏损企业拖累了整个集团，张木山不敢盲目扩张了。加上茂云投资环境不行，他没有在茂云地区投资的打算，只是祝焱数次邀请，他抹不开情面，就过来瞧一瞧。

张木山礼貌地道："感谢茂云各位领导对我的信任，庆达集团在东南亚金融危机中也受到了冲击，还需要一段时间来调整，关于在茂云投资的事情，我想董事会一定会认真考虑的。"

梁天云道："庆达集团正在进行产业升级，听说机械制造业将转移出沙州，茂云地区愿意提供优惠条件承接庆达集团的产业结构调整。"

庆达集团的机械制造业从1997年开始已经逐步转移到了益杨新管会，目前已经开始投产。

张木山没有撒谎，道："机械类企业多数已准备转移到益杨新管会，这是去年与祝书记定下来的。今天我看了茂云开发区的整体规划，恕我直言，不如益杨新管会。新管会虽然是县级开发区，可是规划科学，投入充足，企业入驻以后硬件、软件都没有什么问题。"

梁天云就扭头对祝焱道："祝书记，抽个时间我们去益杨学习，看一看益杨新管会。"

祝焱指着侯卫东，笑道："小侯以前是益杨新管会主任，对新管会建设功不可没。"这是他对自己部下最直接的一次表扬。

梁天云此时才想了起来，道："你是张小佳的爱人，益杨新管会主任，呵，看我这脑子，刚才硬是没有想起来。"

侯卫东道："我到上海见过周姐，多谢周姐对小佳的关心。"

梁天云呵呵笑道："周萍是马大哈，我看小佳蛮心细的，也不知是谁照顾谁。"

关于张小佳与周萍在一起读书之事，他早就给祝焱提起过。**有事提前给领导汇报，先打预防针，这是他当秘书以来的心得，既是忠诚，又显得天地无私。**

梁天云情绪不错，对祝焱道："茂云开发区正缺这种人才，小侯曾经是益杨新管会主任，当什么科委主任，我的意思是将他调到茂云来，给老李当助手，把茂云开发区认真抓出成绩来。"

老李是茂云地区副专员，挂着开发区主任的职务，给老李当助手，意思是当开发区副主任，行政级别为副处级。

侯卫东含蓄地笑了笑，没有明确答复。

早上7点，侯卫东驱车前往祝焱住所，刚好是7点15分，这也是往常祝焱吃早饭的时间。他在楼下打电话，问道："祝书记，早上吃什么？我见到街上有一家兰州拉面，环境不错，请你吃拉面。"

以前在益杨时，祝焱总是在家里吃早饭，有一次他无意中说："早上天天喝牛奶稀饭，对身体有好处，可是有时真想到街上去吃一碗牛肉面，那是很享受的事情。"

祝焱一直都有这个想法，而这个简单愿望，在益杨并不容易实现。他是县委书记，天天都要在电视上露脸，弄得县城里多数人都认识他，到街上吃饭也就成为奢侈的事情。有两次与侯卫东一起在小摊上吃面条，就被摊主拉着反映情况，弄得祝焱很有些为难。

侯卫东知道这些事，一大早就赶过来请祝焱吃兰州拉面。

到了茂云以后，祝焱一般情况下都是在地委招待所食堂吃稀饭、馒头，天天都是老一套，没有什么新花样，他有些腻了。听到侯卫东的提议，欣然同意道："好，到街上去吃面。"

下楼时，心道："还是侯卫东好，善解人意，用起来顺手又放心。"他到茂云以后，已经借故换了一个秘书，蒋坤也算不错，只是比起侯卫东来就颇为不如。

7点30分，茂云刚刚从黑夜中苏醒过来，大多数门面都还关着，只有大大小小的早餐馆在开门营业，环卫工人正做着凌晨普扫的扫尾工作。由于吃面的人太多，街道上丢着些白色的餐巾纸，显得凌乱，有些刺眼。

祝焱将车窗缓缓放下，默默地看着这座还在睡意蒙眬之中的城市，心里又涌起了昨天开会的画面，暗道："哲明和梁天云各执一端，都有几分道理，哲明强调关注民生，梁天云强调发展。其实民生与发展是联系在一起的，没有发展，市民生活就改善不了。在茂云这个一穷二白的阶段，还是应该以发展为主，等到政府手里有钱了，才能更好地解决民生问题。"

从内心深处，祝焱同意梁天云的观点，茂云的棚户区暂时不能动，先将新城发展起来，政府有钱了，才有能力解决下岗企业的问题，发展是改善人民生活的基础。

他同时能够理解哲明的感受，作为在茂云工作二十多年的地委书记，他似乎再也不能对贫困、混乱甚至有些肮脏的老厂区无动于衷。

只是，两人在常委会的争论很快就在茂云传开了，祝焱听到了一种说法："梁天云一心想搞政绩工程，对老百姓的死活不关心。"听到这种说法，联想到茂云不久前的官场风云，祝焱心里暗自有些担忧。这种担忧没有依据，就如一团雾，能感受到却不能完全说破。

走进一家人气很旺的兰州拉面馆，大厅里面飘着很纯正的面香，"呼哧、呼哧"的吸面声音不断，这种声音如果出现在高级宾馆是失礼，而出现在兰州拉面馆则显得格外亲切，大家共同"呼哧"，吃得津津有味，没有人注意到吃相问题。

这也是中餐之精髓，有人曾设想改革中餐，让中餐也实行分餐制，这样虽然比传统中餐卫生，却失去了传统中餐特有的韵味。

祝焱喜好这种传统的氛围，他是茂云地委副书记，在电视里也经常露面，但是他的面孔形象还没有深入人心，因此，当他坐在餐馆的时候，并没有人认出他。

热气腾腾的兰州拉面端了过来，祝焱大口大口地吃着，也发出了"呼哧、呼哧"的吸面声音。吃完以后，他额头上微微出汗，只觉得每个毛孔都舒服了。

回地委招待所时，祝焱对开车的侯卫东道："从去年到今年年初，茂云地委领导被双规了好几个人，都是有色金属惹出来的祸事，这里水很深，弄不好还要折些人进去。新搭班子很不协调，我还在适应之中。"话虽然没有说得太透太白，却是祝焱的真心话，他对现状并不太满意，只是初到茂云，时机不成熟，他必须要韬光养晦。侯卫东认真听着。

"你暂时还是留在沙州，伺机而动。"

"谢谢祝书记关心。"

"官场风云变幻，命运永远掌握在他人手里，我们都要学会等待。"祝焱很感慨地说了一句。他是一个很能控制情绪的人，很少在部下面前发出这种感慨，只是面对侯卫东这个特殊的部下，他心情放松，才发出了这样的感叹。

祝焱回到住所时，蒋坤已在院子里等着，他见到祝焱和侯卫东一大早就走了出去，心里很有些酸溜溜。此时他已经知道了侯卫东的身份，暗道："侯卫东与祝焱的关系已超出秘书与领导应有的关系，侯卫东真是厉害，也不知他是怎么做到这一点的。"

茂云之行，侯卫东基本了解了祝焱的现状，他明白短时期不适合调至茂云，他也要同祝焱一样，采取韬光养晦的策略。

此时，农业科研基地也在新管会动工修建，侯卫东完全交给了副主任周永泰。周永泰虽然是多年的副主任，却是第一次接触这种投资规模的建设，他作为受委托的甲方代表，基本上每天都要到工地上去查看。

侯卫东在青林山上的几处石场，这一段时间生意再次好了起来，沙州到茂云的省道已经全线启动，狗背弯、芬刚、大弯等几个石场都是车如流水马如龙，生意好得很。

经过几年时间的建设，青林山上陆续又修起了许多小石场，碎石协会依靠着村干部的帮助，起初还有些约束力，后来村社干部都有了自己干石场的心思，结果小石场便如雨后春笋般泛滥起来。这些小石场操作不规范，经常出事故，几年时间下来，整个青林山至少有一个连的精壮男人倒在石场和煤矿的安全事故之下。

算来算去，只有狗背弯和芬刚这两个石场从来没有死人。上青林的人说，侯卫东肯定会看风水，他选的石场都是上青林最好的发财位，能赚钱，又很安全。

侯卫东对这种说法也没有解释，任这种说法流行，保持了几分神秘色彩。其实他心里很明白，他在石场设施设备与安全上的投入很高，安全条例也一直坚持贯彻。他手下员工多是老员工，几年下来都形成了安全生产的意识，有些小石场来挖人，这些员工看到其他石场的生产条件，都是大摇其头，坚决不肯离开。

钱重要，命也很重要，这是上青林血淋淋的教训。

至于火佛煤矿，由于茂云电厂兑付资金及时，煤矿基本上能自我循环，不必再抽调青林山上石场的资金，这让侯卫东放心不少。他如今在益杨蛰伏，有了源源不断的现金支撑，心里踏实了许多。有时他经常暗叫侥幸："当初自己若是分到县级机关，肯定就没有这些石场，经济上要差上许多。只靠着工资吃饭，又遇到仕途不顺，那就惨了。"

县级机关里有许多老板凳，平时牢骚不断，对现状很是不满，可是真要让他离开机关，他绝对不会愿意，原因很简单：老板凳们都是没有实权的普通干部，靠一点死工资吃饭，工作十几年以后，没有资本，没有生意经验，如何能在市场中生存？

侯卫东想着组织部老詹等老板凳的情况，三分同情，三分理解，三分侥幸。

在夏天结束的时候，杨柳接到了正式调令，比预想中还要理想，她被调到了市委办公厅综合科。临行前，益杨县新管会中层以上同志给她饯行，杨柳拿出她的泼辣劲儿，喝了不少酒。回家以后，她给侯卫东打电话，可是当接通侯卫东的电话时，她却不说话。

侯卫东问道："喂，喂，杨柳，听不清楚吗？"

问了好几声，杨柳才道："侯主任，我明天就要到沙州去报到了，杨大金送我过去。"

按理说，杨柳这样一个普通干部调动工作，哪里用得着县委办主任亲自送过去。只是杨柳是调到市委办，这是一个要害位置，所以，县委办杨大金主任就亲自将杨柳送上去。

有一个在益杨工作过的干部在市委最核心的部门工作，就是一个用得着的好资源，最起码消息会灵通许多。

"我就不送你了。"侯卫东听到杨柳声音有些异常，猜到她可能是喝了酒，想吩咐两句，话到嘴边又咽了回去，说道，"以后我回沙州，再联系。"

"侯主任，保重。"

挂断电话，杨柳呆呆地坐了好一会儿，这才去洗漱。

第三章
如何让“领导的领导”看上你？

新机遇从天而降

省委宣讲组到了益杨，全县科级干部全部参会。讲课者是头发花白的老教授，额头上的皱纹装满了学识，课题是“东南亚金融危机与岭西经济”。

“自1993年，我国对人民币汇价实行并轨以来，人民币对美元的汇率一直处于强势，汇价由当初的一美元兑八点七人民币，一路小幅攀升……1998年以来，在东南亚等国家货币大幅度贬值的情况下，对外资吸引力增加，出口货物的竞争力有所提高，势必会对岭西造成一定影响……扩大内需是应对金融危机的重要方法，这是我国特有的优势……”

省委宣讲团每年都要在岭西全省宣讲政策与形势，这一次的专题是东南亚金融危机与岭西发展，国内、省内一些知名经济学家参加了宣讲团。宣讲团原本只到地级城市，到了沙州以后，周昌全书记觉得宣讲团来得非常及时，讲得也很好，便在会餐时向宣讲团团长建议道：“益杨县发展势头很好，已有了工业县格局，想请宣讲团多辛苦一趟，给益杨县的干部讲一讲，让他们也长长见识，了解国内外大局。”

宣讲团欣然接受了周昌全的邀请。

侯卫东由于不明白是什么档次的宣讲——他经常被臭长而无物的

宣讲所折磨，到会场的时候，特意带了一本小说。如果讲得好，他就听课，讲得不好，就看小说。

刚走进会场，就在会场门口遇到了财政局长桂刚，桂刚一边快步走一边打电话，见到了侯卫东，略一点头，擦身而过。侯卫东不快不慢地朝里走，进了大堂，按着手中的座次图，找到了科委的位置。

开会之前的这些时间，各位部局行头头喜欢趁着难得的空闲时间开些不伤大雅的玩笑。当然，开玩笑也要讲规矩，交通局长、建委主任、财政局长等重要部门领导通常坐在一起，互相很随意地开着玩笑。

档案局、科委、团委、妇联等部门经常被安排在一起，他们自得其乐，也开着玩笑。

这两类人群是以职务的重要性来划分的，虽然没有楚河汉界那么分明，可是大家都很默契，其中深意只可意会不可言传。

侯卫东以前是新管会主任，自然与交通局长等人坐在一起，现在则跟妇联等部门并排而坐。侯卫东身边坐着妇联主席，一个四十来岁的中年女子，妇联主席身边坐着档案局长，两个女同志年龄差不多，旁若无人地聊着毛衣的样式。

偶尔抬头，侯卫东恰好看到县长杨森林走进会场，刘坤紧跟其后。刘坤头发梳理得很整齐，黑色西服，脸上带着微笑，一只手握着杨森林的杯子，另一只手提着皮包，将杨森林送到了座位上，这才转身去找府办主任的位置。

刘坤站在建委主任张亚军位置前，两人说笑着，等到会议要开始的时候，他才回到自己的位置。

侯卫东把视线从书本上移出来，冷眼看了一会儿，暗道："这个社会还真是现实，地位高低分得清清楚楚，没有丝毫含糊。但是偏偏在书上说工作没有高低贵贱之分，真是蒙着鼻子哄眼睛。"

他看了看坐在第一排位置的季海洋，想道："我不能每次都是由季海洋带着去见黄子堤，这样下去，永远都不能与黄子堤形成真正的战略合作伙伴关系，下次要想办法单独与黄子堤见面。只有单独见面，才能将季海洋的朋友变成自己的朋友。"

正在云里雾里想着自己的事情，花白头发的老教授走上了讲台。侯卫东原本是抱着姑且一听的态度，谁知道老教授还真有水平，对国内外以及岭西的经济形势分析得很准确，很快就将侯卫东吸引了进去。他办了多年石场，对经济活动不陌生，或者说比在座多数人都要熟悉，他是识货之人，听到了真正有水平的演讲，便将小说放在一边。

散会以后，县领导和相关重要部委局行的领导就坐着小车，如蝗虫一般四处散开，很快就从大礼堂消失了。

侯卫东没有带车，出了院子以后，步行在益杨街头。身边小车不断擦身而过，侯卫东正走着，接到了李晶的电话。

“我正在海南，没有干什么，看大海，享受生活。”李晶倚着木栏杆，看着一片无边无际的蔚蓝大海，给侯卫东打了电话。

“怎么突然就到海南去了？”

“原本也没有想到海南，无意中看到三亚风景照，觉得很漂亮，迫不及待就来了。”将生意与应酬丢在一边，李晶孤身一人在海南享受着美食、美景，洒脱而舒适。当然这种洒脱与舒适是有着经济实力作为支撑的，没有经济实力，就与飞机、五星酒店、大海无缘，必须为了可怜的工资而努力奋斗。

侯卫东此时也有能力周游全国，完全可以过得更自由，只是他胸中还有理想和抱负，还有一股不服输的劲头，不愿意轻易离开益杨的政治舞台。

李晶看着蔚蓝的大海，只觉融入其中，道：“生活不仅需要工作，还需要享乐。若你能来海南，就太完美了。”说到后面，语音又有些软绵绵的。

侯卫东与李晶差不多打了十来分钟，这才挂了电话。他走在步行街道上，四周的热闹与他无关，他如一位孤独的沉思者。

穿过步行街，手机在裤袋里使劲地跳动着。

接通以后，电波传来祝焱稳重而亲切的声音：“卫东，前天我在岭西开会，遇到了周书记，无意中听到了一个消息，他的秘书最近准备放出去出任市地税局副局长，正在物色新秘书。你有没有兴趣？”

给首长当秘书是升官捷径，当过县委书记秘书的侯卫东自然明白给周昌全当秘书意味着什么。不过，他没有在祝焱面前表现出急切之情，道：“祝书记，我还是想为你服务。”

祝焱哈哈笑了两声，道：“茂云这边太复杂了，我这个地委副书记给你安排职务不困难，可是我毕竟不是一把手。你要考虑清楚，能给周书记当秘书，是一个很好的机会，别放弃，也别考虑我的因素。如果不能给周书记当秘书，你若想调过来，那就在茂云选一个好部门。”

“市委书记的秘书一般在市委部门中挑选，我在县科委工作，很难入围。”

“我把你的情况给黄子堤说了，他答应帮忙。能否成功，还得看周书记的态度。”祝焱说了实话，“我认为最大的障碍是你的经历，你给我当过秘书，也不知周书记如何看待这个问题。”

侯卫东道：“既然祝书记已经给黄书记提了此事，我就试一试，反正没有什么损失。”他心里道：“人死卵朝天，不死万万年，我都这番模样了，试一试又有何妨。”

数分钟之前，侯卫东在商海和官场中摇摆，当祝焱一个电话打来，他的注意力顿时被带回到了原有的轨道。

隔了一天，侯卫东开车到了沙州，在市委大院外面，给黄子堤打了电话。

当铃声就要结束的时候，传来了黄子堤的声音，他并不熟悉这个号码，就道：“我在开会，有什么事情等会儿再说。”

侯卫东连忙道：“黄书记，我是益杨县科委的侯卫东，向您汇报工作。”得知这个陌生号码是侯卫东，黄子堤明白是什么事，道：“这个号码陌生，心里还在想谁知道我这个手机，原来是小侯，你到我办公室来。”他此时并没有开会，而是刚开完会，正坐在办公室喝茶。

进了办公室，侯卫东毕恭毕敬汇报几句，然后道出了主题：“黄书记，听说周书记需要秘书，不知道是什么条件，我有这个可能性吗？”

“凭你的条件，够格。我提人选，但是最后得周书记点头。”

“感谢黄书记。”

“你先不要谢我，我只能创造一些机会，关键是你要把握机会。下一周，沙州团市委要召开青年人才论坛活动，届时周书记来参加讨论，你一定要充分准备，争取第一个发言。”

提前得知了周昌全将参加青年人才论坛活动，而且有一定的针对性，侯卫东就比一般人有优势。

领导选秘书，与挑对象很有几分神似，不仅要优秀，还要有缘分。尽管有黄子堤暗中帮忙，进入了备选名额，可是能否被周昌全看中，还得靠自己的本事和运气。若周昌全看自己不顺眼，就算自己心计再多，也于事无补。

侯卫东对此事抱着“谋事在人，成事在天”的态度，认认真真准备，平平静静迎接挑选。

“杨柳，我现在需要周书记这两年的讲话材料，明天，行吗？”他给已调至市委办综合科的杨柳打了电话。

杨柳听到侯卫东要周昌全书记的讲话材料，立刻明白了他的目的。周昌全书记的原秘书要到地税局出任副局长，虽然未成行，却已经是公开的秘密，委办各科室有不少人都在动脑筋。

此时综合科坐着好几个人，杨柳压抑着激动的心情，故意用公事公办的口气道：“知道了，资料收集完毕以后，我给你打电话。”她刚放下电话，科里一位男同志就开起了玩笑：“杨柳，看你小心翼翼的样子，是男朋友吧？”

杨柳道：“说话小声是有礼貌的表现，免得打乱了各位大才的思路。”她在新管会当过办公室主任，由于侯卫东的充分信任，几乎抵得上一个副职，甚至有些事情比副职说话还管用。在新管会工作这一段时间，她收获特别大，到了市委办综合科，很快适应了角色转变。

综合科的同志们由于长期在领导身边，都是察言观色的高手。有一次黄子堤路过综合科，见初到综合科的杨柳正在写材料，他心血来潮地走了进来并与杨柳交谈了几句。综合科诸人见此便心中雪亮，杨柳能够从益杨县新管会调至沙州市委的中枢机构，肯定是走了黄子堤的门路。

黄子堤在市委办公室是说一不二的人物，这一次闲聊以后，杨柳在科里的地位无形之中有了很大的提升，科里同志对她很亲切、很友好。

第二天11点50分，侯卫东将车开到市委大院门口，将手肘放在车窗前，很舒服地抽着烟，看着大院，等着杨柳。

沙州是地级市，市委和市政府分开，各有一幢小楼。而益杨是县城，县委和县政府在一幢楼上，第三层是政府领导，第四层是县委领导，这是县级城市与地级城市的细微差别之一。

到了12点，市委大院逐渐生动起来，最先走出来的是步履匆匆的女同志。侯卫东有机关工作经验，看这些女同志的样子，多半是急着回家为孩子和老公做午饭。随后走出院子的是三三两两的男同志，市委有食堂，只是食堂的菜太难吃，这些在机关工作的男同志便经常约在一起出去吃馆子，大部分时间是凑份子，少数时间是有人请客。

市委大楼代表着权力、地位和尊严。可是对于在里面工作的大多数人来说，权力与他们无缘，权力只属于这幢楼里的少数人。这少数人包括全体常委，还包括各部门的主要领导，至于占主体的一般工作人员，只是拿着微薄薪水的普通人。

12点20分，院中人散尽，杨柳娇小的身影便出现在院中，她手里拿着一个文件袋子，径直走向了那辆熟悉的蓝鸟车。

“先吃饭，边吃边谈。”

侯卫东直接将杨柳拉到了新月楼外面，进入了水陆空的餐馆。

借着新月楼的人气，这个餐馆生意颇为兴旺，数年不衰，引得不少馆子都聚于此地，新月楼前已有餐饮一条街的模样。侯卫东是美食家，口袋里又不缺钱，出门就可尝到美食，一来二去，肚子不知不觉开始扩容，这引起了他的注意，买了一台跑步机，有空就跑一跑，燃烧脂肪，增强体质。

“侯主任，这事有眉目吗？”杨柳见侯卫东极为认真地翻看着周昌全的讲话，忍不住问道。

“选秘书这种事情就是乌龟看王八，对了眼就好办，所以我要了解周昌全书记的思想。至于眉目，八字还没有一撇。”

杨柳对侯卫东的事不太乐观，一来市委各部门跃跃欲试的优秀干部不少，竞争很激烈；二来侯卫东曾是祝焱的秘书，似乎还没有听说过先后给县委书记和市委书记当过秘书的人。尽管不乐观，她还是鼓励道：“黄书记在周书记面前说得起话，如果他肯帮忙，事情就好办了。”

“我正在想办法。”侯卫东说得很含糊，没有说黄子堤，也没有说青年论坛的事。

杨柳由衷地道：“真希望侯主任能调到委办来。”

侯卫东随口道：“如果能成为周书记的秘书，肯定要进综合科，我们很有缘分啊，又能成为同事。”

说者无心，听者却是不同滋味。杨柳看着侯卫东，将嘴里的一块辣椒咬碎，她没有提防到这是山里有名的朝天冲小辣椒，只觉得一阵火辣辣的感觉在口中窜来窜去。她连忙喝了一口汤，这才将辣味压了下去。

过了不久，团市委青年论坛就热火朝天地召开了。

在益杨县分管组织副书记季海洋的推荐和安排下，侯卫东作为益杨县代表团的一员参加了此次活动，以侯卫东的资历和职务，他有资格当益杨县青年代表。刘坤是府办主任，他如果愿意参加这次活动，自然也有资格，只是他瞧不上团市委的活动，当县团委书记向他发出邀请时，他拒绝了。

除了黄子堤、侯卫东等极少数人，谁也没有料到市委周昌全书记会亲自来参加一次青年人的讨论。

讨论会开始，周昌全在黄子堤陪同之下走进会场，青年代表吃惊之后，拼命拍手，会场顿时响起了热烈的掌声。

侯卫东原本准备第一个发言，可是看了周昌全近两年的发言材料以后，他发现周昌全做事稳健，并不喜欢出风头，所以，他决定抢在第三位发言。

第一位大胆发言的是团市委副书记，一位漂亮的女同志，她一口纯正的普通话，悦耳动听。她主要针对如何做青年工作来发言，说了不少新鲜词，却没有多少实际意义。

第二位发言的是市委办的一名同志，他原本没有做发言准备，见到周昌全书记和黄子堤副书记，心里打了一个机灵，在稿纸上写了三条，他长期为领导写稿子，这三条都针对沙州经济的发展。

当市委办同志话音刚落，侯卫东如参加抢答赛一般飞快举起手，大声道："我来发言，我发言的主要内容是'如何利用东南亚金融风波，化不利为有利，促进沙州经济发展'。"

听到这个发言内容，周昌全抬头看了一眼侯卫东。

"东南亚金融危机，证明日韩的大财团模式有很大的弊端，大宇集团就是其中一个典型，这是一个教训……对岭西和沙州来说，是挑战，但是我认为更是巨大的机遇……国家欲扭转经济的下行趋势和消费趋冷现状，唯一的办法是拉动内需，对岭西来说，这就是机遇……这一次金融危机，将推动产权的重组和清晰化，员工持股、引资量化、增资量化、破产改制等方法……"

侯卫东所谈的问题，都是这两年来昌全书记在会上反复讲的问题，他细致研究以后，将其最关注的问题抽了出来。果然，当他发言完毕之后，由于其内容和水准都与平常发言不一样，全场一片寂静，没有人急着在他后面发言。

郭兰作为组织部的两名青年代表，也参加了这个讨论会，她见到侯卫东并不吃惊，可是听了其发言却是大吃一惊。

在益杨组织部，她与侯卫东短暂地做过同事，而且还是他的领导。

侯卫东当时在科里只是做些日常性事务，抄些报表，写点小豆腐文章，这些事情就是寻常高中生也能做，因此在工作能力、知识水平这方面，郭兰实际上并不了解侯卫东。

当侯卫东发言结束，郭兰顿时产生了“三日不见当刮目相看”的感觉，心道：“难怪他能成为益杨风云人物，确实有水平，益杨新管会能有今天这样的成绩，他功不可没。”

“什么时代了，还借着组织的名义搞一朝天子一朝臣，这是现实生活中的封建遗毒。”郭兰从事组织工作已有好几年了，见到了不少官员的起起落落，祝焱调到茂云不久，侯卫东便从新管会被调到了科委，其中的原因，她看得很清楚。

团市委书记石磊是讨论会的组织者，他拿起了参加讨论者名单，问旁边的团市委副书记：“这是谁？他做了自我介绍，我没有听清楚，是我们团委系统的吗？”

旁边一人道：“不是团委系统的，好像是益杨科委的。”

石磊在名单中寻找着，最后定格于“益杨科委侯卫东”。

周昌全听了侯卫东的发言也很意外，对黄子堤道：“这个小伙子是谁？很有水平。怎么觉得他有三分面熟，我见过吗？”

黄子堤侧过身体，道：“昌全书记，你见过这个年轻人，他叫侯卫东，以前是益杨新管会主任，今年调到了益杨县科委。”

“记起来了，我到益杨新管会去参观，就是他做的介绍，怎么调到县科委去了？”

“具体情况不清楚。”黄子堤一边摇头一边补充道，“去年岭西报社对全省开发区进行了调查，益杨新管会综合排名是全省第四，一个县级开发区能得到这样的排名，很不错。我记得他是学法律出身的，在基层当过副镇长，还当过益杨县委办副主任、新管会主任。”

除了侯卫东以外，黄子堤还安排了另外两人参加这次讨论会。从他的角度来说，这三人谁当周昌全的秘书都可以，听了侯卫东的发言以及周昌全的反应，他知道另外两个人基本没有可能性了，所以特意向周昌全推荐侯卫东。

周昌全“嗯”了一声，若有所思地看了看侯卫东，道：“看来我们沙州也有人才，不仅仅是外来和尚会念经。”

侯卫东准备得充分，临场发挥很出色，给自己打了九点五分，发言完毕以后，彻底轻松下来。他观察着周昌全的表情，发现周昌全并没有笑容，便将表情弄得更稳重一些，提起笔，认真做笔记。

包括团市委书记石磊在内，大多数人都认为这场讨论会是普通的讨论会，只是青年论坛的一个有机组成部分而已。

为启动青年论坛，石磊曾经给市委写了报告，但是他压根没有想到周昌全书记会亲自参加讨论会。在讨论会开始时，他心里还有几分忐忑，担心发言质量不高，让两位领导小看了这一批青年干部。等到侯卫东发言完毕，他悬着的心才放进肚里，长长地松了一口气，暗道："真是天助我也。"

而其他参会者，多数事先没有充分准备，听了侯卫东的发言，自觉相差太远，当侯卫东发言完毕，座谈会一时有些冷场。石磊是会场主持人，他口才极好，见冷场以后，便开始热情洋溢地发表着动员讲话，又给几位县团委书记递眼色。吴海县团委书记看懂了石磊的眼神，他清了清嗓子，开始发言。

讨论会进行到四十来分钟，周昌全发表了一个鼓励青年人的简短讲话，离开了讨论会现场。当周昌全、黄子堤等人离开以后，会场出现了一阵嗡嗡声，众人的心情和表情都放松下来。

侯卫东完成了任务，如看戏人一般，听着青年们的讨论发言。这些青年人都是各地各系统的精英人物，可是他们的发言没有什么深度，也没有特别精彩的地方。

祝焱等领导都是经过很激烈甚至是惨烈的竞争才升至县委书记职务，不论是工作能力还是自身素质，都达到了一定水平，侯卫东长期跟在他的身边，接触面更广，眼界开阔。当上新管会主任以后，又经常与企业家打交道，这些经历使侯卫东比一般的同龄人更加成熟，听这些年轻人发言，总觉得差点什么。

散会之后，侯卫东收起提包就往外走，一路之上，不少人都偷眼打量着他。快到门口处，见到郭兰站在门口，两人的目光便碰在了一起。

"你的发言很棒。"

"我在新管会时，经常接触这方面的内容，有感而发而已。郭教授身体如何？"

"我爸妈在沙州买了房子，距离沙州图书馆很近，我爸天天朝图书馆跑。"

侯卫东用眼睛余光看了看郭兰的侧影，她鼻梁微微有些翘，这个特点让精细的轮廓多了几分活泼，齐耳短发很整洁，没有耳环，没有项链，素雅和宁静依然，与几年前相比，几乎没有什么变化。他道：“郭教授爱看书，这是他几十年的习惯，看书能丰富人生，若不让他读书，他会很难受。”

郭兰似乎也发现侯卫东正在偷眼看着她，她略有些羞涩，道：“他毕竟生过病的，和正常人有所区别。”

两人一边聊着，一边朝外面走。

石磊提着大包也走在人流之中，他今年刚满三十一岁，已有多年正处级经历，是沙州市很有发展前途的青年干部。他前些年忙于事业，数次与爱情擦肩而过。在团市委组织的活动中，他认识了郭兰，爱情之火就在他胸中熊熊燃烧，开始对郭兰发起了进攻。

他见郭兰与侯卫东认识，紧走几步，追了过来，道：“郭兰，有件事我想请教你。”请教当然是借口，他与郭兰说了一会儿，才向侯卫东伸出了手，道，“我是石磊，很高兴认识你。”

侯卫东对于团委系统很陌生，但是对于沙州团市委书记石磊还是有所耳闻，道：“石书记好，我是侯卫东，在益杨科委工作。”

石磊笑道：“你在科委工作，科技人才嘛，难怪发言这么精彩。”他是团市委书记，在益杨科委同志面前还有一些优越感。

他与侯卫东说了两句，转头又对郭兰道：“中午有空没有？组织部对这次青年论坛很支持，我代表团市委还是要表达感谢之情。”

郭兰道：“我小小的办事员，可不敢代表组织部。再说下午要交一个文件，算了吧。”

石磊眼珠一转，取出手机，就给组织部杨部长打了电话，道：“我是石磊，杨部，今天中午就在老地方，就是团委和部里的几个人，没有外人。”然后笑道，“杨部长与李科长也要过来吃饭，你可不能溜走。”

侯卫东见到郭兰嘴角似乎露出一抹无可奈何的笑容，他不愿在这里当电灯泡，道：“你们聊，我先走了。”

石磊假意挽留道：“侯卫东，一起去吃饭吧？”

侯卫东对石磊的印象并不好，挥了挥手，道：“石书记，再见。”

郭兰很熟悉侯卫东的蓝鸟，她悄悄用眼光寻着那辆车，只见蓝鸟慢慢地驶进了主干道，速度猛地快了起来，随即消失在公路的拐弯处。

岭西高速公路启用不久，路况极好，不到半小时，便下了益杨道口。刚下高速路，视线所及，新管会的十几幢楼房扑面而来，冲击力很强，这已经成了益杨的标志性建筑，也成为侯卫东心中一道渗血的伤口。祝焱走了，他就有了被调离新管会的准备，可当真被调离时，仍然隐有受伤的感觉。这感觉藏得很深，平时并不露头，只在不经意间涌上心头。

侯卫东微叹一口气，一打方向盘，从老路驶进县城。

刚进沙州学院大门，杨柳打来了热情洋溢的电话："侯主任，市委办有好几位同事参加了青年论坛座谈会，回到办公室就打听你的情况，这些家伙平时心高气傲，看得出来，你的发言把市委办的同事震住了。"又道，"听说周书记也参加了座谈会，这太难得了。"

这一次青年论坛，侯卫东做了充分的准备，他在电话里表现得很淡定，道："就是一次座谈会，开过就完了，谁还会记得。"

成功前的冲刺

侯卫东在青年论坛讨论会上发言以后，就再也没有在周昌全面前露脸的机会了。这给他的感觉就如放风筝，刚把风筝放上天，手中的线就"嘣"地断掉，断线的风筝何去何从，就和侯卫东没有任何关系了。

杨柳对侯卫东的感情很复杂，有友情，有感激之情，还有对优秀男子的欣赏，或者说是爱慕。对于侯卫东的事，她甚至比对她本人的事还要关心，每天坚持报告着市委办公厅的动态。

9月7日下午，杨柳又给侯卫东打来电话，道："侯主任，你得盯紧点，市委大院里有很多年轻人都在暗中活动，他们都有或明或暗的关系，竞争力很强，你不能掉以轻心。"

沙州市委办公厅内设机构不少，包括总值班室、综合科、秘书科、人事科、信息科、文书科、机要科、市委政研室、督查室、史志办公室、国家保密局、密码管理局、信访局、市委、市政府接待办公室。这些机构里的年轻人都是从各地选调上来的，关系户不少，藏着不少精英，他们久居市委办公厅，明白当周昌全的秘书意味着什么，猪朝前面拱，鸡朝后面刨，都使出浑身解数，寻找自己的门路。

市委办公厅正面就是一个中型广场，有许多不知疲倦的老头儿、老太婆在广场里跳舞。一天，夜幕降临以后，一个细心的老太婆突然发现："我们沙州是不是出了事，你们看，市委办公楼里有这么多人加班。"这些老头儿、老太婆数了数，除了平常开灯的值班室以外，居然有二十来个办公室里亮着灯火。

"肯定有大事。"这位细心的老太婆经历过"文化大革命"，虽然"文革"结束有二十多年了，她脑筋深处却仍然绷着一根斗争的弦，见到市委在加班夜战，便无心跳舞，拿起自己的包，提前回家。

"这个神经病，市委亮灯，和我们小老百姓有屁相关，继续跳舞。"广场舞的组织者是居委会女同志，很泼辣，见老太婆提前走了，很不满意。她又对着市委大楼嘀咕道："白天上班不认真，晚上来加班，浪费国家的电。"

杨柳位于消息灵通的综合科，加上她很上心地为侯卫东收集情报，这些点滴小事也没有逃过她的眼睛。

侯卫东很郁闷地道："他们近水楼台先得月，我只能等待。"

杨柳建议道："侯主任，找黄书记说说？"

侯卫东就开玩笑："我等着天上掉馅饼。"

又等了几天，仍然是没有任何消息，侯卫东左思右想，大着胆子，再次找了市委副书记黄子堤。

黄子堤态度很不错，爽快得很，道："市委办已经将建议名单送给了昌全书记。昌全书记事情多，十五届三中全会即将召开，他到省委党校去学习了中央领导同志的讲话，回来以后就想着如何应对沙州大局，暂时没有考虑秘书的事情。"

他采用的方法是广种薄收，市委办确定的几名备选，都有他的意图，不管哪一位成功，他都有功劳。在周昌全身边有了自己人，有些事情就很方便。

侯卫东便极其郁闷地开车在沙州城内四处乱逛。开到新月楼道口，此处正在换人行道板，司机不太注意，弄得街面上泥土很多，穿黑色制服的城管队员拦着脏车在罚款。司机不服，双方指着车上的痕迹吵得挺厉害。

转了一圈，除了看黑色制服城管与司机吵架还有些意思以外，其他的景物都吸引不了侯卫东的注意力，等到司机被制服以后，他兴味索然了，给小佳打了电话。小佳心情很好，道：“我正坐在天池边上，天池景色真美，一汪湖水就如大镜子一样。”

侯卫东没好气地道：“你在新疆玩得开心，老公在沙州受煎熬。”

风景如画的天池边，极目远眺，天蓝得格外纯净，朵朵白云漂浮其中，微风吹来，慢慢移动着，变幻着模样。白云之下是带着雪峰的大山，连绵不断，大山脚下则是金黄色的树林，卓立不群。

“老公，你也应该把俗务放下，到这里来感受大自然，心灵会受到熏陶。我从建委调到园林局，真是非常明智的选择。”

听了小佳的语气，侯卫东问道：“你是一个人吗？”

“周姐还在打麻将，到了天池这么美的地方，却成天打麻将和睡懒觉，没有意思。”小佳虽然也喜欢打麻将，可是到了天池，顿时被这美丽的风景迷住了。当周萍等人在宾馆摆开了麻将战场，小佳一个人走到宾馆外面，欣赏着人间胜景。

“如果你不是我老婆，我真怀疑你和周萍是同性恋。”

小佳“呸”了一声，道：“我与周姐搞好关系，一方面是她确实不错，是个好大姐，另一方面，和她搞好了关系，我们调到茂云以后，就多了一个照应。”

侯卫东道：“周昌全在选秘书，祝书记让我去竞争一下，我也有这个想法。”

小佳觉得很意外，想了想，道：“如果这事能办成，当然是好事，不知道有几成可能性？”

“我上午去找了黄子堤，他答应帮我，只是这事不同于其他事情，虽然是由市委办操作，但是周昌全本人的意思最重要。”

得知此事，小佳无心在外面游山玩水了，道：“后天我们的行程就结束了，原定是坐火车的，我就不坐火车了，马上去订飞机票，尽快赶回来。”

与小佳聊了二十多分钟，直到手机有些发烫，这才挂机。

杨柳坐在办公室不停地拨打电话。今天最新的《决策参考》印了出来，这是要送到周昌全案头的内部资料，每月出一本。杨柳到市委办公厅综合科时间还不长，这还是第一次见到这本内部刊物。她翻了翻里面的内容，心里有了主意。

谁知给侯卫东拨打了十来次电话，均处于通话状态，刚刚打通，听见了侯卫东的声音，副秘书长曾勇又来到了办公室。杨柳为人机灵，见曾勇进屋，马上改口，道：“明天下午，请将相关材料报上来，我在办公室等你，再见。”

然后迅速挂断电话，站起身，道：“秘书长，你好。”

曾勇五十来岁的样子，由于长期坐办公室，缺少锻炼，长着极厚的双下巴，笑起来如弥勒佛一般，他和蔼地问：“没事儿，你坐，到了市委办公厅习惯吗？”

杨柳仍然站着，道：“科里同志很好，我习惯。”

曾勇肥厚的下巴点了点，道：“市委办公厅是直接为领导服务的，工作作风一定要严谨，知之为知之，不知为不知，切莫不懂装懂，有什么问题可以直接问我。”

等到曾勇离开后，杨柳坐在办公室回味着他的话，只觉得像坠入云里雾里，搞不太明白。她没有多想，马上给侯卫东打了过去，道：“侯主任，不好意思，刚才说话不太方便。”

“我知道。”

“我记得你曾经说过，与聪明人打交道最轻松，我现在是深有同感。”杨柳又道，“刚才我看到办公厅印有《决策参考》的内部刊物，每期都是直送周书记办公桌的，如果能想办法在这个内部刊物中出现，肯定有好处。”

“这事难度太大了，我如今在县科委，没有成绩也没有失误，很难上《决策参考》。”

“新管会在沙州开发区排名第一，这就是你的政绩。”

“新管会已经为他人作嫁衣了。”

杨柳愤愤地道：“有些人是捡了落地桃子，没有侯主任引来这么多企业，新管会哪有今天？”

侯卫东虽然没有采纳杨柳的建议，却开启了思路，他想到市委办公厅信息科长杨腾曾经说过，市委书记周昌全每天到办公室第一件事情就是看《人民日报》、《岭西日报》和《沙州日报》，这是雷打不动的习惯。他心中有了想法，立刻与《岭西日报》的王辉取得了联系，然后直奔岭西。下午5点30分，在金星大酒店中餐厅等到了王辉。

王辉进了富丽堂皇的中餐厅，道：“侯主任，有什么事情？急急忙忙从益杨赶过来。”

侯卫东给王辉递了一支烟，笑道：“王主任，我是无事不登三宝殿，是想请你再做一次报道。亚洲金融危机对我国影响甚深，国务院出台一系列刺激内需的政策，目的是促进国内经济发展，岭西十六个开发区是如何运作的，有什么成功经验，出现了什么问题，应该是一个很好的选题。”

这个选题恰好是王辉的重点工作，他暗赞道：“侯卫东很有眼光，如果搞新闻肯定是一把好手。”口中却道：“你在县科委工作，新管会似乎和你没有什么关系吧？”

侯卫东继续道：“去年报社做了两期开发区的题目，应该算很成功。今年经济形势发生了重大变化，国家出了这么多新政策，如果搞一期跟踪报道，应该会有好效果的。”

王辉是资深记者，经事、阅人无数，抓问题核心的本领也不小，他带着笑意吸了一口烟，道：“侯主任是不是想给自己制造些影响？你到科委的时间不长，而且科委很难做出拿得上台面的成绩，所以要利用以前在新管会的影响。”

见王辉破题，侯卫东很自信地道：“益杨新管会成立至今，不到三年时间，一共有三位主任，我的成绩有目共睹。新管会的发展与我是密切相关，到目前为止，提起益杨新管会，总是绕不开我。王主任刚才说到点子上了，我就不绕弯子了，这篇报道确实对我很重要，我要用这个报道去获得一定的声誉。我愿意赞助这篇报道，可以直接给报道组，也可以直接给报社。”

王辉狠抽着烟，沉吟不语，道：“这方面的文章就由我来安排完成，报社那边就不要管了，至于赞助，我们当然也需要，可以用合法的方式，比如益杨县科委在报纸上打一打软广告，算是对我的支持。”

侯卫东伸手握住了王辉的手，高兴地道：“那我们合作愉快。”

两人喝了一瓶茅台，兴致不错。

王辉离开酒店时，喝得有些高了，握着侯卫东的手，道：“你放心，我跟踪了解开发区有两年多时间了，报道重点很清楚。最多两天，有关益杨新管会发展历程的文章便会出来。”

喝了半斤白酒，侯卫东也就不能再开车了，回到金星大酒店房里，他斜躺在床上看着电视，床头上的电话就响了起来。

“先生，做不做按摩？”话筒里传来了刻意装出来的软绵绵声音。

“不需要。”侯卫东简洁明了地拒绝。那声音又道：“先生，出门在外就要放得开，我技术好，绝对舒服。”侯卫东道：“谢谢了，等一会儿我老婆会帮我按摩。”此语刚结束，耳中就传来了盖话筒的声音。

宾馆里打电话的小姐，历来是出差男人谈论的话题，侯卫东经常住宾馆，对这种电话是见惯不惊，只是在五星级酒店也有这等手法，未免显得与五星不符。他喝了半瓶多茅台，略带着些酒意，便顺便与小姐调侃了两句。

金星大酒店是五星级酒店，为客人考虑得颇为周到，房间里配有小包茶叶，茶叶袋上印着“银针”两字，比寻常酒店的袋装散茶要好得多。只是侯卫东在喝茶上口味很刁，他闻了闻茶叶的味道，便穿上外套，到楼下买茶叶和口杯。

大厅旁边就开着小型的超市，从外面看，环境还不错。进去以后，发现里面的货品皆是名牌，价格比外面至少贵了三分之一，两个个子高挑的女子正在买零食。

一个女子道：“别总是吃瓜子，小心嗑成瓜子牙。”

另一个女子声音有些软绵绵的，道：“人这一辈子就这么回事情，想吃就要吃，想睡就要睡。”

这个声音分明就是刚才电话里的声音，侯卫东就趁着找茶叶的时候，认真地看了看说话的女子。那女子很年轻，素面朝天，脸上干干净净，没有一丝风尘女子的感觉，侯卫东有些怀疑自己的听力，那女子又说了几句话，还是软绵绵的口音，确实就是刚才打电话的女子。

买了茶叶回去，他心里还在想着那个女子：“这个女子蛮清纯的，怎么会来当小姐？”

回到了房里，看着电视，喝着茶，想着那女子软绵绵的声音，身体里的原始欲望开始蠢蠢欲动，思绪就从高挑女子转移到岭西的段英和李晶。这两位红颜知己的身体已如存入硬盘的图片，随时可以从大脑中调出来。

侯卫东用手按着遥控板，随意地调换着节目，突然，在一晃而过的电视画面中，他瞧见了一个熟悉的身影。

这是岭西电视台的一台晚会，一个不出名的歌星正深情款款地唱着一支风靡大江南北的歌曲，一群漂亮女孩子在后面蹦来跳去，领舞的人就是曾经有过一面之缘的朱莹莹。她穿着紧身服，身材格外匀称，看着朱莹莹在舞台上轻盈地跃动着，他禁不住想着朱莹莹腰身上那迷人的弹性，身上又是一阵燥热。侯卫东放下遥控板，盯着电视里朱莹莹散发着青春朝气的身体，右手却握住了手机，顺手就调出了李晶的号码。

正在与身体的欲望做着斗争，小佳将电话打了过来，她兴奋地道："刚下飞机，准备在机场坐出租车回益杨。"

侯卫东吓了一跳，道："你在哪儿？岭西机场？你不是说后天才回来吗？

"我提前回来了。"

"我现在就在岭西，住在金星大酒店501号，我开车来接你。"

小佳听说侯卫东就在岭西，高兴地道："我坐出租车还要快一些，你就在酒店等着我，喝了酒绝对不能动车，这是死命令。"

约莫半个小时，门口响起了敲门声，一头小波浪的小佳提着包出现在门口，由于去了一趟新疆，脸比平常要黑一些。进门之后，她顺手就将门关掉，如小马驹一般扑到侯卫东的怀里，勒得侯卫东喘不过气来。

等小佳将嘴巴松开，侯卫东喘了口气，道："到新疆走了一趟，变得热情似火。"

小佳目光一直停留在侯卫东身上，从谈恋爱开始，她总是没有看够这张英俊的脸。深情地凝视了一会儿，她突然咂巴起嘴巴，道："晚上酒肯定喝得不少，嘴里还有一股酒味，快去刷牙，否则不准亲我。"

等到两人从卫生间出来的时候，都是欲火焚身，侯卫东抱着光溜溜、湿漉漉的小佳，朝床上就扑了过去。五星级酒店的床经受得住考验，一阵摇晃之后，终于没有垮掉。

"你怎么事先也不跟我通个气，害得我天天陪着周姐打麻将。"小佳光着身子爬在侯卫东身上。刚才一场大战，消耗了大量能量，也制造了满床的热量，两人都不冷，只是盖了一层床单。

"你天天陪着周萍，怕你漏话。茂云事情比我们想象中的要复杂，在祝书记没有主政的情况下，我不愿去蹚这个浑水。隔两年就要满三十岁了，我不想在科级干部位置上转来转去，争取早点上个台阶，给周昌全当秘书是一条捷径。"

小佳道："但愿我老公能够心想事成。"

如何进市委办，侯卫东只是同小佳说了一个大概，具体如何操作，他并没有细谈。

《岭西日报》王辉为了写好这篇文章，再次将全省的开发区走了一遍。这一遍走下来，对益杨开发区的赞赏又多了几分。有了这个心理基础，写起文章来自然得心应手。

9月17日，周昌全如往常一般来到了办公室，首先拿起《人民日报》，浏览一遍，放下，又拿起《岭西日报》，“崛起的开发区”系列报道吸引了他的目光。周昌全摘下眼镜，想了想，又将报纸重新看了一遍。此时他将报纸上的侯卫东与论坛上发言的侯卫东联系在了一起。

这一段时间，他到省里开会，不断有老领导、老朋友通过各种渠道向他推荐秘书。这些年轻人基础条件都不错，各有千秋，各有所长，让他一时难以取舍。他打着哈哈玩起太极，道：“配秘书是市委办的事，我可管不了这么细。”

周昌全对身边秘书很看重，正因为看重，所以慎重，拿着黄子堤送来的名单，反复权衡。

昨晚与黄子堤在一起聊了一个多小时，才让他心里天平倾向了侯卫东，但是并没有完全确定。早上看到了《岭西日报》的这一篇报道，他最终决定选择才华出众且具有丰富基层工作经验的侯卫东。他要的不是提包的秘书，而是有政策水平、有实践经验的秘书。

至于侯卫东曾经给祝焱当过秘书一事，周昌全略为踌躇，将几位推荐人选比较一番，他就将最后一丝犹豫扔在脑后。

周昌全拨通电话：“秘书长，你过来一趟。”

新任市委常委、秘书长洪昂原本是临津县县委书记。原来的市委常委、秘书长黄子堤提拔成为副书记以后，洪昂就由县委书记变成了市委常委、秘书长。他正在办公室看稿子，接到了周昌全的电话，连忙放下手中的稿子，急步朝周昌全办公室走去。到了办公室门口，他又放缓了脚步，沉稳地敲了敲门。

周昌全交代道：“你是市委大管家，工作既繁重又琐碎，还是得给你松绑。将益杨县科委主任侯卫东调任市委办公室，具体做什么工作由你来安排。”

洪昂也不多话，将此事记下以后，请示道：“郭永国在综合科有好几年了，应该挪动了。”

周昌全挥了挥手，道：“这些小事，你是秘书长，全权处理，不必问我。”

杨柳跟着从岭西到沙州挂职的副书记高永红到了几个部门，下午才回到办公室，刚进办公室，就发现办公室的气氛不对劲儿，综合科数道眼光都看着杨柳。

“我们科长有人选了，是益杨科委的侯卫东，你在益杨工作过，他为人处世如何？我以前与他见过面，没有深交。”问话者是去年调进市委办的杜威，他年龄最小，说话最直。

杨柳强压着内心的兴奋，她没有回答杜威的问话，装做平淡地道：“不会吧，怎么没有看到文件？”

杜威道：“洪秘书长已经安排起草文件，他跟着周书记出去了，回来以后就有可能找侯卫东来谈话。这人是什么来头？”

杨柳尽量不带情绪，道：“侯卫东一直在益杨工作，当过副镇长、县委办副主任、新管会主任。”

综合科老科员郭永国道：“我以前接触过侯卫东，他是祝焱的秘书。”他在心里暗道：“侯卫东给祝焱当过秘书，怎么又来给周书记当秘书？这世界真他妈乱套了，不合常理。”

杨柳见郭永国脸上一副悻悻然的表情，心道：“郭永国又要失望了，他没有任何基层经验，怎么能和侯卫东相比？”

目前在综合科，郭永国是唯一一位没有给市委领导当秘书的科员。他三年前调至综合科时，也曾经当过秘书，谁知刚当上三个多月，市委刘副书记便出了车祸，死在了医院。阴差阳错之下，郭永国就一直悬在了综合科。坐了两年冷板凳，他已是满腹牢骚。

洪昂当上秘书长以后，已数次听到郭永国发牢骚，他趁着侯卫东调来之际，打定主意让郭永国去史志办公室慢慢磨笔杆子。

侯卫东与小佳在上午10点回到了沙州。俗话说，久别胜新婚，两人回到自己家中，又甜蜜了一回，等到起床时，已接近11点。

小佳躺在侯卫东手臂上，道：“晚上请谢局和局里几个同志吃饭，你愿意参加就参加。”

侯卫东对她们几个麻友聚会不感兴趣，道：“你们几个女人吃饭，我就不跟着瞎掺和了。”

两口子正在床上说着话，放在茶几上的手机突然间振动得厉害。接了电话，侯卫东翻身而起，他脸色一下变得郑重起来，道：“已经下文件了吗？”

杨柳喜气洋洋地道：“我已经看到文件了，这文件出得很快，恐怕很快就要找你谈话。”

小佳躺在床上，看着侯卫东满脸严肃，关心地问道：“什么事情？”

给周昌全当秘书，是侯卫东这一段时间全力争取的事情，能否成功心中实在没有数，如今此事居然就这样变成了现实，反而让侯卫东有些沉默。

“我调到沙州市委办综合科，给周书记当秘书，文件已经出来了。”小佳一惊，同样是翻身而起，她此时还光着身子，胸口两朵蓓蕾骄傲地挺立着。她兴奋地抱着侯卫东，道：“这是大好事啊，你怎么这样严肃？”

侯卫东道：“说起来应该是好事，可是，在新管会和科委当了两年多一把手，突然要去侍候周书记，我有些担心适应不了。”

小佳劝道：“在基层，要想当到县级领导太难了，就算你在基层拼死拼活，做出了成绩，也只能在局行领导这个层次打转。给周书记当几年秘书，出来就是县级干部，这就是岭西官场的现实。”

小佳的兴奋是溢于言表的，她取过桌上的手机，给家里打了电话，接电话的是母亲陈庆蓉。当她知道女婿调到沙州市委，一下就神采飞扬，笑呵呵地叮嘱道：“沙州是大地方，不比益杨那种县城，侯卫东能调上来，你肯定也跑了不少路子，要让他好好珍惜。”

小佳听到此语，呛得咳嗽起来，道：“妈，我有什么本事能让侯卫东调到市委办，能走到今天，全靠侯卫东自己的努力。”

陈庆蓉道：“侯卫东在益杨能认识市里的人？算了，我不说了，知道你要维护他的面子。星期六你们回家，我前天在菜市场买了一只土鸡，我煨汤，你让侯卫东一起过来吃。”

小佳当场无语。

张远征买了烟从外面回来，听到这个消息，高兴之余，很遗憾地道：“侯卫东看上去蛮机灵，怎么弄来弄去还是当秘书？我觉得要当一把手，宁当鸡头，不当凤尾。”

陈庆蓉白了张远征一眼，道：“你懂得什么，这秘书虽然不是官，但是最容易升官。你记不记得，当年我们厂里来了几个大学生，有一个留在厂办当秘书，结果那个秘书现在成了大老板，另外几个大学生却下岗了。”

张远征素来惧内，将陈庆蓉的话当成了真理，听到陈庆蓉认为秘书工作好，点头道：“当初丫头眼光还不错，侯卫东虽然是县里娃，人还是很聪明。”

陈庆蓉撇了撇嘴，道：“要不是小佳朋友多，从县里调到市里，没有这么容易。”

小佳回来过春节的时候，请园林局谢局以及市建委的老同事吃过饭，陈庆蓉一起跟着参加过两次。张远征和陈庆蓉在工厂里干了一辈子，对官场概念的了解其实似是而非，很多都是道听途说，听到这些人的职务以后，陈庆蓉就对女儿充满了自豪。当然，这些话，两人也就在背后说说，他们对侯卫东还是很不错的。

12点的时候，侯卫东和小佳穿戴整齐，到新月楼门口等着粟明俊一家人。

两家人见了面，赵秀亲热地挽着小佳，道：“我们的小佳终于回来了，今天晚上约几个，好好地搓一盘。”新月楼小佳的家，曾经是搓麻将的固定场所，小佳到上海学习，这一桌固定搭子就散伙了，赵秀对小佳的回归自然很高兴。

小佳道：“卫东调回来，以后不方便了。”

这一次竞争周昌全秘书，侯卫东走的是黄子堤的路子，而且一直颇为保密，粟明俊并不知情，闻言对侯卫东道：“怎么，你调到沙州了？哪个部门？”

“市委办公室综合科。”

粟明俊猛地转过头，惊讶地道：“老弟，你给周书记当秘书？”

侯卫东点点头，表示承认。

粟明俊是组织部常务副部长，当然知道此事意味着什么，使劲拍了拍侯卫东的肩膀，道：“市委大院不知有多少人盯着这个岗位，老弟行啊，不动声色地拔得头筹。”

侯卫东谦虚地道：“只是听杨柳说文件下来了，我还没有看到。”

粟明俊道：“今天下午有会，原来只准备喝一杯酒，老弟有这喜事，我喝两杯，改天我们哥俩痛痛快快地喝一场。”

下午，刚刚上班，杨柳打来电话，道：“侯主任，你调动的正式文件已经下发了，我把文件传真到科委办公室。”

科委办公室，传真机放在小宁主任的办公桌上。

小宁主任正全神贯注地练习书法，见到侯卫东进来，也没有停笔，道：“侯主任，有什么事吗？”

侯卫东乐呵呵地道：“没事，接个传真，你别动，继续练习书法。”

侯卫东说的是真心话，他即将离开益杨县科委，所以懒得管这些小事。但是，这话落到小宁主任耳中，就让他有些尴尬，道：“侯主任，我来帮你接传真，这传真是老古董，效果不太好。”

“不用，我自己来。”侯卫东摆了摆手。

小宁主任见侯卫东执意要亲自动手，就站在旁边指点。

这传真就如科委的其他设备一样，皆为古董货，出纸时，扭捏如入洞房的小女子。等传真纸刚从那狭窄的小缝里探头探脑地钻出来，侯卫东就伸手拿住。

看过正式文件，侯卫东心里才彻底踏实，回到办公室，给祝焱汇报了此事，然后下到四楼，径直去敲季海洋办公室的门。

开门的是县委办副主任庄卫国，他亲热地与侯卫东握着手，轻声道：“祝贺，祝贺。”侯卫东通过门缝，看到季海洋办公室有客人，笑问道：“季书记有事?”庄卫国仍然握着侯卫东的手不放，轻声道：“沙州市委秘书长洪昂来了，正在谈你的事情，市委常委、秘书长亲自出马，侯主任真够面子。”

等到庄卫国放了手，侯卫东笑道：“这事我现在要回避，改天再来汇报。”

秘书长洪昂在益杨只留了一个多小时。县委书记马有财到广东去谈项目，不在益杨，洪昂与分管组织的副书记季海洋见了面，一方面讲了市委办的意图，另一方面顺便了解侯卫东的情况。

其实这事不太符合规定。一般来说，用人之前要先考察再下文，现在文件已经出来了，洪昂才过来考察，他自己感觉是脱了裤子放屁，只是侯卫东即将成为周昌全的秘书，他很谨慎，还是抽时间来走一趟。

洪昂在季海洋办公室坐了一个小时，将侯卫东的基本情况细致了解以后，便打道回府。

洪昂离开，庄卫国立刻向季海洋报告：“刚才侯卫东来过。”

季海洋拨通了电话，道：“卫东，你小子牛，搞了一个大动作，快点到我办公室来。”

晚上，季海洋约了曾昭强、朱兵、秦飞跃等人，在益杨宾馆摆了一桌。这几个人都是与祝焱走得很近的干部，与侯卫东关系也不错，听闻侯卫东要给周昌全当秘书，眼睛基本上都瞪得如铜铃一般大小。在众人轮番轰炸之下，侯卫东大醉。

很快，这个消息如无孔不入的蚊子一样，在县委、县政府大楼里窜来窜去，成了最具轰动效应的新闻。

侯卫东的手机一直在此起彼伏地响着，凡是自认为有些身份的或有些交情的，诸如张劲、粟明都给侯卫东打来了电话，弄得侯卫东感觉自己仿佛是新出笼的国家元首，各国政要纷纷发来贺电。

府办主任刘坤得知了这个消息，心里很不是滋味。侯卫东在学校里是优秀学生干部，他是不起眼的一般学生。工作以后，除了在青林镇短暂的时间，他始终被侯卫东的光环笼罩着。现在他是府办主任，侯卫东只是科委主任，好不容易压住了其风头，侯卫东又一骑绝尘地跳出了益杨圈子，当上了周昌全的秘书。

刘坤心里明白，在与侯卫东的竞争之中，他很难再有取胜的机会，于是他将自己关在办公室里，颇为失落。

"难道，我就真的不如侯卫东？"他有些灰心丧气。

中午，被父亲叫回家吃饭，姐姐刘莉也在家。

"他走他的阳关道，我过我的独木桥，凭什么要请他吃饭？"

宣传部刘军部长见儿子始终不开窍，不耐烦地道："你怎么是个犟脑袋，侯卫东是你的同学，又在一起工作过，请他吃一顿饭，叙叙旧，难道真要割你的耳朵？"

刘莉道："柳江涛为了做成一笔生意，有一个晚上守在别人家门口，守到晚上两点，才把老总找到，平时受气的时候多得很，你这点委屈算什么？"

刘坤既沮丧，又倔强，沉着脸不说话。

刘军语重心长地道："侯卫东在益杨没有任何根基，能从青林镇的普通干部升到正科级领导岗位，肯定有着过人之长。你要谦虚一些，和他搞好关系，这对你以后大有好处。"

刘坤心里仍有不服输的傲气，道："侯卫东溜须拍马的功夫，我永远也学不会。"

刘军见儿子心里仍然不服，道：**"官场是以成败论英雄，不管是靠**

溜须拍马当官，还是靠埋头苦干上任，只要成功了，就是英雄。他当了周昌全的秘书，如果不出意外，几年时间就能走上县级领导岗位。我和柳叔叔年龄都大了，这一届结束，我和老柳要么进人大，要么进政协，你以后只能靠自己。”刘军磨了半天嘴皮子，刘坤终于点头道：“好，我就约侯卫东吃饭。”

刘军道：“侯卫东调到市里是高升，给他饯行的人肯定很多，你下午到他办公室，亲自去请，我约了老柳，晚上一起给你当陪客。”

下午，刘坤亲自爬到七楼，虽然府办与科委在一幢楼，可是刘坤这个府办主任却只到科委来过一次，还是春节时随着县长杨森林来给各部门拜年。

小宁主任拿着一叠材料，正准备下楼，迎面就看见往上走的刘坤，他满脸笑容地道：“刘主任，你好。”刘坤微笑着道：“侯主任在办公室吗？”小宁主任热情地道：“侯主任在办公室，我才给他送了文件。”他在前面带路，伸手做出请的姿势。

侯卫东也没有想到刘坤要来，他手头无事，正拿着一本《半月谈》在看。小宁主任走到门口，敲了敲门，道：“侯主任，刘主任找你。”

侯卫东抬头看到是刘坤，他有意放慢自己的动作，将《半月谈》放下，道：“刘主任，稀客，请进。”

在小宁主任眼中，府办主任已是了不起的人物，他不清楚刘坤与侯卫东之间的纠葛，屁颠屁颠地找来纸杯，泡上茶，这才离开了办公室。

没有了外人，两位同学相向而视，一时没有了语言。

侯卫东此时稳占上风，没有必要在刘坤面前高调，他摸出香烟，扔了一支给刘坤，问道：“现在抽不抽烟？”

在读大学时，刘坤是寝室里唯一不抽烟的人，工作这么多年了他仍然将这个好习惯保持了下来。迟疑了一下，他接过侯卫东扔过来的香烟，又抓过放在桌上的打火机，“啪”的一声点燃，使劲地吸了一口。

“这烟，抽起来难受，真不知道你们为什么这么喜欢。”刘坤在数年前就表达了这个观点，此时仍然未变。

他们两人在学生时代的关系就很一般，工作以后，由于青林镇选举时的跳票事件，两人心生芥蒂。这以后，除了工作上的往来，再也没有私交。此时即将离开益杨，侯卫东回头审视与刘坤的关系，两人其实并没有不可调和的矛盾，更多的是性格不合。

刘坤咳嗽两声，将香烟摁灭在烟灰缸里，道：“祝贺你，晚上有空没有？我请你吃饭。”

侯卫东爽快地道：“行，晚上喝一顿。离开青林镇以后，我们还没有正儿八经地在一起吃过饭，同窗四年，又在一个镇上工作过，实在是不容易。”

见侯卫东答应了，刘坤松了一口气，道：“晚上6点，重庆江湖菜馆，到时不见不散，我爸和柳部长也要来参加。”

刘坤出门的时候，小宁主任迎了过来，殷勤地将刘坤送到了楼梯口，他跟在侯卫东身后，很恭敬地目送着刘坤下楼。

等到侯卫东回家后，小宁主任仍然坐在办公室愣神。周永泰走了进来，道：“侯主任要走了，我们抓紧时间给他饯行。”

小宁主任道：“侯主任才来几个月就要走了，他是任期最短的科委主任。”

周永泰道：“小宁，你别这样想，侯主任虽然只在科委几个月，但是给科委建了一个科研基地，改变了科委的穷酸样，了不起。而有的人当了十年科委主任，科委还是一穷二白，地位每况愈下。如果科委下一任领导有侯卫东一半的能力，科委地位将持续提高。”

四楼，县委书记办公室。杨大金进门以后摸了摸桌面，又拿起茶杯检查，他见茶杯内侧有一圈淡黄色的茶垢，皱着眉头走到了综合科办公室。杨大金举起手里的茶杯，对任小蔚道：“任科长，马书记下午要回办公室，你看看这茶杯，里面是什么？”

任小蔚看到里面的茶垢，微红了脸，道：“对不起，我马上安排人重新把办公室打扫一遍。”

杨大金叮嘱道：“**办公室工作是为领导服务，一定要细心，否则做不好工作。你要记住一句话，领导的事再小也是大事。**”

马有财一直讲究卫生，由县长升为县委书记，他由讲究卫生变成有洁癖了。有一次他发现高背椅上有灰，不留情面地说了杨大金几句，从此以后，杨大金就将打扫卫生作为一件很重要的事情。

马有财下午4点回到了办公室，进屋以后，随手就摸了摸桌面，见桌面一尘不染，点了点头，算是对杨大金工作的表扬。

“侯卫东什么时候走？”喝着据说是从原产地买来的龙井茶，马有财只觉得全身毛孔也熨帖了，突然问了一句。他是第一时间从沙州市委办得到侯卫东调走的消息，比杨大金知道得还要早。

杨大金道："洪昂秘书长来了一趟，正式文件已经到了县委办，要求在五天之内报到。"

马有财放下茶杯，道："侯卫东以前是县委办副主任，算是县委办出去的人。这一次调动，县委办还是要给他饯行，二级班子以上同志参加，届时我也来碰杯酒。"

当初祝焱清理益杨土产公司的时候，侯卫东是急先锋。当祝焱调至茂云地区，马有财迅速将侯卫东挪动了一个位置，报了当初一箭之仇。这一次，听到侯卫东奇迹般地成为周昌全的秘书，马有财立刻抛弃成见，亲自为侯卫东饯行。

天下没有永恒的朋友，只有永恒的利益，国家如此，官场如此，人与人之间亦是如此，马有财从祝焱身上悟得此道，侯卫东成为周昌全的秘书，他自然要特意结纳。做不成朋友，至少不能让侯卫东成为敌人，这是马有财最真实的想法。

杨大金刚要跨到门口的时候，马有财交代道："这两天侯卫东的饭局多半排满了，你跟他商量一下，今天晚上不行就改在明天，不要让小侯为难。"

杨大金心道："在益杨，县委书记请客，还用得着排时间？侯卫东是聪明人，就算是有安排他也会调整。"

拨通了侯卫东的电话，杨大金最初只说是县委办请客，侯卫东为难地道："杨主任，感谢你和委办全体同志，今天晚上我确实有安排，能否改个时间？"

杨大金这才使出了撒手锏，道："这是马书记亲自安排的。"

听说是马有财的意思，侯卫东道："恭敬不如从命，晚上我听从杨主任召唤。"

刘坤听说是马有财要请侯卫东吃饭，心里酸溜溜的，道："那就明天晚上。这是提前预约的，不能再变了，柳叔也是大忙人，很难凑齐。"

侯卫东诚恳地道歉："刘坤，实在对不起了，明天一定。"

晚餐安排在县委小招待所，这是益杨县专门用来接待市一级领导的地方，沙州市一般部门领导都不会安排在这里。侯卫东在任小蔚的陪同下，走进了马有财经常出入的1号楼，见到县委办一张张笑脸，倒真的有了受宠若惊的感觉。

等到7点，马有财才来，晚餐正式开始。

席间，马有财谈笑风生，妙语连珠，一改平日的严肃，让在座的同志们认识到了县委书记的另一面。

侯卫东酒量甚好，却也架不住人多，大醉而归。

小佳给侯卫东打了好几个电话，听到侯卫东话语中的酒意越来越重，声调越来越高，心里着急。给大哥侯卫国打了电话，侯卫国开着警车，一会儿工夫就将小佳送到了益杨沙州学院。

小佳进了屋，就闻到满屋的酒味。只见侯卫东斜躺在床上，睡得很沉，被子只盖在胸口一段，一只皮鞋在床边歪倒着，另一只皮鞋不知被踢到什么地方了。她俯下身为侯卫东脱衣服，闻到满身酒气，火气没来由就消了。

侯卫东被小佳弄醒了，见到小佳，一时没有反应过来这是在哪里，看了看周围的环境，这才想起是在沙州学院的家中。

“这么晚了，你怎么过来了？”侯卫东嗓子有些嘶哑，他回家以后，倒头就睡。小佳将他的衣服脱掉，为他盖上被单。

“大哥送我过来的，他已经开车回去了，你明天不能喝酒，否则我真的要生气。”小佳在厨房里转了一圈，从冰箱里取了一盒牛奶，用微波炉加热，给侯卫东端了过去。她原本想骂几句，可是见到侯卫东酒后的狼狈模样，心就软了。

侯卫东半盒牛奶没有喝完，胃里就一阵翻江倒海。

他知道要吐，就从床上坐起来，捂着嘴直扑厕所，稀里哗啦吐了一阵，胃里才舒服一些。

等到侯卫东再次醒来时，小佳端着一碗热腾腾的绿豆汤，她嗔怪道：“再喝醉，不给你熬绿豆汤。”

侯卫东头要裂开一般，他苦笑着对小佳道：“明天还有两桌酒，真的不想去吃，可是不去又不行。”

第四章

不做只会拎包的市委书记秘书

老本行新挑战

接连三天，侯卫东都在益杨的饭桌上鏖战，五脏六腑皆被酒精洗过数遍，这才完成了对益杨的告别仪式，前往沙州市委报到。

离开益杨之前，侯卫东特意剪短了头发，在沙州学院的寝室里舒服地泡了澡，随后站在阳台上倾听了从音乐系传来的隐隐钢琴声，看了看随风摇曳的湖中灯光。

在益杨读书四年，工作六年，人生中美好的十年时间不知不觉在益杨度过，临别前，他心里带着些说不清道不明的感情。

9月26日，侯卫东开着车，独自一人上了高速路。

沙州高速路道口位于南部新区。南部新区的道路宽阔，行道树枝繁叶茂，不少土地闲置，因此视线极好，让人心胸为之一阔。

从南部新区进入了西城区，商业气氛越来越浓，行人与车辆明显增多，如果单从这一个城区来看，已有几分岭西的味道。

在新月楼的家里闲散地享受了一天。下午下班时，侯卫东将车开到了距市园林管理局门口两百米的拐角处，停在那里，既可以清楚地看到小佳，又不至于太张扬。

接到小佳以后，小两口亲亲热热回家煮晚饭。数年来，他们终于过上了正常的家庭生活，扫地抹屋，炒菜做饭，只觉温馨无比。

第二天正式上班，小佳在7点起了床，煮了早饭，又为侯卫东准备好了藏青色西服、领带和皮鞋。这件西服购自上海，价格不菲，质量好却不张扬，属于品质内敛型的服装。侯卫东长期跑工地，最喜欢穿夹克，穿上高档的西服总觉得别扭。今天到市委办公室报到，他犹豫了一会儿，还是将常穿的夹克放弃，穿上了这件西服。

7点30分，侯卫东开车将小佳送到了园林管理局，依然停在距离单位两百多米的拐角处。

小佳伸手理了理侯卫东的领带，道："老公真帅，一定能给领导留下好印象。"又亲了亲他的脸，这才下车。她背着精致的小坤包，沿着人行道不快不慢地朝园林局走去，快到门口时，遇到了一位女同事，两人有说有笑地进了园林局大门。

过了一会儿，小佳推开二楼窗户，向侯卫东招了招手。

侯卫东正要离开，一个五十来岁的老头儿就走了过来，手里拿着一本类似车票的本本，他将头凑到车窗外，道："停车五块。"

侯卫东道："我不停，马上走。"

老头儿不耐烦地挥了挥手，道："不停车就快走，街道这么窄，车又多，不要在这里占位置。"

园林局位于沙州东城区，这是传统老区，建成于20世纪六七十年代，优势是商铺众多，人气很足，缺点是街道狭窄，基础设施陈旧。

侯卫东一直在研究周昌全的讲话，对周昌全的讲话很熟悉，他暗道："周书记在两年前的报告中就数次提出要改造东城区，现在基本上没有大动作，从侧面说明拆迁难度太大。"

他当过新管会主任，对城市建设颇有几分心得，一边开车，一边就打量着这座既陌生又熟悉的城市。

熟悉，是由于他居住在新月楼，算得上是这个城市的居民。陌生，是因为他以前没有深入沙州肌体，只能算是匆匆过客。

这一次情况与之前大不相同，侯卫东如一颗种子，将要在沙州土地上经风历雨，慢慢成长。

驶离东城区，绕过一个立交桥，进入了西城区，城市道路就由双车道变成了六车道，两旁行道树也有五六米。西城区建于80年代末期，十年时间，西城区已经成了沙州市政治、文化和经济中心。

但是，西城区并不是最新的城区，沙州最新的城区是南部新区，也就是高速路口下道处，这是沙州自1997年以来大力打造的新区，沙州市委、市政府的目标是建设一个与沿海城市建设水平相当的新区。

东城区、西城区和南部新区，成为沙州市下面的三个正处级区级单位，与益杨、吴海等县平级，地位却重要得多。

不久就到了沙州市委大院门前。侯卫东的蓝鸟车虽然使用的是沙州牌照，却是普通杂牌，且没有通行证。他就将小车停在了市委对面的停车场，步行进入了沙州的权力中枢。

原本以为还要拿出调令，但是站在门口的保卫视侯卫东如无物，根本没有阻拦的意思，他的目光紧紧盯着在门口的一位手提老式挎包的中年男人。挎包男畏缩地看着大院，欲行又止。

沿着楼梯上了三楼，在拐弯的时候，侯卫东似乎又回想起了初上益杨县委、县政府大楼时的情景。当初他是到人事局报到，吃瘪以后来到了楼下，遇到了正在往上走的马有财。转眼六年过去了，他又开始新的征途，在沙州市委从零开始，只是前一次到益杨县政府报到，他很有些懵懂，这一次他似乎找到了前进的目标和路径。

刚走到三楼门口，侯卫东接到了杨柳的电话："侯主任，到了吗？"

侯卫东抬手看了看表，正好8点，距离上班时间还有半个小时。

杨柳穿着一件黑色短大衣，手上戴着袖笼子，将侯卫东领到了综合科办公室，道："这是综合科办公室，但是你不在这里办公。周书记、黄书记和刘书记的办公室是一进一出的里外套间，秘书在外面，领导在里面，等到高书记的办公室装修好，我也要搬进去。"

侯卫东见杨柳戴着袖笼子，开玩笑道："按照先来后到的规矩，你是老兵，我是新兵，应该我来做清洁。"

杨柳笑道："等两天，我就要改口叫侯科长了，怎么能让你来打扫清洁。"她往外看了看，低声道，"市委书记秘书一般要任综合科科长，文件已经开始打印了，有的还能任市委办副主任，如果外放就是县级领导。"

在侯卫东的坚持下，杨柳将扫地的权利让给了侯卫东。她没有闲着，取过抹布开始擦办公桌，她一边擦桌子，一边介绍道："这张桌子是杜威的，他的老板是刘书记，刘书记正在新加坡学习，还有半年才能回来，他就在这里办公。"

侯卫东道："杜威以前在吴海县委办工作，我们见过面。"

杨柳压低声音道："这一张办公桌是郭永国的，他是综合科的老板凳，工作好几年了，牢骚最多。郭永国其实也是聪明人，只是在综合科待久了，见一个个同事都发达了，自己仍然是小科员，自觉前途渺茫，所以才经常说怪话。"

说曹操，曹操到。杨柳话音刚落，郭永国从外面走了进来，杨柳吓了一跳，瞅见郭永国脸色正常，才放下心来。

等到杨柳做了介绍，郭永国似笑非笑地道："科长毕竟水平不一样，刚报到就帮我们小科员打扫卫生。"又道，"男女搭配，工作不累，杨柳和侯卫东干活挺带劲啊。"

此语一出，侯卫东心道："此人说话酸不溜秋，看来心无城府，难怪在综合科也没有长进。"他见郭永国桌上有烟灰缸，就取出云烟，递了一支。平时侯卫东是不抽云烟的，今天到市委办公室来上班，摸不清里面的水深水浅，就选了一包大众烟。

郭永国见侯卫东态度不软不硬，不卑不亢，原本还想说的牢骚话便说不出口。他坐在椅子上看着侯卫东干活，默默地抽了一会儿烟，从抽屉里拿出一罐茶叶，对侯卫东道："这是福建铁观音，一个哥们儿送的，味道不错。"

郭永国有两盒铁观音，素来是放在抽屉里的，从来不与人分享。杨柳暗道："侯卫东真是当官的料，气场很足，杨腾和杜威就从来没有享受过这个铁观音。"

等到杜威来时，综合科办公室已经打扫干净了。杜威在吴海县委办工作时，侯卫东已是益杨主持工作的县委办副主任，此时与侯卫东见面，他表面热情，内心暗自戒备。

9点30分，秘书长洪昂从周昌全办公室出来，回到办公室，就给综合科打电话："让侯卫东到我办公室来。"

杜威带着侯卫东来到洪昂办公室，迎面遇到了副秘书长曾勇。曾勇边走边思考问题，他似乎没有看见综合科走出来的两个人，等到杜威恭敬地打了招呼，他才停下来。

"曾秘书长，这是侯卫东，今天来综合科报到。"

侯卫东主动道："秘书长好，我是侯卫东，以后我就是您的兵，请多批评指教。"

曾勇扬了扬厚厚的下巴，伸出手，道："欢迎小侯到委办工作，我们委办又多了一员干将。”他满脸笑意，唯独眼神有些冷。

侯卫东觉得曾勇的手软绵绵的，皮肤很细，还有些潮。

曾勇道：“你是综合科长，由洪秘书长直管，不归我管。”又笑道，“我们以后都是同事，就别客气了，互相帮助，哈哈。”

到了洪昂办公室，杜威低声道：“这是洪秘书长办公室。”

侯卫东在门口站定，隔了三秒钟才敲门。里面传来一个沉稳的声音：“请进。”

侯卫东将调令拿在手里，走了进去，自我介绍道：“秘书长，您好，我是从益杨科委调过来的侯卫东，前来报到。”

洪昂“嗯”了一声，并不抬头，继续在一份文件上写着什么，把侯卫东晾在一旁，过了四五分钟，他才抬起头，道：“侯卫东，坐吧。”

秘书长洪昂说话干脆利落，不啰唆，少废话，交代了主要工作以及注意事项，道：“担任周书记的秘书，是组织上对你的信任，也是对你的考验。你主持过益杨县委办工作，应该熟悉委办工作和秘书工作，具体怎么做我就不多说。”他用手指了指额头，道，“给市委领导当秘书要有悟性，你在将来的工作中慢慢体会。”

谈话十来分钟就结束了，洪昂亲自将侯卫东领到了周昌全办公室。

沙州是地级市，沙州市委办格局与益杨县委办有许多不同。在益杨，县委书记办公室是单独一间，其秘书的办公室就在综合科。在沙州，市委书记与秘书的办公室是套间，房间与房间之间有门相通，每个房间又单独有门通往外面的走道，市委书记可以从走道直接进入自己的办公室，也可以通过秘书室走进自己的办公室。

“在周书记出差之前的晚上，胡科长已经将秘书室腾了出来，这以后就是你的办公室了。”跟随周昌全的胡科长虽然出任了地税局副局长，但是周昌全一直没有挑好秘书，所以他还没有赴任，侯卫东到来之时，便是胡秘书上任之日。

洪昂递给他一个红色机密电话本，交代道：“这种红色的机密电话本，只有市一级领导才有，上面有省级领导的联系方式，一定不能弄丢。这一本是第六十五号，已经登记为你的名字。若六十五号泄密，你要负全部责任。”

这时，洪昂接了一个电话，他走出周昌全办公室，在门口回过头来，对侯卫东道：“明天周书记回岭西，你跟我去接机。”

洪昂离开了，将侯卫东一人留在了周昌全办公室。侯卫东见角落里有一个高档的开水器，打开开水器的下盖，里面有茶叶，在开水器旁边的黑色小茶几里，放着十来个精细的景德镇瓷杯子。

侯卫东没有带自己的水杯过来，就取了一个瓷杯子，泡了茶。这才真正放松下来，坐在椅子上打量起即将工作的地方。

秘书室和周昌全办公室只隔着一扇古香古色的木门。

侯卫东心道："这种房屋设计，周昌全书记办公室与这一间只有一墙之隔，说话声音完全可以无遮拦传递，一方面，这说明秘书确实是领导的心腹，可以听到不少机密事情，另一方面，秘书也就在领导的监督之下，必须得按规矩办事。"

他隐藏不住好奇心，从中间木门走进周昌全办公室。周昌全办公室与以前祝焱办公室相差不大，宽大的桌面一尘不染，几个文件夹整齐地放在上面，高背椅后面是一排书柜，里面放着不少法律和历史书，在左侧墙壁上挂着"为人民服务"几个大字。

"这几个字符合周书记的身份，实实在在，不哗众取宠。"侯卫东琢磨道。

他在益杨县委办的时候到过许多乡镇，镇委书记所挂条幅五花八门。比如，青林镇前镇委书记赵永胜挂的条幅是"每临大事有静气"，意境倒也不错，可是镇委书记是基层政府的核心，经常遇到火烧屁股的事情，哪里能够安静，所以要有静气是万万不能的，管好自己这一亩三分地，也就差不多了。

粟明当上镇委书记以后，挂上了一个"难得糊涂"。

而秦飞跃到了城关镇当书记，他的办公室挂着一幅"离地三尺有神明"，显得很是不伦不类，不过联想到秦飞跃曾经犯过的错误，侯卫东倒也理解这个条幅的意思。

看着周昌全办公室这个放之四海皆准的条幅，侯卫东揣测道："这条标语四平八稳，符合周书记稳重的作风。"当然，这不仅是从一个条幅就能得出的结论，侯卫东将周昌全这两年的讲话全部通读了一遍，大体上摸到了周昌全的性格。

正在胡思乱想着，桌上电话铃声响了起来，侯卫东迟疑了一下，伸手接过电话。

"胡秘，你好，我是吴海县赵林，不知周书记有空没有，我想占用他十来分钟时间，汇报几项工作。”吴海县县委书记赵林，在电话里很客气。

侯卫东道：“赵书记，你好，我是侯卫东，刚从益杨科委调到市委办综合科。”

赵林愣了愣，他知道周昌全在选秘书，可是没有想到最后选中的居然是益杨县科委侯卫东，忙道：“祝贺，祝贺。”

“有侯秘书在周书记身边，我们以后汇报工作就方便了，我记得吴海是你的家乡，回家乡，一定要记得给我打电话。”

侯卫东客气地道：“赵书记是老领导，有什么事请指示。”

赵林道：“我记得你和任林渡是第一批公招干部，你们这批干部是最成功的。”向应届大学生公招干部，是当时分管组织的赵林一手策划的，他印象特别深。

侯卫东道：“第一批公招干部中，还有一名到了市委办，叫杨柳，她在给高永红副书记当秘书。”

赵林兴致很高，道：“我让任林渡作联络员，联系第一批公招的十名同志，到时候搞一次聚会。”聊了几句，他道，“如果周书记回到沙州，请帮我联系。”

侯卫东初到益杨报到时，就曾经偶遇赵林，赵林帮他说了一句话，让他少跑了冤枉路。虽然事情过了六年，他却一直记得这个细节，道：“赵书记，你是我的老领导，周书记回来以后，我跟你联络。”他初到沙州市委办公室，对这里水深水浅还摸不透，说话就留了三分，并没有明确透露周昌全的行踪。

虽然只是一个电话，侯卫东却感到了狐假虎威带来的快感，赵林是堂堂县委书记，在电话里却如多年老朋友一般。

第一天上班平安无事。

中午吃饭时，杨柳主动带着侯卫东进入机关食堂。看着以前在县里需要仰视的市委各部门领导们都坐在一起吃饭，有的嘴里还说着怪话，侯卫东心道：“距离产生美，距离也产生权威，难怪在古代最不尊重皇帝的人是太监，天天在一起，太监眼中皇帝的神秘感自然会消失殆尽。”

第二天早上9点，秘书长洪昂带着侯卫东直奔岭西机场。

到了岭西机场，洪昂打了一通电话，小车就直接开进了机场。侯卫东吃惊地发现，机场内已经等了四辆小车，黄子堤、步海云，还有财政局老孔、公安局老方，他们聚在一起抽烟、说笑。

洪昂走过去以后，先对黄子堤道："黄书记，看这天气，灰蒙蒙的，有可能要误点。"

黄子堤笑道："昌全书记运气好，每次都很准时。"

洪昂又给诸人打了招呼，这才向他们介绍侯卫东。侯卫东以前是祝焱的秘书，老孔、老方并没有重视他，此时突然由县委书记秘书变成了市委书记秘书，这个跨度比丑小鸭变成天鹅的力度还要大，他们的态度自然就不一样了。

步海云个子比步高要高，超过了一米八，站在这里，很有些风度，他笑道："侯卫东当过益杨新管会主任，很有名啊。"他任副市长之前是建委主任，对建委系统的事情很清楚，益杨新管会虽然不属于建委系统，但是新管会建设体量很大，他还是知道基本情况。

侯卫东与各位领导打了招呼，心道："能到机场这个位置迎接周书记的人，都是亲信。"又想道，"财政局长跟着书记跑，刘兵市长这个家恐怕就不那么好当。"

在场诸人很随意地聊着天，洪昂不时看看表。到了11点30分，一架大型客机降落在机场，黄子堤笑着对洪昂道："秘书长，周书记坐飞机很少误点，他身带福气，这是经过无数次实践的经验。"

周昌全下了飞机，与诸人一一握手，他对洪昂道："秘书长，我给你说过，不要惊动大家。"

洪昂笑而不语。

黄子堤接过话头，道："昌全书记要理解同志们的心情。"

周昌全用手指点了点他，道："你这个前任秘书长可没有带好头，下不为例啊。"

听了这话，大家笑得更开心了。

周昌全没有与侯卫东说话，微微点了点头。

胡秘书用力握了握侯卫东的手，道："找个时间，我们喝茶。"他即将到地税局去出任副局长，作为周书记的原秘书，有些话要交代侯卫东，顺便与新来的秘书联络感情。

小车眼看着就要进入沙州市区，侯卫东原本想问一问是回家还是回办公室，可是他摸不清周昌全的脾气，不好贸然开口，琢磨了一会儿，心道："以后天天跟着周书记，过于拘束不好，还是要主动一点。"他扭过头，问："周书记，一路鞍马劳顿，是否回家休息？"

周昌全道："到市委。"他似乎是对侯卫东说，又似乎在自言自语，"沙州这一大摊子事情，哪里敢回家休息。"

进了办公室，周昌全感到暖洋洋的，朝角落里看了一眼，柜式空调出口一阵阵热风吹了过来。这几天，恰好北方袭来一股冷空气，温度骤降好几度，他已感到阵阵凉意，空调吹来热风，感觉很舒服。他暗道："侯卫东想得挺周到，知道我怕冷。"

他不怕热，却怕冷，整个冬天都要开着空调。这一次从岭西回来，只有少数人知道具体时间，这些人中只能是侯卫东安排开空调。

洪昂虽然是秘书长，但是他并没有管得如此细致。

侯卫东将开水器打开，开始给周昌全书记准备茶杯，他解释道："开水器里的水如果反复烧开，会增加里面的亚硝酸盐，对人体不好，所以开水器没有打开。"

周昌全反问道："对人体到底有什么不好？"

侯卫东关注重复烧水的问题，是来自于小佳的唠叨，为什么对人体不好，他的耳朵早就听出茧子了，道："开水中含有一定量的亚硝酸盐，反复烧开，水中的亚硝酸盐含量就会增高。亚硝酸盐是一种强致癌物质，还是一种强烈的血液毒，大量地进入人体后将使血液失去携氧功能，导致人体缺氧窒息。"

周昌全"嗯"了一声，没有继续追究这个问题。

侯卫东拿出一包茶叶，道："周书记，我从益杨带了一包益杨毛尖，这是益杨茶场特意留出来的新茶，名气不大，却是实打实的没有用过农药的茶叶，味道醇正。"

周昌全坐在办公桌前，取下眼镜，道："拿给我闻闻。"

他早年从事过文字工作，喜欢用浓茶来提神，喝了二十多年茶叶，对茶味好坏自有心得，他闻了闻，道："这茶闻起来还不错。"

侯卫东给周昌全泡好茶，回到自己的办公室，第一天正式上班，还是少说多听为好。

坐了半个小时，周昌全叫道："小侯。"

侯卫东赶紧过去。周昌全摘下眼镜，递过一张纸，道："这一次到了东南沿海，很有些感慨，刚才整理了一下思路，大概以下几条对沙州发展有借鉴作用。我只是列的干条条，是骨架，你找时间把血肉填满，在《沙州日报》上刊发。”

侯卫东走回了秘书室，周昌全手里还拿着眼镜，眼光却如会拐弯一般，审视着这位新来的秘书。

下班后将周昌全送回家，侯卫东肩挎着小包回到了新月楼的家中。一开门，屋里就飘出香浓的鸡汤味道。

午饭是在岭西吃的，虽然满桌都是河鲜山货等高档菜，可是他没有完全放开，吃得并不是太饱，下午5点左右肚皮就有些饿了。此时闻到这家常香味，胃口大开。

在客厅里抱着小佳，亲了亲脸颊，又亲了亲嘴唇和额头，道：“有家的感觉真好，以前在益杨工作的时候，回家总是冷冷清清的，特别是喝醉了酒，那种感觉很不好。”

小佳一手拿着汤勺，身上还有条围腰，道：“等一会儿，刚才砍了鸡肉，围腰脏。”

侯卫东不管，抱着不放。

温存了一会儿，小佳去厨房继续跳锅边舞。侯卫东躲到书房里，将周昌全给的那张纸打开，认认真真地读了一遍。虽然就是一张薄薄的B5纸，里面的内容却涉及产业结构、经济增长点、经营城市、招商和开发区建设五个方面。

这是周昌全出的第一道考题。

侯卫东打开文档，开了无数个头，他想着要在报纸上发表这篇文章，但总是对立意和开头不满意。当小佳进来催他吃饭时，电脑上还是一片空白。

走到饭桌前，喝着鸡汤，侯卫东叫苦道：“周书记未免太瞧得起我，第一天就让我做这样一篇大文章，还要在《沙州日报》上发表。我没有跟着周书记去南方考察，在这里凭空想象，真的是强人所难。”

“这种文章不应该交给你来写，我估计周书记是在考验你。”

侯卫东道：“唐僧取经都有九九八十一难，我当市委书记秘书，肯定要接受考验。人死卵朝天……”后一句还未说完，小佳接口道：“不死万万年，怕个屌。”她捂嘴而笑，“现在园林局都会说这句话了，这是我的传播功劳。”

小佳知道这篇文章的重要性，也积极帮着想办法，她虽然在建委办公室工作过，却没从事过文字工作，最多就是写些小文章，对于这种要上《沙州日报》的文章，她说不出特别好的点子。

吃完饭，侯卫东又将自己关在屋里苦思冥想，思路仍然不清晰，感觉没有新意和深度。他将窗户打开，让冷风直吹进来，以便让自己更加清醒，不过头脑清醒也没有什么大用处，他仍然没有信心写出一篇能上《沙州日报》头版头条的重量级文章。

一阵冷风吹来，将桌上放着的几份《沙州日报》吹得满天飞舞，侯卫东在收拾报纸的时候，猛地想起了《岭西日报》的王辉。

听了侯卫东的难题，记者王辉先是对侯卫东成为市委书记秘书表示祝贺，然后痛快地道："我先了解一下周书记的观点，帮你拟定一个提纲。提纲拟定以后，你一定要根据周书记的思路再进行调整。"

过了一会儿，王辉又打电话过来，道："周书记到了哪几个城市？还有他最近的讲话材料，能不能传真几份过来？"

这些材料侯卫东早有准备，立刻到了办公室，将周昌全最近的讲话材料传了过去。

王辉将任务接了过去，侯卫东大大地松了一口气。

"这几年一直忙着做事务性工作，还真把学习给耽误了，我不能总靠着王辉，打铁还得自身硬。"侯卫东很有些感慨。

小佳对此深有同感，道："我以前在建委，不懂建筑行业的业务，总觉得在工作上隔了一层，到上海学了两年业务，回到园林局里，底气足了许多。"

"如果周书记同意，我就去读岭西大学的在职研究生，给自己充电。"这一次考验有省报大记者接招，他必定能过关，可是却让他惊出一身冷汗，他再一次认识到知识的重要性。

早上6点，侯卫东来到办公室，收到了王辉传过来的提纲。

王辉在昨晚只是答应帮着侯卫东弄提纲，看到周昌全的思路恰好与自己正在研究的课题有些关联，一时技痒，结合自己平时的心得，写了六千多字的稿子，修改之后，自我感觉还行。发完传真，王辉这才呼呼大睡。

这篇文章出自岭西资深记者王辉之手，文笔自不必说，对地区经济的认识也到位，只是理论稍多，务实的东西要少一些。当天，侯卫东并没有交稿子，而是细细地打磨，将王辉理论性较强的文章变成更加符合沙州实际的文章，并加上了周昌全在近一段时间的讲话中多次提到的观点。特别是招商引资这一部分，他着重进行了突出，最后将文章标题确定为很官面的“抓住机遇，实现沙州新的飞跃”。

第三天，侯卫东将正式稿子交给了周昌全。周昌全正在批文件，道：“这么快就写出来了，先放在这里。”侯卫东放下稿子，给周昌全茶杯里续了水，回到了秘书室，这时，包里手机响了起来。

周昌全配有两个手机，一部手机的号码是印在机密电话本上的，昨天，他将这部手机交给了侯卫东，另一部手机的号码很保密，只有少数重要人物知道号码。

“侯秘，你好，我是建委柳大志，关于南部新区几个楼盘的事情，我准备向周书记汇报。”

侯卫东翻了翻周昌全的活动安排，道：“今天的安排已经满了，只能等到明天，等我给领导汇报以后，再通知你。”

建委主任住进医院以后，建委副主任柳大志便以副主任的身份在主持建委工作，他一直想由副转正，却总是不得要领。他给侯卫东打了电话以后，立刻又给张小佳打了电话，道：“听说你从上海学成归来，今天晚上建委几个老同志准备给你接风洗尘，就在建委宾馆，对了，请侯秘书一起参加。呵，他以前在益杨县委办时，我们就见过面，侯秘书前途无量啊。”

“小侯，你过来。”周昌全摘下眼镜，抬起头来，道，“你看过我这一段时间的讲话？”

侯卫东见周昌全脸色并无不快，老老实实地道：“文章要上《沙州日报》，我觉得压力很大，这几天临阵磨枪，把省报、市报的相关文章都收集起来研究了一番，还收集了您的不少讲话材料。”

周昌全脸上略带了一丝笑意，道：“这篇文章总体来说还是不错的，但有两个缺点，一是思想与实践结合得不太好，需要打磨；二是东南沿海各个地区的特点并没有抓得太准确。”他从抽屉里取出一个本子，道，“这是我的随行笔记，记着我的心得，关于几大区域的要点，就记在折叠的那一页。”

“你去将折叠的那一页复印了，这是我的私人笔记本，其他的内容不要看。”周昌全看了看表，道，“我到小会议室开会，如果步市长过来，你让他等一等。”

周昌全要听取组织部部长赵东汇报部分区县领导调整的初步方案，

这是市委今年一项很重要的工作，也是体现市委权力的重要环节。

小会议室，黄子堤、赵东、洪昂已经到了，正在有一句无一句地聊着。见周昌全进来，赵东脸色顿时严肃起来，翻出笔记本，摆出汇报的架势。

“周书记，按照您的指示，部里对区县班子和部分市级部门领导班子进行了摸底，初步拟订了一个调整方案。”赵东是今年3月从省委组织部派下来任职的，也就三十五六岁的年龄，头发梳理得很整齐，精神抖擞，一副年富力强的模样。

周昌全书记接过打印好的材料，一边听，一边认真地看着，这里面的名字都是冷冰冰的，但是在他脑里却是鲜活的形象。等到赵东汇报结束后，他没有表态，对黄子堤道：“子堤书记，你有什么意见？”

黄子堤道：“我与赵东同志推敲过好几次，方案虽然仍有不尽如人意的地方，总体上还是可行的。”

周昌全道：“区县班子调整不成熟，暂时不动，只将市级部分调整方案提交给常委会。”

黄子堤又道：“我估计对建委主任的人选会有争议。”

周昌全沉默了大约有两三分钟，道：“还是按照这个方案，不变。”

在沙州市，人事工作素来是由周昌全紧紧把握，每一次有重大人事变化，都要由组织部部长、分管组织的副书记和他提前进行研究，然后上书记办公会，最后才提交给常委会。

他的观点很鲜明：“党管干部，就是体现在具体的用人上，管不住人，党委权威就会受到动摇。”

侯卫东接过这个烫手的笔记本，赶紧到了文印室。周昌全特意交代是私人笔记，自然有保密的内容，他不敢马虎，守在文印室里，看着工作人员将那一页复印了下来。复印结束，拿着墨绿色的笔记本，他禁不住涌起了好奇心，暗道：“这是市委书记的笔记本，里面应该有不少关于沙州的隐秘。”

强忍着好奇心，侯卫东将笔记本放进了抽屉。**他不愿意要小聪明，小聪明是智慧的大敌，弄巧成拙是对小聪明最好的注解。**

一个小时以后，周昌全与洪昂一起回到办公室，两人说了会儿话，洪昂才离开。

等到洪昂秘书长离开，侯卫东从抽屉里取出笔记本，恭敬地给周昌全送了过去。

周昌全脸上没有什么表情，接过笔记本，随手放在桌头。等到侯卫东回到隔壁的秘书室，他拿起笔记本翻了翻，见里面的几处粘连处依然如故，便不动声色地将笔记本放回原处。

昨天晚上，周昌全将笔记本的六七处用胶水轻轻粘住，如果有人翻动了笔记本，这些粘连处便会断开，这是他的小手段，已经隐秘地检验过数位秘书。小手段虽然有损市委书记高大伟岸的形象，却很有效，这是他的隐私，永远也不会让第二个人知道。

“周书记，建委副主任柳大志、吴海县委书记赵林分别打来电话，想来汇报工作。”

周昌全习惯性地用双手搓了搓脸，道：“今天下午没有时间了，明天有什么安排？”

侯卫东手里握着记事本，念道：“明天上午暂时没有安排，下午迎接省普九检查组，晚上与检查组共进晚餐。”

“请赵林在上午10点过来，暂时不见柳大志。”

回到办公室，侯卫东暗自揣摩道：“暂时不见柳大志，这是什么意思？柳大志原本就是建委常务副主任，如今正在建委主持工作，而周书记暂时不见他，是否意味着他转正没有希望？”他初到周昌全书记身边，还处于暗自观察期间，所以对于这句话的深层次意思并没有准确把握，只是觉得周昌全暂时不准备见柳大志，总不是一件好事情。

吴海县县委书记赵林接到侯卫东的电话，很高兴，道：“侯秘，谢谢你了。春节即将到来，什么时候回家乡？我请喝酒。”

侯卫东是吴海县人，家里亲朋多在吴海县里，对赵林这种父母官自然不能怠慢，笑道：“我随时听从赵书记召唤。”

下午两点，常委会准时召开，侯卫东列席会议。

侯卫东拿着本子坐在极不起眼的角落，在这个角落，他如一个躲在黑夜中的偷窥者，看着沙州市最有权势的一群人口舌间决定着另一群官员的命运。

第一个议题是关于进一步推进招商引资的决定，这是大家都有共识的事情，很快通过。

第二个议题亦通过。

第三个议题就是人事问题，这是所有人最关注的议题，也成为各级

党的常委会上的焦点。

听到这里，侯卫东突然有时光轮回之感，他第一次参加益杨县委常委会，议题以及程序与这次市委常委会惊人的相似。

组织部长赵东将初步方案报告完毕，市长刘兵对这次调整方案很不满意，阴沉着脸。

在卫生局副局长职务上，市委常委、常务副市长郑儒林提出了不同意见。这个人选是黄子堤的关系，黄子堤解释了几句，郑儒林也就不再坚持。

最后，在建委主任职位上出现了较大的争议。

一直没有说话的刘兵明确反对："沙州城市建设量很大，必须要懂业务的同志才能更好地胜任建委主任，董立同志尽管优秀，但是他不懂业务，我建议重新考虑人选。"

周昌全平静地道："既然这样，建委主任这个职位暂时放一放，等考虑成熟再说。"

侯卫东暗道："难怪周书记不见柳大志，看来柳大志转正希望渺茫。"他并不认识董立，可是想到由于刘兵反对，董立就失去了建委主任这个很重要的职位，或许他的人生也就变了样，禁不住在心里感叹数声，为了董立，也为了许许多多的干部。

晚上陪着省里的领导吃了饭，回家已是9点。刚进家门，小佳道："建委柳主任给我打了电话，请我们明天吃饭。"

侯卫东干脆地道："不去。"

小佳撒娇道："柳主任是建委老领导，一直挺照顾我，他请吃饭，无论如何也要给个面子。"

在家里不谈公事，这是侯卫东多年的习惯。市委那几间办公室传出来的事情，往往会决定或影响一个人的命运，侯卫东更不愿意将公事当成谈资，虽然这些谈资大家最为喜闻乐见。

为了说服小佳，侯卫东稍稍透了口风，道："柳大志请吃饭的目的很明确，就是想由副转正。我是初到市委办的小人物，在周书记面前还说不上话，见了面没有什么用处。"

小佳很为难地道："柳大志是建委副主任，在沙州也是说得上话的人物，请吃饭是瞧得起我们。多一个朋友多一条路，只要不作承诺，应该没有问题。而且，他是我的老领导，一直对我挺好。"

侯卫东这才同意，道："明天若没有安排，一起吃晚饭。"

小佳闻言，高兴地给柳大志回电话。看着小佳打电话时的轻松模样，侯卫东再次感慨："真是三十年河东三十年河西，想当年，柳大志带着沙州建委的人到益杨，益杨上下亲自迎接。我当时只能站在一旁傻笑，现在一朝得道，居然要考虑是否同意与柳大志吃饭。"

打完电话，小佳道："你给周书记当了秘书，威风倒是威风了，可是我总觉得心里更没底。如果哪一天得罪了周书记，那我们在沙州就永无出头之日了。"

小佳所说的意思其实就是伴君如伴虎的道理，侯卫东心里明白，道："想这么多有什么用？我现在唯一的选择就是努力工作。"

第二天一早，小佳到园林局，侯卫东去市委。

小佳刚刚到单位办公室，李主任就笑眯眯地走了过来，道："张科长，来得这么早啊，我记得你是住在新月楼的，挤公车太麻烦，走路得有四十来分钟吧？"

小佳与李主任关系不错，笑道："每天走路对身体有好处，还节约了去健身房的费用。"

李主任也跟着笑道："小佳，你倒会做保密工作，听说你家里那位在给周书记当秘书？"

小佳暗道："世界上没有不透风的墙，这事终究会让单位里的人知道。"于是坦白道："侯卫东调到市委办时间很短。"

李主任"啧啧"了数声："我在办公室先后工作了二十年，别的本事没有，看人识人还是有一套。周书记秘书历来都是优中选优，精中选精。我敢打赌，不出十年，你爱人就会成为领导，以后要多关照我们这些小老百姓。"

李主任走了一会儿，小佳被张中原局长叫到了办公室。

张中原平时很严肃，他将小佳叫到办公室，却很是和蔼，亲切地道："听说侯卫东调到市委办，这两天我要约洪秘书长吃饭，到时请侯科长一起参加。"

张中原当过临津县县长，与现任秘书长洪昂一起搭过班子，两人关系挺好，组建园林局时，张中原就成了园林局的一把手。

他调到园林局两年多，洪昂又与新县长搭了半届班子，县委、县政府关系依然处理得不错。在县委、县政府班子普遍存在矛盾的大环境下，洪昂的表现令人刮目相看。周昌全在市委扩大会议上数次表扬了洪昂，不久以后，洪昂成了市委常委、秘书长。

由于与市委秘书长洪昂搭过班子，两人关系不错，张中原请洪昂出来吃饭便不是难事。

小佳离开张中原办公室，过了一会儿，谢婉芬副局长走了进来，她与小佳本是好朋友，自然是亲热得紧。

上午8点30分，侯卫东陪着周昌全来到了南部新区，他们没有惊动其他人，将车停在新区入口一个隐蔽处，两人步行进入了新区。

周昌全边走边问道："你当过益杨开发区主任，对南部新区有什么看法？"

侯卫东跟着周昌全的目光，看着远处的零星高楼，道："我在益杨新管会的时候，跑遍了全省所有开发区。规划滞后，发展思路不清楚且随意性很大，这是多数开发区的缺陷。"

通过这几天的短暂接触，侯卫东感觉到周昌全对南部新区并不满意，便大胆地对开发区提出了批评，这个批评也确实是他对南部新区的真实评价。

"你这个评价很尖锐啊。"

"在您面前，我不能有所隐瞒。"

周昌全突然来了兴致："《岭西日报》对益杨新管会评价很高，对沙州开发区却多有贬义，我们现在就到益杨新管会去看一看。"

半个小时后，小车来到益杨新管会。

精工集团和远景公司一共有十二幢楼房，在阳光下格外清晰。周昌全上一次到益杨时，远景公司的楼盘正在下地基。此时见到两个初具规模的楼盘，立刻感受到了视觉上的冲击力。

尽管只是离开了一个星期，但侯卫东彻底跳出了益杨，用俯视的眼光重新看待益杨和益杨新管会，感觉完全变了。

他介绍道："省发展银行在新管会投入了十来个亿，投入基础设施建设，如今道路体系已经形成，沿着道路体系布置着城市管网，这些道路就自然将土地分成了无数的整齐方块，按照这个体系建设，整个新城就井然有序。"

周昌全点头道："难怪《岭西日报》将益杨新管会排在全省开发区

的第四名，果然有名堂。”

侯卫东跟随周昌全到了精工集团的楼盘前。他们刚走到大门口，一位穿着制服的保安走了过来，道：“先生，要看房请到售楼部，戴上安全帽才能进来。”

这时，施工队老板走出大门，他一眼就认出了侯卫东，一边走一边高兴地打招呼，道：“侯主任，好久不见。”

这位施工队老板从岭西过来，平常看电视从来不看沙州台，只感觉侯卫东陪同的老者有些面熟，却没有认出他是沙州的大老板，跟在他身后的技术员皆来自岭西，也都没有认出周昌全。

侯卫东用目光向周昌全示意，周昌全轻轻摇头。

戴着安全帽，施工队老板跟在侯卫东身后，不停发牢骚：“侯主任，你在新管会干得好好的，怎么就调走了？这半年多，好些资质不行的乡镇建筑老板涌入了新管会。建筑质量差，外形差，大多数都是单体楼，搞不了几年，整个新管会肯定会降低档次。”

小区内部正在搞装修和绿化工程，中庭的规模和水准赶得上新月楼，侯卫东暗道：“李晶天生就是生意人，这楼盘打造得还真不错！”

李晶正好带着人下楼，她下楼时似乎挺有预感，总觉得要发生什么事情，走出门口，抬头就见到了侯卫东和周昌全。她吃了一惊，赶紧走了过来，笑脸如花地面对着周昌全，道：“周书记，您好，欢迎视察精工集团。”

侯卫东赶紧介绍道：“周书记，这是精工集团董事长李晶。”

此时李晶穿着精工集团的工作服，掩盖了窈窕身材，多了些健康质朴。周昌全压根没有想到精工集团的董事长会是年轻漂亮的女士，道：“没有想到精工集团的老总是年轻女子，这楼盘还行。”

周昌全背着手，站在中庭听李晶介绍了情况，转了十来分钟，拒绝了李晶的邀请。

李晶将周昌全送到车门，与侯卫东握手之际，她用小手指轻轻地在侯卫东手心挠了两下，目光如水。

在益杨新管会转了一圈，离开时已是9点40分。

周昌全在车上一直没有说话，回到办公室，与等候在办公室的赵林握了手，又吩咐侯卫东：“明天，让南部新区的班子成员、建委班子到市委二会议室，由南部新区汇报近期工作，请步市长也参加。”

周昌全是个工作狂，一天的工作安排得很满，将他送回家的时候，夜幕已经降临。

早上，侯卫东正与小佳在餐桌上吃着早餐，手机响了起来。

“侯科长，我是南部新区高健，这么早来打扰你，抱歉。”高健去年下半年正式出任南部新区管委会主任一职，率队到过益杨新管会，当时侯卫东已经黯然离开了益杨新管会。

侯卫东在益杨青林镇工作时，曾经想调到南部新区，与高健打过交道，不过交情不深，他客气地问道：“高主任你好，有何指示？”

高健道：“我哪里敢指示，你是否方便？我在新月楼门口。”他又补充了一句，“我和粟部、海洋都是好朋友，电话和地址都是海洋告诉我的。”

客人已经到了门口，而且是季海洋所介绍，侯卫东道：“高主任稍等，我马上下来。”

新月楼门口，一辆丰田车旁，身穿翻毛皮衣的高健正在抽烟，见到侯卫东出来，道：“这么早来打扰侯秘，实在不好意思。”

他开门见山地道：“昨天接到市委办公室通知，让南部新区上午10点向周书记汇报工作，我心里无底，请侯科长指点一二。”

侯卫东忙道：“高主任，我哪里敢指点，客气了。”

高健道：“侯秘书以前是益杨新管会主任，最有发言权，你讲两招，我好有的放矢。”

侯卫东故意作沉吟状，道：“上午的汇报，我建议着重从产业结构、经济增长点、经营城市、招商和开发区建设五个方面来谈……另外，南部新区总体规划还不够，比较凌乱，融资方式也可以更灵活，当然这只是参考意见。”

高健听得很仔细，还拿出笔记了要点。

7点30分，侯卫东估计马波的车就要开过来了，道：“早上时间匆忙，只能讲这些了。”

高健握着侯卫东的手，道：“等几天我来约季海洋，我们好好喝一杯。”他招了招手，丰田车驾驶员提了一盒茶叶，高健道：“听老季说侯秘喜欢喝茶，这是我从西湖带回来的顶级龙井，是未婚女子采摘的第一批明前茶。”

侯卫东客气了几句，还是提着茶叶回到了家。小佳道：“现在是什么世道，一大早就有人送礼。”

上午9点40分，南部新区高健、建委柳大志来到了市委办的会议室，高健与侯卫东握手的时候，眼神中透着亲热。

在会上，周昌全毫不客气地批评了南部新区，话说得很尖锐，他将一张折过的《岭西日报》拿在手中，道：“这份《岭西日报》不知在座诸位看过没有，记者对沙州市南部新区不予评价，这是春秋笔法，其实就是变相批评。在座诸君是城市建设的主官，如果没有看到这份《岭西日报》，更是失职。

“在沙州市，南部新区应该是开发区的典范，但是现在开发区典范是益杨新管会，从规划、土地开发、入驻企业、基础设施等诸多方面，南部新区都不如益杨新管会，在座诸君难道不觉得惭愧？”

说到这里，侯卫东明显感到数道眼光射向了他，他连忙低下头，在笔记本上随意写写画画。

把大家批评了一顿，最后，周昌全还是对在场的干部给予了鼓励：“高健同志工作思路还算清晰，紧扣了市委大思路。工作思路是一回事，能否执行下去是另一回事。”

人要有领悟能力

时间过得很快，转眼间，冬天到了。

行驶在宽阔的道路上原本是一件愉快的事情，只是在北风呼啸之下，南部新区过于空旷，野草与脚手架在寒风中显得颇为萧瑟。

侯卫东知道周昌全极为关注南部新区，他只要有空就开着蓝鸟车到南部新区闲逛，时常盯着这边的一举一动。

此时，清晨行驶在开发区的道路上，看着大片被圈占的土地里长得有一人多高的杂草，侯卫东暗道：“要想在短期内将南部新区盘活，高健任务很重，非得下大力气不可。”

在南部新区转了一大圈，眼看着时间就到了8点，侯卫东将车开到了市委大院外面的停车场，停了车，步行来到大院门口，此时已是8点17分。

大门口，市委机关干部陆续进了大院，侯卫东朝东走了一百多米，站在一个街口处，这是周昌全书记走路上班的必经之处。

点燃香烟，正抽着，见到市委常委、纪委书记济道林提着包从对面街道走了过来，侯卫东笑着打了招呼，顺手将手里的香烟摁灭并扔进了垃圾桶。

济道林停下脚步，道："在等周书记吗？"

侯卫东道："周书记不准接送，我就在这里等一等。"

济道林语重心长地道："你现在位置敏感，责任重大，一定要严格自律，多学习，时刻反省。你是沙州学院很优秀的毕业生，我希望你能走得更远，为母校增光。"

侯卫东连忙点头，道："济书记放心，我一定会记住你的话，时刻自警、自省、自律。"

等到济道林离开，侯卫东忍不住又将香烟拿了出来，还没有点燃，见到周昌全提着手包出现在街道对面，他连忙跑了过去，不由分说地接过手包，道："周书记，我明天还是和马波过来接你。"

周昌全摇摇手，道："不必了，每天步行半小时，至少可以多活十年，以前太依赖汽车了，这几天早上上班走路，精神状态还真不错。"

侯卫东略略比周昌全要慢半步，这样既不越位，也能与周昌全正常交流。

"今天上午九点半，请'三讲'领导小组的组长、副组长，一起到'三讲'办公室，你再与'三讲'办公室联系，确定一下督导组到沙州的时间。"

两人走到市委大门口，见到市委常委、秘书长洪昂步行到门口。

中共中央发布《关于在县级以上党政领导班子、领导干部中深入开展以"讲学习、讲政治、讲正气"为主要内容的党性党风教育的意见》以后，岭西省随即下发了开展"三讲"的文件，省委副书记朱建国前几天还专程来到沙州，召集市委常委、人大正副主任、政府领导和政协正副主席们开了会，强调"三讲"教育的重要性。

周昌全历经沧桑，很有政治敏锐性，他高度重视"三讲"教育活动，除了正常的程序以外，还在市级领导机关中发起了"'三讲'教育，从小事做起"的号召，首先提出了取消公车接送领导上班制度，并于当天晚上就步行回家。

在这种氛围之下，沙州市级领导全部步行上下班。

很快，这种做法就得到推广，部门和县里的所有处级干部都开始走路上班，这亦成了沙州市的一道风景线。当然这是仁者见仁智者见智的事情，老百姓口中更是褒贬不一，不过多数人都认为这事是兔子尾巴长不了。

有一次侯卫东与大哥侯卫国吃饭，侯卫国将此事当成一个笑话，道："周书记步行，将我们局里搞警卫的同事弄惨了，每天下班都要派便衣守在市委大院外面，对周书记实行全程保卫。"

侯卫东直言不讳地道："周书记并没有这个要求，是你们局长自己拍马屁。"

侯卫国道："你当了秘书，对我有好处，原因是拍马屁的人无处不在。方老板平时总是来去匆匆，我调到市局几年，总共也没有同他说上几句话。前天在走道上遇见他，硬是和我聊了好几分钟，我恐怕隔几天就要升官。"他怀着心事，说了两句，便闷头吃菜。

侯卫东劝道："大嫂是一时痴迷，过了这个劲头就好了，工作辞了就辞了，在沙州，总能给她找到合适的工作。"自从当上市委书记秘书以后，市直机关领导见到侯卫东都很客气，他暗自估计，开口求个临时工作应该不算难事。

侯卫国说的话还很灵验，很快，公安局党委宣布了一项任命，侯卫国摇身一变成为经侦支队副支队长。这项任命在公安局没有引起太大波动，侯卫国是刑警支队的得力干将，屡破大案，早就应该提拔使用了，更何况他的弟弟侯卫东还是市委书记秘书。

在岭西，当官三分之一靠实力，三分之一靠关系，另外三分之一多一点靠各种说不清的手段。侯卫国有实力有关系，所以他就提职了。局里没有任何人对此有异议，他们早就习惯了这种用人方式，在他们的潜意识中，这才是正常的用人模式。

侯卫东跟在周昌全身后，想着与大哥见面的事，一步一步向楼上走去，暗道："'狐假虎威'这个成语，用来形容领导身边的秘书，真是太形象了，入木三分。"

上午9点30分，周昌全、刘兵、黄子堤、洪昂、高永红等人，集体到"三讲"办公室看望了所有工作人员。

"三讲"办公室在市政府招待所里。市政府招待所分为大招和小招两种，小招只接待重要客人，平时也只接待周昌全、刘兵、黄子堤、洪昂这种级别和实力的人物；大招则属于公务接待场所，有比较宽大的会议室，房间比较多，环境其实也不错。

岭西省委向每个地区派出了“三讲”督导组，“三讲”督导组的驻地在大招待所。周昌全等人既是看望“三讲”办工作人员，更重要的是等待进驻大招的“三讲”督导组。

“三讲”督导组带队领导是一位退居二线的厅级干部，实际主事的是省委组织部易中达处长。听到“易”姓，侯卫东心里便紧了紧，他不由得想起了重新回益杨的私营企业家易中岭。

看望了“三讲”办公室的工作人员，等了一会儿，“三讲”督导组在市委组织部部长赵东的陪同下来到大招。

接待仪式简朴而隆重，全体常委在大招参加了座谈会。

座谈会结束后，就在大招吃午餐。菜品经过认真研究，既要好吃可口，又要简单便宜。

午餐时，易中达处长道：“尊敬的周书记、刘市长、黄书记，临行前，建国书记特意交代我们，这次督导工作要帮忙不添乱，更要廉洁简朴，酒就不喝了。”

副书记黄子堤道：“易处长，不上白酒，我们喝点红酒，岭西传统是无酒不成席，少喝点红酒不会误事，不会违反纪律。”

易中达犹豫了一会儿，也就同意了。侯卫东无意中看见红酒牌子，是四百多元一瓶的解百纳。

易中达控制着酒量，只是浅酌小饮。各个常委保持着应有的礼貌，不停敬酒，但是并不如平常一样强劝。

宾主言谈甚欢，气氛融洽。

易中达回敬了市委书记周昌全，道：“我夫人的家乡就在现在的益杨新管会粟家村。今年春节我回老家，几乎找不到路了，益杨发展速度真是出乎我的预料。”

侯卫东恰好拿着周昌全的手机走了过来。

周昌全接了电话，简短地说了一句，就挂断了。他指着侯卫东道：“侯秘书以前是益杨新管会主任，他对新管会建设很有功劳。”

易中达点头道：“春节回家，听村里干部谈起侯主任，个个都竖大拇指。”

这个春节在家里过年，他与易中成、易中岭等堂兄弟们吃了饭，偶尔谈起了侯卫东。易中成喝了些酒，情绪激动，在几个堂兄弟面前痛骂侯卫东。易中达当时就记住了侯卫东，只不过，他得知侯卫东如今是周昌全的秘书，便对易中成的话有了新看法。

侯卫东谦虚地道："当时搞拆迁，与粟家村等几个村的村民产生了不少矛盾，村里干部对开发区支持很大。"

易中达点头道："这事我也听说了，益杨新管会还算处理得比较好的，村里组织了不少专业队伍在新管会里面做工程，这其实就是城市化的一种模式。"他将目光转向了周昌全，道，"城市扩张与农民利益是天生的普遍性矛盾，在'三讲'活动中我们要关注这个问题。沙州是经济大市，如果能在这方面有所突破，对岭西全省都会有带动作用。"

周昌全点头道："深入开展以'讲学习、讲政治、讲正气'为主要内容的党性党风教育，最终的落脚点还是为人民服务。沙州市委要以'三讲'教育为契机，解决一批困扰发展、影响民生的问题。具体问题我们正在摸底排查，集中起来，花大力气解决一批。"

侯卫东暗道："周书记的话很艺术，若光说不做，则为官话，若认真执行，则为实话。"

当天晚上，沙州市级领导干部在市委会议室召开了"三讲"工作会，此次会议督导组成员没有到会，属于内部工作会。

会议有两个议程：一是由市委组织部部长、"三讲"活动领导小组办公室主任赵东同志汇报"三讲"教育活动的前期工作；二是由周昌全讲话。

周昌全的讲话稿原本不是由侯卫东来操作，但是他有意在中午布置给侯卫东，并要求在6点前拿稿子出来，题目是"充分认识'三讲'教育的重要性"，时间按照半个小时准备。

侯卫东自从那一次被吓出一身冷汗以后，为了防止再次出现如此尴尬的情况，就开始每天抱着周昌全的稿子细细研读，对他的文风、喜好以及他关注的问题也有了一些心得。"三讲"活动开始以后，他下了一番工夫，将有关"三讲"的重要讲话、其他地区的领导讲话进行了细致全面的收集。

由于有充分准备，对这次突然得到任务，侯卫东并不是特别紧张。他手里有十七篇各省主要领导关于"三讲"教育的讲话，挑了一篇省委书记在省级机关的讲话材料，结合着周昌全习惯性思路，写了一篇有模有样的文章。修改以后，在小招待所将讲话稿交给了周昌全。

周昌全在小招待所有一幢小楼，平常休息或接待重要客人，一般都安排在小招待所。接过稿子后，他吩咐道："让厨房炒几个菜，清淡一些，今天就在这里加班。"

侯卫东站在底楼，见周昌全拿着眼镜和文章慢慢走上了二楼，心里颇为忐忑，这是他第二次给周昌全写大文章，前一次是靠着王辉帮助，这一次就全凭着自己的功夫，他如参加面试一样，焦灼不安。

小招待所所长朱大江走了进来，他满脸堆笑地给侯卫东递了烟，报告道："晚上安排了一份土鸡汤，从乡下捉的正宗土鸡，用瓦罐慢火熬出来的，绝对正宗。红烧了一条鲤鱼，另外配了一份凉拌金针菇，一份炝炒莴笋，都是昌全书记喜欢吃的菜。"

朱大江见侯卫东不说话，道："菜少了些，昌全书记要求得很严，安排大鱼大肉要被批评，这些菜清淡，符合昌全书记口味。"

侯卫东听朱大江将"昌全书记"叫得特别亲热、特别顺溜，总觉得很别扭，心道："称呼'昌全书记'的都是相当级别的领导干部，朱大江这么叫是自抬身份。"

朱大江也在观察着这位新秘书，见他话很少，很稳重的模样，便觉得侯卫东胸有城府，心道："这位爷看来不好侍候，还得费些心思将他笼络好。"他殷勤地道："侯秘书，春节就要来了，小招待所给各位领导都准备了些年货，包括香肠、腊肉，都是定点弄的粮食猪，绝对绿色环保，你们家里就别去准备了。"

6点40分，周昌全还在楼上没有下来，侯卫东不知自己的文章能否通过，暗自心焦，而朱大江却不知趣地黏在侯卫东身边，总是无话找话，让侯卫东不胜其烦，却也无法发作。

他装模作样地取出一份周昌全半年前的讲话稿，认真地看了起来。朱大江见状，便道："侯秘书，你先忙，我去厨房看看。"

6点50分，侯卫东被叫上二楼。

周昌全取了眼镜，揉了揉眼睛，稿子放在桌上，上面加了许多漂亮的行草。

侯卫东看到稿子被改得花里胡哨，心里一紧，暗道："如果通不过就惨了。"周昌全搓了搓脸，道："小侯，半天时间能写出这样一篇讲话稿，你用了心。"

侯卫东这才注意到，在稿子的右上角，签有两个字“可用”。

周昌全停顿了一会儿，道：“小侯，我对专职秘书要求很高，拎包，多数人都会，你不能停留在这个层次。要讲政治，比如，在目前形势之下，你应该掌握和了解什么问题，想过没有？”

侯卫东没有料到周昌全会突然说起这方面的问题，他老老实实地摇了摇头。

“我们这样数百万人口的大市，表面风平浪静，其实是暗流涌动，作为市委书记的专职秘书，必须要具备敏锐的政治头脑。‘三讲’办最近有什么重要信息，你了解过没有？当前督导组的看法与要求，你是否知道？市级领导在‘三讲’中的主要活动，你是否关注过？”

侯卫东确实没有了解这些情况，汗颜地道：“周书记，我没有了解清楚，以后一定会搞清楚。”

周昌全语重心长地道：“现实社会是很复杂的，斗争会出现在社会各个层面，我作为沙州市委书记，绝对不能掉以轻心。‘三讲’教育是事关党风、政风的大事，我们在做好此项工作的同时，也要防止别有用心的人出来捣乱。我不要你做拎包的秘书，而要做一个有政治敏锐性的秘书。”

周昌全说得郑重，侯卫东听得心惊。

周昌全又将问题转移到稿子上来，道：“讲话稿还是不错的，你把我加上的内容打印出来，‘讲政治’，落实在沙州就得讲团结，这是今天讲话的重点。”

这时，朱大江亲自带着服务员，将饭菜端了过来。侯卫东没有时间吃饭，拿着稿子就到了小招待的电脑房，这个房间配有打印机，专为周昌全准备。

侯卫东认真看了稿子，松了一口气，稿件主要内容没有被修改，修改部分集中在“讲政治”这一部分。周昌全特别强调沙州大局是好的，全沙州要围绕着市委工作，讲大局，识大体，创造一个安定团结、积极向上的工作环境。

“难道有人不讲团结吗？”看到这个稿子，侯卫东不禁产生了些许疑问。

晚上，在会场，周昌全刚开始是按照稿子讲，可是很快他就抛开了稿子，集中在谈“讲政治”。

"搞好当前教育活动，就是讲政治；保持沙州安定团结，就是讲政治；所有市级领导围绕着市委开展工作，一心一意谋发展，就是讲政治……在'三讲'期间，查找问题必须讲究实事求是，必须要符合沙州现实，不可吹毛求疵，不可无线上纲，要让省委对我们放心，要让全市人民对我们放心……谁若破坏了安定团结的政治局面，就是最大的不讲政治。"

周昌全讲得极为严肃，全场鸦雀无声。

侯卫东是列席会议，他看着周昌全不怒而威的脸色，又看着众多市级领导肃穆的表情，心道："周书记多次说不需要拎包的秘书，我能做些什么，才不会沦为拎包秘书？"

散会已是晚上10点，回到家里，小佳得知是开夜会，撇了撇嘴，道："'三讲'就是一个形式，非得搞得这么认真。"

侯卫东想着会场上的事情，道："'三讲'对我们来说没有意义，对于高级领导干部来说，是政治生活中的大事。"

他认真地问小佳，道："我什么时候有资格参加'三讲'？"

小佳道："像你现在这样的工作状态，多则十年，少则五年，就够级别参加'三讲'教育。"

侯卫东如今是正科级，距离县处级还有些差距，他想着周昌全在台上讲话的神态，道："但愿如此。"

上班以后，侯卫东抽空给粟明俊打了电话，道："粟部，'三讲'办应该收集了不少意见，我过来了解情况。"

粟明俊是组织部常务副部长，也是"三讲"领导小组办公室常务副主任，正好管着这块，他沉吟道："这些意见很敏感，原则上要保密，不能外传。当然，卫东要看自然没有问题，过来吧。"

粟明俊知道，侯卫东在某些时候代表着周昌全，这些资料当然不能对市委书记保密，他没有想到侯卫东是私下想看一看收集到的意见。

"三讲"办抽调了二十来个工作人员，占据了大招待所十来间房屋，各个科室的牌子、职责皆挂在墙上，配备了清一色的电脑，看上去比正规的办公室还要正规，比"三金"办、清欠办等临时办公室的档次明显要高上许多。

"老大难，老大难，老大重视一点都不难，这次'三讲'活动得到了市委高度重视，天大的难事也变成了小事。"粟明俊以前与侯卫东交往时，在心理上有着相当强烈的优越感，现在侯卫东突然间变成了周昌全的秘书，他这才彻底将侯卫东当成了同道中人。

侯卫东进了“三讲”办常务副主任办公室，刚坐定，郭兰便进来泡茶，她依然是素面朝天，雅致、干净，看到侯卫东微微一笑。

“郭兰，你也在‘三讲’办？”

“‘三讲’办成立我就被抽来了。”

侯卫东见到郭兰有些意外，但很快就释然了，郭兰是组织部干部，被抽到“三讲”办很正常。他又问道：“郭教授身体如何？”

“还行，每天到图书馆看书，既看了书，又散了步。”郭兰又对粟明俊道，“粟部长，吴海县的同志等一会儿就要过来，他们要汇报‘三讲’教育的进展情况。”

粟明俊道：“你先请汪组长接待，我一会儿再过来。”

关了门，粟明俊取过一叠材料，道：“这是收集到的批评建议和意见。‘三讲’督导组设了意见箱，这部分材料没有归到‘三讲’办。”

他用手指了指这些材料，道：“按照赵部长的指示，我们将意见分成两部分，一部分是在‘三讲’办公开，另一部分由我保管，不对外。我现在给你看的都是不对外的材料。”

侯卫东道：“粟部放心，我就在这里看一看，不带走，不复印。”

粟明俊用手拍了拍卷宗，道：“你在这间办公室慢慢看，我去接待吴海县‘三讲’办的同志们。”他在关门的时候，回头朝侯卫东意味深长地笑了笑。

卷宗并不是太厚，里面的内容却很尖锐。

有一件反映沙州南部新区圈占土地，白天晒太阳，晚上陪月亮，建议市政府调整思路，加大招商引资力度，拿出实际行动来推动南部新区建设，并对南部新区领导层以及主任高健进行了批评。

有一件反映沙州老城区基础设施落后，城市道路破损严重，背街小巷没有路灯，晚上行走不方便、不安全，希望市政府切实解决人民群众关心的问题。

有一件是一封人民来信，反映财政局局长孔正义以权谋私，在修建财税宾馆以及其他几项重要工程中，收取巨额好处费。来信写道：“财税宾馆已经成为孔正义等人的安乐窝，他们经常在十楼聚贤阁里聚赌，甚至嫖娼，拿着人民的血汗进行挥霍……”

孔正义是否收受贿赂，侯卫东不清楚。至于聚贤阁的事情，侯卫东本人参加过数次。想到孔正义毫不留情训斥部下的情形，侯卫东得出结论：“肯定有内鬼，否则不会了解得这么清楚。”

有一件是对建委主任老邢的检举信，侯卫东评价道：“老邢在医院躺着，基本成为废物，谁还在这里落井下石？真不地道！”

整个卷宗，涉及七八位部门一把手领导，但是并没有市级领导，唯一一份是针对市政协一位副主席，说的也是捕风捉影的事情，没有多大分量。看完这个卷宗，回想起昨天晚上周昌全在会场上讲的那些话，他渐渐明白过来，暗道：“周书记在会上大讲政治，他肯定不希望在‘三讲’期间出问题，稳定压倒一切。”

从“三讲”办回到办公室，坐下不久，周昌全和洪昂进了办公室，两人一边走一边交谈着。

洪昂道：“周书记，有色金属开采也得规范，野蛮开采是对资源的浪费，而且市、县两级并没有得到多少税收，好处全部被非法经营者掠夺了。”

周昌全相当重视矿产开采，深知里面的复杂性，道：“章永泰到成津，肩负着整治混乱矿业秩序的重任，他遇到不少困难，你作为市委常委，代表我，要给予他更多的支持。”

“老章是铁腕，应该能解开成津的乱麻。”

周昌全道：“过刚易折，你要多给章永泰出些点子。”

等到洪昂离开后，侯卫东将几份新到的岭西省委文件送了过去。周昌全问道：“‘三讲’开展以来，你听到有什么反应？”

侯卫东刚去看了卷宗，心中有底气，道：“我刚才到‘三讲’办去了一趟，看了看他们收集汇总的意见，有些意见比较尖锐。”

周昌全只不过是随口一问，听到侯卫东回答，有了兴趣，道：“你说说具体情况。”

侯卫东看材料时，虽然没有做笔记，但他是有心人，将反映的情况记得很牢，一件一件讲得很细。

周昌全听了收集的意见，没表态，只道：“你平时要注意收集社情民意，闲暇时与最底层老百姓多接触，没有调查就没有发言权啊。”

下班时，市委常委、秘书长洪昂来到周昌全办公室，道：“周书记，时间差不多了，我们出发。”

周昌全起身的时候，洪昂取过来挂在衣架上的羊绒大衣，递了过去，递衣服时，洪昂瞧了瞧侯卫东。

周昌全直截了当地道："小侯不去。"

等到周昌全与洪昂离开了办公室，侯卫东心里有些轻微的失落，还有些酸酸的感觉，正准备离开办公室时，接到了季海洋的电话。

季海洋道："卫东，省委'三讲'督导组易中达处长是益杨人，我们几个益杨人请他吃饭，你有时间参加没有？"

侯卫东对"易"姓人物有天然的敏感，他原本不想去，又想道："易中达是督导组的人，肯定要打交道，把握好分寸就行，没有必要刻意回避。"想通了这一点，他道："季书记，几点钟？在什么地方？"

"安排在交通宾馆，交通局林义局长请客。"

侯卫东准时来到交通宾馆，交通局副局长刘林义已在交通宾馆的豪包里等着，见到侯卫东，道："很抱歉，滕局到省里开会去了，不能来陪各位领导。"

他一边说一边将电话递了过来，侯卫东接过电话，里面传来了滕局的大嗓门："侯秘，你和易处长、季书记能到交通局，是瞧得起交通局，我在省里陪钱厅长，不能赶回来，我让刘局陪你们吃好、玩好。"

季海洋从益杨赶到了交通局以后，易中达又隔了七八分钟，这才来到了交通宾馆。

易中达还在益杨读高中的时候，刘林义已经是县交通局副局长，易中达大学毕业以后，刘林义当了益杨副县长。尽管如此，以现在的身份，易中达理所当然地坐在主位，季海洋和刘林义分坐两边。

尽管是家乡人的宴请，易中达依然保持着组工干部的自律，用高脚玻璃杯倒了小半杯，与季海洋等人碰杯以后，只是用嘴抿一抿，无论众人如何劝酒，都不肯多喝。

由于易中达含蓄且克制，酒宴在互相谦让中开始，在不温不火的状态下结束，一直没有掀起高潮。

刘林义左右开弓，酒宴结束时，他有了醉意，道："易处长，楼下有一个内部歌厅，我们去吼两嗓子，吐吐酒气？"

易中达委婉地道："今天确实有事，改天我请客，各位父母官一定要赏脸。"他态度尽管委婉，可是很坚决，不容置疑。

刘林义、季海洋等人都顾及易中达敏感的身份，没有多劝，三人将其送到楼下，向着易中达频频招手。

小车尾灯消失在三人视线中，刘林义左手搂着季海洋，右手挽着侯卫东，道："易处长走了，我们哥三个还得去吼吼。市交通局的女同志唱歌还是挺不错的，她们等了许久，你们不能让别人失望。"

季海洋正要抬手看表，刘林义就道："海洋，你若走了，就太不够朋友。"刘林义在益杨县当副县长的时候，季海洋刚调至县委办，老领导发了话，季海洋尽管想走，却还是留了下来。

刘林义又对侯卫东道："卫东，不是我倚老卖老，你若走了，就太不够意思了。我这把年龄，也升不了官了，大家在一起就图个高兴。"

侯卫东见到刘林义花白的头发，也就答应了。

歌厅确实是内部歌厅，音响不错，交通局几位女同志既漂亮又大方。侯卫东与女同志跳舞时，腰挺得笔直，眼光平视前方，用手指尖搭在了那位女同志的腰上。他此时的心境已与数年前大不一样，见到年轻、漂亮又热情的女孩子，主动退避三舍，稍不注意惹火烧身，则是一件麻烦事情。

与侯卫东共舞的是最年轻的女大学生海宁，今年才从交通大学毕业，听说要陪领导跳舞，开始还挺不愿意，此时见市委书记秘书挺有男子汉味道，心里的那一点点不快就在音乐声中消散了。

"侯秘书，你是哪个大学毕业的？"海宁好奇地问道。

侯卫东道："我是田坎大学毕业的。"

海宁是城市里长大的女孩子，对于农村陌生得紧，猛然间还没有反应过来，道："田坎大学？不太出名，我没有听说过，在岭西省吗？"

侯卫东反而被逗笑了，道："对，就是益杨县。"

海宁这才醒悟了过来，道："侯秘书，你逗我开心，田坎大学，呵呵。"

跳了三曲，都是海宁说，侯卫东听。

平心而论，海宁是一位挺可爱的姑娘，侯卫东却有意地制造了一个屏障，将海宁的热情拦在外面。为了李晶的事，他内心时常在挣扎，不想再去招惹这种芳心初动的小姑娘。

晚上10点30分，小型舞会结束，刘林义笑呵呵地对手下的美女们道："现在时间还早，大家肚子饿不饿，等一会儿到船坊吃夜宵。"

女同志们一阵欢呼，海宁用目光看着侯卫东。侯卫东假装没有看到，躲过了这道热情的目光。

“老季，船坊是沙州特色，吃了夜宵回益杨，不过半小时的事情。”刘林义当过副县长，又当了多年副局长，在政治上已没有过多追求，他在交通口干了二十多年，业务精通，并不担心被人排挤，工作之余就喜欢吃喝玩乐，按他的话说：“辛苦几十年，在退居二线的时候，也应该享受享受。”

季海洋连忙推辞道：“算了，已经打扰了刘局长一晚上，客走主人安。”刘林义没有强求，将季海洋送走以后，侯卫东也准备告辞，刘林义握着其手不放，道：“侯秘是沙州的未来之星，有一件事我可要拜托给老弟，我家的臭小子大学要毕业了，我想让他进市委办，你在合适的时候帮着说句话。”

刘林义久历宦海，知道进入市委办意味着什么，眼看着儿子就要毕业，他开始费尽心思地为儿子谋个好路子。俗话说：“女怕嫁错郎，男怕入错行。”他想趁着自己还在位置上的时候，将儿子送到最好的位置。

侯卫东到市委综合科的时间不长，对里面的道道还没有完全摸清楚，但他没有在刘林义面前露怯，含糊地道：“刘局长，到时再说，我会尽力。”

刘林义使劲地握了握，又对海宁道：“海宁，等一会儿我们到船坊吃饭，你多敬侯秘书几杯酒。你别看侯秘书年轻，他在益杨当过县委办主任、新管会主任、科委主任，经历丰富得很，是年轻的老干部。”

交通局几位女同志的目光就聚集在侯卫东身上，侯卫东忙道：“刘局客气了，你在益杨当县长的时候，我还在沙州学院读书。音乐系校区扩建以后，你还来视察了一次，我当时在纠察队，戴着袖笼子为你执勤。”刘林义笑道：“我是副处级，哪里有资格来视察正厅级的沙州学院？当时是陪省教育厅的领导。”

海宁在一边插话：“刘局，刚才侯秘书还在骗我，他说是田坎大学毕业的，原来是沙州学院。”

这句话，惹得众人哄堂大笑。侯卫东心道：“看惯了官场人的模样，海宁这种清纯的人倒是少见。她来到了这个深不见底的大染缸，清纯能保持多久！”

到船坊吃完饭后，已是深夜1点，刘林义还是意犹未尽，道：“侯秘，我请你搓个澡，做个全身按摩，彻底放松。”见侯卫东迟疑，道，

“很正规的按摩，别担心。”

侯卫东此时已经不是初出学校的青涩小伙子，婉拒道：“明天一早还要去接周书记，今天算了，改日我请刘局。”

他已经看出来了，刘林义玩得特别投入，是实实在在地享受生活。这其实也是一部分沙州领导干部的生活方式，年龄大了，升级无望，便退而求其次，在工作之余潇洒地生活。不进腰包，只要不出格，纪委不会管这等事情。

在船坊上，侯卫东被交通局几个美女轮番灌酒，着实有些酒意，回到新月楼，很疲惫。屋里空调柜机“呼呼”吹着热风，家里温暖如春。当防盗门关上时，家里家外就是两个世界。小佳穿着薄睡衣，手里握着遥控板，正在生着闷气，听到钥匙声，就跑到防盗门猫眼上看，当侯卫东走进来之后，她故意不理他。

这件薄睡衣确实很薄，而且是半透明的，里面空空荡荡的，小佳每次穿这件睡衣，就是夫妻鱼水的暗示。

侯卫东当然知道小佳的心意，只是身体确实困乏，就讲了一个笑话，道：“一对年轻夫妻有一个刚开始牙牙学语的儿子，老婆很用心地教导孩子——叫爸爸。老公大受感动，认为太太真好，先教孩子叫爸爸，而不是先叫妈妈。一个寒冬深夜，孩子哭闹不休，一直叫爸爸，此时夫妻俩睡得正好，老婆道，‘你儿子一直在叫你，赶快去啦。’这时老公恍然大悟……”

小佳脸一直紧绷着，被这个笑话逗得笑了起来，她恶狠狠地伸出五指，掐了侯卫东的胳膊，道：“以后不准这么晚回家。”又道，“锅里有烧好的鲜牛奶，趁热喝了。满身的酒味，好好洗一洗。”

洗了澡，精力又恢复过来，侯卫东抱着小佳补课。一夜酣睡，醒来精力充沛，生龙活虎。

吃人嘴软拿人手短

一般情况之下，洪昂都是从走廊直接进入周昌全办公室，今天他先进了秘书室。

侯卫东站起身，道：“秘书长，周书记在小会议室。”

“我从小会议室出来的，昌全书记明天要到美国去，同时有一批后备干部要出去考察学习。市委办公室增派你出去，路线是青岛、大连这一线。”

“秘书长，感谢对我的关心。”侯卫东现在是综合科科长职务，正科级，他调到市委办的时候，市委办的后备干部已经确定了，他并不是沙州市的后备干部，所以洪昂特意用了增派的字眼。

洪昂笑着拍了拍侯卫东的肩膀，道：“你适应工作很快，昌全书记要到美国考察，他提议让你参加后备干部考察团，不错，好好干。”

侯卫东到市委办工作已有一段时间，周昌全一直未对他的工作进行任何评价。这次由周昌全提议让他参加后备干部考察团，是对侯卫东工作的正式承认和高度评价。

周昌全飞往美国的第三天，沙州市后备干部考察团便前往山东，先到寿光、诸城去考察了一番，随后来到青岛。

侯卫东难得有轻闲的时候，在考察团彻底低调，只坐在角落里，听着众多后备干部说说笑笑，并不多言多语。

到了青岛，天已经暗了下来，带队组长粟明俊站在车头，接过导游的话筒，道：“大家跑了两天，很辛苦，明天放假，自由活动。”

后备干部们一阵欢呼。大家下了车，粟明俊把侯卫东叫住，道：“卫东，今天晚上怎么安排？我们一起活动。”

侯卫东道：“活动由粟部来安排，费用由我来解决。”

郭兰手里提着包，静静地站在一旁。

粟明俊道：“晚上我、郭兰、卫东、老粟和黄英，就我们五人去吃点特色。”市公安局副局长老粟是沙州政法系统很有些威信的副局长，黄英是黄子堤的小妹，因此，粟明俊特意约上这两人。

老粟听了粟明俊的安排，道：“到了青岛，怎么能让侯科长来请客？我战友在公安局任职，我和他联系了，今天由他安排。”

老粟战友是一米八五的汉子，很热情，夫妻各开一辆小车，到酒店接了侯卫东等人。一行人先去了海鲜酒楼，喝得兴起，又到歌城要了大包房。

老粟和战友一起吼了几首军旅歌曲，包房里的气氛就活跃起来，一边唱歌，一边喝酒。

侯卫东牢记周昌全的风格，一路行来，都很低调。粟明俊跳了几曲，道：“卫东，怎么在这里坐着？请郭兰跳舞。”

音乐再起时，侯卫东走到郭兰身边，道：“请你跳舞。”

黄英与侯卫东年龄相差不多，属于同一时代的人，她选了一首《水中花》，深情地唱道：“凄风冷雨中多少繁华如梦，曾经万紫千红随风吹落……我看见水中的花朵，强要留住一抹红……”

熟悉的曲调，似曾相识的场景，一下就把郭兰带到了几年前的那天晚上。那晚，在《水中花》的歌声之中，长发飘飘的她，忧伤地靠在侯卫东肩头，痛痛快快地哭了一场。

以前在沙州学院读书时，学院每周要开两次舞会。侯卫东初入学院时，对跳舞很是痴迷，除了在舞厅里实践，还偷偷到楼顶上练习舞步，舞技相当不错。

最原始的舞蹈有两个目的：一是封建迷信，祈求平安丰收；二是挑起异性性欲，以利传宗接代。侯卫东是唯物论者，自然不会借跳舞来搞封建迷信，而对性的挑逗似乎也不需要。在最近两年，除了十分偶然的情况，他基本上不跳舞。

进入舞池以后，侯卫东和郭兰如配合多年的舞伴，舞步轻灵，随着《水中花》的歌声如流水一般滑动。侯卫东感叹道：“听着这首歌，就好像回到了大学时代。”

进入青岛，郭兰似乎又回到了那激情燃烧的四年。这四年时光如刀砍斧削般印在了她的记忆深处，她原以为已经淡忘了这段恋情，可是到了此地，深埋于心的痛楚便如海蛇一样牢牢地缠在了她的心间。

“大学时代已经一去不复返了，我的爱情也死了。”郭兰在心里长长地叹息了一声。

一曲结束，两人回到座位。黄英拿着话筒不松手，这个歌城音响效果不错，她唱得挺有感觉，拿着话筒学着主持人的腔调，道：“我再唱一首老歌，请帅哥美女给我伴舞。”

粟明俊道：“帅哥美女，自然是卫东和郭兰。”自从侯卫东给周昌全当秘书以后，粟明俊就将小侯改成了卫东，这样的称呼透着亲热。

音乐响起，《冬季到台北来看雨》，这正是当年大学时代舞厅里最流行的一首曲子。侯卫东对郭兰道：“我们俩似乎是第一次跳舞，没有想到配合得很好。”

郭兰差点就道：“当年在沙州学院曾经跳过一次。”话到嘴边，她还是忍住了，道：“是你跳得好，会带人。”

嗅着郭兰头发上淡淡的香味，侯卫东暗道：“闻香识女人，这话当真不错。郭兰的发香就如沙州湖边的翠竹，李晶的发香如浓郁的玫瑰，段英的发香如白色的茉莉。”

舞曲结束，侯卫东很绅士地道：“合作愉快。”这时，恰好一束旋转灯光射到了郭兰的脸上，他顿时产生一种似曾相识的感觉，可是这种感觉转瞬即逝，他没有想出来源，疑惑地道：“郭兰，以前我们跳过舞吗？我怎么觉得这个场景特别熟悉。”

郭兰下意识地道：“没有跳过，恐怕你将其他人的印象加在了我身上。”侯卫东自语道：“我总觉得这个场景似曾相识。”

这时，公安局老粟走了过来，打趣道：“侯科长，你一首歌都没有唱，下一曲，你去唱歌，我请郭兰跳舞。”

侯卫东走到点歌台，翻了翻目录，对服务员道：“童安格，《明天你是否依然爱我》。”

“午夜的收音机，轻轻传来一首歌，那是你我都已熟悉的旋律。在你遗忘的时候，我依然还记得，明天你是否依然爱我……又何必真正拥有你，即使离别，也不会有太多难过，午夜里的旋律……”侯卫东唱歌水平一般，工作以后基本没有学会新歌，能唱的都是当年校园里的流行歌曲，这首歌算是他拿手的歌曲之一。

此歌与郭兰心境很是相符，当侯卫东歌声响起时，她一时之间有些心乱。公安局老粟喝了些酒，不停地与她说话，她勉强应付着，舞曲结束，礼貌地对粟局长说了声“谢谢”，提起小坤包到洗手间去了。

玩了一天，晚上大家睡得极香。早上，粟明俊8点不到就起了床，刷牙归来，推开侯卫东房间的门，道：“卫东，起床。”

侯卫东在床上摆了一个“太”字造型，道：“粟部，我今天要睡懒觉，平时起得早，今天难得轻闲。”

粟明俊拿着相机，道：“青岛海岸很美，今天阳光明媚，是难得的冬日暖阳，睡懒觉真是浪费了大好光阴。”

侯卫东睡眼蒙眬，道：“粟部，你和粟局长先去，我继续睡觉，等会儿我来找你们。”

粟明俊走了以后，侯卫东继续蒙头大睡。他给周昌全当秘书以来，基本没有睡懒觉的机会，今天特别想放纵自己一下。可是粟明俊和同屋的老粟走了以后，他再也睡不踏实，平躺在床上，双眼瞪得圆圆的，看着房顶，房顶粗看是雪白一片，细看却有着胡乱的花纹。

想了一会儿机关里的人和事，睡意慢慢地被驱赶到大海里去了。起了床，宾馆里除了打扫房间的服务员，已经没有考察团队员的人影。

北方的天空看上去比南方更加辽阔，天空蔚蓝一片，蔚蓝之中飘浮着朵朵白云。太阳照在身上暖洋洋的，在阴凉处却感到了阵阵寒意。

侯卫东在宾馆门口吃着面条，给粟明俊打了电话：“粟部，你在哪里？我过来找你们。”

粟明俊正和公安局老粟在海边看风景，接到电话，道：“我在海滩边上，说不清楚是哪一个海滩，站在这里可以看到那个圆顶房子，出租车司机应该知道。”

侯卫东坐了出租车直奔海边的圆顶房子。出租车停下来时，司机道：“那个就是红色的圆顶房子，你的朋友应该就在那边。”出租车司机手指的方向有三三两两的行人，侯卫东下了车，他掉转车头就走。

侯卫东出生于内陆城市，对大海感到很是新鲜，踩在沙滩上，看着无边无际的大海，听着连绵不断的海涛声，心胸为之一阔，积郁了多日的闷气似乎也少了许多。

“粟部，我看到圆顶房子了，怎么没有见到你们？”

“卫东，我刚才没有说清楚，我们是在栈桥，我和老粟都在。”

侯卫东不知道自己到了哪里，问：“从宾馆过来要多少钱？”

“很近，只要十来块钱。”

“我的出租车费是二十七块钱，走了老半天，现在正在一个海滩上，很漂亮的海滩，金色的沙滩，还有新人在拍婚纱照。我暂时不到栈桥了，反正是出来玩，就在这个海滩上转一会儿。”

漫步在海滩上，将纷乱的思绪丢给海风，侯卫东心情平静了下来，单纯地享受着美景美色。走了一会儿，他突然见到一个熟悉的身影，郭兰孤零零地坐在海滩上，双手抱膝，望着无边无际的大海。

见到侯卫东，郭兰先是有些惊奇，得知被出租车司机带到了此处，道："司机故意在绕圈子。这片海滩是近几年才开发的，虽然名气比不上栈桥，个人感觉比栈桥那边更有味道，我以前来过好多次。"

郭兰原本想独自一人待在这海滩上，谁知与侯卫东不期而遇，道："看海吗？坐下来，慢慢看潮涨潮落，挺有意思。"

从郭师母口里，侯卫东略略知道郭兰的事情，只是郭师母所知有限，他更是只知道事情的皮毛。此时见郭兰独坐海滩，猜到肯定是那些陈谷子烂芝麻的事情，他接过话题，道："大海潮涨潮落，人生起起伏伏，都是平常事。"

郭兰没有回答侯卫东，她将下巴搁在膝盖上，道："我妈曾经给你讲过我的事情？"

"嗯。"

她苦笑道："我妈想把我早些嫁出去，遇到熟人就说此事，都快成祥林嫂了。"她又故作潇洒地道，"我现在都成了愁嫁的老姑娘，难怪我妈着急。"

"这么多年过去了，你应该把以前的事情抛在一边，放下包袱，轻装前进，才能迎接新的生活。"侯卫东坐了下来，临海凭风，确实感觉不错。

郭兰长久以来将心事紧紧地放在心底，此情此景，面对着深邃无垠的大海，身旁坐着略知自己往事的男子，她突然产生了倾诉的欲望，道："我从小在学院长大，很喜欢公主与王子的故事，从小也就把自己当成了公主，读了大学，谈了恋爱，以为找到了白马王子。"

郭兰双手抱着膝盖，一点一滴地讲述着自己的恋爱经历，侯卫东也不说话，只是当一个很好的听众，不知不觉中，已经到了中午时间。粟明俊打电话过来，道："卫东，怎么还没有过来？"侯卫东道："这边风景独好，我还要留一会儿，中午那顿饭，暂时欠下。"

七天时间转瞬即逝，侯卫东从祖国的大好河山回到了熟悉的办公室，一切恢复了原状。他趁着周昌全还在美国考察之际，认认真真地翻阅文件，研读周昌全同志几年来的讲话。

正看得起劲，杨腾走了进来。沙州市委办的办公秩序向来规范，秘书之间一般是不串门的，也很少在办公室里谈私事，在侯卫东的印象中，杨腾是第一次走进周昌全的办公室。

“侯科，中午在一起吃饭？”杨腾坐在侯卫东对面，由于只有侯卫东一个人在办公室里，杨腾很轻松，点燃了烟，还吹了一个烟圈，烟圈飘啊飘，到了中间隔门，破裂了。

在市委办，侯卫东是当然的大秘，杨腾作为黄子堤的专职秘书，是市委办的二秘。当然，这大秘、二秘都是俗称，不能上正式场合。

“你的老领导来了，益杨马书记和杨县长向黄书记汇报了工作，约定中午一起吃饭，黄书记请你一起去。”

侯卫东答应着，心里纳闷道：“马有财和杨森林素来不和，很难见他们两人走到一起，莫非太阳从西边出来了？”

沙州的太阳并没有从西边出来，只是由于天空云彩被一阵北风吹走，变得更加稀薄，斜斜的阳光直射到地面，给万物增加了些许光明和热量。

益杨县委书记马有财正在沙州宾馆的茶楼与县长杨森林喝茶，这次到沙州来，两人都没有带秘书，此时两位司机很知趣地在另一个角落喝茶，不来打扰两位领导的谈话。

马有财将领带松了松，这样更休闲轻松一些，道：“杨县长，我们两人在一起工作也有两年了吧？”

杨森林道：“算上我到益杨当副书记的时间，有两年。”

马有财出了一会儿神，道：“佛说，一千年修得同床过，五百年修得同船渡，我们两人能在一起搭班子，至少有八百年的缘分。”

杨森林笑道：“是有缘分，否则大千世界芸芸众生，怎么就我们凑在一块了。”心道：“马有财平日汇报工作总是独来独往，今天非得约上我，又摆开谈心的架势，他是什么意思？”

马有财慢慢摸出一支烟，道：“老弟，来一支，我比你年长，就叫你老弟了。”

杨森林原本戒了烟的，只是书记主动递烟，也就接了过来。两人凑在一起吞云吐雾，表情放松，与平时在县里严肃认真的模样截然不同。

马有财道：“这几年，我与好几位同志搭过班子，悟出一个道理，和则双赢，斗则双败。与老弟这两年，依我的看法是小处有争议，大处讲团结。”

杨森林在心里哼了一声，道：“除了季海洋，所有的常委都跟着你跑，现在又来说大话。”他想看看马有财葫芦里卖的是什么药，不动声色地笑道：“马书记是好班长，益杨有你掌舵，自然会越走越好。”

马有财见杨森林戒心很重，就说起掏心窝的话：“我今年四十六，这一届干满也就是满五十的人，如果顺利还能往上走一走，不顺利就要进人大、政协了。老弟今年刚满四十吧，还有十年好时光。”

提起此事，杨森林便气不打一处来，心道：“如果不是你老马横插一腿，我已经是县委书记了。”县长和县委书记虽然是平级，可是真的要朝市级领导走，县委书记是必备的门槛。当年错失良机，杨森林至今心气难平。

马有财对于此事自然是心知肚明，不过他现在早已将杨森林架空了。架空以后再来讲和，他自然有着胜算。

“我当年和祝焱书记也是有分歧的，有分歧不要紧，关键是大事上讲团结、讲原则，祝焱书记能出任茂云地委副书记，确实有水平啊。”他顿了顿，又道，“党政一把手的矛盾说白了还是利益之争，我老马在经济上说得起硬话，所以我和你从本质上没有利益之争，以前的小争执都是为了工作。”

马有财说得很诚恳，倒把杨森林弄得有些糊涂了，他仔细回想起来，马有财确实在经济上挺过硬，至少表面如此。

此时马有财在全面占优的情况下伸出了橄榄枝，他没有任何理由拒绝，就点头同意这个说法。

话说开说透以后，两人都轻松了起来，回忆起这两年的事情，其实多数事情都是可以通过沟通得到解决。只有争夺县委书记职务是刺刀见红的事情，此事已见分晓，两人小心翼翼地回避着这个话题。

谈兴正浓，马有财手机响了起来，他拿起看了看，便放在一边，不去理会，口里道：“我们哥俩好好聊一聊，电话一律不接。”话虽然轻松，但是他心里却因为这个电话多了些怒气。

打电话的人是易中岭，此时的易中岭，已经失去了国有企业老总身上那层假面，变得赤裸裸，甚至有些疯狂。易中岭在当国企老总时，前后送了马有财一百万，这一百万就是勒在马有财脖子上的绳索，他认为马有财就是他的一条狗，可以由那条绳索控制着。

有了这个想法，他想让堂弟易中成升官，结果易中成由益杨新管会研究室主任升职为新管会副主任。

有了这个想法，他想让企业获得税收返还，也成了。

随后，便想在老城区要一块地，这是原五金公司的地盘，虽然厂垮了，可是厂房却占据了一个极好的位置，里面住着几十户老职工。

再随后……

如此种种，让马有财不胜其烦，他暗中庆幸："当初自己将一百万全部暗中处理了，这是一个多么英明的决定。"

当年，祝焱通过检察院对马有财步步紧逼，结果检察院出了纵火案和杀人案，这两件案子震惊全市，皆成为未侦破的悬案。在此事件中，马有财见识了易中岭的狠辣歹毒，那一百万现金在他眼中就变成了随时可能爆炸的炸药包。思来想去，他将一百万捐给了希望小学。当天晚上，马有财睡了一个好觉，一夜无梦。

易中岭从省城回到益杨以后，马有财不愿意与他撕破脸皮，毕竟接受过国有企业一百万元贿赂，尽管后来交了出去，但是毕竟当时接受了，这在政治上是一个污点。

易中岭的贪得无厌和狠毒，促使马有财下定决心与他撕破脸，彻底划清界限。凭着对易中岭的了解，马有财做好了充分的迎战准备，主动与县长杨森林修复关系，就是其中一步。

侯卫东提前半个小时离开了办公室，推门进入了雅间，见到两位领导站在窗边抽烟，从两人的距离来看，他们似乎很投机。

"马书记，杨县长，你们好。"见到马、杨两人肩并肩地站着，侯卫东总是觉得别扭。

"侯科长，你好。"马有财很热情，主动与侯卫东握了手。

侯卫东当了两茬秘书，很有些秘书思维，见到两位领导身边没有秘书，脱口问道："办公室没有来人吗？"

马有财笑道："现在领导都被宠坏了，没有秘书寸步难行。"

马有财在益杨县挺有派头，颇有些威严，今天却格外的随和。侯卫东当上周昌全的秘书以后，见惯了厅级领导，倒也觉得很适应，不卑不亢地与益杨两位领导聊着天。

"周书记什么时候从美国回来？"

"很快。"

马有财道："侯科，周书记回来以后，你给我通个气。沙茂公路打通以后，益杨北部的钨砂矿、铅锌矿等有色金属应该得到总体开发，不能像茂云那样搞得乌烟瘴气，总体方案须向周书记详细汇报。”

侯卫东道：“马书记放心，益杨的事情我会记在心上。”

12点30分，黄子堤、曾勇、杨腾来到了沙州宾馆。到来之前，杨腾给马有财打了电话，马有财、杨森林、侯卫东三人就到宾馆前厅等着。

易中岭在省委门口等了一会儿，堂弟易中达很稳重地走了出来，见到车上的易中岭，脸上浮起笑容，道：“中岭哥怎么在门口？”

易中岭并没有下车，他摇下车窗，招了招手，道：“中达，这里可是省委重地，龙潭虎穴，我哪里敢进来。上车，我们吃饭去。”

易中达知道这位堂兄素来鬼主意多，上了车，道：“中岭哥开什么玩笑？省委你又不是没有进来过，以前如履平地，今天怎么又怕了？”

易中岭笑而不答，他径直将车开到了一家小店，道：“在岭西这只是一家小店，门店虽小，却是正宗益杨家乡菜，这里的味道才对胃口，在五星级宾馆我是吃不饱的。”

酒店老板与易中岭很熟，很热情地引导着易中岭进了里面的小雅间，道：“易老板，只有两个人吗？我就给你安排几个菜。”易中岭抛了一支烟给他，道：“菜不要多了，要正宗益杨菜。”

两兄弟聊了一会儿家长里短，易中岭慢慢地将话题引到了官场中来，他道：“中达，市里的头头脑脑都要给你面子，能否引见一个人？”

易中达来自省委组织部，市委领导身上的光环在他眼里早就褪去了，道：“沙州市领导我都熟悉，你想见谁啊，搞得这么郑重？”

易中岭道：“副书记黄子堤。”

黄子堤是分管组织的副书记，在“三讲”活动中，易中达与他经常接触，很熟悉，道：“这事简单，我打个电话就行了，你有什么具体的事情吗？”

易中岭道：“事情倒还没有，只是在沙州做生意，认识几个实权派总有些好处。”

“这是小事，我马上给黄子堤打电话。”

这时，几道益杨菜被端了上来。望着切成大块的肥肉，易中岭道：“趁热吃，这肉莫嫌肥，我们小时候哪里吃得到？过年过节吃一次，那记忆是太深刻了。”

易中岭家里条件比易中达家里稍好一些，有一年，易中达过年没有吃上这种烧肥肉，还是易中岭父亲端了一小盆过来，易中达一家人这才沾了点油腥子。在易中达的印象中，那是最好吃的一顿肉，家中姐弟每人分得两块，肥肉在嘴里冒油的滋味是无比的美妙，以至于这些年吃过的山珍海味，都比不上当年的一嘴肥肉。

易中岭吃着肉，心里却在想着马有财越来越公事公办的态度，心里道："马有财现在吃错了药，只要我朝纪委一递材料，他就完蛋了，还牛什么牛？"

在"三讲"以后，马有财给了易中岭好几次冷眼。易中岭看中了老城区的一块地，想压些价钱下来，马有财则皮笑肉不笑地道："还是按照县里规矩，得参加竞标，我做些工作，不过不敢保证一定中标。这事由杨县长说了算，我不好直接插手县长的事情。"

这种话，马有财说了好几遍了，易中岭已经失去了耐心，所以，他一方面准备给马有财一些提醒，另一方面也要寻找另外的靠山。他听一位朋友酒后之言："沙州市委黄子堤敢收钱，能办事。"于是就找上了堂弟易中达。

易中达与黄子堤通了电话以后，道："黄子堤满口答应，有什么事，你尽管找他。"

第五章
领导不说的，自然就别问

死掉领导就是升迁的机会

侯卫东刚回到办公室，在走廊上遇到了杨柳。杨柳见四周无人，小声地道："政协刘主席突发脑溢血，正在医院抢救。"

"怎么回事？到我办公室来说。"侯卫东作为周昌全的专职秘书，对这种大事很敏感。

"我和高书记刚从医院回来，听说刘主席因为政协办公楼的事情，与财政局孔局长怄了气。11点，他将几个副主席叫过来开会，骂了孔局长是白眼狼，骂着骂着，突然倒在了地上。"

侯卫东赶紧给周昌全拨了电话。周昌全的电话有两个，其中一个就放在侯卫东身边，这是对外公开的电话，另外一个电话则只有少数人知道。他用最简洁的语言将此事向周昌全作了汇报，周昌全听完以后，很平静地道："我知道了。"

侯卫东暗道："看来周书记已经得到了消息，黄子堤和我在一起，他并不知情，应该是洪昂报的信，他反应倒也灵敏。"

他起身给杨柳倒水，杨柳很自然地道："我自己来吧。"

她打开茶叶罐，笑道："我就猜到侯主任喝的是铁观音，还是在新管会的老习惯。"

杨柳捧着一杯热茶，暖着手，道："今天秘书长跟郭永国谈话以后，他好像哭过，这人其实挺有才华的，坏就坏在那一张嘴上，好好一句话，从他嘴里出来就变得阴阳怪气。”

郭永国以前在市委办综合科，这是市委机关中的要害科室之一，从综合科里走出来的领导干部比比皆是，他在综合科工作数年，如今被踢到了史志办，前途可谓渺茫。

“性格决定命运，细节决定成败，这两句话说得有道理。”侯卫东与郭永国只是点头之交，两人没有仇怨也没有深交，他只是有些感慨。

说了些闲话，杨柳就离开了，一会儿，她又转了回来，手里拿着一罐茶叶，道：“这是西湖龙井，宣传部到杭州学习，部里送给高书记的，他们说是正宗的龙井。”

侯卫东没有客气，道：“龙井还是不错的，谢谢了。”

两天后，政协刘主席因抢救无效死亡。他是沙州老资格的领导，省政协很重视，派了一位副主席来表示慰问。沙州市里成立了治丧领导小组。周昌全不在沙州，但是为了表示郑重，还是由周昌全担任治丧领导小组组长，市长刘兵为副组长。

出殡那一天，当财政局送花圈来的时候，刘主席的儿子忍着气，还是接受了花圈，却将财政局的花圈放在最不起眼的角落，用另外的花圈挡住。

政协刘主席死后第三天，周昌全从美国回到沙州。黄子堤、洪昂、步海云、孔正义、老方、侯卫东等人依然到岭西机场接机。

孔正义在省城的金星大酒店订了一桌，为周昌全接风洗尘。

一行人在酒店坐定以后，周昌全责怪道：“老孔，刘主席就是那个脾气，他是老同志了，能满足的就尽量满足，你跟他拧什么劲？”

虽然是三九严寒，可是屋里空调温度颇高，孔正义宽阔的额头上冒着些汗滴，他委屈地道：“政协的钱，我哪里敢扣？今年政协三位副主席都换了新车，刘主席又把我叫到办公室，让我再为办公室换一辆车，还指定要奥迪，这是超标配置。我就说市里经费紧张，能不能暂缓配置，或者买一辆别克，结果刘主席很不高兴了，说些夹枪带棒的话。”

“我最后还是违反原则，同意给政协办配一辆奥迪。要是知道刘主席会有这事，我就一口答应了，反正也不是用我的钱，我还是为政府节约。”孔正义又道，“周书记，我建议调一调体制，以后哪个单位要买车，由市里说了算，财政局只管出钱。”

步海云在一旁道："刘主席是老市长，大家都给面子，政协的车比政府的车还要好。老孔也难，所有部门都想从财政多掏一些钱，而财政钱就只有这么多，这是一对永恒的矛盾体。体制的事，我认为老孔的建议有道理。"

周昌全感慨道："老刘这样去了，想起来让人欷歔。政协为沙州发展还是出了不少好主意的，得考虑让一个精明强干的人去主持工作。"说到这里，他有意无意看了步海云一眼。

步海云点头道："刘主席是老市长，这新一届政协主席至少得让常务副市长担任，这样才符合沙州政协的传统。"

众人都是一副心领神会的表情。

侯卫东稍一琢磨，很快明白过来："步海云是盯上了常务副市长的位置，现任常务副市长郑儒林如果到了政协，他就极有可能成为常务副市长。"

世界上大多数事情，只要转换角度，都能由坏事变成好事，这符合辩证法，更是一种能力。

回到了沙州，稍事休息，周昌全便去看望刘主席的家属。

出发前，侯卫东提前给刘主席家里打了电话。刘主席爱人听说周昌全刚下飞机就要到家里来，挺激动，放下电话，抹了抹眼泪，对正好在家里的几位政协办同志絮絮地道："周书记是好人，他记情，不像有些人，用得着的时候宁愿当孙子，用不着就把我们家老刘当块抹布。"

政协办为了老刘家的事情操了不少心，累得够戗，听到这些话都不是滋味，听到周昌全要来，才把心中的怨气压了下去。

见了面，刘主席爱人握着周昌全的手又开始抹眼泪，道："周书记，你如果在沙州，我家老刘也不会这样，他是被小人气死的，周书记，你要主持公道。"

政协老刘的照片是十年前的照片，那时他还是沙州地区的专员，照片上的老刘，精神抖擞，目光锋利。

周昌全很熟悉老刘这个神态，他握着刘主席夫人的手道："嫂子，节哀，有什么事情组织上会考虑的。"

侯卫东陪着站在一旁，他心里一直在想着葬礼背后的事情："刘主席死了，如果按照周书记的想法，将郑儒林弄到政协去，步海云成为常务副市长，还可以再提一位副市长，牵一发而动全身，至少有一大串的干部要因为刘主席之死而发生职务变动。”

从刘主席家里出来，周昌全一直挺严肃，也不知他在想些什么，侯卫东秉承着“少说多看”的原则，也不问，只是看着沿街的风景快速而过。回到办公室，周昌全站在窗边，少有地吸着烟。侯卫东为他泡了茶，放在办公桌上，然后回到自己的岗位上。

“喂，朱书记，我是周昌全，您有时间吗？我汇报沙州近期工作，只要半个小时。”周昌全给省委副书记朱建国打了电话。

侯卫东低着头看文件，将周昌全的电话一丝不漏地记在心里，这倒不是偷听，而是为了更好地工作。

周昌全打完电话，秘书长洪昂走了进来，道：“刘主席的爱人想把她女儿调到税务局工作。”

“她女儿现在在哪里工作？”

“在交通局。”

周昌全略有不耐烦，道：“才解决了儿子的问题，怎么又说起女儿的事？交通局待遇不错，这些人不知足。”说了这话，他转念又想到已经变成骨灰的老刘，老刘曾经在沙州也是威风八面，跺一跺脚，沙州地面就要乱颤，如今静悄悄地躺在公墓里，等待后人在清明时节来上坟。随着时间流逝，上坟的人会越来越少，最后这公墓便会成为一道风景，没有人会记得里面的人曾经显赫的身份。

周昌全心里转了无数个念头，暗自产生了一丝兔死狐悲的情绪，静默了一会儿，道：“算了，老刘对沙州有功劳，未亡人的要求，还是办了吧。”洪昂应了一声，出去了。

侯卫东将这一番对话听得清楚，他这个年龄自然不能体会周昌全的心境，心里想着：“领导子女就是领导子女，比寻常老百姓有更多选择，如果寻常老百姓能到交通局来，就是祖上烧了高香，而领导子女却能轻易地从一个好部门跳到另一个好部门。”又想道，“幸好现在是市场经济，人们的选择多元化了，不能当官还可以经商，否则多数小老百姓永远没有奋斗的激情，只能按照预定的轨道生活着。”

正在胡乱想着的时候，手机又响了起来，是供销社乔主任的电话。

侯卫东礼貌地道：“乔主任，明天时间不行，周书记另有安排，改个时间。”

供销社乔主任道：“春节就要到了，关于春节货源组织和烟花爆竹两个方面的问题，想向周书记提前作一个汇报，请侯秘书帮忙安排个合适时间。”

侯卫东在小本子上记了一笔，道：“我记下了，等一会儿给周书记报告。”

乔主任忙道：“谢谢侯秘，拜托你了，行不行都请回个话。”

侯卫东手里有周昌全书记的另一个手机。当周昌全从美国回来，身影出现在沙州的电视里，他拿着的手机就响个不停。

全市有四个县和三个区，还有几十个局行，另外还有岭西的单位，如果每天接见一位一把手，轮一遍都得小半年时间。周昌全的时间与精力有限，他的专职秘书就显得很重要。侯卫东手里的小本子上记录着一些局行长的电话，他将根据周昌全的日程安排选择性地汇报，这是他的责任，更是他的权力。

他在笔记本上记下了供销社乔主任的电话内容，不过并不准备立刻向周昌全汇报，因为周昌全有更重要的事情要做。

第二天，周昌全到了省委，向省委副书记朱建国汇报了工作。他没有在省里停留，直接就回到了沙州市，然后直接到了小招待所1号楼。

秘书长洪昂一直在小招等待，在1号楼与周昌全谈完事情，来到小招前台。

领导谈话时，小招待所所长朱大江不敢靠得太近，等到洪昂从1号楼出来，他连忙迎了过去，道：“秘书长，我给您开3号楼。”

在小招里面，1号楼是周昌全平时所用，2号楼是市长刘兵所用，而3到6号楼都没有固定领导使用，秘书长洪昂是朱大江的顶头上司，所以他格外的殷勤。

洪昂很不客气地道：“朱所长，你别整天想着给我开房间，我就在这里与侯秘书聊天。一点半我来检查会场，鲜花别摆得太多，三盆就够了，别摆水果，摆了水果就像茶话会。”

他又道：“把空调打开，开到二十三度左右，别太热了。”

等到朱大江走后，洪昂就走到了侯卫东在底楼常睡的房间，坐在窗边，看着窗外含苞欲放的梅花，道：“小招最得意之笔就是屋外的梅花，没有这几株梅花映衬着，小招就是很寻常的院落。”

侯卫东道：“确实很香。”

洪昂站在窗边看了一会儿梅花，道：“‘宝剑锋从磨砺出，梅花香自苦寒来’。古人今人都喜欢梅花，很有道理。”

侯卫东听洪昂的声音有些感慨，却不便多问，只是站在他身旁，一起临窗看梅花。

下午3点，省政协主席马云栋准时来到沙州。

周昌全、黄子堤、洪昂以及政协的几位副主席在高速路口迎接，然后在小招待所会议室进行了工作汇报。

首先由沙州市政协常务副主席汇报了政协工作，然后由市委书记周昌全发言，最后由马云栋讲话。

从程序上来看，这只是一个例行会，对于在座的同志来说，这些事情就如工厂里的流水线一般顺畅。但他们心里明白，马云栋真正要谈的事情并不在会场上。果然，座谈会结束以后，在餐宴开始之前，马云栋与周昌全一起到了1号楼，两人在里面坐了约半个小时，等到市长刘兵从临津县赶回来以后，晚宴正式开始。

晚宴之上，气氛热烈，宾主言谈甚欢。

马云栋到沙州视察以后，沙州市就开始流传小道信息：“市委常委、常务副市长郑儒林要升为政协主席，副市长步海云将成为市委常委、常务副市长。”这消息无疑是准确的，虽然市委、市政府都设有保密机构，但是这些应该保密的事情总是如X射线一样穿破了层层迷雾，将真相提前公布于众。

小佳回家问到此事，侯卫东态度很好，道：“天天谈公事太烦，这事，或许吧。”

小佳早就习惯了他的作风，嗔怪道：“就你嘴巴稳，这事早就在市委各大机关传遍了。”

“我不说就没有违反纪律，至少求得心安，而且，市委决策层的事情你知道得越少越好。”

小佳撇了撇嘴，道：“我有一件事情还是得开后门，我们张局长要在春节前给周昌全拜年，你要穿针引线，至少要提供准确情报。”

“这事，春节以后再说。”

看着小佳准备伸过来的九阴白骨爪，侯卫东忙道：“看在小佳乖乖的面子上，我尽量找机会。”

小佳提醒道：“春节，你要给哪几家拜年，先把名单拟好，若是漏掉一家，就要得罪人。”

侯卫东想了想，除了跟着周昌全拜年以外，自己还需要给祝焱、蒋玉楼等领导拜年。由于需要拜年的户数多，时间又紧，他实在安排不过来，不禁愁容满面，骂了一句："我操，狗日的春节。"

现实生活确实很现实。春节，没有实力的官员就只能打扫自己门前雪，与家人一起过春节，享受天伦之乐，而有实力的官员便抓住这一有利时机开始四处活动。**活动了，有可能一无所获；不活动，天上绝不会掉馅饼**。春节变成了比加班还累的日子。

怕过春节，可是仍然躲不过春节，时间如风，将日历翻得哗哗直响。在沙州市新春团拜会之前，侯卫东忙得团团转，刚刚完成了团拜会筹备会，坐在办公室休息，便接到了季海洋的电话。

"卫东，我是海洋。"季海洋平常也很客气，但是他以前与侯卫东打交道的时候，一般不自称"海洋"，而是自称"季海洋"，去掉一个"季"字，显得既平等又亲切。

侯卫东在语言上、态度上一直对老领导季海洋保持着相当的尊重，道："季书记，有何指示？"

季海洋打了个哈哈，道："卫东，我哪里敢指示你。"

"季书记，你在我心里可是永远的领导。"

"益杨县的新春茶话会，请你抽空回来参加。"

"季书记，茶话会请的客人都是在外工作有成就的益杨人，或是在益杨工作过的有成就的同志，我回来是滥竽充数，算了吧。"

季海洋直言不讳地道："你的位置不一样，马书记特意交代，一定要请你回来。"

侯卫东问道："市里领导有谁要参加？"

"高志远主任、省委组织部易中达等领导都要回来，还邀请了张木山、李晶等企业老总。"

听到这些名字，侯卫东就决定不参加益杨团拜会，如今他的位置关键，但是职务并不高，以科长职务参加益杨的团拜会，实在不伦不类，传出去会让人觉得不懂事。他不便直接拒绝季海洋，道："季书记，如果到时周书记没有具体安排，我就过来。"他这话说得很活，既不得罪季海洋，自己又可以灵活掌握。

晚上回到家，进屋以后侯卫东便觉得有些异常，屋里窗帘拉上了，桌上点着一根大红烛，厨房里传来炖肉的香味。小佳手里拿着一个苹果，啃了一半，满脸幸福地从书房走出来，看着侯卫东不说话。

侯卫东挠了挠头，疑惑地问道："今天是什么纪念日？"

小佳是很小资的女人，平时就喜欢讲点情调，脑袋里总是记着各种各样的日子，有第一次见面的日子、第一次做爱的日子、结婚日、生日、毕业日、入校日。

在这些纪念日里，小佳总会将家里搞得浪漫一些，如果侯卫东忘记了这些纪念日，她会生气的。小佳细细地嚼了一口苹果，道："从今以后，这一天也算是纪念日。"

侯卫东还是有些摸不着头脑，道："你就说个痛快话，到底是什么纪念日？免得我费脑细胞来猜。"

"我今天到医院去了一趟。"小佳说了半截话。

"怎么，生病了？"

小佳把苹果放下，上前抱了抱侯卫东，道："你这傻瓜，我怀孕了，这是新年最好的礼物。"

侯卫东高兴得要抱小佳，小佳推了推他，道："别碰着孩子。"

侯卫东如听圣旨，不敢拥抱，他蹲下来，把耳朵贴在小佳的腹部，道："喂，小家伙，能听见爸爸的话吗？以后，我每天给你讲故事，读唐诗，让你在文化的熏陶中长大。"

小佳满脸认真，道："我听说小孩子在肚子里能听见父母的声音，你要坚持每天给宝贝讲故事。"

侯卫东想起了在饭桌上听到的故事，便笑道："我给你讲个笑话。一对还在娘胎里的双胞胎有一天聊起天来，老大说，咱爸真好，没事儿就给咱送酸奶喝。老二点头说道，隔壁刘叔最操蛋了，上次来，送了点酸奶还用塑料袋给装走了。"

小佳笑道："你们这些男人，成天想着些什么。给周书记当了秘书，学了这么多黄段子。"这个故事也提醒了她，道，"听说怀孕头几个月，可以做爱，只是要注意一下姿势，做爱对孕妇挺有好处。"

小佳怀孕，让侯卫东既高兴又略带紧张，想着春节极重的拜年任务，他又愁上心头。

眼看着春节就要来临了，益杨县的春节团拜会安排在春节前几天。2月1日，季海洋一大早打来电话，请侯卫东参加益杨县春节团拜会。侯卫东接了电话，并没有核对周昌全的工作安排，他用遗憾的口气道：

“季书记，今天周书记有安排，我实在走不了，非常抱歉。”

季海洋表示了理解，感叹道：“条条蛇都咬人啊，当秘书很辛苦，不自由，没有自己的生活，长期下去总不是个事。不过苦也就这两年，熬过去就是一番新天地。”

放下电话，侯卫东看了一会儿资料，9点27分，他来到了周昌全办公室。

9点30分，侯卫东拿着周昌全的笔记本和水杯来到了小会议室。副书记黄子堤、组织部长赵东、秘书长洪昂都已经等候在此。

今天要提前研究一批干部。在沙州，按照周昌全的要求，凡是干部任命先由组织部提方案，在召开书记会前，黄子堤、洪昂和赵东要一起研究一次，等方案成熟以后才上书记办公会。此时，市委副书记、市长刘兵面对的就是一个相对成熟的用人方案。

侯卫东跟随着周昌全也有半年时间，对此事心领神会：“市委书记掌握了用人大权，也就控制了大局，所有的事情最终要由人去落实，控制了人自然就控制了事。”

市委书记周昌全将人事大权抓得很牢，所以他在沙州干部队伍中享有极高威信，说出来的话就是军令，大家都认真地执行着，“周书记说的”这句话成了在沙州办事的最好通行证。

下午，黄子堤秘书杨腾打了电话过来：“侯科长，晚上有安排没有？听说你要当爸爸了，曾秘书长安排给你庆祝。”

侯卫东只给司机马波说过此事，他没有想到这么快曾勇就知道了。

曾勇是市委副秘书长，管着人事科等几个部门，侯卫东还得给面子，道：“感谢曾秘书长和杨科长，如果周书记没有重要安排，我请大家吃饭。”

杨腾道：“你别客气，有准确消息就给我打电话。”

挂了电话，侯卫东心想：“今天黄书记另有安排吗？怎么杨腾这么有空？”

下班时，周昌全问道：“小侯，今天晚上有什么安排？”

侯卫东笑着道：“茂云地区来了一位副专员，由市政府在接待，没有其他客人了。”

周昌全露出轻松的笑容，道：“真是难得啊，今天终于可以回家吃顿饭了。”

他给家里打了电话："今晚我要回家吃饭，什么也别做，就给我熬点粥，炒点老咸菜。"他兴致挺高地对侯卫东道，"现代人天天大鱼大肉，这是很不健康的生活方式，我们是拿着身体去干革命。真想早些解甲归田，过上平静的田园生活。"

侯卫东拍了一句马屁："周书记，你不能这样想，沙州正处于大发展阶段，没有你掌舵，就要偏离航向。"

周昌全哈哈笑道："我很清醒，地球离了谁都一样转动。"

将周昌全送回家，侯卫东就给杨腾打了一个电话，道："晚上我有时间。"

杨腾在电话里道："实在不好意思，曾秘书长临时有事，临走时他交代，让我陪你吃顿饭。我的意思是难得我们两人都有闲，干脆把综合科、信息科的同志全部叫上，我们提前团年。"

"好，没有问题，就看杜威、杨柳有空没有？"侯卫东又道，"今天晚上这顿饭，就由我来办招待，别跟我争。"

很快杨腾就将杜威和杨柳约好，杨腾主动道："我知道一个吃鱼的地方，是正宗长江鱼，那地方环境也不错，我们综合科聚餐，档次不能低了。"

7点，他们开了市委办的两辆车，前往长江鱼府。进了院子，侯卫东又看到了一辆挂着省政府通行证的奥迪车。

杨腾不知道这个车牌号，他兴冲冲地走了进去，站在大厅对迎宾小姐道："我们订了房间，市委的。"

侯卫东听到杨腾趾高气扬的声音，暗自笑道："这个杨腾平时看来还挺稳重，怎么在服务员面前这么牛，明明是市委办，却要说成是市委，虽然只差一个字，却是失之毫厘，差之千里。"

服务员听到"市委"两个字，立刻恭敬地道："请先生们里面请。"

到了二楼"长江"包间，杨腾走到最前面，他推开长江包房的门，猛然间发现，面对着大门的居然是市委副书记黄子堤。杨腾吃了一惊，急忙往后退，侯卫东在背后推了他一下，低声道："别退。"杨腾这才被提醒，忙道："黄书记，秘书长。"

曾勇挺着双下巴坐在侧面的位置，他看见杨腾、侯卫东、杜威站在门外，心里明白几分，道："杨腾，你们也在这里吃饭？"

侯卫东心思灵活，立刻接上话，道："我们科里提前吃团年饭，听说这个地方好吃，所以就过来了。”说话间，他已经看清楚了，除了黄子堤外，里面还坐着曾勇、易中达、易中岭以及两个胖子。

黄子堤招手道：“卫东，既然来了，来喝两杯，这两位益杨的客人，你是认识的。”

侯卫东豪爽地道：“我来敬各位领导。”

敬了一圈，喝了六杯，黄子堤笑容可掬地道：“卫东是市委办喝酒的第一高手，在乡镇锻炼过，酒量不得了，你就坐这一桌，易处长和易总也不是外人。”

侯卫东拱了拱手，道：“今天科里小聚，不打扰各位了。”

回到自己的房间，杨腾脸色灰暗，完全没有了刚才的兴奋劲儿。他是黄子堤专职秘书，黄子堤与曾勇招待客人没有带着他，让他很没有面子，同时让他感到了巨大的压力，当专职秘书如果得不到领导的信任，迟早是要被打发走的。

侯卫东走回综合科聚会的餐厅，杨柳让服务员先拿来了几盒烫好的果汁，道：“给几位男士一人一盒，喝酒前先喝点果汁养胃。”

侯卫东一口气喝了六杯白酒，肚子里火辣辣的，他接过果汁，一口气喝了大半瓶，开玩笑道：“原来只知道男女搭配工作不累，现在才发现男女搭配喝酒不醉。”

综合科的同志多是笔杆子，杜威更是汉语言文学专业的毕业生，思维很是敏捷，接口道：“男女搭配，酒不醉人人自醉。”

杨柳也不示弱，道：“男女搭配，男的轻松女的累。”

杜威笑问：“为什么？综合科是男女平等，大家做的工作差不多。”

杨柳说话很利索，反击道：“每次喝了酒，你们第二天都是神色委靡不振，打扫办公室的责任就落在了女同志的肩上，当然是女同志要累一些。”

杜威争辩道：“我们办公室是有专人打扫的，你什么时候又累着了？”杨柳与杜威斗起了嘴仗，侯卫东在一旁与几位驾驶员闲聊，杨腾心里装着事，便闷头吃菜，也不和大家在一起玩耍。

司机马波一边吃菜一边看着电视，他夸张地道：“那个伴舞的没有穿衣服，身材太火爆了。”马波在周昌全身边是有名的哑巴，此时领导不在，他便放得开了。

侯卫东转眼看了看电视节目，这是典型的舞伴歌节目，一位穿着民族盛装的男歌手正在深情地倾诉自己的爱情，搞笑的是后面伴舞的三个女子却穿着紧身芭蕾衣，用芭蕾来为民族歌手伴舞。

杨柳看了一眼电视画面，低头吃菜。侯卫东的目光却被黏在了电视屏幕上，他认出了其中一位伴舞者，虽然只见过一面，朱莹莹却给他留下了极深的印象，他一眼就认了出来。

如果将民族歌手忽略掉，朱莹莹还是跳得极有感染力，优美、性感而且忧郁，只是两种文化被生硬连接在一起，活生生让两种艺术都不伦不类。

看着朱莹莹，他不由自主地想起了那晚的亲密接触，如果当时不是步高出面，让他产生天然抗拒，说不定他就会抵抗不了朱莹莹腰腹间那惊人的弹性。

“岭西市场化程度太低，做生意赚大钱的终南捷径还是同政府做生意……步高事业如日中天，除了他的勤奋与天分，背后也隐隐有步海云的影子……易中岭是沙州土著，深悟岭西生意经，看来他盯上了市委副书记黄子堤。”

侯卫东的思路如饿昏的大鸟，在天空中胡乱地飞着，从朱莹莹腰肢上转到了步高的企业，从步高跳向了易中岭。他对易中岭素来深为警戒，今天偶尔看到的场面让他颇为不安。

2月6日，省委常委会做出了决定：由沙州市委常委、常务副市长郑儒林出任沙州市政协主席；副市长步海云被任命为沙州市委常委、常务副市长；杜正东出任市委常委、政法委书记。

郑儒林对此任命很是淡然，他年龄偏大，当了两届副市长，能到政协当一把手，也算不错的安排，在这个问题上，他对周昌全没有意见。

步海云对此亦很满意，他当了多年建委主任，出任副市长时年龄已经稍大，如今能当上常务副市长，退休前混个正厅应该没有问题。

排名于步海云之后的副市长们也没有意见，郑儒林一走，步海云当了常务，下一步这种好事就有可能轮到他们。

杜正东来到沙州不久，就出任了沙州市公安局长。公安局原局长老方这一次被调整到了市检察院，任检察长。政法系统几个单位的主要领导经常互调，属正常事，老方能接受此次任命。

这一系列变化对于沙州市的局长们也是好消息，郑儒林走了，空出一个副市长名额，他们都有晋升的可能性。

只有沙州市长刘兵对这个安排极不满意。郑儒林此人很有性格，在市委书记与市长面前向来敢于直言，顶过周昌全，也好几次让刘兵下不了台，但是他办事公道，不搞小圈子，平心而论，是一位很好的常务副市长。而步海云是周昌全核心圈子里的人物，他作为副市长，经常将市长的话当耳旁风，却将周昌全的话当成了圣旨，如今，这个家伙成为常务副市长，让市长刘兵如刺在喉，极不舒服。

刘兵其实早就知道了周昌全的意图，也提前做了些工作，在这一轮掰手腕比赛中，刘兵吃了哑巴亏。

在2月7日的常委会上，组织部赵东部长提出1999年第一次干部调整方案，市长刘兵表情漠然，会议结束，掉头就走。

周昌全戴着眼镜看材料，市长刘兵离开时，他坐在位置上继续看材料，其他几个常委见刘兵离开了，神情放松下来，开始相互交谈。

侯卫东能够清楚地回忆起初见市长刘兵的情景，那时他刚到沙州市，风度翩翩，意气风发，而此时在常委会上的市长刘兵，虽然还绷着面子，威信却是直线下降。

周昌全看罢材料，刷刷地签了字，然后将笔往桌上一搁，对几位常委道："一年之计在于春，沙州发展正在由冬天进入春天，我们加把油，争取冲到岭西第二，这是沙州四百万人民对我们的殷切希望。如果错过了改革发展的良机，沙州发展就要滞后十年甚至二十年，一步慢则步步慢，我们在座的这一群人，就是沙州人民的罪人。"

他大声道："明年的今天，我们还在这里开会，到时我们一起喝庆功酒。"

周昌全这一番即兴演讲铿锵有力，极有煽动力，一下就将气氛调动了起来，黄子堤、济道林、洪昂、步海云、赵东等人跟在周昌全身后，谈笑风生地走出了会议室。

侯卫东拿着周昌全签字的材料，最后一个走出了会场，他脑子里突然闪出了一个念头："马有财也在转舵，在祝焱时代，他紧跟市长刘兵，如今他找上了周昌全心腹黄子堤。"

"看来当干部必须得学辩证法，否则瞧不清前进的道路。不仅要埋头拉车，更要抬头看路，这句话经历了无数先辈的血泪教训，深刻啊。"侯卫东捧着带有周昌全签字的材料，一边走一边总结。

市委书记放下架子招商

2月8日，距离春节很近了，多数部门的工作已经结束了，忙着请客喝酒，联络感情，为来年的工作打下基础。按照侯卫东的经验，这一段时间，他肯定要跟随着周昌全拜年。

春节拜年是自古就有的传统，也是人之常情，合情合理甚至合法，也是官员们向上级领导示好的重要手段之一。

上午11点，周昌全吩咐侯卫东，道："你安排马波检查下车辆，我们到茂东市，下午1点准时出发，你通知秘书长，让他先联系茂东烟厂的郑总。"

侯卫东暗自奇怪，心道："难道周昌全还要给烟厂老总拜年？"

茂东处于岭西最东端，大山连绵，幸好茂东市有大烟厂，硬生生地撑起了茂东财政的半壁江山。在茂东有个说法，茂东烟厂的厂长比茂东市长还要牛，烟厂感冒，茂东财政就要打喷嚏。

沙州北端纵横着连绵山系，气候和土壤条件都与茂东相似，具有种植烟草的条件，周昌全早就有意在沙州建烟厂。上半年，他到过烟厂，但是没有见到茂东烟厂董事长梁小鹏。

"茂东烟厂，又要去？"洪昂带着些苦笑。

侯卫东见洪昂苦笑，问道："秘书长，以前去过茂东烟厂？"

洪昂道："茂东烟厂支撑起了茂东财政，有钱就是大爷。上半年昌全书记去见他，结果愣是没有见成，不知今天是否顺利。"

与烟厂副总经理老郑联系以后，老郑道："秘书长，董事长回来一个星期了。上午周书记给我打了电话，我汇报给了董事长，他同意与周书记会面。"

洪昂道："周书记决定今天就到茂东，争取与梁董事长见一面。"

老郑是沙州人，去年参加过团拜会，他与沙州领导关系挺深，与洪昂通了电话，他找到了董事长梁小鹏，汇报了此事。

很快，他给洪昂回了电话，不好意思地道："董事长事情挺多，会面时间只有半个小时，五点半，他要出发到岭西机场，飞北京。"

洪昂放下电话，说了一句粗话："我操，梁小鹏比省委书记还要牛，昌全书记在十月份给省委书记汇报工作，省委书记给了一个小时，梁小鹏尾巴翘上天了。”

在侯卫东心中，周昌全在岭西省里是有身份的人物，各方面的人都要给三分薄面，没有想到烟厂老总梁小鹏不仅要定时间，而且只给了半个小时。

周昌全倒不以为意：“只要梁小鹏愿意到沙州建分厂，半个小时就半个小时。”

在中午时间，侯卫东特意开车回新月楼，从书柜里找出了厚厚的电话本，从里面翻出了一个陈旧的号码，这是他大学同寝室室友陈树的家庭电话。陈树是茂东人，毕业以后，侯卫东只打过两次电话，这几年一直没有与陈树联系。

从陈树母亲家里要到了陈树的手机号码，接通以后，电话里传来一个沉稳的声音：“你好，我是陈树。”

“我是侯卫东。”

陈树的声音立刻就提高了，道：“东瓜，你居然想起给我打电话，还在新管会作威作福？”听说他是市委书记专职秘书，陈树感慨地道，“我们寝室最有本事的还是你，最有钱的肯定是蒋光头，对此我是深信不疑。”

“我只是小秘书，哪里比得上你威风八面的检察官。”

“切，市委书记一句话，检察长就得屁滚尿流，这种事情我见过好几次了。”

两人说了些家常话，陈树得知侯卫东一行是来拜访梁小鹏的，道：“梁小鹏不好打交道，我老婆就在总裁办，如果需要，可以帮你们打探些消息。”

这倒是意外收获，侯卫东急忙要了总裁办小周的电话。

下午1点，一行人准时出发。

到了茂东境内，天空飘起了罕见的冬日阵雨。马波为了保证安全，有意放慢了车速。周昌全看了表，道：“我们要言而有信，必须准时到达，速度不能慢，在有把握的情况下快一点。”

一路上，周昌全的奥迪车都在一百五十码的速度，迎着小雨，超车无数，准时到达茂东烟厂。

郑总将周昌全一行接到了会客室，他抱歉道：“遇上件急事，董事长临时召集开会，恐怕要等一会儿。”

周昌全笑道：“没有关系，我就在这里等。”

会议室里挂着几张照片，是中央各部委领导视察烟厂的照片，每张照片中都有一位白净的中年人，他中等个子，戴着副金丝眼镜，气宇轩昂。洪昂道：“这是梁小鹏，看他眼神就有股傲气。”

周昌全道：“茂东烟厂以前是小烟厂，他能把小烟厂变成岭西纳税大户，这就是本事，他有傲气的资本。”

这一等就是一个多小时，天色渐渐沉了下来，透过玻璃窗，正好可以看到烟厂的广场。当广场灯光打开以后，巨大的中央雕像上安装有旋转灯光，让飞马璀璨如明珠，格外生动。

洪昂道：“7点了，怎么还在开会？也不派人来招呼一下客人，搞什么搞？”他是秘书长，看着市委书记受到了冷遇，必然要表示气愤，不能无动于衷。

周昌全很沉得住气，娓娓而言：“既来之，则安之，就在这里欣赏烟厂夜景。烟厂的广场布置得就不错，我们新修的广场也可以借鉴这个广场的创意，得有一个主题思想，不能仅是一个大坝子，要体现市委、市政府领导全市人民勤劳致富的主题。”

又过了一个小时，仍然没有消息，周昌全虽然还是气定神闲，不过脸上笑容已经消失，默默地抽烟。洪昂给老郑打电话，却已经关机了，他怒道：“梁小鹏屁股翘上天，迟早要出事。”

周昌全敲了敲桌子，道：“秘书长，少安毋躁。”

洪昂又道：“我给茂东市委联系一下，太不像话了，这可不是待客之道。”

周昌全摆摆手，道：“这事先别让茂东市委知道。”

又过了一会儿，侯卫东请示周昌全，道：“我大学同学在茂东检察院，他爱人在烟厂总裁办，我想跟她联系一下，问问情况。”等到周昌全点头，他就接通了陈树的电话。

陈树挺热情，道：“东瓜，你住在哪里？我过来接你，我们哥俩好久没有见面了，得好好聊聊。”

侯卫东道：“我们还没有见到梁小鹏，在会客室里等着。”

陈树呵呵笑了两声：“梁小鹏这人，莫说是沙州市领导，就是茂东市的领导也吃过闭门羹。我老婆也没有回家，估计烟厂肯定有什么事，你们没有吃饭吧，我跟老婆联系一下，先给你们弄点吃的。”

过了几分钟，走出来一个年轻女子，她穿着黑色小西服，很礼貌地道：“我是总裁办小周，各位领导，董事长正在召开紧急会议，会场上关闭了手机，董事长原本要到北京，也去不成了。这会恐怕还得开一会儿，你们先到厂里招待所去吃点便饭。”

周昌全摆了摆手，道：“算了，董事长能饿着肚子开会，我们也行。”他担心吃饭的时候恰好会议结束，又见不着梁小鹏。

那女子看了一眼侯卫东，给三位续了水，就离开了会议室。过了一会儿，她拿着些面包走进了会议室，道：“各位领导，先吃点面包垫垫肚子。”她在给侯卫东递面包时，道：“你是侯卫东？我是陈树的爱人小周，你的名字我耳朵都听起老茧了，今天还是第一次见面。”

侯卫东笑道：“你们结婚时，我恰好有事没能来，陈树寄了婚纱照，不过，婚纱照与你本人不太像。”

小周也笑：“婚纱照化了浓妆，现在看起来吓死人。”

说了几句家常，侯卫东回到正题上，问：“小周，董事会还有多长时间？”

“这个说不清楚，我在外面守着，散会以后我就向董事长报告。”

董事会持续到了晚上10点，小周见梁小鹏董事长朝外走，迎了上去，道：“沙州市委周书记还在会议室等着。”

梁小鹏有些吃惊，道：“我把这事忘了，他们一直在会议室吗？吃了饭没有？”

“没有。”

梁小鹏若有所思地停下脚步，他回想了一下沙州市委书记的名字，这才道：“这个周昌全倒有些意思。小周，你去安排几个小菜，送到我办公室来，我请周昌全单独吃顿饭。”

小周提醒道：“随行还有两位。”

“随行人员，我不见。”

烟厂小厨房知道梁小鹏在开董事会，还没有吃晚饭，早就将所有菜品准备好，只要一声令下就立刻动起手来，一时之间，锅碗瓢盆，响成一片，煞是热闹。

梁小鹏办公室很大，有一间会客室，一间办公室，一间休息室，几样精致小菜摆在会客室里。梁小鹏举着酒杯，道：“周书记，你这样的厅级干部，我是第一次遇到。”

周昌全看着梁小鹏的态度，心知事情有了转机，举着酒杯，道：“梁董事长是岭西最杰出的企业家，如果岭西多几个梁总，在全国的地位肯定要提升不少。”

烟厂副总老郑陪着秘书长洪昂与侯卫东到小伙食团吃饭，开了一瓶五粮液，菜品则与梁小鹏基本一样。

洪昂摇着头道：“你们董事长架子挺大啊。”

老郑嘿嘿笑道：“董事长架子是大了些，可是人家有本事，岭西当年小烟厂好几个，现在就是茂东烟厂一枝独秀。董事长甚少请人在办公室吃饭，看来这事有戏。”

他想着周昌全两次到烟厂的事情，道：“到烟厂的市级领导不少，周书记最诚心。若再来一次，就有三顾茅庐的味道了。董事长之所以要请周书记到办公室吃饭，也是冲着这个诚心。”

侯卫东听老郑说得理所当然，暗道：“有钱人真是牛，梁小鹏不过是烟厂老总，请正厅级实职领导在办公室吃顿饭，难道还要周书记感激涕零？”

一直以来，周昌全总是以领导者风采出现在沙州人民面前，其视察基层的形象早就定格在侯卫东脑海中。周昌全为了在沙州开办烟厂，居然能将姿态放得这么低，这让侯卫东大感意外，他不由得感叹了一声：“能屈能伸才是大丈夫！”

到了晚上12点，周昌全神情轻松地与梁小鹏一起出来，友好地握手告别。周昌全在宾馆住下，他兴致颇高，道：“今天晚上我们放松一下，把秘书长约上，打双扣。”

侯卫东在青林镇工作的时候，也时常打双扣，技术还不错，道：“周书记，那今天晚上我和马师傅一边，陪两位领导打双扣，我要向两位领导学几招。”

“听口气，小侯的水平应该不错。”

侯卫东罕见地开玩笑：“一般一般，全国第三。”

周昌全笑道：“小侯，我还以为你不会说玩笑话，在我印象中，这是你第一次在我面前说点俏皮话。这就对了，人不能总是绷着，我们主张团结、紧张、严肃、活泼，实际上就是一张一弛之道，该稳重的时候一定要稳重，能放松时也要放松。”

侯卫东道：“我记住了。”

周昌全看到侯卫东又是一本正经的表情，笑道：“看你这样子，说着说着就严肃起来。”

周昌全平时也挺严肃，今天他与梁小鹏谈得很愉快，引进烟厂之事有了七成希望，这让他着实有些兴奋。聊了几句，他又将思路转到工作之中，道：“烟厂总裁办的小周，是你同学的爱人，有了这层关系，对我们的后续工作极为有利，你要长期与小周保持联系。”

在宾馆里，周昌全、洪昂、侯卫东、马波兴致勃勃地打起了双扣。在周昌全要求下，大家打得很认真，由于水平相差无几，较量起来没完没了，直到夜里两点才结束战斗。

早上，侯卫东还是7点就起了床，他来到周昌全房间门口，侧耳听了一会儿，没有任何动静，这才回到了自己的房间。

司机马波也习惯了早起，他坐在床上看电视，见侯卫东进来，扔了一支烟过去，道：“侯科长，我真是羡慕你，在周书记身边干几年，出去就是一方领导，我们驾驶员除了开车还是开车，没劲儿。”

侯卫东道：“你从部队回来几年了？”

马波盘着腿在床上抽烟，道：“我从部队回来七年，四年前到了小车班，到了小车班就给周书记开车。我技术好，这在小车班也是公认的，不过技术好也没什么用，始终还是驾驶员。”

侯卫东听出马波有转行的愿望，就问道：“你是什么学历？”

“我是城市兵，有高中学历。”

“马师傅，要想转行就得要有文凭，现在拿文凭很方便，你何不趁年轻赶紧拿个文凭，在合适的时候转行。”侯卫东的意思是要趁着周昌全在位时将自己的事情搞定，否则换个市委书记就有了变数，但是他没有说透，只是让马波去悟。

马波叹了口气，道：“我高中就是混的文凭，要是成绩好也不会去当兵。现在拿起书就想睡觉，而且给周书记开车，根本没有固定时间去学习。”

“如果你要读，就去党校报名，并不困难。”

马波颇有些心动，道：“也不知道拿了文凭有没有用？”

“有文凭在手，总会有用处。现在不去拿，到用时才会后悔。”

“侯科长，我听你的，抽个时间到党校去看一看。”

洪昂睡到了8点才起床，他打着哈欠到了侯卫东的房间，看到屋里烟气缭绕，道："你们两人大清早就抽烟，这是坏习惯，伤身体。"

马波半开玩笑半认真地道："我们是为领导服务的，您和周书记不吃早饭，我们怎么能先吃。"

洪昂道："周书记平时工作太紧张了，昨晚难得放松，今天我们谁也别打扰他，让他安心睡一个懒觉。"他感叹道，"外人只看到领导风光的一面，其实领导操心的事情太多，其中酸甜苦辣，你们慢慢体会。"

一行人马不停蹄地回到了沙州，周昌全立刻召集了常委扩大会议。

周昌全出语不凡，道："茂东烟厂与我市的合作事宜，目前已经取得了实质性进展。"说了这句话，他就停了下来，用眼光扫视着众位市级领导。

在沙州建烟厂并不是新鲜话题，数年前的领导人就进行过尝试，都以失败告终。一方面是烟厂要价太高，双方颇有差异，另一方面，当时的茂东地区有地方保护意识，并不愿意沙州建烟厂。

"我与茂东烟厂梁小鹏董事长进行了接触，他对建分厂之事有初步意向，春节前他将带队到沙州来考察。今天会议主题只有一个，就是商议如何搞好接待工作。"

刘兵事前没有听到一点风声，他用眼角余光瞧了瞧面带喜色的市级领导们，默不做声。

市委常委、政法委书记杜正东首先发言，道："据我所知，茂东烟厂梁小鹏是省政协常委，我们可以按照省级领导人的规格加强保卫，由公安局制订周密的安保措施，确保万无一失。"

周昌全强调道："梁小鹏不仅是省政协常委，更重要的他是能给沙州带来巨大利益的财神爷，安保措施要升格，按照正部级来布置警力。安保的事我不多说，由正东全权负责，明天上午把安保方案拿出来，我亲自过目。"

他苦口婆心地道："沙州地处内陆，经过十来年发展，该挖的潜力已经挖了，现在处于上升乏力的瓶颈阶段，如果没有大项目进入沙州，很难有大起色。同志们要记住，逆水行舟，不进则退。"

同志们讨论得很是热烈，会议持续了两个多小时，最后形成了以刘兵为组长的茂东烟厂项目领导小组。

听到市长刘兵任领导小组组长这个建议，侯卫东愣了愣，不过转念一想就释然了："茂东烟厂是周昌全出马拿下的，此时交给政府去办，名正言顺。办成了，功劳记在周昌全的身上，办砸锅了，责任则在刘兵的身上。"

党委决策，政府执行，这是惯例，周昌全这样安排，既符合常规，也在情理之中。

散会之前，周昌全用手在空中用力地点了点，道："这次接待工作，各部门要全力以赴，谁出了问题就摘谁的帽子。另外，工作中要注意外松内紧，只做不说，新闻部门就不要报道此事了。"

春节前，梁小鹏带着六个手下来到了沙州。

沙州环卫工人提前做起了准备，洒水车、扫地车全部出动，市民只以为是迎接春节，他们不知道这次大行动的真实目的是为了迎接梁小鹏一行。

在梁小鹏即将入驻的小招待所，公安局派出了两组警察，一组在明，一组在暗，实行全方位保卫。

市政府四大班子以及黄子堤、洪昂、步海云等领导乘坐金杯客车，来到高速路口迎接，最新的桑塔纳警车闪烁着警灯在前面开道。

吴海县县委书记赵林、县长朱亚军以及侯卫东等人亦在迎接队伍之列，不过他们没有坐在金杯车上，而是在小招待所等。

吴海县境内有一片山地，土壤极为适合种植烟叶，赵林和朱亚军过来主要是向梁小鹏展示烟叶基地。

侯卫东与任林渡站在一边，任林渡小声道："老兄，你是怎么混到昌全书记身边的？按理说你给祝书记当了秘书，很难再成为昌全书记秘书，小弟实在佩服。"

"昌全书记"是黄子堤、洪昂等市级领导对市委书记周昌全的称呼，一般干部皆称呼为"周书记"。侯卫东是周昌全的秘书，他更是遵守约定俗成的规则，称呼一声"周书记"。此时听任林渡口口声声称呼"昌全书记"，觉得很逆耳，就如以前听到小招所长称呼周昌全为"昌全书记"的感觉一样。

侯卫东此时并不想说话，简明扼要地道："机缘巧合。"

任林渡又道："过了春节我就要结婚，女朋友是沙州老师，你等着喝喜酒吧。"

侯卫东听了此语，看了他一眼，道："怎么突然就结婚？"

任林渡心中一暗，脸上表情却仍然是笑眯眯的，他道："郭兰对我来说就是天上仙女，到了吴海我反思很久，还是找个凡夫俗子过日子比较踏实。"

这时，警车闪烁着开了过来。

小招待所附近的居民看惯了这个景象，两个五十来岁的男子在小门店外下象棋，其中一人看到了警车，愤愤地道："不知又是哪个贪官。这些贪官随便拉一个出来枪毙都没有错，真他妈的该死，这是什么世道！"另一个男子道："你这是嫉妒，有本事你去当官。"

梁小鹏在沙州只停留了一天，他见惯了这种场面，并没有被过多的热情和过高的礼仪冲昏头脑，一直有礼貌地含笑不语。晚宴之后，与周昌全握手告别，离开了沙州。

周昌全和刘兵并排站在高速路口，等到梁小鹏的几辆车消失在眼中，周昌全扭头对刘兵道："刘市长，梁小鹏提出的要求可以接受，政府拿出一个初步意见，再交常委会讨论，这事，拜托你多费心。"

刘兵道："他提的要求倒不苛刻，政府将很快召开常务会，专题研究。只是，烟厂之事涉及省里不少部门，此事还得有省里领导支持。"

周昌全跺了跺脚，道："办好了这事，功在当代，利在千秋。刘市长，拜托。"

两人说话时，嘴里喷出的白气在空中飘来荡去。

刘兵回到了小车上，望着树尖上的点点白雪，心道："意向性和签合同隔着十万八千里，其间还得跑省烟草专卖局，这些麻烦事，周昌全一并丢给了我，他轻松愉快地当起了裁判员，老奸巨猾。"

周昌全是党委书记，定大方向，刘兵是政府一把手，就得做具体事。刘兵没有不接招的理由，接招以后还必须干好。

政府秘书长蒙厚石来到刘兵办公室时，刘兵正站在书柜边翻书，见了蒙厚石，便道："老蒙，政府又接了一个炭丸。"所谓炭丸者，与烫手山芋相差不多，程度更甚。

蒙厚石自顾自地点燃了一支烟，道："这些本就是政府的事情，没有办法推脱。而且，烟厂一事有七成把握，作为沙州市政府也应该尽全力将事情办好。"

刘兵早已将烟戒掉了，道："老蒙，这烟少抽，百害无一益。"

蒙厚石两根手指黄黄的，笑了笑，道："这把年龄，抽惯了，如果贸然戒掉，反而容易生病。真的要戒，也得先减量，等身体习惯了，这才戒得下来。”

聊了一会儿，刘兵安排道：“要到沙州办烟厂，需要与上级哪些部门打交道、最核心的领导是谁，麻烦你去整理一个名单，趁着春节，一来拜年，二谈事情。”

蒙厚石最理解刘兵，周昌全在沙州根深叶茂，作为市委书记在用人上说一不二，几番暗中较量，刘兵都处于下风。他管不了人，就着重管事，通过管事来约束自己的手下。鉴于此，刘兵虽然知道烟厂的事难办，却也没有过多推辞。

蒙厚石道：“刘市长，关于副秘书长人选，我有一个想法。”

“你说。”

“市政府这一摊子事，千头万绪，工作任务太重，我向你推荐杨森林作为市政府副秘书长。这两年他主政一方，工作不错，人亦年轻，诸如烟厂的一些杂事，可以交给他去跑。他在市委工作过，同江副秘书长比较熟悉，跑起手续来比其他人方便。”蒙厚石年龄偏大，要想再上一级的可能性比较小，所以在退下来的时候，想再推杨森林一把，省委副书记朱建国此时也有这个意思。

刘兵知道蒙厚石、杨森林与省委副书记朱建国的关系，但是他没有爽快答应，道：“让我考虑考虑。”

家家有本难念的经

沙州召开春节前的最后一次常委会。

在原有议题将要结束时，刘兵突然道：“市政府原本应该配置两名副秘书长，从去年柳副秘书长调走以后，一直缺额。市政府工作任务很重，特别是要建新烟厂，诸事繁多，我建议在今天的会上将副秘书长人选确定下来。”

为了保证常委会的严肃性，沙州市委在近年来多次出台文件，对常委会召开程序进行了严格的规定，只要事先没有纳入常委会的议题，一般不会在常委会上讨论研究，而市政府副秘书长人选并没有纳入常委会议题。

侯卫东听到刘兵提出了一个未列入议题表的议题，有些惊讶，抬头看着刘兵，又看了一眼周昌全。

市政府秘书长蒙厚石列席了常委会，他同样感到意外，暗道："这事要糟，刘兵心急了。"

周昌全眼光不经意地看了黄子堤一眼，黄子堤微微摇了摇头，表示并不知情。

"市政府工作繁忙，是应该配备一位副秘书长，春节过后，常委会将专门研究一次人事工作，把副秘书长一并纳入来研究。"周昌全并没有拒绝，也没有答应，再次采用了拖字诀。

刘兵继续道："茂东烟厂梁小鹏要求的时间很紧，我的想法是让益杨县杨森林同志出任市政府副秘书长，专门负责茂东烟厂项目。他原本就是从市委办公室出来的，熟悉工作，又有实际工作经验，是最合适的人选。"

周昌全脑袋里转了好几个念头，道："这事还得请组织部门全面考察，提出最合适的人选。"他对组织部长赵东道，"赵部长，刘市长的意见很好，组织部门抓紧时间在全市范围内选一选人，争取在春节后的第一次常委会上提出来。"

作为沙州市一把手，周昌全对手下重要干部的背景就比刘兵要清楚得多，在益杨县委书记人选问题上，他特意向省委副书记朱建国作了一次汇报。当时恰有告状信事件，为了平衡，他提出了马有财任县委书记、杨森林任县长的折中方案，朱建国对此并无异议。

前一阵子，他又到省委去向副书记朱建国汇报工作，江副秘书长似轻若重地提到了杨森林，他已经在考虑如何使用杨森林。可是，由刘兵提出使用杨森林，他就有意放一放，并不当场答复。

他打定主意，即使要使用杨森林，也得由组织部门按程序提出。

这个结果也在刘兵预料之中，他两条浓眉纠结着，不动声色地道："杨森林是市政府副秘书长的合适人选，由他来抓茂东烟厂的引进工作，将提高成功率，我建议组织部门认真考虑。"

此言一出，常委会顿时安静起来。

周昌全也不解释，道："今天所有预定议题全部结束，散会。"说完，站起身就朝外走。

在市长办公室，市长刘兵自嘲地对蒙厚石道："你看看现在这事，我可能是沙州历史上最窝囊的市长，政府想配备一个市政府副秘书长，也是力所不逮。”

蒙厚石道：“杨森林是现职县长，常委会很慎重。”

刘兵大声道：“这就是一手遮天，杨森林只是担任副秘书长，并不需要通过省委组织部，怎么就不能动？我瞧不出有多大的难度。”

他推心置腹地道：“老蒙，你的年龄也老大不小了，退下去就是这一两年的事情，我瞧上了杨森林，让他到市政府，先熟悉工作，下一步接你的班。”

蒙厚石将杨森林弄到市政府，也正是存了这样的心思，他万万没有想到刘兵会突然提出此事，将自己的计划打乱。他想了想，道：“我估计组织部门仍然会将杨森林作为副秘书长的候选人。”

刘兵在常委会上突然提出这事，是经过深思熟虑的，并非冒失。他道：“这事就说不清楚了。我没有想到事情会有这么复杂，如果有空，我们赶到岭西去，要当面向江副秘书长解释。”他一边说一边就拿出一本省委机关通讯录，递给了蒙厚石。

蒙厚石暗道：“刘兵这是什么意思？”他没有接过通讯录，拿出手机，道：“我手机里存有号码。”

刘兵盯着蒙厚石，督促着他与江副秘书长联系。

在沙州，周昌全就如乔木，根深叶茂，刘兵就如灌木，始终在乔木的覆盖之下，他想借助外力与周昌全较量。

这一次，如果周昌全屈服于省委江副秘书长压力，刘兵也就将周昌全的权威撕开一个口子，如果周昌全顶住了江副秘书长，则周昌全就多了一个敌人，而他就多了一位盟友。

蒙厚石作为市政府老资格的秘书长，他对周昌全过于抓权也有看法，他基本猜到了刘兵的用意，稍有犹豫，还是当场给江副秘书长打了电话。

江副秘书长爽快地道：“我4点有会，4点之前有时间。”

听到肯定答复，刘兵脸上露出一丝微笑，道：“事不宜迟，我们11点准时出发，到岭西请秘书长吃午饭。”

回到了办公室，蒙厚石又给江副秘书长打了电话，说清了原委。

江副秘书长是朱建国嫡系，朱建国不便出面之事都由他处理。上一次，杨森林想当益杨县委书记，当时朱建国认为杨森林并不成熟，想让他多磨一磨，也就完全放手，笑看其宦海沉浮。这一次，朱建国有意让杨森林接老蒙的班，江副秘书长就要主动干预此事。

在电话里，蒙厚石道："刘市长性子太急了，他今天就在常委会上把这事捅了出来，反而不好办了。"

江副秘书长道："事情经过清楚了，老蒙，如何看待此事？"

蒙厚石尽量客观地说出了自己的真实想法："刘兵对于市政府副秘书长人选上应该有发言权，周书记优点很多，就是在用人上管得太紧，有时候应该松一松，否则政府很难开展工作。"

江副秘书长对此事未作评价，话锋一转，道："老蒙，你也别留在沙州，朱书记与省人大宁主任关系不错，他与宁主任说好了，过了春节就让你到省人大，好歹也得在厅级岗位上退休。省人大老同志多，待遇很不错。"

蒙厚石早就知道此事，道："在沙州惯了，到省里要重新认识人，麻烦。"

中午12点，刘兵和蒙厚石来到岭西，他们找了一家海鲜店，宴请江副秘书长。由于是中午，江、刘、蒙三人只开了一瓶红酒。刘兵直奔主题："益杨县经济社会发展等诸方面都领先于其他几个县，杨森林作为县长，功不可没，我想给他加些担子，让他出任市政府副秘书长。茂东烟厂有意在沙州建新厂，这事我准备让森林同志来负责。"

江副秘书长说话滴水不漏，道："政府工作千头万绪，都是具体的事情，副秘书长人选一定要找好。"

刘兵道："我回去后准备再次和周书记做一次沟通，争取得到他的同意。"

江副秘书长举了酒杯，道："红酒是碱性酒，对身体好。我们举杯，共同庆祝春节愉快。"

午餐以后，江副秘书长回省委，蒙厚石回沙州。

刘兵家在岭西，直接回了家。躺在床上，他随手翻着省政府的机密通讯录，机密通讯录的人都是有级别的领导干部，认识的人虽多，知音寥寥可数。在这寥寥可数的知音中，用得上、靠得住的人就如恐龙一样珍贵。

他的目光停在省委办公厅副秘书长郑玉楼的名字上，在年初，郑玉楼已成为秘书长，老本子上郑玉楼仍是副秘书长。

这位郑玉楼，发迹前与刘兵在一起工作过，与刘兵关系还不错，平时也有来往。他接到刘兵电话，道："老刘，你一人吗？既然一个人今天就听我安排，还有几位朋友，一起聚一聚，在金星大酒店，到时我派人等你。"

等到晚上6点30分，刘兵特意挑了一件藏青色厚西服，提前到了金星大酒店。这间酒店是岭西最好的酒店之一，各地领导到岭西多喜欢在这里落脚，侯卫东是误打误撞来到了这个酒店，以后到岭西基本上住于此处。

到了顶楼餐厅，一个年轻人就迎了过来，道："刘市长，您好，我是省委办公厅小张，秘书长让我在这里等您，请这边走。"他一边走一边解释道，"我是沙州人，在电视里见过刘市长，上次刘市长到省政府开会，我曾为你们服务过。"

刘兵客气地道："春节回不回沙州？如果回来，跟我联系。"

小张温和地笑道："哪里敢打扰刘市长。"

进了包间，郑玉楼已经到了。刘兵上前握手，笑道："让秘书长等我，汗颜啊。"

郑玉楼笑道："今天下午就在这里开座谈会，5点才散会，我直接就过来了。"又道，"老刘，当了市长怎么见外了，你是地方大员，说话管用。我在局外人眼里是领导，其实在省直机关也就是打杂的干部。"

组织部丁原、财政厅老蒋先后到了。

到了7点，祝焱赶了过来，进门以后就道："实在抱歉，让各位领导久等，我自罚三杯。"

见到了沙州市长刘兵，祝焱稍稍愣了愣，不过转瞬间脸上表情就恢复如常，热情地道："刘市长，你是老领导，今天晚上借秘书长的酒我要多敬你两杯。"

今天这个聚会，目的是为了祝贺郑玉楼由副秘书长升职为秘书长，虽然正、副之职只有半步之差，而且暂时还没有成为省委常委，但是跨越的难度绝不亚于国足冲出亚洲。郑玉楼成功地冲出了重围，自然值得祝贺。

坐定以后，祝焱道："等一会儿还有一位小朋友要从沙州过来，大家都认识，侯卫东。"

这三年来，每年春节侯卫东都与这些领导见面，郑玉楼道："今天到场之人就属小侯酒量最好，去年他至少喝了两斤左右，居然没事，真是海量。”他开起了祝焱的玩笑，道，“我现在就在琢磨着挖周昌全的墙脚，将小侯调到省政府办公厅。你没有将他弄到茂云去，绝对是决策失误，这种酒场高手，到哪里都是宝贝。”

几天前，侯卫东就知道周昌全家里在今天团年。周昌全父亲已经过世，母亲平时住在周昌全二弟家中，每年春节，他们四兄妹都要在二弟家团年。这一天司机和秘书统统放回家，他要亲自下厨，为母亲做饭，尽儿子的孝心。

侯卫东想趁着难得的时间，到茂云去给祝焱拜年，上午接到祝焱电话，让他到岭西一起为郑玉楼庆祝。谁知临时有些事情，周昌全接近6点才回家。

将周昌全送回家以后，侯卫东在高速路上狂奔，7点10分到了金星大酒店。侯卫东进门就道："各位领导，我迟到了，自罚三杯。"

他的话与祝焱如出一辙，众人觉得有趣，笑了起来。

侯卫东没有想到在这种私密场合会遇到市长刘兵，既然遇上，也就没有办法了，他职务最低，年龄最小，就默坐在一旁，听着领导们聊天，谈论着政坛逸事。

酒足饭饱，郑玉楼秘书长接了个电话，看样子又有应酬，大家也就散了。

司机王兵曾经是益杨驾校的教练，跟了祝焱以后，绕了几个弯子，现在已是干部身份。他见到侯卫东走了过来，俯过身将车门打开，道："侯哥，好久不见你。"

侯卫东点头道："我们有大半年没有见面了。"

等到车辆启动，侯卫东问道："祝书记，我们到哪里去？"

祝焱道："这几天酒喝得太多，我哪里也不去，你跟我先回家，我有事要跟你说。"

一路上，侯卫东都在心底琢磨着祝焱到底会说什么事情："难道是想让我到茂云去吗？"到了郊区，侯卫东与祝老爷子等人打过招呼，就随着祝焱到了楼上。

"你帮我去办一件事。"祝焱态度颇为严肃，"祝梅有可能在谈恋爱，我无意发现祝梅在网上用'快嘴小翠'的网名，与一个叫'风之子'的人有联系，用语不对劲儿。梅梅的情况特殊，我担心她被人骗了，网络上东西都是虚无缥缈的，怎么能让人放心。梅梅今年才十六岁，年龄太小，即使要考虑婚姻问题，也要等到二十岁以后。”

祝焱说得很诚恳，为人父的关爱之情溢于言表。

“你回沙州以后，将‘风之子’找出来，是什么情况弄得详细一些，看他们说话的内容，我总有不好的感觉。”祝焱颇有些焦虑，道，“如果确实有这回事，我就要将祝梅带到茂云去，让她跟在我身边。我作为父亲，这几年也有失职，应该多抽时间来照顾她。”

侯卫东没有在祝老爷子家里过夜，他原本想开车回家，小佳接二连三打电话，不准他酒后驾车，这才作罢。第二天5点，他就起了床，到金星大酒店吃了早餐，启程回沙州。

到了沙州，天还未放亮，街道上行人寥寥，环卫工人凌晨普扫却已基本结束，早餐铺子的灯光亮着，热气腾腾。回到了新月楼，轻手轻脚地进了屋，空调开着，屋里温暖如春，小佳犹在熟睡，侯卫东俯身亲了亲她红扑扑的脸颊。

小佳在睡梦中感受到了一阵清凉，睁开眼睛，她看了看一旁的闹钟，从被窝里伸出手来，抱紧了侯卫东。胡须楂子尖硬且冷，让小佳很是心疼，她道：“你来回跑，太累了，赶紧休息一会儿。”

“春节要跟着周书记去拜年，我担心腾不出时间。祝书记是老领导，礼节性的程序一定不能少。”

小佳将手臂缩回了被窝，道：“你与祝书记这种关系，应该不必在乎繁文缛节。春节后再去拜年，别把自己弄得太累。”

侯卫东将手伸进被窝里，怕冷着了她，就没有碰到她的身体，只是用被窝里的温度来暖手。**“任何内容都必须借助于形式，繁文缛节就是礼，是官场礼节必不可少的程序。**祝书记虽然与我关系很好，但是他毕竟是领导又是长辈，我可不敢失了礼。”

小佳道：“小时候最盼望过年，现在才理解什么叫做年关。如何过年，对于官场小人物来说，确实就是一个关口，年年如此，没有尽头，做官真是累。”

侯卫东与小佳亲热了一会儿，就从床上起来。

他将电脑打开，细细查看了祝梅的留言，在最初一段时间祝梅基本上是每天发一段留言，而这段时间，留言量就稀疏很多，从这个现象来看，与祝焱所说也是相符的。

他一边留言一边就将此事给小佳说了。小佳不以为然，道：“祝梅有十六岁了，谈恋爱也很正常，何必大惊小怪。”

侯卫东道：“这不一样，祝梅是聋哑人，祝书记当然更加关注，免得她受到伤害。”

上班以后，侯卫东就委托侯卫国调查此事。侯卫国问道：“祝梅还在聋哑学校吗？”

“祝书记调到茂云，过来看她不方便，祝梅现在已经到省里读书去了，在省聋哑学校读书，同时还到省美院旁听。”

“‘风之子’是沙州人？”

“‘风之子’说他是沙州人，开了一家电脑商店。”

侯卫国的观点与小佳颇为接近，他没有见过祝梅，很客观地道：“知道大概情况，应该很快就能查到。祝梅虽然是祝焱的女儿，毕竟是聋哑人，以后并不好找男朋友，如果这人条件还可以，也没有必要非得阻碍他们。”

侯卫东从心里对祝梅很有些怜惜，道：“祝梅太小了，自幼又生活在封闭环境中，对人世间的险恶根本没有概念。”

“祝梅是聋哑人，能找到什么好对象，有人肯娶就行了，我看这个小伙子还行。”

“祝梅现在考虑婚姻问题太早了，不能因为有缺陷就可以降低择偶标准。”侯卫东强调道，“祝梅虽然是聋哑人，可是人聪明，与人交流并没有障碍，家里条件又好，肯定能找到合适的对象。”

交代完任务，过了一个多小时，侯卫东又给侯卫国打了电话过去，道：“大哥，查出来没有？”侯卫国笑道：“老三，哪有这么快，我刚才正在开会，等一会儿就帮你办这事情，这事简单，你别着急。”

又过了一个多小时，侯卫国就回了电话，道：“我查到了‘风之子’，是在东城区工商大楼旁边的电脑专卖店，店主叫做王析宇，技工学校毕业以后就开了一家店。那个小伙子还有些本事，毕业能够自己当老板，这店铺生意不错。”

得到了准确消息，侯卫东正要给祝焱打电话，他的手机响了起来。祝焱声音很急：“祝梅给家里留了一张纸条，说是去见一位朋友，春节前回来，我估计就是去见那个网友，你查到那人没有？”

听到侯卫东汇报，祝焱松了一口气，道：“小侯，这事你办得及时，赶紧到店里去，看看祝梅在不在那里。”

此时周昌全正在小会议室开会，侯卫东估摸着这个会还有一段时间，他一边给小佳和侯卫国打电话，一边飞也似的朝楼下跑去。

赶到东城区小店的时候，小店紧闭着，上面贴着一张纸条：“店主有事，休业一天，不便之处，请新老顾客见谅。”

园林局距离这个小店很近，小佳接到电话，紧跟着也赶了过来。侯卫东想起来曾经在这个店里修过祝梅的电脑，在他的印象中，店主是一个技校毕业的矮个子年轻人，他恨恨地道：“靠，还‘风之子’，就是一个武大郎。”

侯卫国开着沙O牌照的警用便车赶了过来，车上跳下来好几个身强力壮的年轻警察。侯卫国手里拿着几张纸，这是从户籍档案中调出来的照片：“这就是王析宇。”

侯卫东看了照片，道：“是他，我在他这里修过电脑。”

侯卫国就对自己的几个手下道：“我们兵分三路，一路去查旅馆，看祝梅是否进行登记，一路去车站守候，一路去娱乐场所和公园，看能否找到人。”

侯卫东补充道：“你们不认识祝梅，小佳你到聋哑学校去一趟，找杨校长，让他派几名可靠的老师，同大哥他们一起去找。”

安排妥当，侯卫东就急急忙忙地赶回到市委，周昌全还在开会，他长舒了一口气，坐在办公桌前等着电话。

在办公室心神不定地坐了一会儿，侯卫东都在琢磨着祝梅的事情：“祝梅是聋哑人，同时也是生活在现代社会的女孩子，到了十六岁，有了自己的感情需要，这是一件很正常的事情。”

他给大哥接连打了电话，侯卫国当了多年刑警，这事在他眼里就是一件小事，轻松地道：“老三，你别着急，就是小年轻离家出走，我们经侦支队不务正业帮着你找人，能出什么事？”

侯卫东肚里有火，道：“大哥，祝梅不是一般的孩子，她是聋哑人，如果出了什么事，怎么向祝书记交代？”

祝焱心急火燎，电话一个接一个，道：“卫东，抓紧点，就是把沙州搜遍了，也得把祝梅找出来。这孩子从小得了那病，没有享过福，不能让她出意外。”

祝焱在办公室脸青面黑，秘书来催了几次，他才勉强打起精神来到了常委会议室。今天是茂云撤地建市的第一次常委会，要研究人事方面的工作，作为分管组织的副书记，他今天必须到场。

进入常委会议室的时候，他黑着脸又给侯卫东打了电话："有什么消息立刻给我打过来，我开了常委会就到沙州。"

侯卫东接了祝焱的电话，又去催侯卫国。

侯卫国道："别催了，我把东城派出所也动员起来了，所长罗金浩也是沙州学院法政系毕业的，他把所里民警都派出去了。如果祝梅到了沙州，绝对跑不掉，但是如果不在沙州，事情就不好办了。"

小佳开着车，副驾驶位置上坐着聋哑学校小杨老师，两人将沙州的广场以及公园转遍了，一无所获。

"两个年轻人，谈恋爱会到什么地方去？"小佳拿到驾驶证以后，侯卫东的那辆蓝鸟车就由她在开。平时侯卫东上下班都坐马波的车，也没有时间来开车，小佳天天摸方向盘，车技进步挺快。

小杨老师道："聋哑孩子都挺自尊，按我的经验和对祝梅的了解，她不喜欢人多的地方，最有可能到风景优美的地方。"

小佳道："城里的公园都找完了，还有什么地方？"

两人都慢慢地想着，突然异口同声地道："铁屏山。"

铁屏山就在城边，平均海拔一千米左右，是沙州近年来打造的新景点，山上有望城台、农家乐等设施，还开通了公共汽车，正是谈情说爱的好地方。

沿着盘山路而上，她们俩每个景点都没有放过，到了半山坡，迎面就见到一家挺大的农家乐，绿树成荫。进了山门，老板娘迎了过来，小佳很聪明地道："我约了朋友，记不清哪一家了，一男一女。"

此时是中午时分，又不是周末，生意并不好，老板娘对到来的客人记得很清楚，她想起派出所的电话，狐疑地看了小佳一眼，朝里面指了指，道："有啊，就在里面，小女孩真漂亮，可惜是哑巴。"又好奇地问道，"他们是什么人？这么多人在找。"

小佳闻言是哑巴，心中一喜，道："没事，我们是朋友。"

这个农家山庄依山而建，最外面弄了一个平台，在能见度高的时候，在平台上可以俯瞰整个沙州城，只是现在天气冷，平台上除了一对年轻人就再也没有其他人。小佳跟着老板娘到了门口，她对老板娘道："谢谢你，他们的账我来结。"

等到老板娘离开后，小佳对女老师道：“我们要注意方法，给两人留点自尊。”

她又迅速给侯卫东打了电话，侯卫东在电话里长舒了一口气，道：“小佳，今天你立了大功。”

那个男孩子正在低头发着短信，听到有人在叫自己，抬头却见到了两名陌生女子。小佳道：“我是祝梅的姐姐，你坐着别动，我有话跟你说。”那男孩子正是王析宇，他以“风之子”的网名与“快嘴小翠”联系了半年多时间，他数次邀请“快嘴小翠”见面，“快嘴小翠”都没有同意，在新春佳节来临之际，他又发出了邀请，祝梅终于同意了。

这半年来，王析宇并不知道快嘴小翠是聋哑人。祝梅数次想说，又没有勇气。爱情和白马王子对于一位十六岁的少女具有无与伦比的冲击力，尽管她是一位聋哑女孩。

王析宇在车站接到了祝梅，远远地见到围着白色围巾的祝梅，他只觉眼前一亮，现实生活中的“快嘴小翠”比网上照片更加清丽，一尘不染如古墓派的小龙女，对，就是小龙女。他觉得似曾相识，可是又想不起在什么时候见过祝梅。

“我真实名字叫祝梅，是聋哑人，哈哈，没吓着你吧？”祝梅竭力让自己显得轻松一些，拿出早就准备好的卡片，紧盯着王析宇的脸。

看着王析宇，祝梅心中莫名地有些失望，第一个念头就是：“怎么这么矮？”除了在聋哑学校的伙伴，她接触最多的就是父亲的同事以及爷爷的下属，这些人都是成功人士，在社会上都有一定地位，神情、穿着、打扮都有品位，在祝梅心中，正常男人就应该是这个样子。

王析宇虽然是自己亲密的网友，从照片看起来还不错，可是当看到真人时，她还是颇为失望，从衣着、气质、相貌来看，王析宇不是心目中的白马王子。至于心目中的白马王子是什么样子，她并不清晰，但是至少得有几分与父亲祝焱相似，或者就如侯卫东一样。她心里同时又很现实地想：“如果他能接受我是聋哑人的事实，我应该怎么办？”

王析宇穿了西服，还在领带上别了一个领夹，头发吹成了流行的大背头，这样一打扮，自我感觉有些港台明星的味道。他明白祝梅是聋哑人以后，被惊了一大跳，原本想掉头就走，可是看到了祝梅清丽脱俗的容貌、文静的气质，又挪不开脚步。

他在纸上写道：“我们到铁屏山。”祝梅点了点头。

两人坐出租车上了铁屏山。到了农家乐，两人坐下来笔谈，见面时的尴尬气氛才渐渐好转。

东城派出所，侯卫国坐在所长罗金浩的办公室里。罗金浩与侯卫东还有些渊源，他们同在沙州学院法政系，罗金浩担任自律纠察队队长，他毕业以后，侯卫东接任了纠察队长之职。此时，侯卫国过来求助，罗金浩顿时打起了十分精神。

罗金浩除了让手下出去找，又让驻段民警挨个儿给辖区内的酒店、餐馆打电话。

当打到了铁屏山的农家乐时，女老板道："有一男一女，男的只有一米六左右，女的是个乖妹子，我不知道是不是聋哑人，行，我去看看。"她又多了一句嘴，"这两人是做什么的，是不是坏人？"

驻段民警没有回答他，道："你去跟女的说两句话，看是不是聋子，整明白了给我打电话。"等得知了里面是一个聋哑女孩子，侯卫国跳起来，道："我这就赶过去。"

罗金浩道："我跟你一起去。"

两人各开着一辆警用便车、一辆警车，风驰电掣地朝铁屏山开去，刚接近那个农家乐时，侯卫东的电话又打了过来。

小杨老师手语很利落，与祝梅比画了一番。小佳在纸上写了一句："我是侯卫东爱人，张小佳。"

祝梅这一次是为了爱情而离家出走，或者说是为了爱情背着监护人走出了家门，这次出走对于她的意义，甚至超过了爱情本身。她没有料到这么快就会被人找到，回敬了小佳一个无可奈何的微笑。

门外响起了急促的刹车声，侯卫国是便装，罗金浩身着警服，两位警官牛高马大、目光犀利地站在王析宇面前，把王析宇一下就弄懵了。他站起身来，望着罗金浩与侯卫国，结结巴巴地道："我没有做坏事。"

祝梅看着与侯卫东颇有几分相似的侯卫国，明白这肯定是父亲的安排，她有些无奈又有几分轻松地看着三个男人。

侯卫东赶到以后，在纸上写道："祝梅，你这样做不对，让你爸爸这么担心。你除了是你自己，还是爸爸的女儿，这一点别忘记了。"

祝梅低着头。

罗金浩拍着王析宇的肩膀，道："我是东城区派出所罗金浩，你好好经营小店，别学着人家搞浪漫，那是有钱人的玩意儿。"又道，"我管你们那个辖区，有什么事情尽管来找我。”

祝梅乖乖地跟着小佳回到了新月楼，她的初恋在网上开花，却迅速在第一次见面中烟消云散。

中午，趁着周昌全午睡之际，侯卫东抽时间回了新月楼，原本想批评祝梅几句，可是见到祝梅一脸沮丧的样子，到了嘴边的话又咽了下去。侯卫东在纸上写道：“以后别乱跑了，大家都很着急。”紧接着，又写了一条，“有什么事，先跟爸爸说，实在不行，你可以跟我联系。”

祝焱紧张了许久，听到祝梅被接到新月楼，他这才彻底放松下来。在今天的常委会上，他借着不佳的心情，接连否定了两位局行一把手的任命。以往在人事任命上，他甚少发言，今天借着心里的邪火，将积累了多日的情绪发泄了出来。他到茂云时间亦不短，面对一团乱局，也需要发出自己独立的声音。

回想上午的常委会，祝焱还有几分感谢自己的坏情绪，如果没有这个坏情绪，或许他还要忍一段时间。

给侯卫东打通电话时，祝焱已经心平气和，道：“回来就好，我有事，不过来了，王兵过来接。”

两人聊了几句，祝焱如长者一般娓娓而谈：“周书记年龄也不小了，这一届过了应该要调到省里，我听到风声他要到人大或是政协，你这两三年里要好好干，争取在换届时到县里去当领导。”又道，“当秘书辛苦，你也别干得太久。”

这番话倒是祝焱的真心话，秘书虽然是当官的捷径，可是毕竟只是捷径，不是终点。秘书并不是真正说话算数的官，说得严重些，就是狐假虎威的人物而已。侯卫东很久没有听到如此真诚的谈话，他郑重地道：“谢谢祝书记。”

刘兵的暗器

1999年的春节格外忙碌，过了初二，侯卫东跟着周昌全开始去拜年，同时接受他人的拜年。这就是一场游戏，岭西官场中的许多人物都在里面出演着角色。转眼间便过了春节，1999年正式拉开了序幕。

在1999年，中央把学习放在了一个重要的位置。1999年到来前夕，经国务院批准，北京图书馆正式更名为“中国国家图书馆”。春节前，国家图书馆特别推出了三百六十五天开馆计划，春节期间，到图书馆读书成为一景。

与此同时，在中央党校，各地大员对金融问题进行了深入学习和研究。在结业仪式上，总书记到会发表重要讲话，其中一段为：“全面加强和改进全党的学习，这是我们党永葆生机和活力的一个重要保证……如果我们不能通过新的学习和实践不断提高自己，就会落后于时代，就有失去执政资格、失去人民信任和拥护的危险。”

岭西省为了贯彻中央的决定，特意下发了关于进一步加强学习的相关通知。沙州市自然也不例外，召开了关于加强学习的全市动员。在沙州市委机关里，也兴起了一股读书潮，市委办年轻人的桌上，都摆着一两本书，而领导背后的书柜里，也多了几本新书。

读研，似乎成了机关年轻人的潮流，岭西党校春季招生，宣传单发到了市委机关里。侯卫东在上洗手间时，无意中看到了窗台上的这张宣传单，心中不禁一动。

当年高考时，没有考上全国重点，这是侯卫东永远的遗憾。大学毕业前夕，他就想报考岭西大学研究生，只是英语水平差一些，准备突击一年再报考。谁知工作以后，就将英语书抛在了脑后，读得最熟悉的句子就是“I love you”，这是跟小佳打电话的结束语，因为常用，所以熟悉。结婚以后，这句话也懒得说了，往往是在小佳不高兴的时候才说，以哄她高兴。一来二去，侯卫东将考研忘到了九霄云外。

岭西最好的大学是岭西大学，这是在全国排名靠前的重点大学，侯卫东就读沙州学院时，就有报考岭西大学研究生的愿望。工作以后，忙于事务性工作，这个愿望也就无限期搁置。时值中央决定加强学习，他脑袋里就闪现了再考研究生的念头。

小佳对这个念头很不以为然，道：“你现在忙得团团转，哪里有时间去报考岭西大学的研究生。而且读岭西大学的研究生，即使你有本事考上了，也得脱产三年，到时在沙州哪里还有你的位置，你准备第二次就业吧。考研只是手段，不是目的，我建议你还是随大流，到岭西党校去读研究生，既拿了文凭，还可以交些朋友。”

她见侯卫东还在犹豫，道：“除非你有平凡的能耐，考入北大清华的研究生，否则你就读岭西党校的在职研究生，这是最现实的选择。我可不想你重回校园，万一看上了哪朵校花，我就得在家失业了。”

小佳已有身孕，最后两句话虽然开着玩笑，却也有三分认真。

侯卫东能够理会小佳的意思，仔细考虑一会儿，开玩笑道：“我听夫人的意见，到省委党校去读研究生，免得夫人操心，影响小宝贝的身体健康。”

“原来不是为我好，而是怕影响了小宝贝，以后有了儿子，我的地位肯定会直线下降。”小佳也开起了玩笑。谈论未来的儿子或女儿，是小两口最喜欢的话题之一。

第二天，侯卫东把报考省委党校研究生的事向周昌全作了汇报。

周昌全已经拿到过党校的研究生学历，自然明白其中是怎么一回事情，欣然同意：“你是我的秘书，带头去学习，这是好事，以后集中学习阶段，你尽量抽时间去学，要给学员们带好头。这三天我到省里开会，你可以顺便去党校报名。”

中午，侯卫东偷着回去看了小佳，由于小佳有身孕，他格外细心，亲热道别以后，这才离开了温暖的小屋。走出家门的时候，侯卫东心里突然涌出了一个怪念头：“当了两茬秘书，真应该结束了！”

为什么会有这个念头，他也不知道，大约是当父亲的原因。

到了岭西，周昌全被安顿到了省委招待所。这个招待所在十年前还算不错，此时五星宾馆在岭西林立，省委招待所便显得有些寒碜，只是省委开会，夜里经常有省委领导过来看望，各地的参会领导便都住在省委招待所。

快要到吃晚饭时候，周昌全接到了电话，他略为兴奋地对侯卫东道：“你赶快给马波打电话，我们到金星大酒店，秘书长在等我们。”

十分钟以后，周昌全与侯卫东来到了金星大酒店，上了顶层的餐厅。洪昂在门口等着，他快走几步，来到了周昌全面前，道：“朱书记还有十分钟就到。”

周昌全在春节期间准备给省委副书记朱建国拜年，但是朱建国事情多，一直没有联络上。这一次开省委扩大会，省委副书记朱建国肯定要参会，周昌全就主动与江副秘书长进行了联系，并让洪昂进行跟踪。

功夫不负有心人，省委副书记朱建国终于从百忙中挤出了时间。

朱建国的形象却大出侯卫东预料，亲切、随和，颇为幽默，如春风一般让在场所有人都感到了温暖。见了面，他与在场的人都握了手，道：“沙州去年总排名在第三位，上升得很快，与第二名几乎是并列，今年冲一冲，争取再往上靠一靠，就是要让铁州这个百年老二有紧迫感。”周昌全一脸笑容地听着朱建国说话。

朱建国到场时间很短，坐了十来分钟以后，道：“我很想同地、市的同志多坐一坐，只是俗事缠身，还有接待任务。江副秘书长代表我，陪昌全同志多喝两杯。喝了酒，晚上睡个好觉，明天同志们精神抖擞地研究岭西各项发展计划。”

朱建国走后，场内气氛顿时轻松了下来，江副秘书长端着酒杯道：“朱书记事情太多了，7点要和岭西老八路代表见面，今天就由我来陪周书记。”

朱建国能出席晚宴，并将江副秘书长留下来陪酒，已经让周昌全很满意了，他很痛快地与江副秘书长碰了一杯酒，道：“秘书长一向关心沙州，近期一定得来沙州视察，看一看南部新城。”

江副秘书长道：“争取今年来一趟。”

等到侯卫东向江副秘书长敬酒时，江副秘书长道：“小侯，给市委书记当秘书可不简单，不仅要有文化知识，也得有基层工作经验，这样才能当一名合格的秘书。你别小看秘书一职，里面学问很深奥，能当好秘书，就具备了当领导的基础素质。”

侯卫东只有点头的份儿，洪昂则在一旁介绍道：“小侯人年轻，经历却很丰富，当过副镇长、益杨县委办副主任，还当过益杨新管会主任和科委主任。”

江副秘书长目光闪了闪，道：“小侯在益杨县委办工作过？杨森林曾经是你的领导？”

侯卫东摸不清楚江副秘书长问这句话的意图，很谨慎地道：“那时我在益杨新管会工作。”他知道这些领导都是从人山人海中拼杀出来的，城府很深，不会轻易地在这种场合下提起另一个不相干的人，暗自琢磨：“江副秘书长为什么无缘无故地提起了杨森林？”

江副秘书长没有深入谈论这个话题，端着酒杯与周昌全碰了碰，说起了风花雪月。

晚宴结束后，江副秘书长与周昌全单独走到最前面，两人一边走一边小声地交谈。临出门，江副秘书长使劲握了握周昌全的手，道：“那事就这样了。”

洪昂和侯卫东一直跟在后面，侯卫东最后只听到了这么一耳朵，并不知道江副秘书长所托何事。等到江副秘书长坐车离开，周昌全的神情便阴了下来，倒背着手站在宾馆门外，若有所思。

侯卫东一直在猜测江副秘书长说了些什么，可是周昌全阴沉着脸，不说话。他不说，洪昂不问，侯卫东也自然不问。

城府是怎么炼成的，就是在一次又一次忍着不说、忍着不问的过程中炼成的。侯卫东当了两茬秘书，又当了新管会和科委的一把手，也算略有心得，没有这个经历，就算多活十年二十年的，也不会将官场和社会上的事情弄明白。

三人都不说话，郁闷地回到了省委招待所。这是全省的大会，开会的人多，又由于省委书记将在开会期间到招待所看望大家，各地领导们都不愿意到宾馆开房间，全部留在了条件尚可的省招待所。因此，省委招待所房间不够，只给沙州市安排了两间住房。

周昌全住了单间，洪昂就与侯卫东共住了双人间，司机马波就在不远处的三星级宾馆开了一个房间。

进了房间，洪昂第一个动作就是到柜台拿起茶叶，闻了闻，道：“这种袋装茶，真是喝不下去，我去买点新茶。”长期从事文字工作的人，烟和茶是必备品，特别是深夜磨脑袋时，烟和茶就是极好的提神品，洪昂这个习惯亦是早年养成的，形成以后便伴随了二十来年。

侯卫东同样有这个习惯，每次出差都要为自己准备些好茶叶，他将小罐子递给洪昂，道：“秘书长，我带了茶叶，是上青林的土茶叶。”

洪昂赞道：“好茶，味道很纯正。”他又细细地嗅了嗅，道，“这茶炒得稍有些焦，火再嫩一些就好了。”

侯卫东有些惊奇地道：“秘书长，你还真是内行。这茶叶是上青林老乡炒的，他们炒茶没有什么标准，全凭感觉，手上的感觉、眼里的感觉、鼻子的感觉，这和中国大多数传统工艺一样，都没有什么公式可谈，全凭感觉。”

“其实这也是中国哲学在生活中的体现，阴与阳、矛与盾、是与非、祸与福，都没有明确的界限，在现代学科中也只有混沌的概念。”

“秘书长，这说明古代先贤有大智慧，但是这种智慧很圆滑，遇到硬骨头就绕过去了；而西方人很古板，遇到什么事情喜欢钻牛角尖，非要问个为什么，反而在这个基础上发展起逻辑严密的科学来。”

洪昂叹息道：“我们的一生在历史中只是极为短暂的瞬间，这两种模式的结果，恐怕难以看到。”他话锋一转，又道，“我们还是谈点实际的问题，在县里的时候，我曾经想在山区搞茶叶加工，茶叶虽然在利税上没有什么大的作用，但是能直接改善老百姓的生活，这是一个见效明显的项目。”

侯卫东并没有听说沙州有什么突出的茶叶项目，又见洪昂满脸遗憾，便知道这个项目没有搞成，道：“现在的政绩考核体制，是以GDP和地方财政收入来说话，老百姓实际增加了收入，但是并不能很快地反映到政绩上，所以多数领导都乐于搞工业企业，不管条件是否符合。”

洪昂道：“发展才是硬道理，这是基于一穷二白的现状提出来的观点，具有鲜明的时代性。沙州属于落后地区，本身就没有几个企业，这就如饿极了的人，只要填饱肚子就行，哪里管什么营养和味道，只有吃饱以后，才会慢慢地挑食。现在沙州以及下面的几个县，都属于饿汉子阶段。当时我在县里，为了增加税收，为了在四个县里排名靠前，也就将茶叶放在极为次要的地位，着重抓工业企业。”

侯卫东当过新管会主任，跟得上洪昂的思路，道：“这也是没有办法的事情，但愿沙州能早日完成原始积累，早些升级换代。”

洪昂与侯卫东进行了一番形而上的高谈阔论，心情很是愉快，他笑道：“沙州未来发展，你重任在肩。”

“秘书长，我只是你手下的小小一兵，别笑话我。”

“世界是你们的，也是我们的，但归根结底是你们的。你们青年人朝气蓬勃，正在兴旺时期，好像早晨八九点钟的太阳。希望寄托在你们身上。”这是领袖的一段语录，洪昂当年背得极为顺溜，此时此景，他便极为自然地背了出来，这是调侃，也是他的真实想法。

天南海北地闲聊着，洪昂又想到了江副秘书长临分别的一幕，问："江副秘书长临走时说了些什么？让周书记不太高兴。"

江副秘书长在晚宴时曾提起过杨森林，侯卫东一直将这个细节记在心中，此时听洪昂主动提起此事，道："我记得上一次刘市长想让杨森林到市政府出任副秘书长，在常委会上弄出些不和谐，今天江副秘书长冷不丁地提起杨森林，恐怕就是为了此事。"

洪昂早就猜到是此事，与侯卫东的分析不谋而合，他拍了拍侯卫东肩膀，道："于我心有戚戚焉。"又道，"不聊了，睡觉。"

长谈一夜，侯卫东与洪昂关系一下就拉近了许多。

趁着周昌全开会之际，侯卫东到了省委党校，找到了研究生法律班报名点。刚办完手续，迎面就遇到了郭兰与另一个陌生的女孩子。

侯卫东平日里忙来忙去，尽管与郭兰同在一幢楼，两人却是很难见面，今天却在岭西碰面。

"你报名，也读法律？"

郭兰此前在进门时，已经见到了沙州一号首长的座车，猜到了应该是侯卫东在报名。

果然，刚走进省委党校的办公楼，迎面就遇到了侯卫东。

"嗯，我来报名，经济管理的数学公式让我发昏，还是法律更适合我。"郭兰指了指身旁的女子，道，"这是李俊，以前在《益杨日报》工作，你们见过面的。她如今在市政法委工作，也来读党校研究生。"

侯卫东与李俊见过一面，还有些朦胧印象，道："我们以后都读一个班。"

李俊扎着马尾巴，戴着窄窄的眼镜，抿嘴笑道："跟侯科长读一个班，以后就可以经常坐顺风车了，你今天什么时候回沙州？"

微笑时，李俊脸颊上有两个明显的酒窝。

"今天不回去，周书记还要开两天的会，后天才回沙州。"

李俊道："这次算了，以后来上课，你可要记着叫上我和郭兰。"

在侯卫东印象之中，李俊是一个挺文静的小姑娘，几年时间过去，小姑娘变了不少，说话挺泼辣。

郭兰安静地站在一旁，话少。

与两人告辞以后，侯卫东暗道："郭兰怎么与平时不太一样？"他回头看了一眼，正好瞧见郭兰的背影，他明白了为何自己感到郭兰有些变化，是头发，以前郭兰的头发很短，现在头发居然盖过了耳朵。

“如果郭兰留着长发，以她的五官和气质，应该更有女人味道。”

想到这，他又回头看了一眼。这时郭兰正准备上二楼楼梯，她感觉自己后背有一道目光，便回过头去，正与侯卫东的目光碰在一起。

李俊正好看到了这个情景，她看了一眼侯卫东，又看了一眼郭兰，故意不怀好意地笑道：“在益杨时，你们两家人是邻居，老实说，你是不是对侯卫东有点意思？”

郭兰脸微红，道：“别胡说，侯卫东早就结了婚，她爱人叫张小佳，是他的大学同学。”

李俊是郭兰的闺中密友，对郭兰的心事知道得最清楚，她读书时是有名的文静，当了几年记者，却变成了报社小有名气的疯丫头。她侃侃而谈道：“眼睛是心灵的窗户，你的眼神出卖了你，我知道你为什么总是不能进入恋爱角色。在沙州，像侯卫东这么优秀的年轻人，确实少见了，难怪。”她故意郑重地道，“兰兰，你给自己找了一个极高的参照物，恐怕在沙州很难嫁出去。我有个主意，既然你这么中意侯卫东，当不成一奶，干脆做二奶得了，二奶也是奶，总比当一辈子老处女好。”

郭兰做出凶狠的表情，道：“死丫头，再胡说八道，我就不理你了。”尽管她嘴里不承认，可是李俊这一番胡言，却隐隐钻进了她的心中，她心道：“我真有这种心思吗？真的有吗？”

她越想越心惊，走进法律班报名处的时候，郭兰猛然间想道：“这一年来，我很少想他了。”

那个他，曾经是郭兰的全部世界。当他离开岭西漂洋过海时，她只觉心肺全部被他掏空了一般。当他语调平和如正常人一般谈起分手时，她的世界就如从珠峰坍塌一般。她以为，自己一辈子都不能将他忘记，谁知数年时间过去了，他居然慢慢地从自己的梦中消失。

更令郭兰惊慌的是，在自己的梦中，侯卫东却不断出现。在报名交钱时，郭兰偷眼望了望下面，沙州的一号车已经没有了踪影。

侯卫东上车以后，很快又将思路转到了周昌全阴沉着的脸上，暗道：“江副秘书长曾经是朱建国的专职秘书，又与朱书记同来赴宴，他的意思自然就代表着朱书记的意思，恐怕周书记不会为了杨森林而得罪省委分管组织的副书记。看来刘兵是胸有成竹，故意在常委会上提出杨森林的任命，他这是借力来打破周昌全在沙州一言九鼎的权威。”

侯卫东在新年升了官

过了春节，按照沙州市惯例，召开了农历新年第一次常委会，主要研究当年沙州市的重点工程，另外还有人事任免内容。

两点半，会议开始，市长刘兵对今年的经济形势进行了分析。

“今年是一个特殊的年份，第一，让国人百感交集的百年世纪即将走完，在新世纪，岭西、沙州都将迎来新的气象；第二，今年是新中国成立五十周年的大庆之年，一年一度的《财富》年会将在中国上海举办，这将拉动我国经济的发展；第三，从世界经济形势来看，东南亚各国还没有从金融危机中走出来，俄罗斯经济爆发危机，南美巴西也出现了严重的金融危机，而我国一枝独秀，消费市场重新活跃，房地产市场复苏并对各个产业的拉动效应显现。”

刘兵一字一顿地道：“从这些现象来判断，新一轮经济高速增长周期到来了。沙州如何应对挑战，政府常务会也做过多次研究，结合全国形势以及岭西、沙州实际情况，政府的思路有三条，一是加大招商引资力度，招商引资的重要性在这里我就不多说。

“二是对现存的国有企业进行改制，能够改制的市属企业和县属企业坚决改制。从今以后，企业一律进入市场，再也不能在市、县政府的怀抱中过日子。这一方面益杨县走到了最前面，他们如今已经没有一家国营县属企业，县政府彻底从具体的经济活动中跳了出来，我看这方面的经验值得推广。

“三是大力推进房地产业的发展，大开发促进大发展，加大南部新区的开发力度，市政府将在近期拿出促进措施、配套措施和保障措施。南部新区条件得天独厚，如果不能成为沙州发展的火车头，南部新区存在有何价值？”

刘兵虽然讲得精彩，侯卫东却坐在角落里有些心不在焉，他在笔记本上漫不经心地写着偶尔看到的翟永明的小诗：

国有企业的烂账
以及

邻国经济的萧瑟
还有
小姐们趋时的妆容
这些不稳定的收据
包围了
我的浅水塘

这首诗继承了朦胧诗的手法，将几种意象结合了起来，将1999年初国家出现的状况朦胧而准确地表达了出来，侯卫东读到此诗，一下就记住了以上的句子。今天刘兵市长所讲内容，恰好又能与诗中意境结合起来，他就在纸上随意地写着诗句。他心里明白，今天除了要议定沙州发展方向外，还有人事任命，一个就是让周昌全头痛不已的杨森林，一个是益杨县长，另一个就是自己。

昨天，周昌全与他谈了一次话，内容很简单：提拔他为沙州市委办公室副主任，他的级别将由正科级提升为副处级。虽然这只是小小的半级，但是从1993年毕业以来，在近六年的时间里，他终于从科级干部变为需要由市委常委会研究任命的副处级干部。虽然这只是一小步，却构筑了极为有利的台阶，有了这个级别，如果侯卫东平级外放，他就是副县长，如果提一级外放，他就是正儿八经的县长。

“近水楼台先得月，身在中枢好当官。”在沙州，大多数干部的仕途都终止在科级干部上。侯卫东明白，如果他不是周昌全秘书，要从科级干部走上副处级，绝对不会如此顺利。

侯卫东胡思乱想的时候，众常委们在积极地发言。

在座的常委，绝大多数都在基层当过一把手，对政策都很熟悉，如今的问题既有方向问题，又有如何将美好蓝图变成现实的执行问题，刘兵发言结束以后，常委们就开始热烈地讨论起沙州的发展大计。

4点30分，周昌全对沙州发展方向和道路做了最后总结：“各位的发言都很好，下来以后，市委研究室要根据领导们的意见，尽快形成文字材料，作为今年我市发展的指导性文件。现在已是3月，这份文件要在3月中旬完成，如果我们不抓紧，拖一拖就是4月了。”

他接着又道：“在经济学中，有一个理论叫做马太效应，用通俗的话说，叫做客走旺家门，钱朝热处流。沙州必须要抢占先机，否则一步落后，步步落后。同志们，省委对沙州希望很大、要求很高，我们压力很大，必须得抓紧时间，抓住有利时机，迎难而上、趁势而上。”

蓝图是美好的，却需要由具体的人来实施，因此，研究了发展主向后，周昌全立刻将话题转到了人事问题：“下一个议题，请赵部长报告对市政府副秘书长职位的考察情况。”

赵东清了清嗓子，慢条斯理地道：“按照前一次常委会的要求，组织部考察了六名干部。”

当赵东提起了杨森林的名字，刘兵眼皮也没有抬，自顾自地凝神沉思着。

周昌全不动声色地道：“这六名干部都很优秀，条件也相差不多。我记得刘市长当时是推荐益杨县长杨森林，既然组织考察通过，我同意由杨森林出任市政府副秘书长。

“益杨是沙州四县的领头羊，县长人选一定要配强，既然这六名青年干部都是经过组织部考察的优秀干部，益杨县长的人选就在这六人中产生，大家议一议。”

刘兵没有想到要在这次常委会上研究益杨县长的人选，有些吃惊。

副书记黄子堤首先发言：“益杨县委副书记季海洋今年四十二岁，担任益杨县委常委七年，出任副书记两年，他是大学文化，又有实践经验，是益杨县长最好的人选。”他又补充了一句，“季海洋虽然在益杨担任副书记，但是他并不是益杨人，而是湖滨市人，符合有关县长任职条件的相关规定。”

一般情况下，在讨论人事问题时，常委发言大致按照常委排序来进行，排到最后的最先发言，最后由市委书记拍板。

副书记黄子堤首先发言，其他常委对季海洋也没有大的意见，也就不再发言，常委会就出现了短暂的冷场。周昌全就拍板：“既然同志们没有什么意见，组织部门就严格按照程序进行操作。”

研究完市政府副秘书长以及益杨县长的人选问题，组织部长赵东清了清嗓子，道：“今年是中央提出的学习之年，市委办公室的工作日益繁忙，市委办公室的编制是一正两副，现在还空缺一名副主任，根据工作需要，市委办公室应该配备一名办公室副主任，组织部经过考察，确定了三名人选。”

赵东看着侯卫东，一本正经地道：“这次考察的人选涉及侯卫东，请你暂时回避。”

侯卫东原本就是列席会议，他合上笔记本，走出了会议室。他从常委会议室出来之际，正好碰上杨腾，他朝着侯卫东竖起了大拇指，道：“侯主任，祝贺！”

杨腾跟着侯卫东进入了办公室，他热情地道：“侯主任，什么时候有空？同志们聚一聚。”

侯卫东没有提升官之事，微笑着道：“过了春节我们还没有聚会，就这几天，聚聚。”

常委会议室，刘兵眼皮接连跳了几跳，他暗道：“还是低估了周昌全这个老油子，他居然连消带打，将一件坏事变成了好事。”

这一次，刘兵和周昌全都达到了自己的目的，在掰手腕的较量中，算是打成了平手。

下班以后，侯卫东刚刚走进家门，就接到园林局长张中原的电话：“侯主任，祝贺啊，今晚有安排没有？如果没有其他安排，我们一起吃顿饭。”

侯卫东暗道：“张中原的消息真是灵通，常委会结束不过一个多小时，他居然已经知道了这事。”在春节期间，他跟着周昌全走了不少地方，几乎没有在家吃过饭。今天周昌全要回家吃饭，他也就落得轻松，原本想在家里吃顿晚餐，却又接到了张中原的电话。

张中原是小佳的领导，侯卫东看在小佳的面子上，无奈地道：“张局长，我要多敬你几杯酒。”

刚放下电话，小佳电话又打了过来，道：“谢谢老公，给了张局长面子，刚才我就坐在他的办公桌对面。”

侯卫东叹息一声：“我记得有半个月没有在家里吃饭了，张局长消息还真是灵通。”

第六章
多用阳谋，少用阴谋

很多人都在读研究生班

8点30分，侯卫东在办公室整理文件，周昌全从隔壁走了过来，道：“小侯，我记得今天省委党校开课，你可以提前走。”

侯卫东有些不好意思地道：“周书记，今天省委党校要搞开学仪式，请了些领导，以后都是星期六、星期天才有课，不会耽误工作。”

周昌全笑道：“年轻人肯学习是好事，我大力支持。给你提一个要求，踏踏实实学习，学到新知识，掌握真本领，这样才能应对日益复杂的形势。”

侯卫东知道他心情好的原因，问道：“大周哥是明天回来吧？我明天去接机。”

周昌全兴致颇佳，道：“明天你刘姨非得要去接机，就让她去接。我家那小子到美国去了三年，跟着教授搞了一个什么课题，一直没有回来，今年终于要回来，你刘姨昨天晚上就没有睡觉。”

“小周哥今年是否回家？”

周昌全道：“那小子军校毕业两年，一次都没有回家，不知道忙些什么。儿子自有儿子的事，我不管他们。你刘姨经常在我面前唠叨，儿子翅膀硬了是好事，女人家成天婆婆妈妈的，呵呵，没有办法。”

侯卫东笑道：“刘姨的心情可以理解，我妈也是这样，平时老是催着回家。”

周昌全和蔼地道：“尽孝心不能等待，我记得你是吴海人，吴海也不远，抽时间多回家。”

侯卫东回到新月楼，开了蓝鸟车上高速路的时候，他想起在省委党校报到时李俊说的玩笑话，心里有些犹豫：“接不接郭兰和李俊？”

他最后下定了决心：“如果她们打电话就接，不打电话就不接。”

上高速路前，仍然没有电话打来，他便将此事放在了一边，专心致志开车。

到了省委党校，侯卫东心情很轻松，将车停靠在操场，步行到了教学楼。离开学校已经将近六年了，此时重新回到课堂，虽然没有脱产，仍然觉得很有些亲切。

教室里坐了二十来人，多数是气度不凡的中年人。这些中年人就是一片一片的绿叶，在绿叶中间，衬托着五朵金花。其中，最娇艳的一朵就是沙州市委组织部的郭兰。

侯卫东坐定之后，没有见到李俊，他暗道：“肯定是李俊有事不能来参加今天的开学典礼，郭兰面子薄，自然不会打电话。”

开学典礼很简单，不到一个小时就完成了，紧接着开课。

侯卫东拿着教材，随手翻了翻，他是沙州学院法政系毕业，如今虽然是研究生班，但是课程他觉得很熟悉，没有多少难度。

郭兰学习很认真，一直认真地做着笔记。

她以前一直是短发，很短的短发，如今头发长了些，变成了女生常见的齐耳短发，发梢整齐，已经到了肩上。侯卫东的眼光经常停留在郭兰的背影上，有些开小差：“郭兰如果留一头长发，肯定比短发多一些女人味道。”

下课时，面相慈祥的班主任宣布了班干部名单，班长是茂云市副市长李乐兵，副班长是省委宣传部一位处长，其他的班委成员都是正处级以上的领导干部。这种班干部成员配置是党校多年经验的总结，凡是领导当班干部，搞个活动，找个赞助，都很方便，而且这些领导有威信，班里活动也容易搞起来。如果换一个没有级别的人当班长，他就甭想指挥得动。

进了官场，职务和级别就是隐形等级，在官场中无处不在，笼罩着官场的天空。

侯卫东研究了班级名单表，对于茂云副市长这种厅级干部，他的兴趣不大，他特意留心了省委部门几个实权派处长和科长。这些科长年龄不大文凭不低，职务不高能量不小，发展空间很大，趁着他们还是科长时就与他们攀上交情，无疑对将来有极好的用处。

这也是侯卫东到党校来学习的一个重要目的，或者说，这也是不少人到省委党校读研究生的重要目的之一。

中午，他抽空到了曾宪刚店铺，意外地见到了曾宪勇和秦敢。侯卫东知道宋致成不太喜欢这两人，悄悄问曾宪刚："他们两人也在？"

曾宪刚与这两人的关系不一样，道："昨天来的，他们想到成津县搞钨砂矿，过来凑钱。"

几个人到了外面的馆子。秦敢的父亲秦大江与侯卫东关系很好，从这个角度上来说，秦敢应该叫侯卫东侯叔，见面时，他笑嘻嘻叫了一声"侯叔"。

侯卫东摆了摆手，道："我给你说过，辈分各算各，我比你大不了几岁，叫声'侯哥'就行。"

坐定以后，秦敢对曾宪刚道："曾哥，成津县的钨砂矿最好，储量比茂云还要大，只要搞到一个矿，就能赚大钱。"

曾宪勇与曾宪刚一起打过江山，他们两人一起对付过黑娃，是过命的交情，他问侯卫东："侯哥见多识广，你觉得搞钨砂矿如何？"

"如果盘得下一个钨砂矿，应该是能赚钱，我到茂云就见到不少钨砂矿老板。只是盘一个矿，费用应该不少。"对于这种资源型企业，侯卫东一直很感兴趣，他上次买了火佛煤矿，现在已经走上正轨，随着煤炭价格上扬，利润比较高。只是他处在周昌全身边，政治前途看好，暂时不想插手钨砂矿。

曾宪勇道："现在最大的问题就是缺钱，我和秦敢这些年搞石场都赚了一些钱，我们两人凑了两百八十多万，还差两百多万，想找刚哥借一些。"

秦敢补充道："或者说刚哥入股，我们每家各出两百万，凑齐六百万，不仅盘个矿，还可以添些设备。"

这时，宋致成也跟了过来，她见到侯卫东，热情地道："侯主任，你到了岭西，怎么也不到家里来玩？"她此时已经完全进入了女主人的角色，坐下以后，顺手帮着曾宪刚理了理衣角。

宋致成到了以后，秦敢和曾宪勇都不说正事，两人一个喝茶，一个与侯卫东说话。

午餐吃得很沉闷，吃完饭，侯卫东要去上课，宋致成一定要单独送侯卫东上车，她神情有些忧郁，道："侯哥，我反对秦敢和宪勇去投资钨砂矿，家装行业发展得很好，宪勇完全可以就经营沙州店，没有必要搞钨砂矿。"

侯卫东道："搞钨砂矿也没有什么问题。"

宋致成理了理围巾，道："我表哥就在茂云，以前在钨砂矿厂里干过，钨砂矿利润高，竞争也激烈，关键是黑社会掺和在里面。黑社会砍手、断脚的事情做了不少，我不想宪刚去做这事，他的眼睛和前妻就是前车之鉴。"

"有这事？"侯卫东知道钨砂矿之事，他故意装糊涂。

宋致成道："确实有这事。宪刚脾气倔，我的话根本不听，他最听你的话，你帮我劝劝。"

侯卫东很理解宋致成的想法，道："我晚上单独约老曾，听听他的想法。"

下午继续上课，李俊坐在郭兰的位置上，见到侯卫东，道："侯主任不耿直，上次说好开车接我和郭兰来上课，怎么一个人就跑了？"

侯卫东中午停车时已经见到了市政法委的车，道："你们政法委都配有警用便车，上高速路畅通无阻，哪里用得着坐我的破车？"

李俊捂着嘴笑："我见过你的车，是一辆蓝鸟，这车还算破车，我们的普桑就不能见人了。"她撇了撇嘴，道，"我和郭兰两个大美女坐你的车，是你的荣幸，这还是看在你是帅哥的分儿上，才给了你为美女服务的机会，其他人还没有这种待遇。"

李俊是属于那种长相不错、性情活跃的女孩子，一张嘴如爆豆一般，不等侯卫东询问，便将郭兰的去向道了出来："班上还有郭兰的大学同学，在省交通厅工作，中午非得拉上郭兰吃饭。他把在岭西的同级校友全约上了，看他的神情，是要向郭兰发起攻势。"

侯卫东暗道："难怪居委会多数都是女同志，道东家长，说西家短，确实是女人的天性。"他口里敷衍道："这是郭师母最关心的事。"

李俊显然对郭兰的婚事最为关注，听闻此语，就把身子完全扭过来，面对着侯卫东："红颜命苦，郭兰以前在大学里有一个男朋友，英俊潇洒，才华出众。谁知是个白眼狼，出国以后立刻变心，典型的知人知面不知心。"

侯卫东不愿意多谈这些婆妈事，随口敷衍着。这时，任课老师走了进来，李俊意犹未尽，道："郭教授心里不说这事，其实也挺着急，你们市委办未婚青年多，有没有合适的人？给兰兰姐介绍一个。"

李俊终于转过身去，侯卫东松了一口气，脑海中不由得浮现起了那个经典的多嘴唐僧形象，心道："若论多嘴，李俊与任林渡倒真是天生一对。"想起几年前第一次与李俊见面，李俊还是一个颇为文雅、安静的女孩子，不知道是什么力量，居然将李俊变成了一个与唐僧水平相当的女子。

下午的课程结束得很早，李俊在第一时间又将头扭了过来，道："侯大主任，今天晚上怎么安排？如果你不请我吃饭，我就请你吧。"

侯卫东道："我先欠着，今天晚上我已经约了人，推不掉了，改天我请你和郭兰。"

李俊虽然话多一些，心里却明白得很，开玩笑也有分寸，经过这几次接触，不知不觉中，与侯卫东已经成了熟人。

两人一起下了楼，李俊指了指操场另一角的车，笑道："政法委的车除了喇叭不响，什么地方都在响，下次上课，还是坐你的高档车。"

"十分欢迎。"侯卫东上了车，向李俊摇了摇手，开着车一溜烟地走了。

晚餐时间，侯卫东依照与宋致成的约定，将曾宪刚约了出来。曾宪刚听了宋致成的顾忌，道："这些女人家，乱掺和男人的事情。"

侯卫东道："我觉得小宋所说有道理。"

曾宪刚自从砍了黑娃，又报了杀妻之仇，胆气便很足，对黑社会的外强中干也有体会，道："她胆子小，听说钨砂矿有黑社会，便拼死拼活不准我去干。黑社会也是人，我又不是没有见过。"

"小宋是你的女人，你要考虑她的感受，我和她接触不多，但是感觉她很在意你。"

曾宪刚道："曾宪勇和我是刀山火海滚出来的兄弟，我给了他两百万，这钱小宋不知道，是我的私房钱。我个人暂时不搞钨砂矿，不是害怕，是没有时间。家装这一块正在兴起，事情多，业务量大，我还是专心做这件事情。”

曾宪刚如今的小日子过得挺顺，讲起生意头头是道：“岭西是省会城市，人流、物流、资金流比沙州要强许多倍，在这里发展要容易得多。即使要混官场，在省里发展也要容易得多。我认识一个省里的人，是个副处级的主任，据他说，县委书记到了他办公室，根本就没有座位。人不熟悉，连水也喝不到一口。”

数年前，为了拿到石场的款子，他与曾宪刚一起请益杨县交通局财务科高科长吃饭、唱歌、跳舞，当活生生的县城小姐出现在曾宪刚身旁时，他手足无措，只能呆呆地听凭那个小姐摆布。这个情景在侯卫东心中始终是一个定格。

而眼前的曾宪刚显得很成熟，由于丢了一只眼睛而戴上了眼罩，反而将他脸上的乡土味有效过滤掉了。他当过兵，当过石匠，为了报仇还经常在上青林山上打沙包，身材保持得很好，既高大又威猛，脸色略黑，也符合时尚潮流，加上宋致成按照岭西品味给他进行了重新包装，此时的曾宪刚已经与上青林的村委会主任截然不同了。

只是，曾宪刚虽然当过村委会主任，毕竟不是正儿八经的官场中人，说起官场多为道听途说。侯卫东没有和他过多探讨这个话题，举起小酒杯，与曾宪刚碰了碰，道：“到省里来发展，没有任何根基，很难，就在沙州慢慢地打基础吧。”

正说着，他突然见到餐厅门口又进来两人，其中一人是《岭西日报》的王辉。

这个餐厅距离《岭西日报》挺近，是日报记者们常来的地方。王辉在此见到侯卫东，很有些意外，与侯卫东亲切握手，热情地道：“说曹操，曹操到，今天下午我还想到了你，没有想到吃晚饭就碰了面。”

侯卫东道：“王主任，就你们两个人？一起吃，这位是曾总，我的好朋友。”他突然想起曾宪刚的店铺改了名字，就扭头问道：“曾总，你那店叫什么名字？这是《岭西日报》的王主任。”

曾宪刚就从身上摸出一个小盒子，取了名片递给了王辉，道：“我的小店叫刚成空间，请王主任光临。”刚成空间自然是宋致成的杰作，她的灵感来源于芬刚石场。有一次，曾宪刚在被窝里给宋致成讲了芬刚石场的来历，宋致成很受启发，就把自己的小店改成了刚成空间——曾宪刚和宋致成的空间。

另一位记者长年在外面跑新闻，是典型的自来熟，看了名片，道：“你就是刚成空间老板？你那个店卖得火，我正准备装修房子，能否打个折？”

“我们店里都是明码标价的，你是卫东的熟人，打八折。”

曾宪刚虽然常年在岭西，可是接触的都是生意人，并没有机会接触到政府官员、报社记者等社会主流。论起社会地位，还属于有钱无势的那一类富人。换个角度来说，他的钱还没有多到可以成为政协委员、人大代表的地步，还没有融入岭西的主流社会。

他刚才对侯卫东提起“县委书记没有位置之事”等话，只是听宋致成的一位隔房表哥吹牛，自己其实并不认识省政府的人。此时见到了岭西报社的人，也想主动结识。

曾宪刚的小心思，侯卫东看得清楚，对于曾宪刚的变化，很有几分高兴，道：“王主任是资深记者，我建议你到报社给刚成空间打打广告，有《岭西日报》的宣传，生意肯定会一日千里。”

曾宪刚道：“请王主任多关照。”

王辉对于曾宪刚没有多大兴趣，应付了几句，道：“这几天我在收集信息，如果我估计得没错，在9月份将要召开的十五届四中全会必定会深化国有企业改革，我想到沙州来搞一个调查。”

侯卫东是周昌全的专职秘书，为了应对周昌全随时可能的提问，他天天都要看《人民日报》、《求是》等报纸杂志，以增加自己对大政方针的把握。听到了王辉的话题，他很有兴趣地道：“前年你的一篇文章，让省里下决心关掉了许多没有价值的开发区，这一次的调研，想必又能为岭西省国有企业改革出金点子。”

王辉笑道：“别捧我，捧得高，摔得痛，我有几斤几两，自己心里有数。”

侯卫东紧接着道：“王主任的分量，我领教过，重千斤。”

两人说笑几句，话题又转到国有企业上面，王辉道：“如今有分量的宣传部门都在大谈国有企业改革，按照惯例，其实都是为了十五届四中全会吹风。我看到了一个统计数据，全国16874家国有大中型工业企业中，亏损户有6599家，即使是盈利企业，相当一部分是在不提取基本折旧、不向技术开发投入、欠缴税金和拖欠贷款本息的情况下才有微利，这种情况很普遍。如何让国有企业走出困境，就是四中全会最需要解决的问题。”

“沙州情况与全国的情况基本一致，不谈生产经营，连职工的工资都发不出来，多数的医疗费用也报不了。”侯卫东虽然也天天看《人民日报》，他毕竟阅历浅些，又不是专业新闻人士，并没有注意到这个问题，只是他熟悉地方情况，这是他相较于王辉的优势。

王辉道：“山西大同煤矿，从工人到矿长，每人每月只能发放二百三十元工资，他们的口号是人人二百三，苦战渡难关。大同煤矿举世闻名，都是如此举步维艰，我想在岭西省找一个典型来解剖，下午就想到了你，没有想到这么巧，在这里就真的遇见了。”

侯卫东道：“欢迎王主任一行到沙州调研，为沙州工业企业脱困解贫出谋划策。”他又道，“我回去以后马上报告周书记，我们这边尽量配合。”他是秘书，有影响力却无拍板权，虽然他相信周昌全会欢迎王辉，也在话语间留了条退路。

王辉道：“我没有解困计，能做到的是客观反映情况。”

王辉与侯卫东等人交谈的时候，曾宪刚插不上嘴，他静静地听着几人交谈，在餐厅明亮的灯光之下，倒显得很深沉。晚餐持续了一个多小时，王辉和侯卫东谈得很深入，两人都有收获。

不是人管人而是制度管人

3月正是踏青的好日子，阳光照得人暖洋洋的。春风确实如剪刀，将不少女生的衣服剪了一些破洞，将憋了一年的青春身体大大方方露出一部分，让男人们眼花缭乱的季节很快就要来到。

接了周昌全，小车很快到了市委大院。在“三讲”期间，沙州市各级领导都改坐车上班为走路上班，施行一段时间，问题不少。也不知从什么时候开始，领导们渐渐又开始坐小车上下班。隔着很远就见到了一群人，男女老少都有，站着，蹲着，还有的人手里拿着用纸写的标语，标语上写着：

“我们要生存，我们要吃饭。”

“三月没发工资，半年没闻肉味。”

马波很有经验，见到这些人，小车沿着公路直走，绕到了后面隐蔽的小门，进了大院。

秘书长洪昂站在办公楼走道前，一边等着周昌全，一边与副秘书长曾勇说着什么。等到周昌全上楼，他赶紧迎过来，道："外面是沙州水泥厂的工人，我已让厂长李东阳立刻过来。太不像话了，有事情可以谈，怎么能够三天两头来堵市委！"

周昌全脸色也不好看，道："我看清楚了标语，生存与吃饭，这是共产党执政的社会，怎么能出现这种标语？乱弹琴！"

水泥厂厂长李东阳接到了市委办的通知，在办公室里磨蹭了好一会儿，这才不情不愿地来到了市委门口。

"回去吧，在这里也没有用。"厂里效益不好，厂长李东阳带着几个头头站在市委门口，苦口婆心却毫无底气地劝着大家，虽然是初春，他还是觉得浑身是汗，就不停地用手抹着额头上的汗水。

市委门口的工人们都是冷眼看着李东阳，没有人搭理他，尽管这个厂长也不算坏。和别的厂长比，至少他所坐的小车是破烂的桑塔纳，还三天两头地进修理厂，害得厂长李东阳不时还骑着自行车上班。

可是效益不好，李东阳就算是再俭朴，在工人眼里也没有威信。

一位工人道："李厂长，你把我的工资发了，我立刻回去上班。"

另一位头发花白的老者道："东阳，我的药费有八千多了，你再不报药费，我只能跳楼了。行行好，东阳，我们还在一个车间工作过，把药费给报了。"

又有人道："李东阳，你劝没用，我们要生存，我们要吃饭。"

水泥厂的工人在市委大院门口站了半天，李东阳等人好说歹说，也就陆续散了。

市委大院的保卫对此已是见惯不惊，见工人们散去，将大门打开，由清洁工人打扫了场地，地上也就没有任何痕迹了。

厂长李东阳并没有离开，他与厂里几位头头都在市委会议室坐着，周昌全、洪昂、步海云等市领导都虎视眈眈地看着几位厂领导。

李东阳两头不受好，也是满肚子苦水，道："我们水泥厂的设备全部引进的是国内先进设备，产品也有市场，只是水泥厂负债过重，资产负债比例是百分之一百二十六，而且养了一大帮退休工人……要想赚钱根本不可能！"

周昌全也是知道这个情况的，沙州水泥厂债务超过了资产，压得企业喘不过气来，成为企业巨大的负担，在这种情况下，沙州水泥厂根本无法与庆达集团益杨铁肩山水泥厂在市场上竞争。结果，国营沙州水泥厂空有先进设备、雄厚技术力量，却连工人的工资也发不出来，而铁肩山水泥厂却是无债一身轻，在沙州将老牌的沙州水泥厂打得节节败退。

水泥厂几位领导吐完了苦水，周昌全心中的怒火也不知不觉地消失了，他慢慢地喝了一口茶水，道：“李厂长，你说的都是实情，市委、市政府知道，近日请步市长召集银行与企业的见面会，看能不能再对企业进行一些支持。”

步海云道：“前几天的报告我看了，争取再贷一些款，数量多少要与银行见面谈。先解决难关，不过总是输血解决不了根本问题，可以考虑债转股等措施。”

几位厂领导脸有喜色。

周昌全停顿片刻，目光依次滑过了几位厂领导：“步市长说得对，这一次只是治标，不是治本。厂里必须加强管理，全市相同情况下的企业不少，多数企业都还在兢兢业业地生产经营，并没有来围攻市委、市政府，你们回去以后要加强管理，多想想办法，不要存在等、靠、要的思想。”

水泥厂几位领导带着喜忧相交的情绪离开了市委大院，虽然面子被刮了，可是市政府让银行来对接，或许又能弄点钱，把眼前的难关渡过。李东阳想通了这一点，忍不住道：“妈的，下次没有工资了，工人们来闹，我就住医院，你们几个先顶住。”

工人离开以后，根据周昌全的指示，沙州成立了国有企业改制领导小组，市长刘兵为组长，常务副市长步海云、市委常委洪昂为副组长，办公室设在市政府研究室，杨森林任办公室主任，周彪、莫为民、侯卫东为副主任。

国有企业改制领导小组成立以后，杨森林带队到国有企业进行了系列调研，侯卫东身份特殊，只参加了一次调研。

3月9日上午，侯卫东接到府办通知，要求参加国有企业领导小组工作会，刘兵市长要参会，不能请假。

侯卫东接到电话，立刻向周昌全作了报告：“周书记，府办通知我下午两点在市政府四会议室参加国有企业改革工作会。据通知说，刘市长要参加这个会。”他是市委书记专职秘书，在市委书记面前应该是透明人，至少理论上如此。

周昌全悠然地喝了一口茶，道：“你是国有企业改革领导小组办公室的副主任，开会自然要去。”

洪昂进了办公室，他是周昌全办公室的常客，进门就坐在办公桌前面的椅子上，声音有些大，道：“周书记，市政府开了办公会，提出将市政府办公楼搬迁到南部新区，以行政中心的迁移带动新区的发展。这么大的事情，居然事前不跟市委通气，也太不像话了。”

他发着这样的牢骚，也没有避着侯卫东，接过侯卫东递过来的茶水，一只手捂着茶杯，感受着茶杯带来的温度。

侯卫东心细，在办公室专门准备了一套茶具，凡是经常到周昌全办公室来的常委都有专门的茶杯。黄子堤和洪昂到办公室最多，两人用的是景德镇出品的镶着金黄色线条的高档瓷器。

周昌全已经知道了这个消息，他低头随意地看了看手表。上午的政府常务会是11点结束，步海云11点05分就打来了电话，而洪昂是11点27分过来汇报，他暗道：“洪昂的消息还是很灵通，政治敏感性亦强。”

周昌全表情平静，道：“关系全局的大事必须要得到市委常委会的同意，这是组织程序，也是铁的纪律，没有上常委会，此事不讨论。”

洪昂委婉地提醒道：“听说省里的领导曾经提出过将市委、市政府都迁到南部新区，如果省里明确支持，市委会很被动。”

由于上一次提拔杨森林事件，洪昂对刘兵借力打力的手段有了警惕，如果省里真有重要领导支持沙州市政府的方案，市委就将处于两难之地。如果被迫同意市政府搬迁要求，将开一个极坏的先例，如果市委坚决不同意市政府搬迁，有可能与省里领导发生矛盾。

周昌全心里有数，轻松地道：“天要下雨，娘要嫁人，由他们去吧。”又道，“下午两点，你和我一起跑几个企业。”

洪昂道：“下午，刘市长召集国有企业改革领导小组成员开会。”

周昌全挥了挥手，道：“让小侯和周彪去就行了，开会解决不了问题，我们不能坐而论道，还得深入一线。”

上午下班之前，侯卫东顺便来到管后勤的马大姐办公室，道：“马姐，我下午两点到市政府开会。”

马大姐热情得紧，一边麻利地给侯卫东倒水，一边问道：“不用马波的车吗？”

“周书记下午要用车。”

马大姐道：“侯主任，不是当大姐的批评你，办公室的那辆奥迪车原则上就是你坐，你太廉洁了，从来不公车私用，不像有的人，天天守着公家车。”

马大姐全名为马小莉，名字很年轻，却是在市委办工作了二十来年的老同志。对于这种女性老板凳，侯卫东经常送点围巾等小礼品，女人都是感性动物，最容易记住这些小手段。以前侯卫东在上青林不名一文时，经常给青林镇党政办杨凤送瓜子，两人就成了好朋友，侯卫东从杨凤手里了解了镇里很多内情。

马小莉拿了一本书，道：“听说小佳怀上了，这本书是讲怀孕的经验，送给小佳妹妹。”小佳以前在建委办公室工作的时候，就认识马小莉，关系一般。现在侯卫东成了委办副主任，在马小莉口中，张小佳变成了“小佳妹妹”，口气亲热得很。

1点40分，侯卫东下楼坐上了市委办的老奥迪车。

这辆老奥迪陪过好几位领导，最后一位领导是市委姜林副书记。姜林副书记高升以后，这辆车正式退居二线，现在是市委办公室工作用车。侯卫东是市委办副主任，偶尔单独用车，马小莉一般就派这辆奥迪车。只是在一般情况之下侯卫东都是坐马波的车，坐这辆老奥迪的机会很少，老奥迪多数时候就是研究室副主任周彪在使用。

这一次周彪到市政府开会，习惯性地要坐这辆奥迪车，孰料委办马小莉不冷不热地道：“周主任，刚才侯主任要了车，这车已派给了他，委屈周主任坐那辆桑塔纳2000。”

桑塔纳2000是新车，车况比老奥迪要好得多，但是，奥迪车就是奥迪车，虽然内部差一些，可是外表还是挺新，更关键是牌子响，周彪坐着奥迪车到各局行调研，很给自己增脸。

听说奥迪被侯卫东要走了，周彪心中顿时不悦，口头道：“代步，坐哪辆车都一样。”他是研究室副主任，副处级，级别与侯卫东一样，但是在委办的地位明里暗里都不如侯卫东，马大姐这样的安排无可厚非，他自然是无话可说，可还是心气不太顺。

他对侯卫东充满着嫉妒，这个年轻人一年前还是益杨科委主任，这种没有实权的正科级干部在沙州多如牛毛，他不拿正眼瞧。可是侯卫东只用了一年时间就突然蹿起，成为沙州市委办炙手可热的人物，连副秘书长、办公室主任曾勇也多次在背后说牢骚话。当然，他也就是在背后说些牢骚话，见了侯卫东比亲兄弟还要亲热。

坐上了桑塔纳2000，周彪烦闷地想："在研究室这个青石板上工作了七年，收入少，还要受气，是不是找个机会到局行去工作？哎，不知什么时候解决我的正处级！"他现在是研究室副主任，如果平级外放还是副职，这是他的一块心病。他想在研究室再上一个台阶，成为正处级，这样外放出去就可以成为局行或县里的一把手。

到了市政府大院，抬头就看到了那辆老奥迪以及正在下车的侯卫东。周彪将心里的不快收了起来，走到侯卫东身边，与其握手打招呼，两人有说有笑地进了市政府大楼。

市政府四会议室在四楼，此时底楼电梯等着十来个人，周彪建议道："侯主任，干脆别等电梯了，走走路，爬爬楼，等于锻炼身体。我们市委办的人长期伏案工作，多数颈椎与腰椎都不太好，你也要注意。这病年轻时还无所谓，老了就是大麻烦，老刘的颈椎病很严重了，现在天天把头吊在门框上。"

侯卫东道："周主任的建议好，我们俩走楼梯。"

周彪与侯卫东虽然都在市委办上班，但是由于侯卫东成天跟着周昌全，事情多，两人没有什么私交。为了拉近与侯卫东的距离，他将不悦、嫉妒等不良情绪赶走，一路谈笑风生。

市委与市政府的关系很微妙，周彪就以这个话题开玩笑："有一个小孩指着大楼门口挂着的几块牌子，问妈妈：市委、市人大、市政府、市政协都是干什么的？他妈妈回答：市委就像你爹，什么也不干，整天背着个手光知道训人；人大就像你爷爷，提着个鸟笼子晃悠，啥事也不管；政府就像你妈，整天傻干活，有时还要挨你爹的训；政协就像你奶奶，整天唠唠叨叨，但谁也不听她的。还有一个市纪委呢？他妈妈说，市纪委就像你，说是监督爸妈，但又受爸妈的领导、吃爸妈的饭、穿爸妈的衣，只能装装样子纪检监察一下爸妈。"

这个段子，侯卫东听得烂熟，他还是很配合地笑道："编这个段子的人肯定也是官场中人，否则没有这么细致准确的描述。"

到了四楼，市政府副秘书长杨森林正站在楼梯口打电话，见到侯卫东和周彪，道："就这样吧，我这有事，改天我们再联系。"他挂了电话，分别与侯卫东和周彪握手，笑道："欢迎两位主任大驾光临。"

杨森林以前在市委办工作时与周彪是同级，如今杨森林当了县长，又当了市政府副秘书长，传说很快就要接蒙厚石的班，这让周彪心里多少有些不爽。此时，杨森林在市府，他在市委，两人没有隶属关系，周彪就放得开，打了个哈哈，道："秘书长同志，你当领导还没有请客，今天大家难得聚在一起，我们给你祝贺祝贺。"

杨森林满面春风地道："我倒是想请客，不知两位是否赏脸。我们不吃大馆子，就到新月楼外面的水陆空，那个馆子开了好几年了，味道不错，环境也行。"

周彪看着侯卫东，道："侯主任，秘书长请客，晚上兄弟们好好喝一杯。"

侯卫东曾经是杨森林的部下，态度与周彪自然有差别，他礼貌地对杨森林道："秘书长，实在不好意思，晚上有接待任务，抽不了身，改天我做东，向老领导与周主任赔罪。"

杨森林如今是市长刘兵的红人，刘兵大事小事总要带上他，所以他很理解侯卫东，道："老弟高升以后，我们哥俩还没有喝过酒，等你哪天有空，就约一约。"

"秘书长，我一定记住。"

这时，刘坤急匆匆从电梯出来，他现在仍然是益杨县府办主任，虽然到省委党校青干班去学习了，却没有得到提拔。见到杨森林，他急忙解释道："杨县长，高速路上堵了车，紧赶慢赶才过来，没有迟到吧？"

杨森林看了看表，道："今天的会主要研究国有企业改革，益杨是工业大县，你作为县府办主任，还是应该了解市里的大政方针。"他批评道，"以后这种重要会议，你一定要提前来，免得误事。"

刘坤鸡啄米似的频频点头，道："以后一定注意。"虽然是被批评了，可是这种批评是内部人才有的批评，他感到很受用。

杨森林当上市政府副秘书长以后，益杨县委组织部老柳与宣传部老刘便动起了脑筋。两人在基层摸爬滚打数十年，眼光很毒，见杨森林突然间成为副秘书长，而秘书长蒙厚石早有退居二线的传闻，于是两位部长一致判断，杨森林这是去接蒙厚石的班。

县长要成为市政府秘书长，如果"寡妇睡觉上面无人"是绝对不行的，联想以前的传闻，"杨森林有后台"就成了柳、刘两家的共识。

刘坤从学校毕业以来，先当县府办秘书，随后出任了青林镇党委副书记、镇长，再任县府办主任，在外人看来，他是顺风顺水。可是，有了侯卫东这个参照物，他从内心深处感到仕途坎坷。特别是侯卫东成了周昌全的专职秘书以后，一飞冲天，他生出了强烈的挫败感，加上主持县政府工作的季海洋对他不冷不热，他颇有些心灰意冷，工作上开始抱着当一天和尚撞一天钟的心态，一门心思想调到局行去工作。

柳、刘两位部长数次做他的思想工作，分析了当前形势，制订了紧抱杨森林大腿的策略，刘坤这才从颓废中重新振作精神。他给自已制订了严格要求，每个月至少要向杨森林汇报三次工作。

春节期间，刘军部长请了市里的老朋友作陪，特意请杨森林吃饭。

一来二去，杨森林对刘坤的感情也加深了。

侯卫东很敏感地从杨森林与刘坤对话中读出些什么，他对刘坤道：“刘主任，好久不见。”

刘坤在益杨官场历练了这么多年，脾气收敛了不少，笑道：“侯主任，什么时候到益杨来视察？”

几个人在楼口打了招呼，没有细谈，鱼贯而入。

3点，市长刘兵准时出现在会场，他穿了一件便装夹克，在一群西服领带里，显得轻松时尚。当他坐下以后，主持会议的步海云副市长清了清嗓子，道：“现在开会。”

市政府国有企业改革工作会议开了两个小时，依然没完没了，眼看着到了5点，侯卫东想着晚上还要陪同周昌全参加接待，心里有些急，可是他正好面对着市长刘兵，不能偷偷溜走。

会议结束之前，刘兵看了一眼侯卫东和周彪，对步海云道：“沙州能有今天的地位，主要是强在工业上，成立这样的一个班子其目的就是为了研究对策，我记得市委这边洪秘书长是副组长，今天这么重要的会，他怎么没有参加？”

步海云心道：“会议都要结束了，而且面对着市委两个副处级干部，在这里说这些有意思吗？”口里道：“洪秘书长有接待任务，他在会前给我打了电话，市委这边有市委办副主任侯卫东和研究室副主任周彪参会，他们两人都是国有企业改革领导小组办公室副主任。”

刘兵哼了一声，道：“好了，来了是关心，不来是放心，这些事情本来就是市政府应尽之责。我最后强调一点，近期由步市长牵头，对全市所有市属国有企业再次进行梳理，我这里指的是规模以上企业，每一个企业根据具体原因提出解困方案，由市政府常务会议研究以后实施。”

这些领导的讲话，总是分为阴阳两面，阳面是公之于众的话，而阴面则是其真实意思。当然，一般的人听不出阴面意思。侯卫东是市委书记秘书，掌握了大量机密，他从刘兵话里听出许多意味深长的话。

到了6点才散会，侯卫东如飞一般赶往小招待所，省里的客人还没有到，洪昂陪着周昌全喝茶，说着些闲话。

见侯卫东进屋，洪昂笑吟吟地说了一句：“这会开了三个小时，很扎实。”

侯卫东知道洪昂在提醒自己，立刻汇报道：“刘市长很重视国有企业改革，从头到尾都参会，问题研究得很具体，将水泥厂等八个规模以上企业提出来进行了分析。具体方案将由政府常务会研究以后执行。”他这一段话很客观公正，可是这一段话放在沙州背景之下，话中就有话，只有局中人才能明白。

周昌全盯着侯卫东，仿佛将其五脏六腑全部看穿，过了一会儿，他缓缓地道：“市委对区域内大事有决定权，国有企业改革必须要在市委领导之下。这一段时间，有些人酝酿着要搬迁市政府大楼，自行其是，必然自吞苦果。”

从去年底开始，刘兵便有独立于市委的倾向，原来需要经过常委会研究的大工程、大项目，由市政府单方面就决定了。这些事情通过无数渠道汇集到了周昌全的耳中，对于刘兵的这种做法，周昌全已经到了必须作出回应的时候。

洪昂是周昌全的心腹，对其想法了然于胸，道：“我建议搞一个常委会议事规程，这也是省委多次提到的党建课题。议事规程着重规定议事范围和议事规则，什么事情必须进常委会，必须明确。谁提起议题，谁主持会议，如何表决，这些亦要明确。”

此语甚合周昌全心意，他道：“继续说。”

“这个议事规程出台以后，要上报省委，省委同意以后这个规程就有强效力。市政府若有出格的事情，市委随时可以依据常委会议事规程对其进行纠正。这其实也是省委赋予市委的权力，如果失去了这个权力，一级党组织就失去了权威。”

周昌全是何等精明之人，虽然洪昂只是提了一个建议，他却立刻明白了洪昂此议的深意，当场拍板：“这个规程并非标新立异，其实是将以前的做法进行了提炼和规范，是对工作的总结和升华，很好。”

这个规程可以有效对付自行其是的刘兵，对于市政府的重大决策，周昌全可以睁只眼闭只眼，但是如果要管，他随时可以拿起议事规程这个武器，保持着对重点工程项目的发言权。

周昌全很赞赏地给洪昂扔了一支烟，心道：“论起阴谋诡计，搞小手段，黄子堤比洪昂要厉害。可是论起搞阳谋，洪昂当过县委书记，又是老牌子大学生，到底不同凡响。”

他对侯卫东道：“小侯，你是市委办副主任，又兼着综合科科长，平时杂事多，很少写文章，难免其他同志有意见。这一次，中共沙州市委常委会议事规程就由你来操刀。你也别害怕，规程是对常委会议事的规范，将地方委员会工作条例相关的要求提炼出来，结合沙州市委以前的制度，更要结合沙州具体情况，就能基本定稿，有问题吗？”

侯卫东当过基层领导，又天天坚持学习，思维能力与领悟能力得到了长足的进步，对这个任务并不畏惧，道：“周书记放心，一个星期准时交稿。”

洪昂补充了一句：“议事规程是很严密也很严肃的工作，侯主任可以从组织部请一位同志，加上研究室的同志，组成一个班子，认真研究，精心组织。规程要报送到省委，要体现出沙州市委的高水准。”

接受了任务以后，侯卫东的第一个想法是想给《岭西日报》的王辉打电话，转念一想：“周书记说得对，当了市委办副主任以后，我确实没有什么拿得出手的材料，难怪背后被人嚼舌头。王辉这根拐杖，终究要扔掉。”

他动作很快，让办公室出通知，请组织部常务副部长粟明俊和研究室副主任周彪马上到市委五会议室开会。

侯卫东从抽屉里拿了两包顶级的娇子烟，拿起笔记本和茶杯，在五会议室等着粟明俊和周彪。他是专职秘书，处于沙州权力巅峰的背面，平时尽量保持着低调，三十年河东，三十年河西，这话，毕竟不是说着玩的，而是无数血泪的经验总结。

组织部与市委办不在一层楼，粟明俊来得很迅速，进门，见只有侯卫东一人，开玩笑道：“侯大秘，召见下官有何指示？”

侯卫东扔了一包烟给粟明俊，道：“粟部，我怎么敢指示您？是有事向组织部求助。”

等到周彪到来后，三杆烟枪就在会议室里吞云吐雾。侯卫东说了目的，粟明俊沉吟了一会儿，道：“省委组织部在今年工作任务中，特意提出了要加强党建工作，促使领导机关决策民主化、科学化和制度化，市委准备搞的市委常委会议事规程，就是很好的实践活动。原本我应该过来协助侯主任，只是要到省里开会，开完会可能还要出去一趟。我让郭兰来配合你，她很熟悉情况。”

周彪也表态道：“研究室全力配合，目前就由小金作为联络员，他是西北政法的本科生，学法律的人逻辑最严密。”

敲定了人员，侯卫东抱了抱拳，道：“多谢两位领导鼎力支持，今天我的时间还相对充裕一些，烦请郭兰和小金现在就到我这里来，等初稿出来以后，再请两位领导来帮助修改。”

郭兰手里头有好几个文件要办，听到要协助市委办工作，为难地道：“粟部，能不能换个人？我手里事多，确实抽不出来。”

粟明俊摇头道：“你一直负责这一块工作，是专家了，换了人显不出组织部的水平。而且，此事赵部长已经同意了，你现在就到楼上去，侯主任在市委五会议室等你。”

郭兰有些怕见侯卫东，昨晚的梦，让她想起来就脸红耳热，只是赵、粟两位部长明确的事情，她没有合适的理由就不能硬顶着。

市委五会议室，烟雾缭绕。郭兰进门时，忍不住停下脚步。

侯卫东与郭兰曾经是同事，知其不喜烟味，对小金道：“最后吸一口，我们得有绅士风度，尊重女性。”说话时，他心里总觉得郭兰有些怪怪的。

等到郭兰在面前坐定，侯卫东这才明白自己为什么感觉有些怪。自从认识郭兰以来，她就是短发，今天坐在对面的郭兰，其头发已是中规中矩的齐肩发型了，虽然这样更有女人味道，却让侯卫东有些不习惯。他问道：“郭兰，准备留长发吗？”

郭兰没有想到侯卫东突然问起这个问题，她有些慌乱，道：“想换换发型，不能老留短发。”心里却想道：“他怎么注意到我的头发了？”当年在沙州学院后门舞厅，与侯卫东共舞以后，郭兰慧剑斩情丝，毅然将一头漂亮的长发剪掉。头发的长短，在她内心深处就有着象征意义。

“按照通俗的说法，换发型就是改变心情，这样看来，郭兰应该要谈朋友了。”看见郭兰改变发型，侯卫东在心中进行了推测。

他见郭兰一直在用手扇残烟，起身把窗户推开两扇，道："市委办的人要写文章，烟瘾一个赛一个，没有办法。"

郭兰见他细心，心窝里泛起了一丝丝温柔。坐下来以后，用手轻轻抚了抚头发，就等着侯卫东发话。她的双手是常弹钢琴的，修长、灵活、细腻，侯卫东眼角余光见到这抚发的指尖，有些舍不得离开，但是必须赶紧移开。

小金是市委研究室今年才新进的人员，从校门直接进了机关门，踌躇满志，很有些新人锐气。平日里，他就知道组织部这个美女，只是没有机会接触，有很多次都擦肩而过。

对这位相貌清秀、气质不俗的美女，他虽然说不上垂涎三尺，好感却是有的。今天居然和郭兰组成了一个小组，他感到莫名的兴奋，话也就多了，道："市委常委会议事规程，这事太简单，先找找之前的文件，改下日期，再加一些套话，很快就会弄出来。"

在市委办公室还能听到这种典型的学生语言，让侯卫东有些诧异地抬起头来，并与郭兰交换了一下眼神，两人眼神中的意味相差不多。

小金侃侃而谈道："领导也不会一个字一个字看。"

侯卫东1993年毕业，小金是1998年毕业，这五年就是一个代沟。而且从经历来说，侯卫东毕业后直接到了益杨最偏僻的青林镇，到了青林镇又因为莫名的理由被分到了不通公路的上青林，从上青林到沙州市委办，侯卫东一路冲关，费尽了心机，兼之他先后给祝焱和周昌全当了秘书，潜移默化之中，行为举止、思维模式与初出校门的学生大是不同。

侯卫东口里道："这个方法好。"心里暗道："小金是哪家子弟？通过什么关系进市委研究室的？"能从校门直接到地市级大机关要害部门的人，多数都是有关系的，他就暗暗猜测着小金的来历，市委机关藏龙卧虎，马虎不得。

闲聊了一会儿，侯卫东言归正传，讲了市委意图，又道："市委常委议事规程是周书记亲自交代的任务，成立领导小组是秘书长的安排，时间紧，任务重，这几天就要将此事完成。我拟定了初步提纲，议事规程总体上分为四个部分，一是议事范围，二是议事程序，三是议事原则，四是纪律和监督。郭兰是组织部的行家，就写议事范围和议事程序，小金是学法律的，写议事原则与纪律和监督。"

郭兰用手轻轻抚了抚刘海，算是对这个布置默认了。

小金年轻人心性，快言快语道：“侯主任，我就弄议事原则，你是当领导的，就弄纪律和监督这一部分。”

侯卫东半开玩笑半认真地道：“小金，周主任布置工作，你也要讨价还价？”

小金嘿嘿笑了笑，道：“研究室分工明确，各管一块，各人自扫门前雪。”

郭兰冰雪聪明，寻思道：“各管一块，意味着研究室领导不太管他，小金怎么还是这么个大学生性子，不知要吃多少亏才能醒悟过来。”她温言劝道：“小金，这样安排是正确的，我们各写两段，最后由侯主任统稿。”

小金看到郭兰如秋水一般的眼睛，年轻人的冲劲不知怎么就烟消云散了，道：“好吧，我就写议事原则与纪律和监督两部分。”

侯卫东出言只是试一试小金，他还真没有心思和精力与小青年斗气，见郭兰一语就将小金说服，暗道：“这就是一物降一物。”

三人细细地讨论了议事规程的内容，结束时，侯卫东给郭兰和小金各一个文件袋，道：“这是我收集的其他地区相关文件，都与议事规程有关，能起到参考作用。”

小金翻看了文件：“切，你不早拿出来，让我们两人费脑筋。”不自觉间，他将郭兰划到了自己的阵营之中。

侯卫东站起身，开始收拾笔记本，道：“不拿出来，是怕大家先入为主。”

郭兰心里已有数，道：“侯主任，有了刚才定下的调子，加上这几份材料，初稿很快就能出来。”

谈完了正事，三人就朝外走，侯卫东问道：“郭教授身体怎么样？”郭兰道：“还是老样子，天天去看书，我妈也坚持着陪他散步。”“唉，如果我爸不得病就太好了，这病不可逆转，只能精心保养。”谈起父亲的病，郭兰很有些遗憾。

侯卫东安慰道：“只要坚持锻炼，应该有好效果。”

走到了楼梯口，侯卫东特意交代小金：“三天之内最好将初稿弄出来，一个星期要交这份材料。”

小金却道：“这个规程在沙州的效能等同于法律法规，哪里能三天就完成，三天完成也行，质量不敢保证。”

虽然小金说得有道理，可是侯卫东听到此话还是不舒服，道："你只是写初稿，后面还要由周主任、秘书长把关。有了那几份现成材料，三天时间，差不多了。"他暗道："三天拿不出来，让周彪换人。"

下楼之际，郭兰对小金道："这个议事规程是市委办的一件大事，周书记、黄书记、秘书长都很关注，你才到机关，有这个机会太不容易了，一定要抓住。"她心软，见小金没有把委办副主任当回事，便出言提醒。

小金考到了政法大学，成绩还算优秀，心气很足，加上舅舅又是沙州老常委、老组织部长张家瑞，他在心里还真没有把研究室副主任周彪、委办副主任侯卫东当成大领导，说话办事就以平辈论交，用朋友间的方式处事。

周彪对小金性格了如指掌，早有不满，可是顾忌着张家瑞，一直没有发作。这次他专门让小金到侯卫东手里来碰撞点火花，借机给小金一些教训。

小金浑然不知人心之险恶，对郭兰道："这也不算什么机会，我们两人把底稿写出来，侯卫东拿出去整合，功劳是他的，苦劳是我们两人的。人与人差不多，让我给周书记当秘书，一样能行。"

郭兰见小金确实还保持着学生时代指点江山激扬文字的劲头，道："小金，这些话在机关不能随便说的，你以后慢慢体会。这件事情一定要抓紧，切莫大意。"

小金对这位文静漂亮的组织部美女很有好感，也知她这样说是一番好意，道："谢谢关心，郭姐姐。"他眼珠一转，道，"郭姐姐晚上有空没有？我请你吃晚饭，顺便讨论一下手中的工作。"

郭兰笑道："算了，改天再说，我今晚有事情。"

侯卫东将任务布置下去以后，他也没有闲着，从直觉来说，他不太相信过于聪明自信的小金，晚上回家，等小佳休息以后，他就来到书房，首先考虑的是"议事原则"。

"坚持解放思想，实事求是，按照岭西省委的决策部署，紧密结合沙州实际，创造性地开展工作。"这一条主要是借省委的牌子，提高市委的权威。

"坚持民主集中制原则，凡属常委会职责范围内的重大事项，都要按照集体领导、民主集中、个别酝酿、会议决定的原则进行决策。"这一条再次明确了大事必须要由会议决定。

……

这个议事规程，既要能够公开发布不留把柄，又要能够实现周昌全的意图，必须在文字上进行充分设计。

隔了几天，郭兰打来电话，初稿已经完成。

看罢郭兰的初稿，侯卫东还算满意。

“这个稿子很不错，只是在细节上还得推敲，比如说要明确市委书记的发言顺序。”侯卫东在稿子上加了一条：市委书记对每个议题的讨论原则上最后一个发言，科学集中讨论意见，提出决策方案和意见，提请会议表决。还有，常委会议的提起方式也应该明确，这必须由市委书记提起，班长的作用其实是具体明确的，这要在文件中表达出来。

郭兰心道：“以前只觉得侯卫东是实干派，没有看出他的理论功底也很深厚，指出的几个地方都是要害处。”

郭兰与侯卫东经过商量，将市委常委会议事规程的“议事范围”和“议事程序”初稿完成。

看过初稿，侯卫东感觉很不错，他在五会议室给小金打了电话：“小金，初稿出来没有？”

小金正拿着一本小说，看得很投入，被侯卫东的电话打断，有些心不在焉：“侯主任，稿子已经完成了大部分，还需要再打磨，晚点交稿，行不行？”

侯卫东不愿意久拖，道：“秘书长催得很紧，不要误事。”

放下电话，小金不满地自言自语道：“这是市委常委会的规程，又不是小学生写作文，应该要搞调研，还要开座谈会分析，哪里说完成就完成。”发了牢骚，他还是拿起了抽屉里的稿件，匆匆翻看了起来。自从接受任务以来，他断断续续地写了一部分，他在大学学的是法律本科，党务工作对于他是全新的课题，因此，他基本上按照手里的资料依葫芦画瓢。

看了一会儿材料，他只觉乏味异常，心里惦记着刚才的小说。

侯卫东挂了电话，对身旁的郭兰道：“等小金的文章，还不如我们自己来写，说不定还要快一些。”

郭兰听其口气不太高兴，道：“小金年轻，才从大学毕业，社会角色还没有完全转换过来，还需要给他一些时间。”

“小金只比我们晚五年毕业，我们毕业的时候，一切都靠自己摸索，做对了，未必能得到表扬，做错了，就得承担责任，又有谁给我们时间和机会？走哪一条道路，如何走自己的路，最终还得靠自己，如果不理解这一点，他迟早要吃大亏。”

郭兰知道侯卫东的说法是正确的。为什么要在社会面前加上“现实”两个字，是因为这个社会的的确确很现实，凡是不能清醒地认识这一点的人，必然会被现实的社会现实。

“小金家庭条件好，没有吃过苦，看问题简单。”郭兰想了想，又道，“小金的舅舅就是张家瑞。”

这与侯卫东的猜想不谋而合，他哼了一声：“难怪这个性格，果然是干部子弟。张家瑞只是舅舅，又不是亲爹。”

两人说了会儿闲话，又开始讨论起稿子来。副秘书长曾勇从门前走过，他原本已经走过了，见到侯卫东和郭兰在会议室里，便又退了回来，返身走进会议室，道：“侯主任，小郭，你们两人辛苦了，市委常委会的议事规程弄出来没有？”

议事规程，在周昌全心中属于阳谋范畴，他是大张旗鼓地搞这份材料，市委办的同志多数都知道此事，当然，真实意图还只有洪昂和侯卫东才心知肚明。

侯卫东将完成的初稿递给曾勇，道：“秘书长，稿子还没有全部完成，这是第一部分，主要是议事范围和议事程序，你是专家，帮我们审一审。”

侯卫东习惯性地给曾勇递了一支烟，当曾勇将烟点着，坐在桌前一条一条地琢磨时，侯卫东突然想起郭兰不喜抽烟，便抱歉地对着她笑了笑。

郭兰皱了皱鼻子，冲着侯卫东笑了笑，轻轻地摇了摇头，侯卫东读懂了她的表情，是“没有关系”的意思。这互相一笑之间，居然很是默契，郭兰心里突然迸出来一句“心有灵犀一点通”。想到了这句，她心里不免有些慌乱，忙用手抚了抚头发。

曾勇低头认真琢磨着稿子，一边看，一边用左手摸着自己的双下巴，他很快就明白了意图，暗道：“难怪要让侯卫东亲自来写这个常委会议事规程，这分明是用来对付刘兵的武器。”

曾勇初任副秘书长时刚好三十七岁，当年雄心勃勃地想干一番事业，谁知周昌全到沙州主政以来，他就在副秘书长这个岗位上原地踏步，一直没有长进。周昌全对其也是不冷不热，既不打击又不重用，一句话，让他在市委办凉快着。

几年来，曾勇心里总是盘着一个问题："我对周昌全可谓忠心耿耿，为什么他就始终把我压着？"

这个问题就像一条毒蛇，长期盘在曾勇心头。也正是因为这个原因，刘兵来到沙州以后，通过原组织部长张家瑞的搭桥，他与市长刘兵在私底下接触颇为频繁。

侯卫东很礼貌地问道："秘书长，你看哪些地方需要修改？"

"总体不错，符合党的民主集中制以及沙州惯例，只是有几点小意见，仅供参考。"曾勇从事文字工作多年，水平着实不错，给侯卫东提出的几个问题，虽然不关大局，却让整个文字更加精炼。

等到曾勇离开会议室后，侯卫东感叹道："市委机关就是不一样，到处藏龙卧虎，曾秘书长文字功底不凡，我自愧不如。"

郭兰随手抚了抚头发，道："要论文字功底，在这幢楼里的人，恐怕比你强的还有不少。"

侯卫东没有想到郭兰会说得这么直接，对于写材料这种事情，他并没有太放在心里，就笑道："以前在青林镇，天天都在做鸡毛蒜皮的事，到了县委办其实也没有正经写过几篇文章，后来又转到了新管会和科委，如今这文字水平，比起市委办的牛人们差得远。"

郭兰认真地道："文章写得好，也就是秘书材料，你是当县长、市长的材料，当秘书只是过渡。"

郭兰是个文静而含蓄的女子，这么多年来，侯卫东还是第一次得到她的表扬，笑道："我们认识也有好多年了，你这是第一次表扬我，受宠若惊。"

郭兰却依然认认真真地道："我说的是事实，益杨新管会取得的成绩，就与你的努力工作分不开，我是旁观者清。"

侯卫东见郭兰态度很诚恳，他反而不好意思再开玩笑了，道："现在回想起来，当初在上青林拼命工作，是为了跳出偏僻的山区，以后就成为一种惯性。我们每个人都是社会这个大齿轮的一部分，随着这个大齿轮不停地惯性运动，如果不想着往前走，很快就会被人扔在脑后。官场和生意场一样，最现实，最冷薄。"

郭兰道："世上本无事，庸人自扰之，大家争来斗去，又有什么意思？有时候很想离开组织部，到大学去教书。”

“天下乌鸦一般黑，你以为大学就真是一方净土？”

“总要好些吧。”

郭兰又道：“到省委党校读了几天研究生，发觉没有什么意思。这些天我就在琢磨着，何不趁着还年轻，正儿八经去考个研究生，就和祝书记以前的秘书平凡一样，躲在象牙塔里，抽空看看书，弹弹琴，平平淡淡一生。在官场上看到这么多你争我斗，实在有些厌倦。”

听着郭兰的描述，侯卫东仿佛又看到了一个在沙州学院湖边散步的女孩，音乐系的钢琴声是隐约背景，不知不觉，他也有些神往，心情也随之平和。不过，低头看着手中的文字，又哑然失笑，暗道：“我一边在向往着田园风光，一边却在炮制着套人的文件。”

等到郭兰离开后，侯卫东抽了抽鼻子，空气中似乎还散发着幽幽的香味，闻香识女人，确实，每个女人都有着独特的味道。

侯卫东回到办公室，再给小金打电话，由于周昌全书记在办公室看文件，他低声道：“小金，稿子送到我办公室，没完成也送过来，我要看一看。”

小金看了一整天小说，稿子根本没有进展，接到侯卫东的电话，他心一横，道：“反正还有层层领导把关，我这个材料勉强也能用。”他将材料重新理顺，加了序号，打印好，给侯卫东送了过去。

小金进了侯卫东的办公室，他一眼就瞧见另一间办公室的周昌全，周昌全戴着副眼镜，低头写着什么。侯卫东也不说话，示意小金坐下以后，拿起了他的材料。

周昌全办公室就如厚实的磁场，将小金压得喘不过气来。眼前的侯卫东一言不发地看材料，比平时多了些威严，他少见地端正了坐姿，神情端庄起来，暗地里后悔：“我鬼迷了心窍，放着正事不做，看了大半天小说。”

侯卫东看完材料，又从抽屉里拿出自己搜集的材料，对比了一下，他抬头看了一眼有些拘束的小金，道：“你的稿子就是将这些材料组合了一下，我们商量的几个关键点，怎么没有融进去？”

小金心里已经后悔了，口里还在低声申辩，道：“时间确实太紧张了，如果多点时间来打磨，效果会好一些。”

侯卫东不愿意在小金身上多花时间了，道：“就这样吧，你的任务完成了。”

小金灰溜溜地走出办公室，长舒了一口气，道：“终于交差了。”

晚上，原沙州市委常委、组织部长张家瑞因私事回到了沙州。

市长刘兵与张家瑞关系不错，这也是张家瑞被调离沙州的原因之一。此时张家瑞来办私事，谁也没有惊动，只请了几位老朋友——市长刘兵、市政府副秘书长杨森林，市委副秘书长曾勇曾经是张家瑞的部下，照例也一起吃饭。

张家瑞是小金的舅舅，小金也参加了家宴。

席间，曾勇有意无意地对小金道：“今天晚上洪秘书长叫上侯卫东和组织部的郭兰一起看讨论稿，怎么没有叫上你？你也是其中一员。”

小金年轻气盛，心中很不舒服，嘴里却道：“我才不想参加。”

张家瑞一直将姐姐的儿子小金当半个儿子看待，笑呵呵地道：“小金刚刚工作，能写什么大文章？”

曾勇借着说文章之际，将稿子的主要精神道了出来。

市长刘兵听得明明白白，他毫不掩饰地对张家瑞道：“弄个市委常委会议事规程，真是用心良苦啊！”

张家瑞已经调走，说话就不顾忌，道：“司马昭之心，路人皆知。”

四大班子办公楼搬迁

春光明媚，满眼都是嫩嫩的绿色，还有争相开放的迎春花，一派春的气息。

刘兵站在南部新区的原野上，他再次对副秘书长杨森林道：“这一片土地前景广阔，如果能将市政府搬过来，肯定能带动整个南部新区的发展。”

杨森林知道这个建议没有经过市委同意，他并不是太热情，稳重地道：“只怕会有些阻力。”

刘兵眼望着大片大片的空地，道：“搞土地置换，不用市财政出一分钱，就能带动整个南部新区的发展，这种好事都要阻拦，实在是没有道理。”

在南部新区转了一圈，刘兵又给副省长秦路的秘书打了电话，道：

"杜处长，我是刘兵，秦省长哪一天有空？我想汇报沙州近期工作和下一步的发展思路。"

秦省长秘书杜处长与刘兵在春节期间来往了好几次，已经成了朋友，道："刘市长交代的事情，我怎么敢马虎，秦省长11点开完会，你准时过来。如果没有其他事情，我给秦省长报告一下，看能不能一起吃顿午餐。"

刘兵大喜，赶紧道："谢谢杜处长，我马上动身。"又道，"午餐安排在金星大酒店，可以吗？"

"我现在还没有给秦省长报告，如果首长有事，中午恐怕不行。"杜处长想了想，道，"其实真要吃饭，大酒店还不如特色餐馆，只是酒店的环境好，这一点小餐馆无论如何比不上。"

刘兵道："我当下级的，还是懂得立正稍息的，我在金星大酒店恭候着。"

到了岭西省，刚刚10点30分，杨森林到金星大酒店去订餐，刘兵前往省政府。

秦路是省政府几位副省长中最年轻的，排名靠前，据小道消息传闻，岭西省的常务副省长即将调到另一个省当省长，秦路就是常务副省长最有力的竞争者。在刘兵眼里，秦路是岭西省的未来之星，他一直想打入秦路的圈子，经过多次操作，关系越来越亲密了。

在会客室等了十来分钟，就接到了杜处长的电话："刘市长，秦省长回来了。"

刘兵赶紧从会客室出来，就见到秦路副省长和杜处长出现在眼前。秦路个子不高，瘦瘦小小，可是精神看上去很好，他与刘兵握了握手，道："你们上报的方案我看了，有几个问题还要仔细研究，第一……"

对于搬迁沙州市政府大楼，刘兵并不是心血来潮之举，他初到沙州，考察了当时刚成立的南部新区以后，就有了搬迁的念头。这个念头就如种子，留在了他的心中，只是一直没有遇到合适的温度和水分，还没有破土而出。

这一次，省里的云岭建设集团找上了他，提出了以土地置换办公楼的建议，具体来说，就是由云岭建设集团出资修建新的市政府办公大楼。市政府并不出钱，只是将原市政府办公用地免费提供给云岭集团作为开发用地。这是一个双赢的合作方式，也是当前比较普遍的运作模式。对于刘兵来说，财政不出钱就可以得到一座办公大楼，还能起到带动南部新区发展的作用。云岭集团则可以拿到最好的一块地。更重要的是，云岭集团的董事长姓方，而方董事长的妻子则是秦路的二妹秦莉。

秦路二妹秦莉并没有在云岭集团任职，但是每一次云岭集团与刘兵接触，都是秦莉出马，其中的弯弯绕，刘兵心如明镜一般。他再次使出借力之法，想让沙州市委书记周昌全与副省长秦路掰一掰手腕，也为自己晋升留一条路。

11点，刘兵来到了金星大酒店，恭候副省长秦路。

在沙州市委，侯卫东已经将《沙州市委常委会议事规程》初稿弄好，洪昂审阅后，又修改了几个地方，他重新打印一份，送到了周昌全的案头。

周昌全心情不错，道："效率还不错，不知道质量如何？"他将文件看了两遍，抬头看了看坐在隔间的侯卫东，稍稍提高声音："小侯，过来。"

这篇文章能否符合周昌全的要求，侯卫东心里还稍稍有些忐忑，他站在周昌全桌旁，等着周昌全的最后裁判。

"别像个门神一样站着，坐。"

侯卫东见周昌全脸上带着笑，略为放心，坐在了他的对面。他虽然是周昌全的专职秘书，但是在周昌全面前，他一般都是站着说话，很少坐在周昌全对面的座位上。

一年时间，这是周昌全第一次主动让侯卫东坐在自己对面。

周昌全从抽屉里摸了一包烟，扔了一支给侯卫东，笑道："在办公室原则上不许抽烟，但是原则也有被突破的时候。"侯卫东倒真有些受宠若惊，连忙站起来，为周昌全点烟，两人就隔着桌子吞云吐雾。

"议事规程写得很好，再做一些微调，就可以发给常委们讨论。"周昌全被烟呛了一口，就将烟摁灭了。

侯卫东弄出来的这个议事规程，比周昌全预想中还要出色，紧紧把握住了"市委常委会决定大事、市委书记掌握常委会"这个思路，这原本就是现行权力的运作模式，如今通过议事规程固定下来，光明正大，让人无话可说。

周昌全知道，省委一定会同意并且还要赞赏这个规程。

这是一个用来约束个人权力的规程，同时，由于周昌全在沙州具有的个人威信，他完全可以用这个规程来制约做事开始出格的刘兵。

“你以后有什么打算？”

侯卫东没有想到周昌全会突然问起这个问题，道：“这个我还没有想好，先把本职工作做好，以后的事情再说。”

周昌全用谈心的口气道：“我这一届结束以后，很有可能要到省里去，省人大或政协，这是自然规律，年龄不饶人，官当得再大，也有退下来的时候。你的综合素质很好，大局观强，平衡能力也不错，我建议你到地方上去工作。县长与局长的级别虽然一样，但是当县长是掌管全局，当局长只是部门领导，这两者很有些区别，以后要想走得远，必须得有掌握全局的经验。你今年二十九吧，再等个两三年，有没有信心当好县长？”

一般情况之下，他很少在部下面前说这些封官许愿的话，今天看到这份出色的议事规程，爱才之心大起，这才说了鼓励之语。

侯卫东虽然有些意外，却赶紧调整心态，用坚毅的目光望着周昌全，道：“感谢周书记对我的信任，如果有这个机会，我一定会尽心尽力履行职责，不会让周书记失望。”

周昌全道：“有信心就好。”

真是天上落下了大馅饼，在侯卫东心里，他是想着等到周昌全卸任以后，他就到县里当副书记，而今天，周昌全居然明确表态让他去当县长。这也就是说，他将在三十一岁或三十二岁时，成为沙州某个县的县长，这或许是岭西进入80年代以后，最年轻的一位县长。“近水楼台先得月，朝中有人好做官。”这两句话出自不同的地方，如今在侯卫东脑海里却结合得很好。

下班以后，回到家中，正准备同小佳一起吃晚饭，却接到了罗金浩的电话。

侯卫东抱歉地对小佳道：“罗金浩在外面，到水陆空吃饭。”

侯卫东平时经常陪着周昌全在外面应酬，好不容易回家吃一次晚饭，小佳见他又要出去，心里有怨气，道：“难道你就不知道撒谎，说有事吗？”

“罗金浩是师兄，上一次找祝梅帮了我的忙，到了家门口，我不出去不太好。”

小佳最近还让罗金浩为其表弟办了户口，因此，她只是抱怨了一句，又道：“少喝点，都是熟人，用不着和别人拼酒。”

“知道了，夫人大人。”侯卫东穿上外套，下了楼，很快就到了水陆空，他远远地见到一个熟人。

易中岭站在水陆空门口，正在打电话，见到侯卫东走了过来，露出了笑脸，一只手伸了出去，热情地与侯卫东握手。

尽管易中岭与侯卫东没有直接的冲突，但是当年益杨土产公司一事，让侯卫东对易中岭心存强烈的戒心。他冷淡地应对了易中岭的热情，上了楼，来到包间。

与罗金浩打了招呼，侯卫东就准备脱下外套。挂外套时，他无意中透过玻璃窗，看到一辆奥迪车开了过来。侯卫东很熟悉这辆车，这是沙州市委副书记黄子堤的座车。

易中岭快走几步，为黄子堤开了车门。

侯卫东是第二次看到黄子堤与易中岭在一起吃饭，他有些吃惊地看着这一幕，暗道：“易中岭什么时候与黄子堤搞到了一起？”以黄子堤的身份，必须得有相当身份的人才能接近。易中岭只不过是益杨的一个前国有企业领导人，从级别和影响力来说，进不了黄子堤的法眼。

他很快就想通了关键点，易中岭的堂弟易中达是省委组织部处长，易中达去年曾是“三讲”督导组的成员，黄子堤是市委副书记，两人接触时间颇多，而且三人还曾经在一起吃过饭，应该是易中达在其中牵线搭桥。他暗道：“易中岭从国有企业出来，习惯于攀上政府官员办事，看来攀上了黄子堤这棵大树。”

罗金浩见侯卫东一直盯着窗下，道：“侯主任，看到美女了吗，这么认真？”侯卫东见黄、易两人都进入了大厅，回过头来，道：“哪里有这么多的美女，看到了一个熟人。”

罗金浩见侯卫东有些发愣，开玩笑道：“侯主任肯定是看到了美女，心神不定。”

侯卫东摇摇头，道：“屁个美女，刚才看到了益杨土产公司的易中岭，他在门口等人。”他对益杨土产公司的事情一直耿耿于怀，道：“益杨检察院发生纵火杀人案与易中岭绝对脱不了干系，只是这人狡猾，没有抓到证据，以后要侦破，只能靠机缘巧合。”

罗金浩道："沙州公安局侦破手段与十年甚至二十年前相比没有多大进步，而犯罪分子的犯罪手段却是越来越向高科技和高智商发展。近来的刑事破案率低得不敢向社会公布，我们这些当公安的人真是羞愧。"又道，"这个易中岭倒也是个人物，从益杨土产公司辞职以后，就成了私营企业家，前一段时间看到一个案子的材料，涉及易中岭。"

"易中岭涉及什么案子？"

"易中岭在成津县临山镇开矿，这次成津县出了几起诈骗案，这些案子倒与易中岭没有太大的关系，他是善意第三方。"

侯卫东"切"了一声道："什么善意第三方？多半是手脚干净而已，易中岭此人绝对是一个祸害。"

"你对此人成见很深。"

"一朝被蛇咬，十年怕井绳，只要是和易中岭沾边的人和事，我都要打起十二万分的警惕。"

晚上回到家，侯卫东想起罗金浩之言，给曾宪刚打了电话过去，寒暄几句，道："上回听说秦敢和宪勇要到成津县去开钨砂矿，他们具体在哪个镇？"

曾宪刚洗了澡出来，穿了睡衣，正在空调屋里与宋致成温存，接了电话，看了宋致成一眼，走到窗边，低声道："秦敢和曾宪勇都在临山镇，那是矿石储量最大的一个镇。"

"听说易中岭也在临山镇？"

曾宪刚没有想到侯卫东消息这么灵通，道："这事我知道。易中岭有些门道，他到临山镇的时间与秦敢和曾宪勇差不多，通过县里关系买了一个肥矿，很赚钱。秦敢和曾宪勇合资买了一个偏僻的瘦矿，勉强能赚钱。"

侯卫东问道："到底在临山镇有黑社会没有？宋致成说得很严重！"

宋致成扯了一床薄被单盖在身上，目不转睛地看着曾宪刚，好不容易到来的幸福，她不愿意轻易失去，所以她最反感曾宪刚与不三不四的人接触。这不三不四的人，就包括秦敢与曾宪勇。在她心目中，他们两人手底下跟着一帮人，和黑社会没有什么区别。

"这事很复杂，简单来说，到临山镇开矿没有点势力是不行的，易中岭手下同样如此，而且他手下人数还不少。"曾宪刚听得出侯卫东的关心，道，"疯子放心，我不会插手这些事情，专心在省城做生意，日子过得去就行了，何必惹上这些亡命之徒！”

曾宪刚其实对临山镇的情况很熟悉，秦敢和曾宪勇手下也有十来个人，都是当年在上青林跟着自己的小兄弟，如今全部跟在秦敢和曾宪勇手下，帮着守山护院。

侯卫东没有想到情况如此严重，不过这些事、这些人与他并没有太大关系，就道：“小宋是一心想过日子的人，你别掺和这些事。世界上的事情最怕认真两个字，共产党如果认起真来，关系网再深的黑社会一样会立刻土崩瓦解。以前的黑娃、青皮也很猖獗，真想收拾他们就如摁死一只蚂蚁。”

曾宪刚曾经砍过黑娃的手，血液中的野性便被点燃了，几乎走上了另一条道路，如今有了宋致成，他慢慢地重新回到正常的生活之中。他对侯卫东道：“胆大的日龙日虎，胆小的骑抱鸡母，这是强者生存的世界。不过你放心，我现在是当富家翁，这些江湖上的事情，我不参加了。我不怕事，但是不惹事最好。”

放下电话，侯卫东回想着与益杨流氓头头黑娃斗争的岁月，虽然至今不过数年时间，感觉上却是很遥远。他如今是中共沙州市委书记的专职秘书、市委办副主任，职务并不高，但是在沙州算得上是有影响的人物，基本上没有机会与社会人物赤膊相见，以前与人赤膊相向的青春岁月，似乎一下成了历史。

随着社会的不断发展，人将分成不同的群体，这是社会发展的必然。群体的划分就如玻璃，各群体能互相看见，却有一层无形的硬质隔板将各个群体分得很清楚。曾宪刚有钱，但是他的钱还不足以改变他的群体，只有当钱多到一定程度，量变引起了质变，他才能成为人大代表或者政协委员，正式进入现代岭西的精英群体。

“谁的电话？”躺在床上的小佳见侯卫东打了电话以后脸色有些沉重，关心地问道。

“没有事，曾宪刚的电话，他要和宋致成结婚。”

小佳奇怪地问道：“曾宪刚结婚，你应该高兴才是，怎么看上去闷闷不乐？”

侯卫东并不想让小佳知道黑社会的烂事，敷衍道：“没事，突然想起了以前在上青林死掉的好朋友。”

晚上11点，侯卫东正准备休息时，接到了洪昂的电话，以为有急事，迅速赶到小招待所。

在市委小招待所，周昌全和洪昂坐在一起喝茶。

晚上8点，省政协常务副主席刘铁松乘车从高速路经过沙州时，小车突然出了故障，临时拐进了服务区。他是省里老领导，与周昌全熟悉，在高速路服务区里给周昌全打了电话。

周昌全恰好和洪昂在一起，坐车直奔服务区，将刘铁松接了下来。

陪着刘铁松在小招待所喝茶，周昌全与刘铁松两人单独谈了些知心话。10点30分，刘铁松执意要回岭西，洪昂从公安局调了一辆高档警用便车，将刘铁松送回了岭西。

周昌全从刘铁松那里得到好消息，有些兴奋，打算住在小招待所，道："秘书长，约两个人，我们打一会儿扑克。"

洪昂征询意见道："除了侯卫东，还叫上谁？"

周昌全道："黄书记打牌算得很精，算他一个。"

周昌全这个时候召唤，黄子堤也以为有紧急事情，一溜烟地来到了小招待所。侯卫东前脚进门，他后脚也进了小招待所。

进了门，就见到了一脸轻松的周昌全。周昌全笑道："子堤，这一段时间太紧张了，今天大家轻松轻松。"

黄子堤曾经是市委秘书长，对周昌全的习惯了如指掌，他换了一副轻松的笑脸，道："好久没有打双扣了，我和周书记一方，今天晚上痛痛快快地打一场。"

周昌全乐呵呵地道："我和黄书记合作了许多年，要想打败我们俩，秘书长和卫东可要费些功夫。"

四人打双扣的技术都不错，发了牌以后，就开始专心算起牌来，一时也难解难分。大家技术差不多，就看谁的运气好一些，集中精力打第四局，双方就开始胶着起来。到了深夜1点，周昌全拿了一手好牌，最后才结束战斗，他大笑道："痛快，你们两人牌技还是不错的，只是今天运气不在你们那一边，改天再来打。"

深夜1点结束双扣，周昌全没有回家，住在了小招待所，他将侯卫东赶回了家。

马波将侯卫东送回到新月楼，他眼睛转了转，对副驾驶位置上的侯卫东道："侯主任，明天晚上如果周书记没有安排，我请你吃饭。"在他眼中，侯卫东不仅是周昌全的红人，还与黄子堤和洪昂关系很铁，这种人迟早要掌大权，所以马波对侯卫东很有些巴结。

侯卫东道："我们天天在一起，吃饭的时间多了，马师傅，有什么事吗？"

马波道："侯主任，我是小车班的班长，按照很多地方的惯例，小车班班长都要挂个副科长甚至是科长，你是办公室领导，在开会的时候提一提这件事情。"

侯卫东道："这好办，你本身就管着小车班，当个科长绰绰有余。"

马波笑道："那就希望侯主任美言了。"他在市委给领导开了好几年车，见多识广，嗅觉挺灵，从周昌全的年龄来说，这一届市委书记届满，肯定要调动岗位，而新来的市委书记一般来说要重新选司机。他当了这么多年驾驶员，早已经厌烦了，就想先安排一个科长或副科长职务，有了这个台阶，等到周昌全任满之前，就能转行到局行任职。

侯卫东道："这点小事，还需要感谢，太见外了。"他所说也是大实话，市委书记的专职驾驶员，真心要提一个科级职务，没有任何人会从中作梗。

早上，周昌全起得早，背着手，在园中看花。

昨夜睡得晚，周昌全失眠了。他在房间里辗转反侧，就如铁锅烙饼子，在凌晨3点左右才勉强入睡。到了5点，不知谁在小招待所围墙外喊了一嗓子，被惊醒以后，更如铁锅里的饼子，翻来翻去。早上7点，他终于结束了痛苦的睡眠。

侯卫东来了以后，周昌全发了感慨："记得年轻的时候，我是有名的倒头睡，现在只要过了晚上12点就睡不好，岁月不饶人啊。"

"岁月不饶人"这种话，只能由当事人亲口说出，侯卫东尽管与周昌全关系密切，却也不敢说这话，他只是在一旁微笑着，与周昌全一起欣赏着花花草草。小招待所的花草品种一般，远不如当年青林镇粮站老邢的花草，但是胜在肥料充足，到处是绿意盎然，显得生机勃勃。

虽然晚上没有睡好，人有些疲倦，周昌全却仍然保持着昨天的好心情，主动道："小招待所的稀饭和咸菜很对我的胃口，你陪我吃两碗，还吃得下吗？"

侯卫东已经吃了早饭，却道："今天早上恰巧没有吃早饭，听说小招待所的早餐不错，正好可以尝尝。"

小招餐厅里一尘不染，还放着舒缓的背景音乐，小招的大小头头们都在餐厅里督战，务必让周昌全吃得舒心，吃得健康，吃得愉快。

将啰唆的小招主任打发走以后，周昌全与侯卫东就一起享用着小招待所特级厨师精心准备的早点。侯卫东胃口大开，喝了一碗稀饭，吃了两个鸡蛋、五个包子，肠胃被热腾腾的食物充满。

“好食量。”周昌全见到侯卫东如梁山好汉一般风卷残云，忍不住叫好。

这让侯卫东有些汗颜，平时他食量虽然也大，却还没有到达这种饭桶水平，今天实在是破例，他夸道：“小招的早餐果然名不虚传。”

周昌全很欣赏侯卫东的朝气，一放筷子，道：“吃饱喝足，跟我到南部新区看一看。”

侯卫东见周昌全说到正事，立刻恢复了工作状态，神情严肃起来，脑袋也格外灵光，道：“是否通知高健主任？”

周昌全道：“给他打电话，我们到南部新区转一圈。”

马波正拿着软布在擦车身，虽然这辆车有专门的维修点和清洗点，可是他只要有空闲时，就要拿软布来擦车，这倒不是纯粹做样子，他是实实在在地爱车。

等周昌全与侯卫东上了车，一踩油门，小车平稳地开出小招，随即提速，朝南部新区快速奔去。

找到了一个小山头，周昌全兴致勃勃地登上山。很快，南部新区管委会主任高健闻讯而来。

春天的南部新区倒也是一片生机盎然，绿的叶子，红色的花朵，争奇斗艳。这大片的野生绿色植物，让这个新区显得有些不伦不类。

周昌全背手俯视着脚下广阔的野地，在小山坡上站了约半个小时，才抬起手，指着前方的土地道：“这块土地面积至少是益杨新管会的数倍，发挥的带动效果却远远不如益杨新管会，不仅没有成为沙州发展的火车头，甚至成为有些人攻击市委、市政府的目标。”

侯卫东当过新管会主任，他对南部新区的发展水平也瞧不上眼，委婉地道：“南部新区还有很强的潜力可以挖。”

周昌全显然对南部新区的发展进度很不满意，道：“有潜力可挖，也就是现在工作还不行，是不是这个意思？”

南部新区管委会主任高健是工作经验很丰富的领导干部，他经常与侯卫东联系，两人关系还不错，侯卫东有意帮着高健说话，道：“南部新区发展慢了些，是客观条件造成的，其中一个很重要的原因是投入不足，现在客商不仅需要政策优惠，更需要有宽松的发展环境、良好的基础设施。南部新区与西城区相比，实际上并没有多少优势，基础设施要差许多，所以客商宁愿到西城区，也不愿意主动进入南部新区。”

侯卫东说得很中肯，周昌全基本同意他的观点，道：“省委已经同意了《市委常委会议事规程》，议事规程出台以后，需要解决的第一件大事，就是搬迁市委、市人大、市政府和市政协机关。刘市长只想着搬迁市政府大楼，想法不错，只是气魄不够，既然要带动南部新区发展，力度大一点也无妨。”

突然听说要搬迁四大班子的办公室，侯卫东一时还有些愣神。

周昌全吩咐道：“回去以后，请黄书记、洪秘书长叫到办公室来，一起商量这事，再提交到市委常委会上讨论，如果讨论同意，再开展下一步的工作。”

当刘兵绕过市委准备搬迁市政府办公大楼以后，周昌全一直关注此事，经过长时间思考，他下定决心启动四大班子办公室搬迁工程。这一次市委常委会只能讨论是否启动搬迁工程，正式启动以后，还有许多准备工作要办，也有很多环节需要打通。

侯卫东深知周、刘两人之间的明争暗斗，对于周昌全这一次出手，他不禁在心中暗赞：“周书记多次说过，洪秘书长是搞阳谋的好手，其实，他本人最善于堂堂正正地与人交锋。”

靠搬迁行政中心带动一方发展的做法，在全国有不少成功的例子，搬迁市政府并不是一个坏主意，只是市长刘兵一直绕开市委。此时，周昌全站在全局的角度，堂堂正正出手，而且手笔更大，相较之下，反而衬托出刘兵胸襟不宽、权威不足。

下山以后，当小车经过市政府大院时，侯卫东看了一眼气派的市政府大楼，暗道：“如果刘兵得知此事，不知是何想法？”

很快，召开了沙州市委常委会。

对于刘兵来说，这是一场郁闷至极的常委会，他悻悻然地走出了会场。回到办公室不久，接到了秦莉的电话：“刘市长，祝贺，听说市政府大楼搬迁一事在常委会上通过了。”

“秦总，你的消息真是灵通，不过不是市政府搬迁，而是四大班子搬迁，事情复杂了。”刘兵抬手看了看手表，此时距离常委会结束还不到一个小时的时间，从这一点就可以说明，除了自己以外，还有另外的常委与秦莉关系良好。

电话里，秦莉呵呵笑了几声，她说话很直接，道：“四大班子搬迁，市政府很有气魄啊。刘市长，云岭公司做事很地道，这几年承建了不少工程，全部都是优质工程，这一点请你放心，你一定要记在心上。”

刘兵心里只能苦笑，道：“今天只是定下了要启动四大班子办公楼的搬迁工程，还准备上报岭西省和国务院，今年能否动工仍然是一个未知数。”

聊了几句，秦莉轻描淡写地道：“这几天听到一个小道消息，省里有意让周昌全年龄到点后出任省人大副主任。”

刘兵是第三次听到这种传言，早就信了七分，明年省市都将换届，这也就意味着，能否当上沙州市委书记，今年是最为关键的一年。

他坐在办公室想了一会儿，将秘书长蒙厚石叫到了办公室。

“你打个电话，嗯……”刘兵停顿了一下，他原本想让蒙厚石去约省委江副秘书长，话至嘴边又咽了回去，“让设计方赶紧更改思路。”

等到蒙厚石离开了办公室，刘兵亲自给江副秘书长打了电话。刘兵与江副秘书长原来并不熟悉，通过蒙厚石牵线搭桥，他们已经见过两次，算得上熟人了，刘兵还是决定单独与江副秘书长建立友谊。

江副秘书长倒很是客气，翻看了省委副书记朱建国的日程安排，约定在明天中午见面。

约了江副秘书长，刘兵心中稍安，站在窗边，用小剪刀为窗台上的桂花盆景修了修枝条。这个盆景跟了他许多年，他还特意打招呼让工作人员别动这个盆景。

春天到了，窗台上的这盆桂花长了许多嫩叶子出来，煞是喜人，只是新枝太多，看上去有些凌乱。刘兵心情不佳，将手里的事情放下，站在窗台上修剪起这盆枝繁叶茂的桂花来。

正在专心修剪，秘书小秦拿了一封信走了过来，道：“刘市长，这里有一封信，请你阅示。”

一般情况下，小秦不会特意挑一封信，刘兵就问道：“什么信？”

小秦简洁地道：“检举信，关于财政局长孔正义贪污受贿问题的检举信。”

矮胖的财政局长孔正义是周昌全的嫡系，刘兵早就对其心怀不满，此时听说有孔正义的检举信，他将手中剪刀放下，回到了办公桌。

这封信很翔实，反映了孔正义多方面的问题：一是虚列支出费用。1996年12月，孔正义让出纳为其办了一张信用卡，存入六万元，后来用五万元发票来冲账，剩余一万款项不知所终；1997年5月，到欧洲考察，借走现金三万，后来报销了六万块。二是财政局负责政府定点采购时，孔正义先后接受了汽修厂老板现金七万元。三是其新房装修是由财政局报账，另外还有春节收受拜年钱等。

刘兵相信检举信的真实性。能够将检举信写得如此详细，时间、地点、人物、金额都一清二楚，绝对是内部人所为，而且，此人在财政局职务不低。

他细细地将这封信再读了一遍。虽然这封信检举的内容很平常，可以说是在现实生活中司空见惯的事情，但是从法律上来说，超过五千元就可以获刑，也就是说，只要检举信上所列内容查实一条，孔正义就完了。他暗自琢磨道："这封信能够发挥什么样的作用？如何让这封信发挥最大的作用？何时让这封信发挥作用？"

刘兵对秘书小秦道："其他部门收到这封信没有？"他所说的其他部门，主要是指市委和市纪委。小秦跟着刘兵两年多时间，为人颇为机灵，人缘亦好，经常能为刘兵带来意想不到的消息。

小秦明白刘兵所指，道："我去问问。"

各自都有靠山

开完常委会，侯卫东端着周昌全的水杯回到了办公室，一边走，一边想道："现在的情景与当年在益杨何其相似，祝焱作为县委书记，将马有财压得死死的，周昌全作为市委书记，同样将刘兵的手脚绑得很紧，看来刘兵只能俯首称臣。"想到这里，他心里有些隐忧，"如果小道消息是真的，明年周昌全就要到省人大，到时我怎么办？如果由刘兵来当市委书记，我即使到下面去当了县长，恐怕日子也不好过。"

下午4点，侯卫东给小佳打了电话，道："我要跟着周书记到岭西吃晚饭，明天要到省委党校上课，晚上就不回来了。我已经给妈打了电话，她晚上过来陪你。"

小佳道："你已经给妈打了电话？真的没有必要，我现在没有什么问题。"

侯卫东打断道："让你一个人在家里，我不放心，还是让妈过来，乖，听话。"

安置了小佳，侯卫东长长地舒了一口气，他将抽屉里周昌全的手机放在怀里，跟着周昌全前往岭西。

今天晚上是宴请不同寻常的客人——省委书记蒙豪放的夫人吴英。

吴英是水利厅的党组成员、副厅长，由于蒙豪放的地位，她在岭西水利厅地位很特殊，只是她懂得低调，在省里就好评不断。

侯卫东跟在周昌全身边，能经常见到省级领导，眼界也为之一开，当他与吴英副厅长握手时，态度热情礼貌，却是不卑不亢。

侯卫东安排完酒菜，正要退出房间，周昌全道："卫东，就坐在这边，吴厅长不是外人。"

周昌全与吴英很熟，两人坐在一起，有说有笑，话题很快就扯到了70年代。侯卫东渐渐听出些味道："没有想到，周昌全居然与吴英是一个院子里长大的，两家关系应该很好。难怪周昌全底气足，有省委书记夫人撑腰，在岭西还当真没有什么好怕的。"又想道，"周昌全城府真是深不可测，跟着他这么久，居然从来没有泄露自己的关系。"

吴英与周昌全聊了几句，拿出电话："刘大哥，我和昌全在金星大酒店，没有其他人，你过来吧。"

侯卫东听了这话，心中没来由地想道："秘书难道真的就是领导的私人财产，居然不算一个人。"不过，他马上又将自己心中的小小不舒服赶走，"这也说明，吴英也没有把我当成外人。"

周昌全等吴英放下电话，问："刘主席要来？"

"他还有十分钟就到。"

周昌全就用目光向侯卫东示意，侯卫东马上站起来，对吴英道："吴厅长，我去接刘主席。"

等到侯卫东出了门，吴英夸道："你这秘书很机灵，不用吩咐，看一眼，他就知道做什么。"

周昌全道："小侯以前在县里当过县委办主任、新管会主任、科委主任，现在是沙州市委办副主任，是沙州未来的栋梁之才。"

吴英道："周哥，看来你很欣赏这个小伙子。"

周昌全点了点头，道："再跟我磨几年，让他到县里当一把手。"

"我跟老蒙说了，周哥在岭西工作了三十多年，从来没有走过后门，这一次无论如何要成全。"

"我一辈子都工作在第一线，现在就到人大，总觉得还早了点，我的目标是在下一届任期内，将沙州打造成岭西第二大城市。"周昌全给吴英倒了一杯红酒，道，"你还是喝一小杯，这红酒没有问题。"

侯卫东刚到大厅，正在往外张望，见到一个熟悉的身影出现在了门口。从门口进来了四个人，两男两女，其中一个女人穿着休闲装，身材颇为丰满，正是很久没有见过面的段英。

侯卫东脑袋里飞快地想了想最后一次与段英做爱的情景，由于很久没有与段英联系，而近期小佳又怀孕，所以段英的影子在他脑海中不知不觉变得有些模糊了。

段英与几个朋友一起过来喝茶，进门就见到大厅里站着一个熟悉的身影，正是自己深藏在内心深处的那个汉子。汉子，对，段英的心里在这一刻突然涌起了"汉子"两个字，正是眼前这个汉子在自己最失意的时候给了自己淡淡的温暖，这温暖让她一直不能释怀。

只是，侯卫东已经成了她人之夫，而这个"她人"还是同寝室的好友小佳。段英没有横刀夺爱的勇气，下定决心结束这一段或许永远不能曝光的恋情，她把侯卫东的名字与号码从手机上删掉，让自己忘记这一串熟悉的号码。与此同时，她开始与岭西的一些青年才俊相互往来。

今天就与几位朋友约了，到金星大酒店喝茶，请客的是省烟草总公司的一位科长，相貌不俗，谈吐也行。

谁料进门就遇到了侯卫东，段英如触电一般愣了片刻。她当了数年记者，走南闯北见了世面，已非初出校门的小姑娘，很快就控制住心神，并让脸上的笑容自然一些，道："侯卫东，在这等人？"

侯卫东目光在段英身上极为迅速地逡巡了两遍，又在其厚厚的嘴唇上稍稍停留片刻，道："段英，你好，好久不见了。"

段英回头对自己的同事道："你们先上去，我随后就来。"

跟随着段英同来的一位男子用狐疑的眼光看了一眼侯卫东，他是段英的追求者，有些不情愿离开。不过段英不经意瞪了他一眼，他就悻悻地上了楼。

"小佳什么时候的预产期？"

"快了。"

"祝贺你们。"

"谢谢。"

侯卫东转了话题，道："我一直与王辉主任保持着联系，他对你很是称赞，说你是《岭西日报》的后起之秀。"

"我是经过磨难的，知道有一个工作岗位的意义，哪里敢偷懒。现在名校出来的大学生，才华横溢，冲劲十足。我只能老老实实地做事情，否则在社会上就没有立足之地。"

段英如何一步一步从一名益杨丝厂濒临下岗的女工走到了今天的位置，侯卫东很是清楚，听了段英的话，他感慨道："我们都是劳碌命，需要一步一步为自己拼前程。"

段英眼光停留在侯卫东的下巴上，似乎感受到了尖锐的胡须楂子，在心里幽幽叹息一声，道："我正想找你。昨天收到了一封群众来信，是成津县临山镇的。信中说临山镇黑社会为了抢夺矿山，械斗得厉害，伤人甚至杀人案件时有发生。你是沙州市委书记的秘书，如果此信属实，就得管一管，否则捅出去就是抹黑了沙州。"

侯卫东知道段英所言非虚，道："这事我隐约知道一些，明天能否将这封信的主要内容传真给我？"

聊了些近况，段英道："你继续等人吧，我先上去了。"上了楼梯，她忍不住拿出手机，再次将侯卫东的号码存进了手机，取名"无名"。

段英离开以后，侯卫东继续在门口等着省政协常务副主席刘铁松。又等了七八分钟，刘铁松这才出现在门口，他已经是满脸通红，明显是喝过酒。

在楼上的雅间，吴英看了看表，对周昌全道："刘大哥肯定还在外面喝酒，否则早就到了。"周昌全笑道："他是政协常务副主席，事情也不少，何况他为人豪爽，朋友多。"

吴英又道："你在沙州已经当了接近两届的市委书记，按惯例也应该调整了，但是到省会城市当书记，得进省委常委，这事有难度。"周昌全笑着道："省委常委，我是不想了，能在沙州多工作几年，我就心满意足。"

"周哥的能力、水平、人品在沙州都是上上之选，如果再在沙州工作五年，这是沙州人民的福气。"

正聊着，刘铁松在侯卫东陪同下走了进来，他脸色红红的，进门就拱了拱手，道："不好意思，下午召集了部分政协委员研究岭西交通，晚上请委员们吃饭，要提前退场，被委员们拉住喝了一大杯。"

在屋里，刘铁松很自然地坐在吴英左侧。

在这屋里，刘铁松是省政协常务副主席，职务最高；周昌全是沙州市委书记，正厅级；吴英是水利厅副厅长，三人中职务最低。

在官场上，座位的排序是没有明文规定的，俗称潜规则。职务最高者一般坐首席，一般情况下大家都很尊重这个规则。这一次就遇到了特殊情况，吴英职务虽然低一些，但她是蒙书记爱人，地位超然，稳稳地坐在了首席，在座之人也没有觉得不妥。

刘铁松聊了几句以后，就对周昌全道："昌全，你交给我的任务已经完成了，我与梁小鹏通了电话，茂东烟厂在今天上午开了董事会，同意在沙州建分厂。"

周昌全兴致很高地道："真是一把钥匙开一把锁，梁小鹏性格有些傲，一般人接近不得。"他去年两次去茂东烟厂，以市委书记之尊，却也在会客室等了数小时。

刘铁松听说过周昌全两顾烟厂的事情，道："也只有你才有这么好的脾气，如果是我，肯定会拂袖而走，这是我不如老弟的地方。"

吴英哼了一声，道："梁小鹏是成功的企业家，但是他应该清楚，如果不是国家的烟草专卖政策，他能有这么高的税利？他这人眼高于顶，财大气粗，不知天高地厚，不把当地党委、政府放在眼里，吃亏是早晚的事情。"

侯卫东自然没有发言权，他就闷头吃菜，耳朵却没有闲着，将几位领导拉的家常全部收录在脑海中。毕竟这几位领导层次高，掌握的内情多，头脑里装的事情与寻常低级官员也不一样，这不是脑袋构造的问题，而是权力与立足点的问题。

转眼就到了5月，由于明年会有换届大事，从5月开始，各种流言纷纷传了开去，流言主要集中在周昌全的去留之上。周昌全在沙州当了近两届市委书记，多数人都认为他要挪动位置。

一种说法是，周昌全到省人大或省政协任副职；

一种说法是，周昌全要调到省会城市岭西当市长；

还有一种更离奇的说法，周昌全犯事了。这犯事了是一个很含混的说法，又给人以无限遐想。

侯卫东是周昌全书记的专职秘书，在某种情况之下，等同于周昌全的另一种形象，因此，他并没有在第一时间听到这个消息，这个消息是杨柳悄悄跟他说的。

杨柳是副书记高永红的秘书，而高永红是下派干部，在沙州并没有太大的权力，杨柳自然没有侯卫东、杨腾等人那么耀眼，这也给了她许多自由。她偶尔听到这种传言以后，便趁着周昌全召集几位副书记议事的时间悄悄地来到了侯卫东办公室。

进侯卫东办公室时，她手里握着个小盒子。

“生日快乐。”杨柳将小盒子递给了侯卫东。

这是侯卫东接到的第三个祝福，他没有推托，接过小盒子，道：“谢谢你，难得你还记得。”他当面就将盒子打开，里面是一只栩栩如生的银狗，这只狗静静地坐着，看上去就如在草原上守护着蓝天白云。

看见侯卫东很喜欢自己的礼物，杨柳朝门口看了一眼，道：“我昨天与朋友吃饭，无意中听到了一种说法，说是周书记正在因经济问题被省纪委调查。”

侯卫东心里一惊，道：“流言止于智者，我们不理睬，流言就会自动消失。”

杨柳道：“我也只是听说，只是明年就要换届了，这些谣言有板有眼，你要注意提防。”

等到杨柳离开后，侯卫东想起了省委书记夫人吴英，暗道：“有省委蒙书记支持，谁有能耐扳倒周书记？何况周书记确实很廉洁，怎么会有经济问题？”

5月16日，省委副书记朱建国在家里摆了一桌宴席。

作为分管组织的副书记，一般情况下，他很少举行家宴，平时在外应酬的时间太多，能够腾出时间在家里吃饭是一件十分奢侈的事情。只要有机会，他喜欢安安静静地吃饭，与爱人说说话，然后再到书房看一会儿书。

而且求他办事的人太多，如果轻易开戒，家里就很难安静下来，所以，他坚决不在家里谈事情，许多有级别的领导都吃过闭口羹。几年来，岭西官场都摸清了他的习惯，很少有人到他家里谈事。

今天是朱建国的生日，他请了老朋友蒙厚石一家人，以及杨森林一家人。

三位女同志在厨房里忙碌着，一边议论着家长里短。

屋里飘着浓浓的鸡汤香味，这是杨森林从上青林精选出来的野鸡，是由青林镇党委书记粟明亲自送到沙州的。上青林望日村有一片保护得极好的林子，里面野鸡不少，风干野鸡是极好的下酒菜，人大主任高志远就特别喜欢风干野鸡。

用新鲜的野鸡做汤，比普通土鸡更加香鲜。

朱家阳台是少见的退台式，足有二十多平方米，角落栽有两盆竹子。朱建国与蒙厚石正埋着头，盯着围棋，他们两人水平相当，几十年来都没有分出胜负。杨森林搬了张小板凳，坐在一旁静悄悄地观战。

当鸡汤味道从厨房传出来以后，朱建国已经占了上风，蒙厚石脸上的皱纹原本就不少，此时眼见着无力回天，将额头的“川”字纹拧在一起，却不肯认输。

杨森林给朱建国紫砂壶中续了水，道：“蒙叔，这一局大势已去，早一些认输，还可以下一局。”

到了家中，朱建国也没有了官架子，一只手拿着紫砂壶，对着壶嘴有滋有味地吸着，一边喝，还一边用另一只手在腿上打着拍子。

蒙厚石不服输，仍在苦思冥想。

朱建国爱人端着香肠进屋，对着阳台上的男人道：“大小老爷们，快点过来帮忙。”

杨森林赶紧出去，问道：“刘阿姨，我帮什么？”

刘阿姨是岭西大学教授，虽然围着围裙，书卷气却是油烟所遮挡不住的。她努努嘴，笑呵呵地道：“帮什么？请你们几个大老爷们帮着把这一桌菜消灭掉。”

她将香肠放在桌上，大声宣布纪律：“今天晚上就准建国喝一杯葡萄酒，这是家宴，实在没有必要喝那么多酒精，让原本就不堪重负的肝脏雪上加霜。”

等到大家坐拢，在杨森林提议下吹了蜡烛，大家说了些庆祝生日的话，倒了红酒，慢慢地喝着。

喝到脸热时，蒙厚石很有感触地道：“时间过得真快，一转眼几十年就过去了。回头想起来，很多事情都如在梦中一样，特别是‘文革’中疯狂的事情，我经常觉得这不是现实生活中发生过的事情。”

“文革”，虽然已经过去了二十多年，但是其痕迹深深地印在了在座所有人的心里，成为永不可磨灭的记忆。

杨森林曾经当过红小兵，虽然没有亲自造过反、抄过家，可是当年也曾看过热闹，其父更是惨死于武斗之中，提起“文革”往事，他神情便有些黯淡。

蒙厚石的夫人埋怨了一句：“老蒙，你发什么神经，突然说这事，吃菜，喝酒，别给大家添堵。”

朱建国道：“对待历史，我们要辩证地看。‘文革’的产生、发展和最终灭亡，其实也是当时社会环境的综合表现。从某种程度上来说，没有‘文革’就没有后来的改革开放。历史不能假设，我们必须正视历史，以史为镜，这样才能把当前的工作做好。”

朱建国是省委常委、副书记，他站在岭西全省的高度来看待问题，境界自然是不同。虽然是家宴，可是在场所有人都觉得他说得很自然，并没有感到别扭。

蒙厚石夫人与杨森林感情最深，她眼见着杨森林情绪有些低沉，主动挑了一个话题，道：“刘教授，坚毅和坚强两兄弟都没有回来吗？”

刘教授摇了摇头，道：“坚毅在北京当了副总，每天忙得团团转，别说回岭西，媳妇打电话说，他平时把北京的家都当成了旅馆。”尽管她是在抱怨，语气中却有掩饰不住的自豪。

“坚强今年春节也没有回来？”

刘教授道：“坚强在读博士，他所在的实验室里有中国人也有印度人，大家互相不服气，坚强这性子，哪里肯输给了印度人，天天泡在实验室里。”她又道，“周昌全的儿子跟坚强在一个学校，专业不同，听坚强说，大周的成绩也很好。”

杨森林也听说周昌全的长子在国外读书，只是没有想到他与朱建国的儿子在一个学校，道：“真羡慕他们这些年轻人，我那时没有这种机会，如果当时去留学，现在回来也就是海归了。”

杨森林话说得很隐讳，朱建国分管省委组织工作，阅人无数，如何听不出来这弦外之音，刚才他又想到了在武斗中死去的同事，就特意地问道：“森林，当了县长，又当副秘书长，有什么收获？”

来之前，杨森林早就做足了功课，侃侃而谈道："从西周开始，我国就以县为最基层的建制。历代政府在中央政权组织形式和职官制度等方面，经历过多次变化，汉三公、晋霸府、唐六部、宋两府、明内阁、清军机，唯独州县体制和构成方式基本没有变化过。如今虽然是社会主义制度，但也相差不多，除了外交、军事等重大职能，县级政府的职能涵盖了社会的方方面面。没有在县里工作过，对我国的政治就不会有深刻的理解。"

朱建国没有想到杨森林突然掉起了书袋，颇感兴趣地道："三日不见，刮目相看，森林这两年进步不小。"

杨森林道："当初我想到省委来工作，朱叔叔让我到县里，我还很有些想不通。这两年，经历了具体事，感触良多，这些都是在大机关里学不到的。"

听了这一番话，朱建国很是高兴，道："这就对了，当初你想当县委书记，老蒙也跟我提了此事，我就是不开口，这是有道理的。玉不磨不成器，人不打磨也不成器，森林一直走得顺，就是要让你在基层磨一磨，才能走得更远。我们这一代人迟早要退出历史舞台，你要做好挑大梁的思想准备。"

话说到这个地步，朱建国再也不肯多说了，大家就只谈家事，不谈政事。

杨森林心情激荡得紧，这么多年，他是第一次听到朱建国朱叔叔说出这样的话，他眼里似乎已经出现了一条金光大道。

第七章
省纪委盯上沙州市

党校同学聚会

星期天，省委党校研究生班，上午课结束以后，陈再喜站在第一排，拍了拍手，大声地道："一支部今天中午聚餐，这是一支部第一次聚会，大家如果没有紧急事情，希望都能参加支部的集体活动。今天中午的聚会，由省运输集团的杨总赞助，大家中午去敬几杯酒。"

省研究生班人数多，分成了三个支部，侯卫东、郭兰、李俊都分到了第一支部，第一支部支部书记是省纪委第一纪检监察室主任陈再喜。

在党校读研的人多多少少存了结交朋友的心思，当陈再喜发出提议以后，大家都积极参加。侯卫东原计划回沙州陪小佳，可是见到大家都要去，他还是选择参加。毕竟这个班上的绝大多数同志都是官场中人，多一个朋友，或许就多一条路。

坐在前排的李俊回过头来，笑道："侯主任，今天我没有带车过来，你回去的时候，捎带两个美女，乐不乐意？"

侯卫东稍有犹豫，道："我恐怕要晚一些回去。"

郭兰虽然没有回过头来，却一直听着两人的对话，听到侯卫东有推托之意，有些失落。

李俊高兴地道："晚一些回去正好合适，我和郭兰正好准备逛商场，到时我们电话联系。"

侯卫东道："好吧，我到时与你们联系。"

在陈再喜的带领之下，第一支部十六名成员分乘五辆小车，浩浩荡荡地前往指定地点。

第一支部，省、市、县的人都有。省级机关的有省纪委陈再喜、省委信息处李涛、省环保局晏永军、省运输集团杨光明。市级机关的人员占了主体，沙州市有侯卫东、李俊、郭兰，茂云市有南铺区副区长景伟等人。另外还有一些县级部门的头头脑脑。吴海县副县长李冰也在第一支部。李冰曾经是益杨县分管交通的副县长，很早就到了吴海县，如今是吴海县常务副县长，算得上是侯卫东的老领导。

省运输集团副总经理杨光明亲自在餐厅门外等候，他很热情地与陈再喜、晏永军、景伟等人握了手，将众人带到了楼上的雅间。

雅间里安排了两张圆桌，虽然杨光明是主人，但他坚决不坐在首座，道："今天是第一支部聚会，陈主任是第一支部的支书，理应你坐在首座。"陈再喜推辞不过，坐了上去。

随后，省级机关的李涛、晏永军，副区长景伟，副县长李冰等人就与陈再喜坐在一桌。侯卫东昨天与省委蒙书记夫人吴英、省政协常务副主席刘铁松一起吃了饭，对于这种场合也就不太在意。在陈再喜与杨光明互相推让首位的时候，他主动坐在了另一张桌子，与郭兰、李俊坐在一桌。

郭兰将齐肩长发梳成一个短短的马尾巴，略施淡妆，耳朵上、手上没有任何饰品，称得上素面朝天。等到大家坐定，她对侯卫东道："你恐怕在这里坐不稳。"她在组织部门工作时间长，在程序问题和潜规则方面称得上专家。侯卫东是沙州市委办副主任，副处级，完全有资格坐在另一桌，既然陈再喜坐在首座，他肯定会主动提议让侯卫东坐过去。

虽然这些事情很无聊，可是在官本位占主体的岭西，潜规则往往执行得特别严格，基本不会混乱。

侯卫东听懂了郭兰的意思，看了看另一桌，道："我要开车上高速路，不能喝酒，就在这一桌，自由。"

果然不出郭兰所料，杨光明笑呵呵地走了过来，道："侯主任，你坐这边来，今天好好喝一杯。"

侯卫东道："杨总，我就坐这边，等一会儿要开车上高速路。"

杨光明道："放心，我马上安排一个驾驶员等着，绝对会安全地将你送回沙州。”

侯卫东无奈之下，只得起身。起身时，他扭头看了一眼郭兰，正巧郭兰也看了过来，两人对视一眼，郭兰有些得意地眨了眨眼睛。

等到侯卫东很不情愿地走到了另外一桌，郭兰见旁边的李俊目不转睛地看着自己，就用手摸了摸脸，道：“你看什么看，我脸上没有被弄脏吧？”李俊看了半晌，凑在郭兰耳边道：“兰兰，你脸红了。”

“没有。”

“红了。”

郭兰不再争论，低声道：“快吃菜，傻丫头。”

侯卫东坐在李冰身边，李冰向陈再喜介绍道：“陈主任，侯主任是沙州市委办副主任，市委周书记的秘书。”

陈再喜在地方上工作过，知道侯卫东这个职位的重要性，道：“侯主任未满三十吧，这么年轻的处级干部，前程不可限量。”

省纪委第一纪检监察室分管的范围正好包括了沙州，侯卫东不敢怠慢，他笑道：“陈主任别捧我，捧得越高，摔得越痛。”又道，“陈主任相当于八府巡按，过州跨县，各级官员都要立正稍息。”

大家都同意侯卫东的说法。

陈再喜道：“侯主任是哪一年到的市委？我已有两三年没有到沙州办案子了，最后一次是办益杨县公安局长游宏的案子，当年益杨黑社会比较猖獗，与游宏关系很大。”

“办理游宏案子的时候，我在益杨县委办，当时是济道林书记亲自来办的。”

吴海县常务副县长李冰道：“游宏能力相当强，办案水平也很高。我以前在益杨城关镇里当书记的时候，他在城区派出所当所长，打拐抓扒，功劳不小，谁都没有想到，他会突然翻船。”

茂云南铺区副区长景伟饶有兴致地问道：“侯主任，你在益杨县委办工作过？当时祝书记在当县委书记？”

李冰在一旁笑道：“侯主任就是祝书记的秘书。”

景伟热情地道：“大家都不是外人，侯主任什么时候到茂云看望祝书记的时候，我来做东。”

祝焱是茂云分管组织的副书记，虽然到茂云时间不长，威信却很高，景伟是南铺区副区长，要想再升一级，祝焱就是相当重要的人物，因此，他一直在多方寻找接近祝焱的机会，却始终没有突破。谁知踏破铁鞋无觅处，得来却全不费工夫，居然在研究生班第一支部遇上了祝焱的前任秘书。

“既然是祝焱的秘书，为什么不跟着到茂云，这说明侯卫东并没有得到祝焱的信任。”景伟在热情邀请的同时，心里又想到了另一个问题，他转念又想，“侯卫东已经是沙州市委办副主任了，如果他与祝焱关系不好，又凭什么当上周昌全的秘书？这小子能当上两位书记的秘书，水平应该可以，机遇更是好得让人眼红。”

“你的手机号码是多少？我给你打过来。”景伟主动留了侯卫东的电话号码。

在大家谈话的时候，热菜开始不断上传，大家都存了交朋友的心思，喝酒的气氛就很热烈。侯卫东要开车上高速，用高脚杯倒了约二两白酒，无论如何不肯多喝。

酒宴闹到近3点才结束，分手时，侯卫东向陈再喜发出了邀请：“陈主任，请你到沙州来指导工作。”

陈再喜开玩笑道：“我们到哪里去都不是什么好事，你怎么还欢迎我们？”

侯卫东道：“纪委其实并不是整干部，而是为了保护干部，这点觉悟我还是有的。不管于公于私，都欢迎陈主任到沙州。”

陈再喜笑了笑，意味深长地道：“那就恭敬不如从命，我最近就要到沙州来一趟。”

近期省纪委第一纪检监察室收到了好几封反映沙州市财政局局长孔正义的检举信，检举内容翔实，真实性很强。纪委副书记廖平同志已经作了批示，陈再喜计划在下个星期带人到沙州。

吃过了闹哄哄的午餐，大家也就作鸟兽散。

侯卫东见郭兰和李俊走出了大厅，快走几步，追了上去，问李俊：“你们大约准备几点钟回沙州？”

李俊看了看表，道：“我们先到岭西购物街去逛一逛，晚上一起吃晚饭，也可以回沙州吃晚饭。”

郭兰感觉到侯卫东心中有事情，便道：“侯卫东，你如果有事就去忙，别管我们。”

这样一来，侯卫东反而觉得不太好，道：“就这样说定了，6点，我到购物街来接你们，到时给你们打电话。”

郭兰身穿浅白色半长风衣，头上扎起了马尾巴，与往日短发女郎的形象迥异。猛然间，侯卫东觉得这个形象似曾相识，可是又想不起在什么地方见过，道：“郭兰，你以前是留长头发吗？我怎么觉得很面熟。”

郭兰心里猛跳了几跳，她故作轻松地道：“我们认识也有五六年了，早就是熟人。”

李俊眼睛眨巴着，女人的第六感是很强的，她早就觉察到郭兰对侯卫东的感觉比较特别。对一般的男同志，郭兰素来很自信、很亲和地保持着距离，而在侯卫东面前，郭兰红脸的次数不少，而且总是装做很冷淡的样子。

这种表现意味着什么，李俊是女人，自然心里很清楚，在心里叹息一声：“郭兰这么优秀的女孩子，怎么在婚姻问题上总是不顺？”她冷不丁地说了一句：“郭兰从初中起就是一头长发，工作以后才留的短发。”

等到侯卫东开着小车走远，李俊对郭兰道：“兰兰，你刚才瞪我干什么？”

郭兰嗔怪道：“就你嘴快。”

李俊盯着郭兰看了一会儿，道：“你有问题，平常都是一副处变不惊的模样，今天有些反常，特别是在侯卫东面前。”

郭兰撇了撇嘴，道：“我还没有沦落到要充当第三者吧？”

数年前，郭兰在沙州学院与一位英俊的小伙子共舞，神差鬼使之下，她居然把头靠在小伙子身上哭了一场，积累多日的情绪这才找到了一个发泄口。哭完以后，没有与小伙子打招呼，她便匆匆地离开了那个小舞厅。晚上，她将一袭长发干脆利落地剪断，这是“抽慧剑斩情丝”的意思。她原本以为与那个英俊小伙子萍水相逢，昨天一晚后就再也不会相见，谁知她与侯卫东在益杨青干班意外重逢，后来侯卫东还成了她的同事、邻居。

郭兰将那一段历史深埋于内心深处，李俊虽然是她的闺中密友，知道郭兰大部分往事，却并不知道这一次舞厅之缘。

侯卫东开车前往庆达集团，他是受周昌全委托，与副总黄亦舒谈一些具体事情。一边开车，他一边在脑中搜索，在记忆中，还真没有一位长头发美女的形象。突然，侯卫东猛然想起一事：“当年在沙州学院后门舞厅，遇到过一位神秘的白衣长发女子，郭兰当时正好大学毕业，应该住在学院里，难道那位白衣长发女子居然会是郭兰？”

他有些不敢相信自己的这个判断，仔细回想当年那位神秘女子的面容，但是她的面容已经模糊了，印象最深的只是一身白衣和一头飘逸长发，另外还有眼泪打湿衣衫的温润感觉。

“那时郭兰正好失恋。商委的武艺虽然也正在沙州学院，但是武艺骨架子稍大一些，与当时的女孩子有些差异。”

侯卫东越想越觉得郭兰就是当年那位白衣女子。

下午与黄亦舒的面谈很顺利，侯卫东谢绝了黄亦舒的挽留，开车到购物广场接了郭兰和李俊。

郭兰和李俊买了不少衣服，特别是李俊，手里提了五六个袋子，满脸红彤彤的。

见到侯卫东，李俊快活地道：“我们三人一起吃了饭再回去。”

郭兰拎着一个包，站在一旁，优雅而安静。

“好吧，我们一起吃饭，我请客。”侯卫东一边答应着，一边想道：“郭兰到底是不是那个白衣长发女子？”

第二天早上，周昌全绷着脸上了车，脸色不是太好。马波与侯卫东相互对视一眼，很知趣地安静了下来。

到了办公室，周昌全才道：“你请济书记到我办公室来一趟。”

走出办公室时，侯卫东猛地想起省纪委第一纪检监察室主任说过的话，暗道：“莫非是陈再喜要下来，是哪一位领导犯了事？”

纪委书记济道林早有准备，见到侯卫东进门，不等他说明来意，拿起笔记本和一个文件夹子，就朝周昌全办公室走去。

进了办公室，济道林简要讲了讲案子的情况：“省纪委第一纪检监察室陈再喜是老纪检，水平不错，他负责沙州市这一方面的工作，10点到达沙州。”

周昌全严肃地道：“孔正义是多年的财政局长，如果确实做了这些事情，那叫做自作孽不可活，纪委按规定办理就行了。”

济道林道：“我建议在小招待所接待陈再喜，那里更隐蔽一些，影响面小一些。”

“行，就安排在小招。中午吃饭，我参加。”

侯卫东认识孔正义是几年前的事情了，当时他跟着祝焱一起到财税宾馆打牌，刚上楼梯，正见到孔正义在众人面前毫不留情面地训斥一个手下，当时他并不知道被训斥者的身份，后来才知道那个身材高大很没有面子的财政局干部居然是副局长。这事给当时的侯卫东留下了深刻印象，他成为周昌全的专职秘书以后，每次与孔正义见面，虽然孔正义都客气得紧，让人如沐春风，可是第一次留下来的印象太深，侯卫东对他始终存了三分戒心。

得知陈再喜是来调查孔正义的事情，侯卫东还真没有觉得奇怪，暗道："大凡媚上者多傲下，孔正义出事是迟早之事。"

他知道孔正义、方检察长以及黄子堤等人都是周昌全的嫡系，在整理文件的时候，偷偷观察周昌全，只见周昌全如没事人一般，戴着老花镜，细细地读着今天上午才送过去的几份比较重要的报告。

10点，步海云匆匆走了进来。在新成立的四大班子搬迁领导小组中，周昌全是组长，刘兵、黄子堤、步海云是副组长，步海云同时还兼任着领导小组办公室主任。实际上，四大班子搬迁工程就是由市委常委会决策，由步海云具体实施。

步海云从建委副主任到建委主任，再迁至副市长，然后是常务副市长，都是在周昌全的关照下实现的，他和黄子堤是周昌全的左膀右臂。

谈到11点，步海云离开了办公室。周昌全站起身，在办公室做了几个扩胸运动，安排侯卫东道："给济书记打电话，我们马上就去小招。"

进了小招，不等济道林介绍，周昌全就伸出手，道："陈主任，一别三年，你风采依旧。"

陈再喜握着周昌全的手，使劲摇了摇，道："我们第一纪检监察室联系沙州，平时来得少了，这是周书记对我的批评。"

周昌全道："上级领导不来是对我们放心，来了是对我们的关心。"略作寒暄，众人便进了小招1号楼。

陈再喜头发略秃，在春日阳光下闪闪发亮。侯卫东站在周昌全身后，看到陈再喜头顶上的闪光，觉得有几分喜剧色彩，只是在这种严肃的场合下，他将脸绷得很紧，用目光与陈再喜微微示意。

相对于邻近茂云市的官场地震，沙州算得上风平浪静，昨天晚上听了济道林汇报的案情，周昌全的直觉是第一纪检监察室小题大做："堂堂地级市财政局长，手里过的资金都是以亿为单位，只要不朝腰包里放，出差多用些钱，实在是小事一桩。"

正式座谈开始以后，陈再喜清了清嗓子，表情变得很严肃，道："近期省纪委收到数封检举信，内容是关于沙州市财政局长孔正义收受贿赂之事，纪委副书记廖平同志专门作了批示，由第一纪检监察室负责调查此事。我先读一读廖平同志的批示……"

等到陈再喜介绍了案情以后，济道林不慌不忙地道："第一，市纪委全力配合第一纪检监察室办理此案，市纪委抽调纪委副书记钟洋配合陈主任开展工作；第二，从这封检举信反映的内容来看，总体数额不大，而且只有汽修厂一事属于受贿情节，我的想法是暂时不对孔正义进行直接调查，也不采用双规等手段，主要采用外围调查的方式，这样有利于沙州市的稳定。"

当济道林发言完毕，陈再喜道："周书记，请你指示。"

周昌全道："对于腐败变质的干部，市委态度鲜明，严惩不贷，决不姑息。"他略为停顿，道，"但是，也不能仅凭几封检举信就对重要干部采取措施，毕竟信件只是一面之词，并没有其他证据对其提供佐证。我同意济书记的意见，先由省纪委第一纪检监察室与沙州市纪委组成联合调查组，进行秘密调查，如果得到确凿证据，可以立刻采取行动。我的意见仅作参考，如何操作听省纪委领导安排。"

此时，陈再喜得知了沙州市委的准确态度，他暗自纳闷道："这种检举信多得很，一般情况下让沙州纪委调查就行了，实在没有必要让我们亲自到沙州来一趟。廖书记真是小题大做，他也是老纪检了，为什么要做出这样不合常规的安排？"这个问题，他想了很久也没有头绪，只是领导安排了，他就只得执行。

"周书记，济书记，感谢对省纪委工作的支持。我先谈谈具体的措施：一是到财政局查账，具体名目就由济书记来出；二是找顺发汽车厂谈话，同时清查汽车厂的账目。这两个小组同时进行，待结果出来以后，根据结果来安排下一步的工作进展。"

周昌全点了点头，道："济书记，就请你亲自挂帅，配合陈主任搞好调查，这是对省委负责，更是对沙州全市人民负责。"

陈再喜在省纪委办了许多大案子，这等小案子他原本兴趣不大，与沙州市委主要领导交换意见以后，大家便开始闲聊。

吃过午饭，侯卫东陪着周昌全离开小招待所。离开了小招，周昌全脸上的笑容便消失了，语重心长地对侯卫东道："小侯，当领导最重要的是什么？”

侯卫东还在思索时，周昌全将答案说了出来：“是廉洁。孔正义是堂堂的财政局长，如果真是贪这些小钱，太没有眼光，也太不值得。你以后当了领导干部，一定要记得我今天给你说过的话。”

“周书记放心，我绝对不会在经济上犯错误。”

侯卫东说这话底气很足。他如今是副处级，工资有一千一百多一点，可是他以母亲的名义开了石场、煤矿，还在精工集团有股份，因此他不用贪污受贿也能保持着相当的生活水准，自然不会贪图小钱。

周昌全也不多说，走到小招前院，突然感叹了一句：“当官也不容易，耗费心血多，还得随时提防有暗箭中伤。我的两个儿子，坚决不允许他们从政，安安心心从事技术工作。”

侯卫东听见周昌全话里话外的意思，应该对孔正义比较维护，心里琢磨道：“有没有必要暗中给孔正义通一通消息？”

当然，这个事只能暗中琢磨，暗中领会周昌全的意图，如果出言询问，则会犯忌。

跟着周昌全回到了办公室，侯卫东还没有做出最后决断。

晚上下班，侯卫东将周昌全送回了家。到了新月楼门前，同平常一样，与马波挥手告别，刚走到中庭，从小区花园旁的木椅子上站起来一个人，喊了一声：“侯主任”。

站在花园旁的人正是财政局长孔正义，此时他没有带随从，一个人站在一棵浓密的杨树下面，正对着侯卫东挥手。

见到孔正义，侯卫东自然知道他是什么意图，脑袋里紧急思索了一遍，想好了对策。

果然，孔正义开口就问道：“侯主任，是不是省纪委派人来查我？查我什么事情？”

侯卫东很严肃地反问道：“谁说的？”看着孔正义的神态，他心想：“孔正义消息真是灵通，也不知谁跟他说的。”

孔正义脸色灰白，此时的他没有当财政局长的威势，道：“这是有人存心陷害，我在沙州当财政局长，经手的钱都是以亿来计算的，要找点茬实在太容易了，我知道是谁写的检举信。”他低声问道，“老弟，周书记是什么态度？”

侯卫东想了想，很艺术地回答道：“两句话，十六个字，一是认真调查，证据说话；二是严惩不贷，决不姑息。”

孔正义再问：“省纪委是哪一位同志带队？住在哪里？”

侯卫东见孔正义有着刨根问底的劲头，心里有些不悦，道：“这个我不太清楚，恐怕要问济书记。”

他为了将周昌全暗中回护的意思讲清楚，解释道：“八个字的核心是以证据说话。现在一切按法律来办事，证据才能说明问题。只要没有证据，什么事都不会发生，有证据，想赖也赖不掉，明白吗？”他就差说出“将证据毁掉”这五个字了。

孔正义慢慢品了品侯卫东的意思，道：“侯主任，谢谢你，大恩不言谢，后会有期。”

两人握手告别，侯卫东上楼，孔正义亦回到了家中。

孔正义将藏在身上的录音机打开，将今天的录音重新听了一遍。前面三段已听得烂熟，他就直接跳过，最后一段是与侯卫东的对话，听了一会儿，孔正义骂道：“侯卫东真他妈的狡猾，说了半天，居然没有一句话落下把柄。”

将自己关在书房里，忐忑不安的孔正义不断地听磁带，多次听到侯卫东所说“有证据，想赖也赖不掉，明白吗？”时，他终于恍然大悟：“侯卫东其实将周昌全的态度说得十分清楚，认真调查，证据说话，严惩不贷，决不姑息，其实关键的还是前八个字，只要没有证据，就万事大吉。”

“这个侯卫东年纪轻轻，心机真他妈的深，终究要成大器，他妈的。”孔正义想着侯卫东这一番冠冕堂皇的说辞，忍不住骂了一句。

他将那封复印的检举信拿了出来，又研究了一番，确信自己将所有事情做得天衣无缝，这才暗自放下心来。

一个人关在书房里后，他从隐秘处拿出一把普通的防盗门钥匙，这是他另一套房子的钥匙，也是他最大的秘密。当了这么多年的财政局长，也有不少积蓄，他不敢将这些积蓄放在家中，而是用一张外地身份证买了一套住房，专门存放这些积蓄。

这个秘密，连他老婆也不知道。

将钥匙放好，孔正义在书房里转来转去，慢慢变得咬牙切齿，甚至有些目露凶光：“梁朝，你他妈的太过分了，我跟你没完。”

这时，副市长刘传达打来了电话。孔正义道：“刘市长，放心，没事，纪委查的都是小事，我已经处理好了。”

与孔正义在新月楼中庭分手以后，侯卫东快步回到了新月楼家中，他几步来到阳台，将阳台的灯光关掉，将自己隐身在黑暗处，观察着楼下的动静。他家的阳台视线很好，能看到大门外很远的地方。

矮小而微胖的孔正义在新月楼外面行走着，在昏暗的灯光之下，孤单的身影拉得很长，此时的他，没有了当财政局长的豪气，和普通的为了生活而奔波的中年人模样相差不多，就在街道上孤零零地走着，失去了随从的官员，和普通人有着同样的背影。走了两三百米，他在一辆普通桑塔纳车前停了下来，扭头看了看左右，这才进了小车。

在卧室里，小佳大着肚子坐在椅子上，拿着一本杂志，却没有看，有一句无一句地与母亲陈庆蓉说着话。

新月楼的房子是三室一厅，小佳怀孕以后，陈庆蓉和张远征搬到了新月楼，以方便照顾小佳。

陈庆蓉将家里以前的旧裤子剪开，为即将出生的小宝贝做尿布。“还是这种用过的棉布好，小孩的皮肤嫩，一定要用软的。”

小佳站在一旁看着母亲快乐的表情，道：“现在大家都用尿不湿，很好的，用布尿布太麻烦了。”

陈庆蓉不容置疑地道：“这事你不懂。我从来不信尿不湿。尿水整夜都兜在小孩的屁股上，想起来都起鸡皮疙瘩。这样兜久了，小孩的皮肤肯定受不了。”

“听用过的朋友说，用了尿不湿，小孩睡眠要好一些，有利于孩子成长。”

“这些都是骗钱的玩意儿。”

小佳知道母亲素来执拗，也不多劝，反正尿布用了几千年，大家都用得好好的，也没有出什么事情，就继续保持传统吧。

陈庆蓉剪了一会儿棉布，道：“以后有了小孩子，家里的事情就比以前多得多了。卫东平时回来也不做家务，天天钻到书房里，他就是坐坐办公室，肯定没有你爸爸上班时辛苦。当年我们生你的时候，没有请人，就我们两口子带小孩子，那时你爸别提多勤快了，回家用肥皂洗了手，就开始煮饭。”

小佳对于母亲的唠叨是哭笑不得，道：“妈，你怎么还是这种脑筋？卫东每天忙得脚跟翻到脚背上，回家有时还得写稿子，家务事本来就不多，何必让他来做。”

在工厂家属院里，素来多彪悍的女工人，她们在工厂里顶得上男人的角色，在家里更是占据了绝对优势。陈庆蓉看惯了女人声音大男人声音小的场景，对于张小佳和侯卫东的关系便有了隐隐的担心。一来担心女婿不做事，家务事全让女儿一个人做，会累到女儿，特别是有了小孩以后，家务事猛然增多，陈庆蓉就想让侯卫东来分担家务。二来女儿太温顺，看样子恐怕管不了侯卫东，她准备给小佳鼓鼓劲儿，让女儿也慢慢地管着女婿，什么事情只要形成了习惯就好办了。

侯卫东在阳台上偷窥完毕，走到客厅，正准备回书房看一看宣传部给周昌全准备的讲话稿，陈庆蓉从卧室走了出来，手里还拿着一些棉布。她看了看餐桌上摆放着的碗筷，对侯卫东笑道：“卫东，我在给小孩做尿布，手里不方便，你洗洗碗，行吧？”

侯卫东跟着周昌全长期在外面应酬，在家里吃晚饭的时间微乎其微，难得有时间回家吃饭，再加上小佳一直提倡晚上少吃饭，因此每晚都很简单，侯卫东基本上没有洗过碗。

今天他在外面吃了晚饭，没有想到家里并没有洗碗，听到岳母吩咐，稍一愣神，就笑着挽袖子，道：“妈，你辛苦了，我来洗碗。”

侯卫东挽着袖子，动作麻利地将饭碗收进了厨房。在上青林数年时间，他很多时间都是自己弄饭吃，对于家务事情并不陌生，只是在沙州与小佳团聚以后，他才基本上不做家务事。

小佳腆着肚子，站在厨房门口。侯卫东正在“哗哗”放水洗碗，扭头道：“别进来，地面滑。”小佳站在门口看着侯卫东做事，很有兴趣地道：“在我的记忆中，你就没怎么洗过碗，现在看起来动作还算麻利，不算是酒囊饭袋。”

等侯卫东洗了碗回到书房，小佳腰有些酸，就躺在床上休息。陈庆蓉坐在床边，拆了一些线手套，飞快地给小家伙打背心，她打惯了毛衣，双手如飞，看得小佳眼花缭乱。

“对男人要关心，但是也要严加管理，男人就和小孩子差不多，三天不管就要上房揭瓦。”陈庆蓉顺利指挥侯卫东洗了碗，就坐在小佳床前给她言传身教。

小佳道：“爸到哪里去了，怎么还没有回来？”

陈庆蓉道：“你爸是厂里的技术骨干，他们这一批老工人离开工厂以后，许多技术活就无法做了，厂里决定返聘一些技术骨干回厂里。你爸闲着难受，今天朱言兵厂长给他打了电话，他就回厂里去了，昨天给卫东说了这事，他也觉得挺好。”

小佳知道朱言兵是想利用老爸来走侯卫东的门路，看到父母都挺高兴，也就没有说破。

到了9点，张远征才从厂里回来。他今天与好几个一起退休的老朋友见了面，朱言兵亲自作陪，在厂食堂吃饭。有厂长作陪，几个老家伙自觉很有面子，不知不觉就多喝了些。

进了屋，张远征满脸通红，大声宣布道：“从明天起我担任第五车间的技术顾问。”

陈庆蓉见老伴醉得站不稳，气狠狠地道：“喝不下马尿，就少喝一些，别在这里出洋相。”

张远征脸红红的，他只是想笑，手舞足蹈地说道：“现在的年轻人不好好学技术，好高骛远。想当年我们当学徒那一会儿，天天跟在师傅身后，抓住一切机会学技术。现在倒好，师傅苦口婆心地教，他还不愿意学。”

他们这一代工人，无论是什么工种，都是以技术为荣，一个技术好的师傅，在厂里是很受尊重的。而进入了90年代，不少企业破产，甭管有无技术，大家统统下岗，这直接影响了一代人。许多厂里的年轻人并不愿意老老实实地学技术，有许多技术含量高的活，厂里不得不请老师傅回厂。

陈庆蓉知道张远征酒量浅，见他站立不稳的样子，知道其已醉了，一边数落着他，一边就准备将其扶进屋里。刚走两步，张远征只觉肠胃一阵排山倒海，他根本控制不住，就在客厅里吐成了天女散花。

侯卫东正在修改宣传部的稿子，他这种级别的秘书，其实很少写稿子了，需要哪个部门的材料，自然会有相关部门先写好底稿，他再根据周昌全的习惯、口味和特殊要求进行增添。明天周昌全要在宣传工作会上作一个讲话，宣传部门专门由一位副部长负责给材料把关，这篇讲话稿子质量很高，基本上不需要进行大的修改，侯卫东的主要工作是往里面加上一点周昌全特色的词句。

听到外面的动静，侯卫东赶紧出来，恰好看到了张远征呕吐，他见惯了喝醉酒的呕吐物，虽然觉得臭，但还是可以忍受，就道：“爸，我扶你到卫生间，要吐就吐干净。”

同样站在门口的小佳，猛然间闻到一阵酒臭，一捂嘴巴，差一点也吐了出来，赶紧就回到屋里。

陈庆蓉无可奈何道：“卫东，你帮着把这收拾一下，我扶你爸爸进屋休息。”

等到陈庆蓉将张远征扶进卧室，侯卫东连忙拿了扫把，开始清理客厅里这一堆带着酒味的呕吐物。闻着酒味，他暗道：“今天喝的酒还不错，绝对是五十块钱一瓶的。”他是支持张远征返聘回厂的，不管朱言兵有无其他目的，张远征返聘回厂以后，他的生活至少在这期间会充满了阳光。

男人不怕事情多，就怕没有事情做，如果每天都在说“忙啊”、“累啊”的人，其实这话语间就带着些骄傲。

正在打扫客厅，陈庆蓉就气冲冲地走出来，口里道：“这个老头儿，什么年纪了，还以为自己三十岁。”又对小佳道，“小佳，家里有没有绿豆？给你爸煮点绿豆汤醒酒。”

小佳站在门口，用手捂着鼻子，道：“家里的绿豆放得太久，早就拿出去扔了。”

侯卫东没有等陈庆蓉安排，主动道：“我去买。”陈庆蓉觉得不太好，道：“算了，这么晚了，商店都关门了，哪里去买绿豆？”侯卫东还是转身披上外套，道：“我开车去转一转，应该能找到。”

好不容易在一家小店买到了绿豆，回到家里，陈庆蓉就开始煮解酒的绿豆汤。经过这番折腾，等到侯卫东坐回书房，刚才的思路彻底被打断，抽了支烟，喝了茶，这才渐渐找到刚才的感觉。

要结束的时候，小佳走进了书房，侯卫东道：“远一点，电脑有辐射，别靠近。”小佳“扑哧”笑了起来：“没有这么严重吧，在机关里，怀孕的女同志一样在用电脑。”

“宁可小心一万次，不能有任何疏漏。”

小佳还是很听话，退后几步，站在门口。她并不赞成母亲的观点，可是想到小孩出生以后的诸多杂事，便感到有些抱歉：“以后有了小孩，恐怕对你的工作有些影响。”

侯卫东倒有些诧异，道：“你怎么这样说？小孩是你的，也是我的，我为他服务，是我的责任，也是我的义务，我高兴还来不及。”

第一回合的较量

侯卫东见小佳站在门口，就道："你先回卧室，我把稿子看完就过来，这是明天下午周书记要用的稿子。"

小佳回到卧室，又觉得无聊，侯卫东在卧室里实行了清空运动，除了手电筒和台灯，其他家用电器统统搬出了卧室，免得电磁辐射对母子有影响。

侯卫东对于此事很执拗也很认真，这让小佳感觉很好，只是，房间里只剩下手电筒和台灯，未免有些无聊。小佳靠在床上，不一会儿，倦意又来了。

正在迷糊间，侯卫东走了进来。小佳睁开眼睛，道："陪我说会儿话。"侯卫东就躺在小佳身旁，道："朱言兵把爸弄回厂里，他是确实需要技术力量，还是别有企图？"

小佳道："能有多大的企图？再说，他即使留有什么心眼，也是为了厂里好，支持支持又有何妨？"

"以后别人朝家里送钱，我们一定不能收，吃人嘴软，拿人手短。"侯卫东想着孔正义站在树下可怜巴巴的样子，便告诫起小佳来。

小佳忍不住笑了起来，道："这话等你当了一把手再说不迟，目前为止，基本上没有人到家里来行贿。"

侯卫东问道："记得今年春节，我收了不少红包，一共有多少？"在春节期间，沙州有头有脸的单位都要找准机会给个红包，这属于灰色收入。作为市委办副主任，红包在一般情况下是五百元，大方一点的，也给一千元，侯卫东只记得收了不少，并不在意红包里的钱有多少，回家以后，就统统交给了小佳。

小佳捂着嘴笑道："你猜一猜收了多少？"她当过办公室主任，也送过不少红包，这种灰色地带的钱属于礼尚往来，并不需要担心。

"不知道，我从来没有清理过。"侯卫东回想了一下所收红包，道，"可能有一两万吧。"

小佳凑到他耳朵边，悄悄说了个数字。

侯卫东吃了一惊，他现在月工资加上电话等几样补贴也就一千多元，一年正式的收入不会超过一万五，听了小佳所说的数字，道：“这个未免太多了。”

小佳当过建委办公室副主任，也送过不少红包，对此亦有深切体会，道：“发红包是灰色收入，更是典型的看人下菜，一般人没有这么多。大家给你送红包，是看在周书记的面子上。如果你不是周书记的专职秘书，仍然担任市委办公室副主任，恐怕这个红包也要少三分之二，如是你只是市委办一般工作人员，红包恐怕只有现在的几十分之一。”

小佳又道：“建委给你的信封里等同于市政府秘书长级别，那一年我给市政府秘书长蒙厚石送的也就这么多。在政法委、党工委、团委、妇联这些部门，恐怕就没有几个红包，还有很多无职无权的干部，根本就收不到红包。同样在机关，同样进出一个大院子，相差何止百倍，这个社会就是这么现实！”

这种年终红包现象，在沙州甚至在岭西都比较普遍。当然，能得到体制外红包的人，都是领导和职权部门要害人物。水至清则无鱼，周昌全知道这个情况，只要大家不超出标准，他睁一只眼闭一只眼，并不会太认真。

此现象有历史传承。在封建王朝素来是给官员的薪水不高，明代相当于地厅级官员的月工资按实物折算也不过一千多块，而他们还得负责发放手下师爷、长随的工资，所以就有冰敬、炭敬之类，这个传统遗留下来，就形成了过年过节的红包。

侯卫东收入颇丰，不太在意这些红包，感叹了几句，对小佳道：“这钱你就收着，随你怎么用。不过，除了这种灰色收入，有人如果给家里送钱，你一律不许收。我们不缺钱，千万不要因小事而乱大谋。”

到家里来看望小佳的同事挺多，小佳的消息亦不闭塞，她道：“沙州流传一封检举信，是针对财政局孔正义的，你听说过没有？”

侯卫东将脸贴着小佳隆起的肚子，感受着肚皮里小家伙的运动节奏，口里道：“有这么一回事情，八毛钱一封信，谁不会寄？不必太当真。”又特意交代道，“我的身份特殊，你别去传这些话。同事们议论，你听着就行了，如果你也跟着说，传到某些别有用心的人耳朵里，恐怕要起事端。”

小佳故意撇了撇嘴，道：“你以为你是明星，走到哪里都有花边新闻？”嘴上虽然这样说，她也明白，自己老公所处的位置敏感，盯的人着实不少，有些话确实不能乱说。

省纪检监察一室到达沙州的消息被控制在极小的范围内，可是消息就如游荡在四野的风，总是无孔不入。当然，大部分传说都是失真，更有甚者传出了沙州市主要领导涉嫌其中的夸张传言，而人们总是对最夸张的传言津津乐道。

第四天上午，陈再喜与济道林一起来到周昌全办公室。

周昌全在办公室里与客人见面，通常不会离开办公桌，今天却破例起身。三人就坐在宽大的皮沙发上，如老朋友一样聊天。侯卫东给三人泡了铁观音，便拿了笔记本坐在一旁。

正式谈问题时，陈再喜挺直了腰身，打开笔记本，道："通过调查，检举信上反映的问题与事实有较大出入。

"第一个虚列支出问题。1996年12月，孔正义确实让出纳为其办了一张信用卡，存入六万元，后来用五万元发票来冲账，另外剩余的一万元在四个月后冲账，没有什么问题。

"1997年5月，到欧洲考察，借走现金三万，后来报销了六万块，这六万块钱也符合报销手续。

"第二是受贿七万元的事。查无实据，汽修厂当事人否认了此事。

"第三是新房装修的报账问题。去年财政局大楼进行了部分装修，也没有什么问题。

"第四是收受拜年钱问题。查无实据。"

周昌全早就料到了这种结局，他端起茶杯，轻轻啜了一小口，等着陈再喜的下文。

陈再喜正颜道："虽然孔正义同志没有检举信中所指出的违法违纪行为，可是我们在调查中，也发现了一些不好的现象，比如大吃大喝、大手大脚。信用卡上的六万元，其中有四万元是用于吃喝，虽然都有经办人、分管领导签字，手续是全了，可是这个吃喝的数字未免太大了。还有财政局的装修，虽然外表看起来和普通办公家具相差不大，但是全部都是名牌，价值不菲……"

陈再喜讲完具体情况，总结道："以上列举的几个问题，虽然还不至于给予纪律处分，但是这个苗头值得注意，此情况向廖平副书记作了汇报，这也是他的意见。"

每个时代有每个时代最好的部门。在物质匮乏的时代，粮食、食品、供销社等部门是最热门的。改革开放以后，物质短缺成了历史，这个时代最缺的是资金，管钱的部门如银行、财政局、税务局便炙手可热，每一个地区，最巍峨、最富丽堂皇的建筑绝对是这三个部门。也正因为这个原因，财政局用钱素来大手大脚，这是岭西全省的通例，省财政厅当然也不例外。

周昌全深悟其中三味，他自然同意陈再喜代表省纪委指出的问题，说了些冠冕堂皇的话。

济道林见火候差不多了，道："正事谈完，我有一个提议，沙州新开发出来一处大温泉，陈主任去泡泡澡，洗去四天来的劳累。"

陈再喜任务完成，浑身轻松，爽快地答应了济道林的提议。

"小侯，你是陈主任的同学，今天就交给你这个任务，去陪同陈主任泡澡，泡了澡，中午回小招用餐。"周昌全临行前又把任务交代给侯卫东。

温泉位于南部新区，名为脱尘，倒有些意思，前年动工，今年4月20日才正式开业。

由于调查组已经作出了"查无实据"的基本结论，因此大家都没有心理负担，晒阳光、泡温泉，聊了一些与官场无关的话题，轻松而愉快。到了11点20分，济道林一行这才从温泉中起身，前往小招待所。

午餐时，宾主言谈甚欢，其乐融融。

下午，省纪委第一纪检监察室陈再喜率队回到了岭西。刚进入市区，陈再喜就接到了省纪委廖平副书记打来的电话："陈主任，你在哪里？回来了，好，立刻到我的办公室来，我要听一听具体的情况。"

放下电话，原本心情轻松的陈再喜又有些纳闷，心道："这是怎么回事？廖书记对这个小案子这么看重。"陈再喜原本想回家休息，接到了廖平的电话，不便耽误，直接开车到了省纪委。

稍作寒暄，廖平言归正传，道："你仔细谈一谈调查的详细过程。"

陈再喜不知廖平是何意，理了理思路，就将这几天的调查情况一一道来。

廖平不动声色地问道："在沙州，除了周昌全、济道林，还有谁知道此事？"

"沙州市纪委副书记钟洋、沙州市委办副主任侯卫东，他们两人一直参与了此事。"

"你们这次调查有什么感觉？只谈感觉，不必有明确的证据。"

陈再喜道："这一次调查，第一纪检监察室抽调的全部是精兵强将，依据检举信的提示，我们查得很彻底，确实没有发现违纪行为。当然，在沙州财政局存在着超标配车、配备办公用品以及生活费过高等不良现象。"

廖平再问："检举人说得这么清楚，这封信写到如此程度，估计是沙州财政局内部人所为，我个人感觉真实性很高。"

听廖平如此说，陈再喜尽量客观地道："检查组凭证据说话，从账面上确实没有问题。"

廖平又仔细地询问了陈再喜查案的细节，特别是周昌全和刘兵两人的态度："沙州两位主要领导，周昌全和刘兵，对此事是什么态度？他们说过什么话？在接待工作上如何操作？"

"我在沙州五天，与市长刘兵没有见过面，都是由周昌全和济道林联系。"陈再喜又解释道，"我们到沙州时，就与周昌全见过面，特意交代要保密，所以政府那一边就没有接触，是由沙州纪委副书记钟洋帮着协调。钟洋是老纪委，协助省纪委办了不少案子，应该能够信任。"

整整聊了一个半小时，陈再喜这才离开了省纪委廖平办公室。廖平同志略为反常的行为让他若有所悟，省纪委高层已经盯上了沙州，这次追查只是一个试探性动作。

廖平在办公室整理了一会儿思路，从铁皮柜里取出一份没有封面的档案，来到了省纪委书记高祥林办公室。

进门之后，他特意关上了办公室大门。

高祥林是1996年从邻省调来的，1997年查处了省交通厅窝案，1998年将茂云查了一个底朝天，引发了茂云地区官场大地震。这位年近六十的省委常委、省纪委书记声名大振，一时之间在岭西被尊称为"白包公"，白指其肤白，包公是指其办案时雷厉风行，令贪官纷纷落马。

"怎么样，有收获吗？"

廖平在皮沙发上挪了挪屁股，寻找了一个舒服的位置，这才道："高书记，你还真是料事如神，那些账目做平了，孔正义的关系网果然深厚。"

高祥林很自信地笑了笑，道："你要认识到办理此案的难度。孔正义虽然只是处级干部，但是他当了多年财政局长，关系网结得很深，可谓牵一发而动全身。我们纪检干部不仅要敢于办事，更要会办事，否则打蛇不死反而被蛇咬。”

他伸出右手，在空中虚点两下，道：“当纪检干部必须具备两要，一是眼光要准，二是下手要狠。眼光准既能发现腐败分子，同时又不能冤枉一个好人；下手要狠就是要以迅雷不及掩耳之势，让腐败分子没有喘息的机会。因此，在我们决心没有下够、证据不太充分之前，就没有必要让陈再喜知道孔正义的其他事情。”

这一次到沙州，按理说也很隐蔽，却仍然让孔正义将以前查实的账册改掉，这让廖平对高祥林心服口服，他掰着指头算了算：“陈再喜这次下去，沙州市方面知道情况的就只有两位主要领导、纪委正副书记，再加上市委办副主任，这五位同志说不定就有人向孔正义通风报信。”

高祥林摇头道：“不见得，这封检举信范围很广，凭孔正义的关系网，肯定会提前得知消息。不过从这次试探的情况看，周昌全、刘兵等主要领导的反应很好，这与我们掌握的情况一致，下一步开展工作就能避开一些环节。”

廖平继续汇报道：“这次借着查检举信，小江按照事前交代的任务，调出了财政局的收入支出凭证、往来账目以及银行存款，还真发现一些问题。”

小江并不是第一纪检监察室的人，这一次查案，涉及财务比较多。临行前，廖平以此为借口，特意将精通财务的小江加入这个小组中。这种临时成立小组的事情在省纪委很平常，陈再喜也不会觉得有异常。

就在高祥林和廖平闭门谈事时，周昌全带着侯卫东视察了沙州烟厂的厂址，在回来的路上，小车又拐到了南部新区。周昌全临时起意，要查看四大班子的拟选地点。

两人站在拟选点，吹着风，晒着太阳，侯卫东觉得周昌全有心事。此时他与周昌全的关系已经大大进了一步，顾忌也就少了许多，他很有技巧地问道：“周书记，你身体不舒服吗？要不早点回去休息？”

周昌全突然问道：“对省纪委的调查，你有何看法？”

侯卫东直言道：“第一纪检监察室三年没有到沙州查过案子，这次过来查案却是这种小案子。我个人觉得这种小案子，直接交给市纪委就行了，完全没有必要由陈再喜亲自跑一趟。”

周昌全赞许地道：“你也注意到这事，说明你很有政治敏锐性。”

他脸色随即严肃起来，道，“当陈再喜宣布调查结果以后，我就觉得此事不太对劲儿。高祥林是什么人？他是岭西的白包公，他办的案子多数是出其不意，只怕这一次是醉翁之意不在酒。”

侯卫东对于高祥林倒没有直观的认识，他顺着周昌全的思路道：“莫非省纪委掌握了什么情况？”

周昌全道：“打铁还须自身硬，只要问心无愧，就不怕半夜有人来敲门。”

侯卫东最了解周昌全的真实想法，想了想，道：“稳定压倒一切。沙州正处于高速发展期，如果有市级领导或重要部门领导出了问题，将对沙州造成不可挽回的政治影响，我建议在近期市委可以专门谈一谈廉政的问题。”

周昌全摇头道：“如果真被省纪委盯上了，那肯定不是一般人物，要谈廉政教育，也只能在正处级以上干部中进行，看看这些同志的悟性如何。”

检举信事件在沙州就渐渐没有了声音，这很正常。沙州有数百万人口，数万国家公职人员，每年寄到上级部门的检举信着实不少，如果都被大家记住，沙州的工作就没有办法开展了。

只有少数人记着这封信，这少数人都与这封信利益相关，例如孔正义，他是当事人，自然不会忘记这事。检举信事情之后第一次党组行政会议，他铁青着脸，拿眼光扫射着手下几个副职，在心里骂道：“别他妈的人模狗样，内鬼就是你们其中之一。”

最后，他的目光落在了副局长梁朝身上。梁朝是常务副局长，最有可能接替自己的位置，因此也是最大的嫌疑人。

梁朝似乎感受到了孔正义阴森的目光，他和孔正义曾经同为副局长，只是孔正义跑得稍快一些，当了局长，他跑得稍慢一些，结果委屈地成了副局长。

在财政局班子成员里，一把手孔正义最矮，二把手梁朝最高，两人站在一起，梁朝比孔正义至少要高大半个头。他和孔正义一起出差，接待方十有八九会将相貌堂堂的梁朝当做一把手，这让梁朝和孔正义都有些尴尬。

孔正义人虽然矮小，脾气却大得紧，稍不如意，便出口批评，遇到烦心事，还要骂几句，财政局众人在孔正义面前个个都有几分胆怯。

梁朝恰恰与之相反，脸上表情总是笑眯眯的，说话也是轻言细语，很有几分亲和力。

由于两人差异较大，就有好事之人将两人进行比较：“如果梁局长是一把手，我们的福利肯定要好得多”，“如果梁局是一把手，我们的……”

在沙州官场，孔正义紧紧跟着周昌全，所以梁朝很有自知之明，尽量不跟孔正义正面冲突，忍耐和等待是官场中人必备的素质。可是转眼间就过了七年，七年时光，虽然不能让沧海变成桑田，却足以让一位优秀的年轻干部变成中年干部。

干部提拔有许多条件，年龄是其中一个关键条件，梁朝当副局长时三十三岁，正是风华正茂、意气风发的年龄，如今已满了四十，仍然是副局长。这七年的蹉跎，或许就会让梁朝的仕途提前到达终点。

因此，当社会上流传着周昌全的种种传言时，梁朝就将斗争的矛头对准了孔正义。这几年来，他在暗处，孔正义在明处，他着实收集了不少关于孔正义违法之事。

在3月，他向省委书记蒙豪放和省纪委书记高祥林写了两封检举信，锋芒直指孔正义挪用公款以及参与私分国有资产的两大罪行。他完全没有料到，省纪委的调查是如此走马观花、如此马虎，而且根本没有任何回应，这让梁朝很是失望。

当孔正义的目光若有若无地落在了梁朝脸上，梁朝稳住心神，在心里将自己分管的预算科、国库科等几项主要业务科室的事情梳理了一遍，准备按正常程序发言。

扫射了一阵，孔正义终于开始说话，道：“半年时间已过，大家成绩如何，不用我说，都心中有数，我只能用马马虎虎四个字来总结。”

将各分管局长的工作一一进行了点评，照例是五分表扬，五分批评，正要布置工作的时候，办公室工作人员拿着电话记录本走了进来，有些畏缩地走到孔正义身边，道：“孔局长，市政府会议通知。”

孔正义皱着眉头看着电话记录本，虽然他在骨子里只买周昌全的账，可是在明面上还必须得听市政府的招呼，他刷刷地写了几个字：“请梁朝同志参会。”

梁朝离开财政局会议室时，似乎还感到一丝阴冷的目光盯着他，当走出财政局大门时，背后阴冷的感觉才减少，天空仿佛一下就变得亮堂了，空气中负氧离子仿佛也浓了起来，让人呼吸顺畅，身体鲜活。

市政府会议一个多小时就结束了，都是业务上的事情。梁朝一边收拾提包，一边考虑是否回去继续参会，市长刘兵的秘书小秦走了过来，低声道："梁局长，刘市长请你到办公室去一趟。"

梁朝有些奇怪，问道："刘市长找我是什么事？"小秦笑了笑："我也不清楚。"

跟着小秦进了刘市长的办公室，小秦手脚麻利地泡了茶，就从正门出去，经过走廊，再从秘书室正门回到了自己的办公室。

在沙州，党政领导办公室与秘书办公室都是相连的，刘兵却不喜欢这种布置，他并不想标新立异，也就没有封闭这道门，但是与秘书室相连的那道门很少打开，小秦进出都很自觉地走正门。

作为财政局的常务副局长，梁朝在刘兵面前露面的机会很多，两人并不陌生。谈了沙州上半年的财政资金情况，刘兵便取出了一个文件夹，道："你看看这封信，有什么看法？"

梁朝以为这是自己写的检举信，心里一阵狂跳，强自镇静，打开文件夹，稍加浏览，长长地松了一口气，提到嗓子眼上的心就收回到肚里，暗道："难道省纪委是来调查这封信的？这封信的内容简直是隔靴搔痒，岂能扳倒根深叶茂的孔正义！"

梁朝仔细读完信，道："从这封信的内容来看，应该出自财政局。"说到这里，他略为停了停。

刘兵鼓励道："此事省纪委已经有了结论，查无实据，我只是私下了解情况，有什么看法可以直说。"

梁朝一直以来都与刘兵走得较近，这也是两人的共同需要，只是梁朝还没有完全投入到刘兵的阵营，或者说，很多事情还隔着一层纸没有捅破。

"沙州财政在岭西还是排在前面的，虽然比起沿海同等级的城市要差很多，可是每年过手的经费是数十亿，用这些事来检举一位财政局长，确实有些小儿科。"梁朝对于这封信的水平很有些瞧不上眼。

刘兵道："按你的说法，孔局长确实是有这些事，只是与过手的资金量相比，这些事不算事？"

梁朝深知刘兵与孔正义面和心不和，听其口气，似乎还真希望孔正义有事，便试探着道："财政局做账的高手很多，真要作假，外人很难查出来。”

刘兵点了点头，语重心长地道：“梁局长，我是了解你的。财政局同志为你总结了三点，第一是精通业务，你是科班出身，当常务副局长都七年了，当副局长三年，加上当科长、科员的经历，在财政局工作十八年，年轻的老资格啊。”

梁朝谦虚地道：“我谈不上精通，只是比较熟悉。”

“第二，你为官廉洁，这是群众公认的……

“第三，能团结同志，不像某些人飞扬跋扈，目中无人。

“你这种德才兼备的同志，早就应该放到更重要的岗位上了。”

梁朝心里明白，这是刘兵在向他封官许愿。

刘兵突然变得严肃起来，道：“财政局是管钱的单位，一定要记住一句话，‘勿以恶小而为之,勿以善小而不为。’你们一级班子领导成员更要以身作则。我在这里给你提一个要求，也是一个特殊待遇，凡是财政局的大事小事，你可以不通过其他人，直接向我报告，如果有大事不报告，就是你的失职。”

这是刘兵抛来的绣球，梁朝也不管这个绣球是否烫手，他都接了过来，道：“请刘市长放心，我知道应该怎么做。”

梁朝此时已将宝押在比周昌全年轻许多的刘兵市长身上。

第八章
招待省委书记夫人、省长儿子

第一次见到岭西的公子哥儿

8月，天气炎热，侯卫东奉命陪同省里的客人去泡温泉。

省里的客人有男有女，侯卫东打电话给脱尘温泉老总水平，开口就要最好的两间贵宾厅。

水平有些为难："高主任刚才打电话来，说是省里的客人来了，要了两间顶级贵宾间，现在我们只剩下一间。"

侯卫东道："把高主任的顶级贵宾间调出来，给他换次一些的。"

水平支吾着道："这事我不太好说，侯主任，你能否亲自给高主任说说？"

侯卫东立刻拨通了高健的电话。高健一听是周昌全的客人，痛快地道："没有问题，我马上给水平交代，换一间稍微差一些的中包。"

带着三辆小车到了脱尘温泉，等到省里来的客人都泡在了水里，侯卫东借口要服务，就没有下水。他到外厅刚把烟点燃，见到南部新区主任高健走了过来。

侯卫东见到高健，开玩笑道："多谢多谢。"又道，"这个星期泡了两次，还真是没完没了。"

高健对此是深有同感，他狠狠地抽了一口烟，道："你才来两次，这个星期我已经洗了四次。以前没有温泉的时候，特意开车到茂东去泡，现在听到泡温泉就腿软。”他是南部新区一把手，在沙州是排得上号的人物，他接触面广，又好交际，脱尘温泉开张以后，陪了不少重要领导来尝鲜。一方面，他利用温泉做了人情，积累了人脉，另一方面，由于温泉初开，朋友们来得太密，他陪得也实在有些乏了。

高健将侯卫东约到了温泉茶楼，这是半露天的茶楼，有假山、盆景和流水，环境倒也不错。两人要了一壶铁观音，慢慢地喝着，等着泡澡的朋友们。

聊了一会儿，话题又转到工作上来，高健道：“四大班子办公室的选址方案到底定下来没有？早些将四大班子办公室搬来，可以带动南部新区的人气。”

侯卫东道：“现在还在等着上级正式批复，不过据可靠消息，此事问题不大。”

侯卫东级别虽然不高，但是位置关键，他说的话可靠性很高。高健问道：“四大班子的办公地点，现在提出了三种方案，周书记比较倾向哪一种？”

这也是一个要害问题。四大班子办公室肯定是将来的中心地带，如果开发商事先能得到消息，抢占了周围的地块，则升值潜力巨大。

侯卫东沉吟道：“这事我就不太清楚了。”

其实周昌全对搬迁是有倾向性意见的。所谓的倾向性意见，是偶尔一次，周昌全单独带着侯卫东去巡视南部新区，来到一处开阔地，周昌全道：“这一块地不错，地势平整开阔，除了修办公室以外，还可以修一个市政广场。新办公楼一定要体现市委宽阔的眼界和广纳四海的胸怀。”侯卫东当时就意识到周昌全中意这块地，他回去以后就查了这块地的情况，这块地并没有征用，是放牛湾一社的土地。

而根据市委常委会的议事规程，四大班子选址必须经过市委常委会研究，虽然周昌全的倾向性意见就代表着市委的意见，不过为稳妥起见，他还是没有把事情挑明，对高健有所保留。

正聊着，步高一身轻松地带着小曼等人也来到了茶楼，他第一眼并没有注意到侯卫东和高健，只顾着与几个美女说说笑笑。

今天是步高女朋友小曼的生日，小曼在省歌舞团的三位好朋友就从岭西来到了沙州。步高走南闯北，品了无数美女，还是被四位美女弄得眼花缭乱，咽了无数口水。

中午吃完饭，小曼撒娇道：“下午有事没有？到哪里去玩？”步高瞅了瞅一群美女，坏笑道：“我们去泡温泉。”小曼哼了一声：“你真有色狼之心！”只是想来想去，沙州还真没有太好的去处，与朱莹莹等人商量一番以后，大家一起过来泡挺有名气的脱尘温泉。

小曼、朱莹莹等美女太养眼了，侯卫东和高健的目光都被吸引过来了，高健被美女晃得应接不暇，侯卫东的目光却被朱莹莹所吸引。

那日他放了朱莹莹的鸽子，但是朱莹莹充满活力的腰身却给他留下了极为深刻的印象，他是血气方刚的男人，加上几个月没有性生活，难免有些想象。这无关于道德，而是雄性生物体的本能，正是这种本能推动了物种的繁衍，只是人类产生了道德和社会规则以后，便将这本能掩盖了起来，将欲望埋在了人们的内心。

朱莹莹头发盘在头上，让脖子显露出来，就如长颈鹿一般，修长、优雅。

侯卫东数次在电视上看到朱莹莹的节目，此时美人出浴，活生生地在眼前晃动，他禁不住想到弹力惊人的腰肢，荷尔蒙不受控制地狂增。

步高走到屋角才见到侯卫东和高健，笑着道：“难怪今天没有贵宾间，我还怪水平不给面子。两位领导怎么不进去泡一泡？”

在他眼里，侯卫东位于沙州中枢，高健是手握重权的一方诸侯，两人都是能产生巨大经济价值的人物，值得一交。

高健笑道：“再洗，就要洗白了。”

朱莹莹坐下以后，正好面对着侯卫东。从小以来她能歌善舞，追求她的男人如过江之鲫，从来没有被男人放过鸽子，这让她恨得牙痒，记忆深刻。她一边与女伴们谈话，一边偷偷打量着侯卫东。

小曼也见到了侯卫东，她凑在朱莹莹耳边，道：“那边坐着的就是侯卫东。”

朱莹莹嘴硬：“都是些臭男人，有什么区别。”

听到朱莹莹如此说，小曼就坏笑道：“侯卫东现在是市委书记的秘书，很有前途。”

朱莹莹看了侯卫东一眼，道：“只不过是秘书，市委书记来了，也还是臭男人。”

“晚上有空没有？我请两位吃饭，晚上到馨宁歌城玩。”步高与高健一起到北京去过一次，他知道高健喜欢什么，很自然地发出了邀请。

高健偷眼看着邻桌几位漂亮女孩，很有些心动，对侯卫东道：“老弟，你今晚一起过来，吼几嗓子，放松放松？”

侯卫东道：“晚上还得陪客人，身不由己。”

步高有些惊讶地道：“两位领导都在陪客？”

得知了原委，他笑道：“侯主任，你别老想着工作，也应该适当休息，晚上我们一起看朱莹莹表演节目。”参加表演的不止朱莹莹一人，他将朱莹莹特别提了出来。

侯卫东用眼角瞟了一眼坐在邻桌的朱莹莹，道：“算了，今天确实不行。”

这时，高健的客人陆续出来，他就过去招呼。

步高暗道：“能让侯卫东来陪着泡温泉的人，肯定不是简单人物。”他向小曼招了招手，道：“给侯主任拿一张金卡。”

金卡做得很精致，在角落上有几个漂亮的草书“馨宁歌城”。侯卫东这才恍然大悟，道：“听说这个地方不错，原来是你的手笔。”步高道：“这事我没有参加，是小曼策划的，她是一把手。”

小曼原本是歌舞团的演员，对社会上的事情并不太懂，跟着步高以后，见识了与唱歌跳舞不同的另一个世界，舞台已经褪去了光环，变得很单调生硬。

“侯主任，欢迎到馨宁歌城。歌城有两个区域，其中高级区域只有金卡会员才能进入，平时还有些小型的演出，今天晚上就是我的几个姐妹过来串场。”小曼笑了笑，道，“莹莹要跳独舞，如果不是因为我和她是姐妹，这小地方请不来省歌舞团的台柱子。”

侯卫东笑了笑，没有接话。这时，省水利厅吴英带着女儿蒙宁和小孙子走了出来，侯卫东赶紧迎了上去，道：“吴阿姨，时间还早。”

吴英道：“差不多了，刘主席还没有出来吗？”

小家伙拿着水枪四处乱射。蒙宁见水枪射了不少在邻桌身上，一边招呼，一边道歉：“不好意思，小家伙太调皮了。”

步高觉得蒙宁很是面熟，一时又想不起在哪里见过，他客气地道：“没有关系，小孩子嘛。”

另一间贵宾室的客人也都走了出来，省政协常务副主席刘铁松、他的儿子刘明明，还有蒙宁的先生朱小勇以及原省委副书记沈恩杰的公子沈浩。

步高眼前一亮，他与沈浩有过交情，而且沈浩还认识小曼的几个女伴。沈浩目光从步高脸上一滑而过，微微笑了笑，表示打了招呼。他来到朱莹莹旁边的女孩身边，道：“李颖，人生何处不相逢，居然在沙州遇到你，缘分啊。”李颖态度有些特别，支吾两声，便尿遁了。

等到吴英等人离开，小曼问李颖道：“那个后来出现的是谁啊？”

“沈浩，岭西有名的公子哥儿，他爸以前是省委副书记，现在调出去当省长了。”

小曼笑道：“原来是省长公子在追你，他相貌不错，还可以嘛。”

李颖摇摇头，道：“谁有你的福气，步高是好人，没有半点纨绔之气，而沈浩是标准的纨绔子弟，吃喝嫖赌样样齐全，这种人，我都懒得理他。”

晚上用餐就在小招待所。小招待所名字普通，外表普通，却一直是沙州最有档次的接待场所。它由市财政直接支持，不对外经营，不以营利为目的，最主要的功能是为上级领导营造舒适的环境，也让周昌全等几位领导闹中取静，能有一个安静的环境思考沙州的大事。

周昌全开完了会便直接来到小招待所。

往日安静的1号楼充满了活力，小家伙年龄虽小，精力却旺盛得吓人，哪里肯听蒙宁和朱小勇的招呼，在院子里跑来跑去，花花草草被踩倒一片。

省委书记夫人、省水利厅副厅长吴英在工作上是一个严厉的人，水利厅厅长管海洋都让她三分，但是她对外孙特别宽容。她刚刚泡了温泉，脸颊还带着些红润，喝着益杨上青林的新茶，很慈祥地看着满院乱跑的外孙。尽管踩坏了一些花草，她也没有特意去招呼，听由小家伙与女儿女婿捉迷藏。

沈浩将刘明明拉到了楼顶，在平台上喝茶。下午见到了李颖，他心里就如猫抓一样，道：“那小子叫步高，是沙州常务副市长的公子，这两年搞建筑发了大财，你俩是同行，可以交流交流。”说了一句正经话，沈浩马上就暴露了真实目的：“那几个小妞都是省歌舞团的，李颖那小娘们，老子一定要搞到手。”

刘明明已经听明白了，笑嘻嘻地道：“岭西少女杀手终于也有败走麦城的时候，稀奇。”

沈浩咬牙切齿地道："等吃完饭，我们就去馨宁歌城，宜将剩勇追穷寇。"

馨宁歌城是综合性娱乐设施，二楼是海鲜馆，里面的菜品全部是从沿海空运而来，价格不菲，生意很是火爆。

在装修豪华的包间里，小曼、朱莹莹和李颖等人围坐在一起，步高临时有事，就没有陪着她们吃饭。

朱莹莹见了歌城的规模，由衷道："我们这一批同时进团的人，就数小曼最有福气，如今已是馨宁歌城的老板。我们几人还得在台上跳来跳去，实在没有意思。"

小招待所里，周昌全陪着吴英、刘铁松等人吃了晚饭，沈浩笑着建议道："吴阿姨，今天晚上周叔叔、刘叔叔都在，你们正好可以凑在一起打麻将。"

吴英是省委书记夫人，虽然尊贵显赫，却也少了寻常人家的快乐，她的爱好不多，闲时就喜欢约人打打小麻将，可是，这个麻将搭子很不容易凑齐。

沈浩的提议，顿时就把吴英打麻将的瘾勾了起来，她笑道："小浩，你肯定想出去玩，故意把我们几个老家伙留在屋里。你别否认，我们三缺一，你留下来陪我们。"

沈浩急忙摆手道："我打麻将水平太菜，小勇哥厉害，他是计算机脑袋，与你们是棋逢对手，将遇良才。"

刘明明在一旁帮腔道："小勇哥智商超强，就留下来打麻将。"他对周昌全道："周叔叔，一个城市是否繁华，夜生活是否丰富多彩是重要指标，夜生活发达的地区，无一例外是经济发达地区。"

周昌全思维敏捷，道："这不是一个好指标。拉斯维加斯的夜生活全世界闻名，但是那里的经济就不见得发达，它的繁荣是建立在虚幻之中，在全世界不可复制。"他扭头对侯卫东道，"卫东，我打麻将，你带沈浩和刘明明出去逛一逛。"

离开了小招待所以后，刘明明开着宝马直奔馨宁歌城。他与步高的工作性质很接近，都是做房地产，只是步高开的是实实在在的公司，而刘明明则是典型的皮包公司，操作模式是低价买地皮，然后加价百分之二十卖出去，由于他信誉良好，这几年接了不少生意，不知不觉也就成了千万富翁。

他知道自己发财的根源在于权力，他父亲如今是政协常务副主席，已经渐渐地离开了权力中心，因此他紧紧抓住父亲与蒙家的老关系，然后利用蒙家的关系不断建立自己的关系网。

在走出小招待所时，刘明明主动对侯卫东道："卫东，你不用叫车了，坐我的车。"等到侯卫东上了车，他递了一张名片，谦虚而直接地道："我是房地产商人，沙州近年开发力度很大，我想进军沙州，到时请卫东多帮忙。"

刘明明与吴英、周昌全说话时，总是带着孩子似的笑容，让人觉得胸无城府，似乎很天真，而单独与侯卫东见面的时候，他态度变得彬彬有礼，突然就成了成熟的商人兼绅士。

侯卫东跟随着县委书记祝焱，认识了省里一些部门领导，跟着市委书记周昌全，又认识了省里一些重要领导及其子女。此时的他已经彻底从青林镇的山坡走向了岭西的舞台。因此，在刘明明这种岭西公子哥儿面前，他并不紧张，接过名片以后，随手开了车顶的小灯，将名片两面都看了。

"欢迎刘总到沙州投资，如果有兴趣，改天将沙州南部新区高健主任介绍给你。"

"行，我等你电话。"

沈浩开着沙漠王子跟在后面，他和刘明明不一样，他父亲曾经当过地委书记，又在岭西当过省委副书记，在岭西基础雄厚，按理应该比刘明明发展得更好，但是他最大的爱好就是泡美女喝名酒，做的项目不少，由于花钱如流水，口袋里实际上没有剩下几个钱。

沈浩心里想着李颖，一边开车一边给步高打电话，道："喂，我是沈浩，你那几个美女在不在？叫她们别走，我马上过来。"

步高放下电话，半天没有说话。小曼看他表情不太对劲，问道："谁的电话？"

"沈浩。"

小曼撇了撇嘴，道："那个纨绔子弟，李颖很烦他。"

"沈浩这人确实很烦，而且喜欢喝酒发疯，以前他老子是省委副书记，我还要敬他一尺，现在沈恩杰离开了岭西，谁还屌他。"步高发了一句牢骚，道，"今天下午那个中年女子很特别，省政协常务副主席刘铁松一直屁颠屁颠地跟在她身后，看样子来头不小。”

小曼道：“侯卫东在陪他们，他最清楚。”

“侯卫东嘴巴稳，他不主动说，问了白问。”步高又道，“你给李颖打个招呼，最好是让她回避沈浩。你给张姐打个招呼，准备一个肯出台的漂亮妹儿，如果沈浩要闹，随时上来灭火。

“再准备几瓶好一点的洋酒，我们礼节上还是要周到。”

小曼见步高说得郑重，心里有些紧张，便急忙出去安排。她回到大包间的时候，沈浩、刘明明和侯卫东已经到了，小曼见到了侯卫东，反而松了一口气，有市委书记专职秘书坐镇，肯定出不了大事。

沈浩眼光如X光一样，见小曼进来，上上下下进行了系统扫描，眼光恨不得将小曼的衣服剥下来。他很有些急色，道：“老步，那几个小妞怎么没有过来？光我们几个大男人有什么意思。”

以前在省城聚会时，沈浩根本未将步高放在眼里。确实，沙州的副市长，在省委副书记面前确实是小人物，此时沈浩是省长公子，因此他在步高面前保持着强势。

步高解释道：“小曼的几个朋友都是歌舞团的，今天特意来为小曼助阵，等一会儿要在大厅表演节目。”

沈浩道：“开酒，开酒。”晚上在小招待所，在吴英、周昌全和刘铁松面前，沈浩不敢造次，滴酒未沾，到了歌城，他酒瘾上来了，就连叫开酒。

刘明明最怕沈浩喝酒，他有意结交侯卫东，凑过来道：“别让沈浩喝多了，他喝酒以后容易惹事。”另一方面，他也希望沈浩惹些事情出来，如果今天闹得不愉快，得罪了地头蛇，沈浩就很难在沙州立足，也就不会抢了自己的生意。

喝酒的能力是天生的，酒量的差距靠练习无法弥补，而且，酒量大的人一般不喜欢主动要酒，比如侯卫东喝酒是出名的海量，但是他在家里却是滴酒不沾。沈浩好酒，酒量却浅得紧，他喝了酒就会兴奋，毫无节制的兴奋。

沈浩喝了几杯酒，满房间都充盈着他的喊叫声，他逮着步高连碰了三杯，道：“李颖在哪里？别藏着啊，步总是豪爽之人，不准金屋藏娇。”又道，“以后你到岭西来，我找个电视台的美女来陪你。”

步高酒量倒也不差，他不想得罪沈浩，可是也不愿意与其混在一起，道：“李颖有事回岭西了。”

“你别废话。”

“确实回岭西了。”

沈浩大为不满，道：“下午给你说了的事，居然不放在心上，你这人不讲义气。有福同享，有难同当，这才是好哥们儿。”

步高脸色变得不好看了。刘明明笑着打圆场，道：“兄弟喝几杯，扯女人进来做什么，别在这里闹。”

正在这时，场外表演开始了。沈浩是蚂蟥，哪里听得水响，哪里热闹便朝哪里凑，提着酒瓶，拿着高脚酒杯便强拉着众人跑了出去。

歌城的隔音设备颇佳，在楼上是高档场所，楼下则是一片妖怪的世界，低音炮仿佛要将心脏敲碎，一阵白雾仿佛是黑山老妖出行，射灯就如闪电，而在中场扭动着身躯的红男绿女们就若活生生的妖魔鬼怪。

沈浩在这种环境中如鱼得水，提着酒杯就进入场中主动变成了妖怪。侯卫东、步高、刘明明等人则来到一处平台上，这处平台比中场稍高五梯，视线很好，既可俯视中场，又可观看台上的表演。

步高与侯卫东并排站在平台的铁栅栏处，步高道：“你是第一次来？”侯卫东道：“我是劳碌命，没有时间。”

步高笑道：“没有时间，说明是在做大事，只有这一群小混混才有时间天天在这里狂欢。”他用手指了指下面，自然把沈浩也包括在内。

他凑在侯卫东耳旁，说道：“省城的公子哥儿有一个圈子，前两年我跟他们接触得多，这群人关系宽，能量大，以前他们一股脑地从政，现在大多数在经商。沈浩是著名的沈少爷，疯得厉害，不过没有什么心机。那个刘明明我不熟悉，他在岭西专门炒地皮，我手里有一块是间接从他手里接的，据说很有些手腕，做事比较地道。”

侯卫东就朝刘明明看了一眼。刘明明正与小曼说着些什么，场内音乐声震天，稍远一些便不能听见对方说话。

侯卫东道：“我是奉命陪客，沈浩玩得这么疯，如果出了事，我在周书记面前不好交代。”

步高苦笑道：“他就是这么一个臭脾气，只是他在兴头上，不太好办。这些人平时也是争风吃醋，可是对外很团结，他们要维护这群人的整体利益。”三年前，他北上岭西，试图融入省城，有一段时间与他们这帮人打得火热，可是总觉得有些隔阂。这几年他事业上进展很快，已经成了气候，渐渐地就与这群人疏远了，没有想到今天偶遇沈浩，又被这块牛皮糖黏住了。

沈浩随着音乐扭动着，一边提着酒瓶大口喝着洋酒。以前在岭西玩闹总是成群结队，今天刘明明不肯到场下，只有他一人疯，难免有些不过瘾，喝着酒，开始东张西望。

此时酒精上脑，他打量着周围一起扭动的人，肆无忌惮地大声道："操，全是恐龙！"沈浩接连喊了几遍，全然不知已经犯了众怒，他身边不知不觉多了几个手臂上带着刺青的年轻人，都斜眼盯着他。

一个身材高大的年轻人快步走上平台，他在小曼耳边道："曼姐，有些不对，小黑皮他们恐怕要闹事，他们围着那个拿酒瓶的人。那人和步总一起来的吧？"

步高得知了这个情况，赶紧对年轻人道："你给小黑皮说，不准闹事。我去把沈浩叫上来。"

步高正往下走，中场已经闹了起来，准确地说是沈浩被人从背后一脚踢出了中场。

沈浩摔得头昏脑涨，幸好中场经常有人打架，为防撞伤，周围经过处理，没有尖角，还铺了些厚垫子，沈浩并没有受伤，等他翻身坐起来的时候，步高已经到了。

步高先发制人："操，你怎么和二宫帮弄起来了？"

二宫帮是岭西省很有名的黑社会。所谓二宫，指的是二进宫的意思，二宫帮的几位老大最起码是二进宫，因而得名为二宫帮。这个黑社会黑赌毒皆沾，在省城名声坏得很。

沈浩这帮人是混上层的，不愿意跟这群亡命之徒打交道，因此步高一上来就用二宫帮来吓他，其实二宫帮根本没有延伸到沙州。

沈浩正想发作，冷不丁听说是二宫帮的，一股子怒火便发在了步高身上，道："这是你的地盘，我被人阴了，这账怎么算？"

步高看到沈浩被打，心里着实高兴，口里道："算了，上去喝酒。沈哥是什么身份，别跟这些烂仔一般见识。"

随着步高一起下场子的年轻人下到台子里，与踢人的年轻人耳语了几句，那些年轻人倒也没有继续闹下去，陆续离开了中场。

沈浩骂骂咧咧地回到了台上。刘明明也是存心看他笑话，故意道："沈少，怎么摔到台子下边去了？"

“妈的，老子找人弄死这些王八蛋！”沈浩恶狠狠地道。

这时，传来了激昂的音乐声，主持人用激荡昂扬的声音宣布，岭西来的莹莹小姐为大家来一段热舞。

侯卫东在电视里看朱莹莹跳了好几次舞，多是为歌手伴舞，走的是纯情路线。这一次出场，则是一身短小的紧身服，修长的腿，细细的腰，不屈不挠的胸，随着节奏强烈的音乐干净利索地扭动着。专业选手的职业素质立刻震住了场内的观众，他们跟着演台上朱莹莹的节奏，卖力地跳了起来。

自从到了益杨县委办，侯卫东几乎每天接触的都是一本正经的场合，在他们那个舞台上最讲究稳重，基本上没有身体上的动作，大家互相用脑袋和嘴巴进行着角逐，身体似乎渐渐地被忽略了，只为了适应沙发而存在。

此时，见到朱莹莹热情奔放中带着性挑逗的劲舞，侯卫东身体似乎也苏醒过来，他目光集中在朱莹莹弹力惊人的腰肢上，身体随之轻微地扭动起来。

沈浩看得呆了，半张着嘴，看了好一会儿，他猛地将手中的酒瓶往下面砸去，对平台上的众人道：“李颖我不要了，这妞是我的，你们不许跟我争。”

“拿酒来。”他叫道。

酒瓶直接飞向舞台下，碰在了几个圆形的灯管上，发出一声巨响。平台上的人群短暂骚动，但是见没有其他动静，又随着台上朱莹莹的节奏舞动起来。

侯卫东是奉命陪客，此时见沈浩闹得不成样子，心里着急，听到沈浩又在叫酒，猛然间灵机一动，他走到步高身边，轻轻拍了拍，便扭头朝刚才所处的包间走去。

步高是聪明人，不声不响就跟在侯卫东后面，两人闪进了包间。

“这样不行，如果出了事我不好向周书记交代。”

步高亦有同感，道：“朱莹莹和李颖她们是给小曼祝生和捧场，沈浩太过分了，如果不看在老弟的面子上，随便找人就把他教训了。”

侯卫东摇头，道：“就算沈恩杰离开了岭西，他还是省长公子、周书记的客人，事情闹大了总是不好。多一事不如少一事，少惹不必要的麻烦。”

步高道："那我们就轮番灌酒，把他彻底喝趴下。"

"他是借酒发疯的人，不知道彻底喝醉前还会闹出什么花样来。我有一个办法，你得保密。"

"放心，我肯定保密。"

侯卫东低声道："弄一粒安眠药放在沈浩酒杯里，他现在已经辨别不了味道，吃了药让他睡觉，免得惹事。"

步高道："这个办法好，外面就有药店，我马上让人去买。"

侯卫东与步高回到平台上，沈浩正拉着小曼的手大吵大闹，非要让小曼带他去认识朱莹莹。他喝了酒，手上没有轻重，使劲地捏着小曼的手腕，痛得小曼直吸凉气。

看到了步高，沈浩道："哥们儿，我们说好了，李颖归刘明明，我要朱莹莹。"刘明明在一边道："你发疯，别扯上我。"沈浩借着酒劲道："刘明明，你少他妈的装好人。"

刘明明对着步高和侯卫东做了一个无可奈何的笑容，道："他喝了酒就是疯子，你们别理他。"

步高笑道："先到包间去，我去请朱莹莹她们几人过来。"

小曼还在揉着手腕，见手腕处已有些发青，此时她才明白步高为何让李颖回避，她心里暗自打定主意，马上就带着自己几个女伴回家，不跟沈浩这个疯子接触。

在众人好说歹说之下，沈浩才回到了刚才所坐的包间。

步高在门口对小曼道："过了十分钟，你请朱莹莹她们过来，没有事情，我安排好了。"他见小曼不愿意，道，"听话，我办事，你要放心，绝对不会有事，我有了安排。"小曼对步高颇为信任，听他再三保证，这才去招呼朱莹莹等几个女伴。

一个年轻人用盘子端着几杯酒走了进来，他依次将酒拿给了步高、侯卫东、刘明明，最后一杯酒递给了沈浩。

步高举杯道："我们四兄弟再碰一杯酒，今天晚上尽情地喝，随意玩。"侯卫东很配合地举起酒杯，道："很荣幸认识刘总和沈总，从今天起，大家就是朋友，以后还请多关照。"

喝完这杯酒，步高对跟在身边的小伙子道："你去催一催小曼，让她快一点。"

过了七八分钟，沈浩就觉得有些困了，他靠在沙发一角，口里道：

“步高，快点，老子等不及了。”

侯卫东与步高对视一眼，两人眼中都有些许笑意。

等到小曼带着朱莹莹和几个女伴过来，沈浩已在沙发上呼呼大睡，他今天晚上喝酒不少，这种状态也很正常。

朱莹莹额头上还带着汗水，穿着短裙子，青春之气让侯卫东不禁呼吸紧张。

睡倒了沈浩，这个世界便少了一只嗡嗡乱叫的苍蝇，清静了下来，侯卫东对自己的妙计很是得意，心情便好了起来。

朱莹莹、小曼和另外一个紫衣女孩都是气质美女，多年的刻苦锻炼，让她们举手投足自有别样的优雅，让原本有些昏暗的包间变得五彩斑斓，包间里的气味通常很闷，此时似乎也透着一股清新之气。

侯卫东与前几年也不同了，虽然未满三十岁的同志还可以称为年轻同志，可是他跟随在县、市两任书记身边，潜移默化中受了不小影响，他沉稳地坐在沙发一角，与刘明明有一茬无一茬地聊着。

刘明明一直在注意观察着侯卫东，暗道：“侯卫东在吴英和我父亲面前亦是这种不卑不亢的模样，此子不俗。”他接触过太多优秀的年轻人，这些人分为两类，一类是削尖脑袋想钻进他们这一个圈子，另一类是自以为有本事而笑傲江湖，而侯卫东这种不骄不躁的气度，让他觉得很舒服。

刘明明眼珠一转，他想试一试侯卫东在美女面前的反应，对侯卫东道：“我们别傻坐着，主动请女士跳舞。”

刘明明带头，很绅士地请朱莹莹跳舞，他见多识广，口才亦很不错，不一会儿，朱莹莹便被他逗得笑了好几次。

朱莹莹一边笑着，眼角余光一边瞟着侯卫东。上一次她是为了一万元才答应了步高的要求，她是咬着牙做出了奉献的准备，孰料侯卫东在半途中放了鸽子。事后，步高倒没有食言，爽快地付了一万元钱，朱莹莹想着家里的困境，也没有推辞，大方地将钱收了。

朱莹莹此时的心思颇为复杂：一方面是见到了小曼这个规模大、档次高的歌城，心里颇不平衡。当初在省歌舞团时，小曼的条件仅比她家里稍好一些，只是小曼做事更干脆彻底，勇敢地钓得金龟婿而归。事实证明，这一个当初受到颇多非议的举动卓有成效，而她们这群丽人，仍然要在台子上跳来跳去，还辛苦地串场。另一方面，侯卫东放鸽子的行为，让朱莹莹觉得此人还不算坏透顶。不过，朱莹莹最大资本是天生丽质，被人放了鸽子，她难免有些不服气。

刘明明道：“如果朱小姐能到我们公司来当形象大使，我们公司肯定就会提升无数个档次。”

朱莹莹随着其话头，问道：“刘先生在哪里高就？”下午，小曼她们主要在议论沈浩，反而把刘明明忽略了，她只知道刘明明是省城的公子哥儿，具体做什么并不是太清楚。

“在岭西开了一家小房地产公司。”

朱莹莹很文雅地道：“刘先生谦虚了，你肯定是房产大亨。步总在沙州新月楼很成功，你做什么楼盘？”

刘明明是专炒地皮，本身并没有什么叫得响的楼盘，他很有技巧地道：“我和岭西金越、凯旋都合作过。”

凯旋房产是岭西名气极大的楼盘，正处于岭西的黄金地段，在房地产业有一句很出名的话：“地段，地段，还是地段”。当初为了争夺那一块黄金地盘，岭西几家著名房地产公司八仙过海各显神通，最后，这块地被刘明明拿到了手，让众人都摔破了眼镜。自此以后，刘明明在岭西地产界算有了名气。

朱莹莹知道岭西金越、凯旋的大名，当初凯旋新楼盘开业的时候，还请她们去搞过演出，她“哇噻”了一声，道：“那我应该称呼刘总了，失敬了。”

她马上又道：“刚才刘总说要我到你的公司去，是不是开玩笑？”

刘明明抚着朱莹莹健康的、充满活力的腰，闻着诱人的少女味道，心里没来由地跳快了些，暗道：“省歌舞团的当真是尤物，难怪步高准备与小曼结婚，也难怪沈浩紧追李颖不放。”口里道：“我的公司生意还行，有莹莹这种人才加盟，自然求之不得。明天请你抽空到公司来看一看，不知有没有兴趣？”

跳舞是青春饭，不能跳一辈子，迟早要转行。朱莹莹听到刘明明邀请，不由得看了小曼一眼，妩媚地笑道：“那就一言为定，明天我回岭西，你给我打电话。”

此时她心思就转到了刘明明身上，也不瞧侯卫东了。

刘明明原本是想让漂亮女子去试探侯卫东，没有料到自己反而与朱莹莹聊得兴起。他是情场老手，见到朱莹莹此等神态，便知八成有戏，他大胆地用手指划了划朱莹莹的手心，问道："你的朋友叫什么名字？她很矜持啊。"

朱莹莹感受到了刘明明的挑逗，想把手从刘明明手里抽出来，抽了抽，没有抽动，也就随了他，道："她叫晏紫，在团里跳独舞，平时就很清高，不太合群，以前与小曼住过一间房子，所以过来捧场。"

刘明明继续伸出小指在朱莹莹手指上轻轻划了划，朱莹莹怕痒，就捏紧了他的手指。

步高见刘明明和朱莹莹连跳了三曲，说说笑笑，就笑着对侯卫东道："沈浩吵得震了天，反倒把李颖吓退了，刘明明跳跳舞谈谈情，你看朱莹莹的表情，他们有戏。"

侯卫东对朱莹莹的感情有些奇怪，朱莹莹刚才进门时，他有意离她远远的，此时见她与刘明明有了点暧昧的意思，尽管朱莹莹其实与他没有任何关系，但想起她修长的脖子和弹力十足的身体，心里还是酸溜溜的。他很快就调整了心态，暗道："朱莹莹也是一个轻率随便的人，幸好当初经受住了诱惑，否则现在真的很不爽利。"

不爽利的原因有二：一来或许就被迫与步高成为很好的朋友，成为解不开的战略性合作伙伴；二来见到朱莹莹的为人处世，多半是浅薄的女人，这种女人惹上以后，唯有两个字可以概括——麻烦，如果变成四个字，就是——天大麻烦。

想到此点，侯卫东心里的酸溜溜很快就变成了庆幸。

音乐再起，刘明明与朱莹莹再次起舞。小曼对侯卫东道："侯主任，你是男人，主动一些，请晏紫跳舞。"

晏紫白了小曼一眼，意思是指小曼多事。

侯卫东一直未在这个叫晏紫的女孩身上投入太多的注意力，听小曼如此说，他也不想显得太小家子气，便来到了晏紫身旁，道："请您跳一曲舞。"

晏紫是一身紫色长裙，上面缀着些银色的小点，在灯光下很高贵。她的五官并不是太精致，只是这不太精致的五官配合在一起，倒也别具一格，很有些说不出来的味道。

她大方地接受了邀请。

侯卫东身高在一米七五左右，这在岭西算是中等个子，晏紫大约在一米六七的样子，两人在身高上倒也协调。

在专业人士面前，侯卫东不敢托大，客气地道：“我跳得不好，请莫见怪。”

晏紫道：“你不是学这个的，跳得好就是不务正业。”她声音不冷不热，却简单直接，侯卫东听惯了含义深刻的话，猛然间还不太适应，笑了笑，没有答话。

随着音乐两人跳了几步，晏紫问道：“你是沙州的？”

“嗯，是的，在沙州工作。”

“你爹是市委书记还是市长？”

侯卫东笑道：“我爹不是市委书记，也不是市长，是公安局的普通退休民警。”

晏紫将头略微仰起来，看了侯卫东一眼，道：“这样说来，你是平民子弟，怎么和这些纨绔子弟混在一起？”得知沈浩纠缠李颖的事情，晏紫心里就有气，一晚上都没有说话，此时在侯卫东面前不留情面地爆发出来。

侯卫东道：“别这样说，没有人是纨绔子弟。”

晏紫不说话，跳了几步，她冷笑两声，道：“你跳舞水平还行，看来经常涉足乱七八糟的场所。”

侯卫东心里也不爽，暗道：“以为长得不错就可以随意伤人，我偏不买账。”他反击道：“按你的说法，跳舞的人都乱七八糟，请问你是什么职业？”又道，“既然看不惯，何必来？既然来，何必说这些没意思的话？”

晏紫停了脚步，道：“你这人怎么说话？”

侯卫东松开晏紫的手，礼貌地说了一句“谢谢”，将晏紫丢在了场中。恰在此时，音乐结束，大家也没有注意到这事。

侯卫东坐回到沙发角落，朝另一边看，晏紫亦是坐在沙发角落里，两人都不满地看着对方。

玩到了12点，步高提议吃夜宵，侯卫东没有多少情绪，道：“沈浩醉得这么厉害，算了，大家闪。”

刘明明问道：“侯主任，还能不能开车？”得到肯定答复以后，道：“你开沈浩的车，带沈浩回去，我还有点事情。”

侯卫东也不多问，接过刘明明送来的钥匙，出去开沈浩的沙漠王子，当车开到门口，歌城两位服务员将沈浩抬了出来。

步高的车上坐着小曼和晏紫，晏紫问道：“刚才请我跳舞的那人是谁？很没有礼貌。”

小曼道：“那人是侯卫东，市委书记的秘书，怎么了？”晏紫道：“他跳到一半，扬长而去，我还从来没有遇到这种人。”

小曼知道晏紫那一张嘴巴不饶人，道：“侯卫东这人还行，多半是你说话不客气，将他弄得恼羞成怒了。”晏紫道：“他就是小秘书，怎么跟这些纨绔子弟混在一起？也是没有名堂的人。”

步高搭话道：“你这就错怪了他，沈浩和刘明明是沙州的客人，他是代表周昌全来陪客人的。”

小曼知道上一次朱莹莹被放鸽子的事情，她对侯卫东的人品产生了好感，想了想晏紫高傲的性格，道：“可惜侯卫东结婚了，要不然还可以介绍给紫紫。他很优秀，前途不可限量，与你倒正好相配。”

晏紫哼了一声，道：“我还没有到嫁不掉的地步吧。”

侯卫东将沈浩半扶半拖地带回到了3号楼，让服务员开了门，为其脱掉鞋子，扔在床上，就不再管他。

回到家里的时候，小佳已经休息了，听到了侯卫东的动静，便扭开台灯，问道：“又去接待谁？这么晚才回来。”侯卫东平时经常要应酬，但是一般来说晚上9点之前就要准时回家，今天已经接近深夜1点，比平常要晚许多。

“你好大的酒味。”

侯卫东低首闻了闻外衣，确实有很大酒味，他脱掉外衣，就准备去洗澡，口里道：“陪着省里来的几个疯子到步高的歌城去唱歌。”

小佳没来由地想到了《修女也疯狂》的电影，笑着道：“省里来的领导也疯狂？”

“不是省里领导，是省领导的公子哥儿们。周书记陪省领导打麻将，我陪公子哥儿到步高的歌城唱歌。”侯卫东随口就将沈浩的疯狂事情讲了出来。

小佳听了此事，却是神情一变，急切地道：“糟了，你做了一件傻事，酒里放了安眠药，弄得不好要出事。”

她是学生物的，虽然毕业以后早就将专业知识丢了，可是基础知识还在，她解释道：“酒精对中枢神经先有兴奋作用，但是随后就会产生抑制作用，安眠药对大脑也有抑制作用，酒后服用安眠药，就是双重抑制，会使呼吸变慢、血压下降、休克甚至呼吸停止而死亡，卓别林就是死于酒后服安眠药的。”

侯卫东吓了一跳，他送沈浩回小招的时候，沈浩始终没有醒来，至于是否有呼吸，却并没有注意，想到了有可能出现的问题，脸色便有些变了。

“真的有这么厉害？”

“也不一定都会出事，只是有可能出事。”

侯卫东在家里就坐不住了，道：“我还得回小招待所看一看。”小佳劝道：“你让服务员去看一看，何必亲自跑一趟？”

“这事是我安排的，如果出了事情就太不值得了，还是亲自去看一看，这样才能安心。”侯卫东重新穿上衣服，准备出门。

深夜的沙州，街道上除了孤零零的路灯以外，并没有几个行人。侯卫东车速很快，一路疾驰，很快就来到了小招待所。小招待所坐落于一片高大的树林之中，幽静而冷清，门卫室还亮着昏黄的灯，伸缩门上发着有气无力的白光。

侯卫东将车靠在一边，敲了敲门，又喊了两声。

深更半夜敲门，门卫室传来了例行的冷冰声音：“谁啊？这么晚了，等一会儿。”

由于是小招，沙州市的接待窗口，门卫的态度倒不至于过于粗暴，当然，深夜从床上爬起来的滋味也不好受，在没有见到人的情况下，门卫的态度也不热情，他慢吞吞地披上衣服，来到了门口，翻着两眼来瞅来人。

侯卫东经常来小招，而且每次来小招，所长总是忙得屁颠屁颠，因此门卫都认识侯卫东。此时认清了人，门卫顿时将冷脸换成了热脸，笑道：“侯主任，这么晚还过来。”

他殷勤地用遥控打开了伸缩门，还掏了一支烟，道：“侯主任，抽一支孬烟，别嫌弃。”这种说法是沙州自谦的说法，凡是递烟，不管烟好与坏，都说抽一支孬烟。他身上长期放两包烟，今天见到了侯卫东，递出去的烟就是云烟，档次还可以的。

侯卫东到了小招，已经冷静了下来，他一向对门卫等最基层的工作人员很和气，大大方方地接过烟，道：“孙师傅，打搅了，我办点小事，一会儿就要出来。”

孙师傅见侯卫东如此平易近人，隐约有些受宠若惊，热情地道：“侯主任你这么大的领导，别跟我太客气。”

侯卫东再次说了声“麻烦了”，便朝3号楼走去，在经过1号楼的时候，见到1号楼顶上还有灯光。

吴英一家人住在1号楼，这是周昌全常用的房间，设施很好，2号楼是为市长刘兵服务，3号楼没有固定领导，就安排刘铁松、沈浩和刘明明住了3号楼，刘铁松住在楼上，沈浩和刘明明住在楼下。

到了3号楼，一个年轻服务员坐在进门处的服务间里看电视，电视音量很低，服务员看得很认真。

小招管理很严格，值班服务人员不能睡觉。只是规定是规定，服务人员还是照睡不误，毕竟能住进来的人都有一定素质，这么晚了也不会乱跑。今天这位服务员看连续剧，居然就没有睡觉。

侯卫东想了想，还得让服务员一起与自己进入沈浩的房间。服务员是个三十来岁的女子，经常与侯卫东见面，她打着哈欠道：“侯主任，你打个电话让我看一看就行了，半夜三更的，何必亲自跑一趟？”

“我的本职工作就是服务，跑一趟很正常。”

那服务员笑着道：“如果全国人民都和侯主任一样工作，四个现代化早就实现了。”

沈浩趴在床上，头发凌乱，无声无息，这让侯卫东很是紧张，他心道：“如果真是出了人命，只能与步高订立攻守同盟，坚决不承认放了安眠药，可是只要一体检，就会原形毕露。”

把沈浩翻了过来，他喘着粗气，仍在呼呼大睡，口水顺着嘴角流得很长，白天的嚣张模样在睡梦中变成了粗俗。

人还活着！谢天谢地！

侯卫东长长地松了一口气，他笑道：“沈先生醉得厉害，衣服都没有脱就睡了。”他将沈浩的外套脱了下来，又为其盖好被子。

服务员真有些不解，心道：“侯主任跑一趟，就为了给沈先生脱衣服，小题大做。”

侯卫东回过头，对服务员道：“沈先生是省里客人，我们应该照顾周到一些。他晚上喝得太多，你要注意观察，如果有什么不良反应，随时通知卫生所的人。”

交代完这些细节，侯卫东就离开了3号楼，经过1号楼的时候，在院中看到一人在院里散步。

“吴厅长，你还没有睡？”

在院中散步的人是吴英，她见到侯卫东，奇怪地问道：“小侯，你才走？”

侯卫东道：“沈浩醉得厉害，我在家里不踏实，再过来看看。”

吴英就皱着眉头道：“小沈喜欢喝一杯，这是他最大的缺点。这孩子怎么和他老子一点都不像，不知道什么时候能长大。”她又道，“小侯工作很细心，不错不错，难怪周书记很看重你。”

第九章
县长侄子叫板省委书记女儿

在成津遇到了县城的公子哥儿

天气炎热，加上院中绿树成荫，各种小昆虫也就趁着夜晚稍为凉快，一齐凑将出来，扯开喉咙吼叫，此起彼伏，热闹得紧。

打完了小麻将，吴英错过了睡觉的时间，躺在床上却不能入睡，看窗外如水的月光，干脆起床在院子里走一走，便遇到了沙州市委办的侯卫东。

聊了两句，吴英道："这几年沙州开发的力度很大，建筑市场的情况如何？"

这个问题很宽泛，侯卫东心里不断考虑着吴英的真实目的。**官场行走，最需要理解能力，从云山雾罩的官话和看似无意的行为中发现实质问题，这是一位成功领导的必备素质。**侯卫东正在不断培养着这方面的素质，他脑筋转了数圈，道："沙州建筑市场很规范，周书记很重视制度建设。去年以来，成立沙州政府采购中心和沙州市交易平台，在建筑市场这一块，凡是土地交易必须进交易平台，突出公开、公正、公平，政府投资在五十万元以上，一律公开招投标。"

吴英点了点头，道："在制度建设这一块，沙州走在了前面。"

有两方面因素促成了吴英此次沙州之行：

一是还愿。当年她曾在沙州市成津县插过队，当初插队的岁月是极苦涩的，而时间是疗伤的最好良药。如今回想起当年的青葱岁月，却更多的是怀念，知青院子的生活仿佛就在昨天一般。这又应了近乡情更怯的老话，吴英有无数次的机会回到当年插队的地方，可是每当临头之时都放弃了，有些往事，她实在无法面对。

在另一方面，也是在刘铁松大力鼓动下才来到沙州的。刘铁松是三脚猫性格，在省城里坐不住，一年四季有许多时间在各地跑来跑去。他资历深，又是政协常务副主席，各地自然要给几分面子，刘明明的生意不知不觉便做成了。刘铁松约她一起到沙州的目的，就是扯虎皮做大旗，这一点，吴英看得很明白。不过看在朋友一场，以及这几年殷勤服务的分儿上，她不介意当一回虎皮，反正工程给谁做都差不多，能照顾自己的朋友，未尝不可。

侯卫东又道："在沙州还有一项重要制度，市委常委会议事规程，说得简单一点，就是所有的重要事项都得上市委常委会。"他说话直奔要害，几句话就将沙州目前的格局说得一清二楚。

吴英跟了蒙豪放几十年，本身又是水利厅的领导，笑道："周书记到底是经验丰富的老书记，靠制度管人，这是正道。小侯，时候不早了，快些回去，今天你也很辛苦。"

回家路上，想着与省委书记夫人在院中的聊天，侯卫东颇有些感慨："想当初在上青林修路时，见到林场场长郭光辉、镇长秦飞跃等人物都感到不胜荣幸，现在能与省委书记夫人站在小院里说话聊天，人生际遇，当真是说不清楚。"

他又想起以前在上青林的朋友们：在火佛煤矿当经理的高中生何红富，爱说小话的党政办工作人员杨凤，仍在当办公室主任的大学生欧阳林，勤俭的广播站杨新春，络腮胡子李勇，发了财的派出所民警习昭勇……这些人仍然生活在上青林，依然延续着当年的故事。而自己，算是彻底走出了上青林，一步一步与他们拉开了距离。

回到了家中，小佳还未睡，开着台灯等着他，得知沈浩仍然在呼呼大睡，她庆幸地道："下次别再做这种傻事，如果沈浩真的死了，你和步高都脱不了干系，我和小囝囝怎么办？"

侯卫东换了衣服，心有一丝劫后余生之感，道："我确实没有想到酒加安眠药会是毒药，这种傻事再也不会做了。"

第二天一早，周昌全从楼上下来，吩咐道："我还没有吃早餐，到小招去吃。”

侯卫东暗道：“真是官无止境，一官还比一官高，周书记在沙州是绝对权威，当然的中心，沙州的人和事都是围着他转，但是省委书记夫人来了，这个中心似乎就转移了。”

进了小招，周昌全脸上就开始出现笑容，进了餐厅，他已是春风满面。蒙宁、朱小勇带着小孩子正在吃饭，见周昌全进来，蒙宁举起手招呼道：“周叔叔，坐这边来。”

朱小勇站了起来，客气地道：“周书记好。”

周昌全就与他们坐在一桌，他笑道：“小勇毕竟是大学教师，记忆力好，分析能力强。”朱小勇呵呵笑道：“是三位长辈让着我，纯粹是运气好。”

昨晚打麻将，吴英宣布了纪律，必须硬打，大家不许让，又因为是小麻将，没有多少输赢，所以四个人都很认真地较量，结果是朱小勇大杀三家，三家归一。

服务员自然认得周昌全，不等安排，就为他端上一笼热气腾腾的小包子，还有稠稠的粥，大碟的时鲜小菜。

蒙宁道：“周叔叔，我妈昨晚睡得晚，恐怕要多睡一会儿，她说今天要到成津县去，就不再打扰周叔叔了。”周昌全拿起筷子，道：“怎么才来就要走？好不容易出来，多住两天。”

蒙宁笑道：“我妈一直想回成津去看看，始终下不了决心，这一次终于下定决心，要到当知青的地方走一走。”

周昌全扭头安排侯卫东道：“你安排吴厅长行程，给章永泰打电话，让他绝对保证安全。”章永泰是成津县县委书记，也是周昌全一手提拔的人。

蒙宁道：“不用，我和小勇陪着妈去。刘叔叔他们都不去，小家伙也留在沙州，刘明明带他去动物园。”说到这，她四周转了转，并没有见到刘明明和沈浩，却一眼见到了正走进门的刘铁松。

刘铁松略微有些不高兴，今天早上他去叫刘明明起床，进屋才发现刘明明房间内很整齐，凭着对儿子的了解，他毫不犹豫地断定他到外面鬼混去了。在外面风流并不是太要紧的事情，只是这一次是与吴英、蒙宁一起出来，如果在她们眼里印象坏了，即使接到了沙州的大工程，也是得不偿失。

刘铁松从沈浩房间出来，再给刘明明打电话，仍然是关机，他暗中大骂：“平时还算有点小聪明，昨天被猪油蒙了心，不知轻重，不知好歹，居然连沈浩都不如。沈浩最多算是醉酒，外出鬼混的性质就严重得多了。”

可是刘明明不接电话，刘铁松满肚子的火无处发泄。

到了小餐厅，没有见到吴英，刘铁松心情稍好一些，听说吴英要单独到成津去，道：“你们怎么能单独去？出门前，蒙书记给了我任务，不行，我们一起去。”

蒙宁并不想让刘铁松成天黏在身边，她笑道：“刘叔叔，你在岭西威信太高，走到哪里都会被人认出来，不自由，不自在。”

刘铁松头摇得跟拨浪鼓一样，坚决反对。

朱小勇道：“刘叔叔，在周叔叔的地盘上，难道你还不放心？”

商量了一会儿，刘铁松还是觉得不放心，道：“还是等吴厅长起床再来决定。”

大家就坐在小餐厅等吴英。

侯卫东一直没有插话，安静地坐在一边享受美食。这时，建委柳大志的电话打了过来，他低声道：“没有时间，上午也说不定。”

柳大志道：“最多占用周书记半个小时，四大班子搬迁等几项重点工程，还需要周书记定夺，请侯主任安排时间。”

侯卫东不便细说，道：“别客气，一会儿回话。”

等了一会儿，吴英仍然没有出现，蒙宁知道周昌全挺忙，便借故回到了屋里，将吴英叫醒。蒙宁道：“妈，就我们三人回去，刘铁松跟在身旁算什么？”吴英揉了揉眼睛，道：“他这么热情，也是好意。”蒙宁不满地道：“如果爸不当省委书记，他肯定跑得比谁都快，我敢保证。”

“你瞎说什么？”

“没有瞎说。”

“这些事，心知肚明就行了，何必点破。”

吃了早餐，吴英还是听了蒙宁的话，道：“这次到成津，是看当年插队的大院，别惊动地方上的人了。我、蒙宁、小勇三人去跑一趟，小勇当年独自一人驾车到过西藏，技术不错，你们放心。”

周昌全见吴英已经决定，道：“我有一个建议，由侯卫东陪你们去成津，尽量不惊动成津县，但是如果遇到不方便的事情，就由侯卫东出面，内紧外松，我就不派警卫了。”

这倒是一个合理化建议，吴英想了想，答应了。

等到吴英、蒙宁、朱小勇和侯卫东坐车离开，刘铁松这才松了一口气，暗道：“这个小兔崽子，总算又过了一关。”他对周昌全道：“周书记，我有事想跟你说说，是刘明明的事情，你这当叔叔的要多帮助。”

10点左右，侯卫东从交通局调来一辆性能不错的越野车。这辆车他私下调用过数次，熟悉车辆性能，他亲自驾车在前面带路，朱小勇开着沈浩的沙漠王子在后面跟着。

成津县是沙州四县中经济社会发展水平偏低的一个县，具体来说，经济社会指标排行，益杨县是当之无愧的老大，而且一骑绝尘，将其他三个县远远地扔在脑后，第三名就是成津县。

成津县与临江县的各项指标相差不大，数年来，两个条件相差不多的县互相较着劲，仍然是各有胜负的结果。在1997年，临江县的综合指标强过成津县，从此，成津县就排名第四。

在地形上，益杨县、吴海县、临江县、成津县四个县呈众星捧月之势，将沙州市围在中心，从沙州前往四个县的距离几乎一样，唯一的差别就是交通条件。成津县的交通逊于益杨县和吴海县，这是两个方面综合因素造成的，益杨地势更平，经济历来要强一些，领导干部开放程度也要高一些，而成津县境内大山多，要修笔直宽阔的公路必须逢山开路遇水架桥，着实有些困难。

10点30分从沙州出发，到了成津县城已经是12点30分。侯卫东在城郊将车停下来，跑到后面的沙漠王子前，问道：“吴厅长，已经到饭点了，我们先吃饭，休息一会儿再到飞石镇？”

进入成津县境内以后，吴英看着熟悉的山山水水不禁有些伤神，特别是成津县的现代化进程不快，郊区好多老房子都是70年代的，吴英甚至还看到了当年刷写的标语痕迹，睹物思人，让她不禁神伤，这也是她一直不愿意回成津的重要原因。

“小侯，不要一口一个吴厅长，叫吴阿姨。”吴英对这位干练的小伙子很有些好感。

蒙宁坐在副驾驶位置上，她主动道：“我们不急着赶时间，吃了饭休息一会儿再走。成津我没有来过，哪一家宾馆条件好一些？”

侯卫东道：“成津宾馆条件好一些。”他再次试探着问道，“我还是给县委章书记打个电话，请他们安排？”吴英即使没有蒙豪放的关系，她本身就是水利厅副厅长，来到地方上，县领导也要出面接待，所以侯卫东按照常规提出了建议。

吴英摇头道：“算了，我想安静地走一走、转一转。”

侯卫东跟随着周昌全到成津检查过工作，当时就在成津宾馆休息。成津县只有纵横两条街道，最高的建筑就是成津宾馆，所以，侯卫东对这个宾馆的印象挺深，也没有问路，径直来到了成津宾馆。

成津宾馆是成津县第一幢上了十层楼的房子，前面还有一面很时尚的幕墙，在灰扑扑的城市里，宾馆完全称得上风云之雄霸天下。

宾馆前面停了一溜小车，除了帕萨特、尼桑、皇冠等车以外，还有两辆连沙州都不多见的奔驰。

侯卫东对沙州各地的情况很了解，见了此景，立刻就明白过来，心道：“这应该是当地矿老板在办酒席。”

成津现代企业少到约等于无，但是资源型企业为数不少，而主流是有色金属矿老板，其次是煤矿老板，看眼前的情景，十有八九是矿老板办酒。

下车来到吴英的小车前，吴英不愿见这些人，已将车窗关闭。侯卫东就对蒙宁道：“成津宾馆在办酒，太乱，我建议换一个馆子。”蒙宁见到这么多高档车，有些惊奇，道：“成津县不怎么样，好车还不少，还有政府的车。”

在沙州各县，政府首脑都喜欢用军警车或是O字的警用便车，在这个餐馆外面，好车中间也看到几辆特种车。而到省市两级，政府首脑几乎不坐特种车，特种车太显眼，容易暴露目标。这是省市与县级的一个区别。而县级与乡镇也有一个明显区别，如今县级领导出于安全考虑，基本上不坐在副驾驶的位置上，只有乡镇领导仍然把副驾驶座位当成了享受权力的标志。

侯卫东道：“成津矿老板多，和茂云情况接近，这些人一夜暴富，肥得流油。”

蒙宁道：“这其实是用国家资源富了私人，算了，不跟这些暴发户挤了。”她还是回头征求吴英的意见，“妈，我们换个地方，找一个偏僻一些、清静一些的地方，尝尝成津的地方特色菜。”

吴英就对车窗外的侯卫东道：“小侯，你朝左拐，我印象中在东门那里有一家老资格的清真馆子，是祖传手艺，也不知还在不在。”

“好，我在前面带路。”侯卫东就准备去开车。

这时，车背后喇叭声大作，是将手掌按在喇叭上不松手那种，尖锐刺耳，极无礼貌。侯卫东在沙州身份特殊，很久没有享受到这种待遇了，他倒是没有生气，回头瞟了一眼后面的车，回到驾驶室前，拉开了车门。

这回头一眼捅了马蜂窝，后面桑塔纳车上跳下一个年轻人，穿着西服，没有戴领带，脖子上挂着一根小手指粗细的黄金项链。今天参加宴席的人，他大多数都认识，可是这两辆车很陌生，他打了个酒嗝，问了一句：“你们是来喝酒的？”

侯卫东道：“不是，路过。”

听到这话，黄金项链就将手里的烟头对着侯卫东方向弹了过去，口里骂骂咧咧地道：“妈个逼，你没有长眼睛吗？后面堵了这么多车了，快点开走！”

侯卫东身上带有任务，不想跟这种人一般见识，他坐回驾驶室之后，认真看了一眼宾馆前面的大牌子，牌子上写有“福如东海”、“寿比南山”等字。

“原来是有人过生日，这人在成津挺有势力，应该是钨砂矿老板，否则这些人不会如此嚣张。”侯卫东一边想着，一边就开始启动汽车。

那年轻人却是急性子，又喝了酒，上前用手掌拍打侯卫东的小车，吼道：“妈个逼，磨蹭什么，小心打得你满地找牙！”

蒙宁的修养颇佳，先前一直没有说话，此时忍不住说了一句：“你这人也是，急什么急，前面车子已经在发动了。”

黄金项链男子立刻将矛头对准了蒙宁，他走到蒙宁车前，再看了看牌照，然后慢条斯理地点燃一支烟，道：“你以为是省城的就了不起？这是成津，不是岭西，妈个逼！”这位男子随口就是一句“妈个逼”，这是他的口头禅，成津的人都知道。

此时已有闲人围观，他们都认识黄金项链，见他又欺负外乡人，兴高采烈地看起热闹。

蒙宁生气了，道：“你嘴巴干净些，吃了狗屎吗？真臭！”

黄金项链男子就用脚去踢车前的保险杠，道：“妈个逼，小鸡还敢骂人！”

侯卫东通过反光镜看到了这一幕，如果这人只是针对自己，他也就算了，与这些人物斗嘴或打架，有辱自己的身份，可是此人欺负到了蒙宁，则又当别论。他下车来到了黄金项链身旁，侯卫东闻到浓浓的酒味，道：“我警告你，再踢一下，别怪我不客气。”

黄金项链在成津称王称霸，此时在家门口被人警告，当然不服气，吐掉嘴里的香烟，道：“妈个逼！”

话音未落，侯卫东突然重重一拳打在他的小腹上。这一拳极狠，黄金项链根本来不及反应，就如虾米一样弯在了地上，嘴里稀里哗啦地吐了一大摊，酒味冲天，臭气熏人，腹内一阵剧痛，失去了反抗能力。

黄金项链是独自一人从另一个酒宴串台，被侯卫东一拳击倒后，看热闹的人挺多，认识他的人也挺多，却并没有人肯上来帮忙，还有人暗自起哄道：“打得好，再踢两脚！”

侯卫东提着他的衣领，将他从蒙宁车前拖走，丢在一旁，站起身对蒙宁道：“走吧，不理这浑人。”

汽车启动，人群自动地分开一条道，两辆车慢慢开走。

过了一会儿，几个年轻人从楼上就冲了下来，将黄金项链扶了起来。此时黄金项链眼泪、鼻涕仍然纵横，只是腹部的剧烈疼痛减轻了，骂道：“老子杀了他们！叫上人，给我全城搜！”他揉着腹部，呻吟道，“妈个逼，痛死我了。”

车至东门，老远就看见一个大招牌：“百年牛肉馆”，侯卫东明白这就是吴英所指的清真馆子，将车停在了馆子门前。下车后，又来到了蒙宁车前，道：“蒙宁，刚才那伙人肯定要报复，我们还吃不吃饭？”

吴英本身并不娇气，可是身份摆在那里，在岭西也算是养尊处优，走过之处多是笑脸和鲜花，哪里见过这些事情，在她印象中，这些事情都是遥远的知青时代才会发生的。

吴英在内心深处却有几分说不清的感受，看着年轻英武、朝气勃勃的侯卫东，不由得想起了另一双略带着稚气和失神的眼睛。

她道：“你就在这里打电话，让县里领导到这里来，让他亲自来体会体会其治下的社会治安。你别说我的身份，我要亲眼看一看这些流氓的能耐，看一看成津县还是不是共产党的天下！”

最后两句话就说得很重，侯卫东反而在心里颇为踌躇。成津县委书记章永泰是周昌全所信任的人，如果由于这事让章永泰被吴英怪罪，肯定是周昌全不愿意看到的结果，自然也是侯卫东本人不愿意看到的结果。可是这事情也无法回避，侯卫东还是当面给章永泰拨打了电话，结果是“电话不在服务区”，他心里反而轻松下来。来成津之前，他把县委书记和县长的手机号码都存了下来，打不通章永泰的电话，他又给县长蒋湘渝打了电话，道：“蒋县长，我是市委办公室侯卫东，请你马上到东门清真馆子。”

蒋湘渝与侯卫东并没有私交，侯卫东对其印象不太深，但是蒋湘渝对于侯卫东的印象很深，在沙州有四个县长、三个区长，而市委书记秘书只有一个。

蒋湘渝正在成津宾馆吃饭，他与副县长李太忠紧挨着坐在一起，那个黄金项链方杰就是李太忠的侄子。

接到侯卫东的电话，蒋湘渝有些纳闷，心道：“没有提前通知，侯卫东跑来做什么？还这么严肃。清真馆子，清真馆子，难道周书记来了？对，肯定是周书记来了，否则侯卫东怎么会突然出现在成津。”

李太忠也听到了这声招呼，道：“侯主任，哪个侯主任？”

蒋湘渝已经认定是周昌全来到了成津，他不想带着李太忠露脸，装做没听见李太忠的问话，对桌上的其他人道：“你们慢慢吃，我有事。”他故意说了一句粗话，道，“他娘的，连吃顿饭的时间都来打扰。”

下楼时，蒋湘渝琢磨着道：“以前周昌全到成津，都要提前通知章永泰，怎么今天却打我的电话？”提起这茬，他这才想起，章永泰带着经济建设领导小组的成员进了山，山上没有手机信号，市里估计没有同他联系上。

“机会，这就是机会。”蒋湘渝暗自高兴。

司机道：“等不等朱秘书？”蒋湘渝道：“这小子，不知跑哪里去了，不等他了，我们直接到清真馆子。”

车子启动以后，蒋湘渝在心里梳理着成津县经济数字以及今年以来的各项举措，以应付周昌全的询问。

不一会儿工夫，小车就来到了清真馆子。蒋湘渝远远地看到了清真馆子前面停着六七辆小车，有几辆车还很熟悉，这个情景就与想象中的情景不一样，他脱口道：“搞什么名堂？怎么这么多车？”

小车司机听说方杰被外地人打了，此时见到方杰的车子，就想起了这事，道：“方杰在成津宾馆被外地人打了，他带着人在城里到处找，多半是那外地人就在清真馆子，被找到了。”

蒋湘渝心里“咯噔”跳了跳，回想起侯卫东的语气似乎不太好，心道：“完了，闯祸了。”他反应很快，拿出手机就想给李太忠打电话，随即又忍住了，对司机道：“先别靠近，给我停在附近，我看一看这是怎么一回事情。”

知道了是李太忠的侄儿方杰闯祸，蒋湘渝有几分幸灾乐祸，等车停稳，他抬起手腕看了看时间，决定等五六分钟以后再赶过去。他暗道：“李太忠，你要和我玩，今天我就玩死你。”

在清真馆子里，侯卫东和朱小勇将冲上来的黄金项链方杰等人拦在了楼梯口。

朱小勇是大学教师，平时不显山不露水，什么事情都依着蒙宁。此时到了关键时刻，他勇敢地站了出来，动作干净利索。听到楼下传来刺耳的刹车声以后，他第一时间跑到窗前，看到六七辆车上冲出来二十来个横眉绿眼的年轻人，心知不好，迅速将一张厚重的老式木桌子推到了楼梯口，然后提起一张宽大的椅子，与侯卫东一左一右守在楼梯口。

这家清真馆子是百年老店，从一楼到二楼是老式的木梯子，比较狭窄，木桌子就将楼梯口堵得严严实实。

吴英见事情紧急，脸色铁青，冷着脸，看着楼梯上的众人。

蒙宁按照侯卫东所说的号码，已经与沙州市公安局长杜正东联系上了。杜正东被惊得汗毛倒竖，立刻道：“别着急，五分钟之内，成津公安局的同志赶到现场。”

面对着冲上来的黄金项链方杰等人，蒙宁心里并不怎么害怕，挂断电话后，还饶有兴致地对侯卫东道：“朱小勇天天早上都要锻炼，侯卫东的身体也不错，你们两人都挺能打，应该守得住楼梯。”

黄金项链方杰的一个手下想搬开桌子，朱小勇毫不迟疑地用椅子砸了过去，当场砸趴下，朱小勇冷笑道：“谁再来，我就打脑袋了。”

侯卫东扬着手里的工作证，厉声道：“我是沙州市委办公室的，蒋湘渝县长和成津公安局的同志马上就要过来，你们现在立刻退到楼下，等待公安机关来处理，否则一切后果自负。”

方杰到底是官宦子弟，刚才在成津宾馆门口吐了一地，肚子里的酒去了十之七八，此时头脑反而清醒过来，听到侯卫东表明身份，扬起的工作证似乎也不假，又想起挡路的两辆车都是好车，眼珠子一阵乱转，同时将手里的砍刀藏在背后，道："市委干部就能当街打人吗？现在是法治社会，当街打人要受到法律制裁。"

方杰身后的人还没意识到面前的对手是谁，还在叫嚣着往上面扑。

"别闹！"方杰叫了一声，低头对绰号叫"军师"的手下道，"你去报警，让派出所来解决，把刀子都收起来。"

然后抬起头来，道："我要打市长公开电话，检举市委干部在成津县无故殴打老百姓，市委干部不讲理。"

军师招呼了几句，方杰手下人纷纷将刀往后面传，最后几人用衣服包着刀，刚坐上车，就听到警车的声音。

蒋湘渝等了五六分钟，这才来到了清真馆子门口，他刚下车，就听到警车声大作。

"你们干什么？我是蒋湘渝，全部给我下来。"蒋湘渝进了大厅，对着楼梯上的人就是一阵大吼。

方杰听到蒋湘渝的声音，暗道："这次惹麻烦了。"同时又庆幸自己反应够快，将刀子藏了起来。

等到方杰带着人下了楼，两车全副武装的警察赶到了现场，见到蒋湘渝，带队的公安局领导马上过来向其报告："接到市局电话通知，让我五分钟之内带着民警赶过来。"

听到是市公安局局长杜正东亲自打来的电话，蒋湘渝更是断定周昌全就在楼上，他阴沉着脸指着方杰这群人，道："全部铐起来，一个都不准走。"

上了楼，蒋湘渝惊异地看到只有侯卫东与三个陌生人，周昌全并不在场。他松了一口气，又隐隐有些失望，道："侯主任，我来迟了，在成津遇到这事，惭愧啊。"

侯卫东看了吴英一眼，才客气地道："遇到一点小纠纷，还惊动了蒋县长，添麻烦了。"

蒋湘渝与侯卫东握了手，又与朱小勇握手，道："我是成津县的蒋湘渝，恕我眼拙，请问您是哪位领导？在成津出现这样的事情，我脸上无光。"

朱小勇放下板凳以后，又恢复了平常的斯文模样，道："我是岭西大学教师朱小勇。"

蒋湘渝此时基本弄清楚了当前的局面："应该是侯卫东带着岭西大

学教师朱小勇一家人到成津来，在成津宾馆门口与方杰发生了冲突，方杰吃了亏，带着人到清真馆子来报复。”

想明白这一点，蒋湘渝痛心疾首地道：“今天是常务副县长李太忠岳父八十岁生日，老人家是成津的老县长。没有想到，方杰会这样糊涂。这一次，严格按照治安管理处罚条例办事，决不姑息。”

这时，侯卫东手机响了。

“混蛋，我派你跟着吴英，是什么目的？你长着猪脑子啊，回来写检查！”周昌全第一次在侯卫东面前说粗话，他骂了足足两分钟，才道，“回来找你算账。”

吴英接了周昌全电话，两人说了一会儿，吴英脸色渐渐放开，道：“小侯很不错，有勇有谋，你别骂他，回去我还要请他吃饭。”

侯卫东接电话时称呼了一声“周书记”，当时蒋湘渝就在侯卫东身边，自然也听得清清楚楚，随后吴英又接了电话，并在电话里为侯卫东开脱。

“这女的是什么人？需要动用市委书记专职秘书来陪同，而且周昌全对刚才之事显然很重视。”蒋湘渝原先以为就是侯卫东的朋友，周昌全电话打过来以后，他就知道这位中年妇女才是正主，而且身份绝不会简单。

“作为一县之长，对于今天的事情深感歉意，我在政府招待所备下薄酒一杯，代表成津县为侯主任一行压惊。”

蒋湘渝一直想结交侯卫东这位市委书记的身边红人，无奈一直没有找到机会，今天这事处理得好，将会由坏事变成好事，既可以拉近与侯卫东的关系，又可以顺便再给常务副县长李太忠上一点眼药。

这一次到沙州，吴英下定决心到飞石镇，这是回顾之旅，很私人的旅行，她不想过多地跟官场人物接触，道：“这家清真馆子是百年老店，很有名气，味道也不错，就在这里吃，不麻烦县里了。”

侯卫东听懂了吴英的意思，道：“蒋县长，让楼下公安回去吧。”

蒋湘渝扭头，严肃地对跟在身边的公安局领导道：“这件事情要按照侯主任要求，不管涉及谁，都要依法严肃处理，处理结果明天报给我，还要给市委办报一份。”他又语重心长地道，“同志们，今天这件事情是一个教训，成津要发展，社会治安要摆在第一位，你们回去召开班子会认真研究如何为经济社会发展保驾护航。”

公安局的几位头头就频频点头。

蒋湘渝挥了挥手，道："你们散了吧。"

蒋湘渝对站在一旁的清真馆子老板道："老马，今天有贵客，你要把祖传手艺拿出来，别给成津县丢脸。你的牛排汤很有特色，一定要加上这道菜，我等一会儿要亲自品尝，味道差了就是在贵宾面前砸成津县的牌子。"

话说到这个份儿上，侯卫东有些无可奈何地看了一眼吴英，见吴英轻轻点了点头，这才向蒋湘渝发出了邀请，道："蒋县长，中午我和朱老师都要开车，就不能陪你喝酒了，改天有空，我再敬你。"

蒋湘渝名字里有湘有渝，但实际上是典型的本土干部，80年代招聘干部出身，一步一步从乡镇驻村干部做起，县里干部的每一步阶梯基本都走到。只是速度比较快，四十岁不到就当了县委副书记，四十五岁成为成津县长，如今县级正职一般都要异地任职，他是唯一在本土本县出任正职的人物。

一行人刚落座，蒋湘渝接到了常务副县长李太忠的电话："蒋县长，今天是岳父八十寿辰，怎么把方杰给扣了？什么了不起的大事？"

蒋湘渝拿着手机走出了包间，低声道："方杰今天惹了祸，他在宾馆门口和沙州市委办侯卫东有了纠纷，还带着人冲到清真馆子打人，你说怎么办？我只能先让公安局将人带回去，这也是保护他。"

李太忠道："那我现在就过来，与侯卫东见一面，解释一下今天的事情。"

蒋湘渝劝道："侯卫东是堂堂沙州市委办副主任、大秘书，带着客人到成津来，被方杰带着人追打，丢了面子，现在正在气头上，你别过来，否则大家都下不了台，我会慢慢做劝解工作。"

李太忠已了解到情况，知道在成津宾馆是侯卫东先动手打人，气呼呼地道："侯卫东怎么能这样？先动手打人，这分明是恶人先告状。"话虽然说得硬，他其实还是挺顾忌侯卫东的身份，发泄一通以后，道，"算了，我暂时不过来，等侯卫东离开以后，你将方杰放出来，老爷子还等着他呢。"

挂断了电话，李太忠回头对老岳父道："爸，你别生气，是一场误会，没有事，方杰一会儿就出来。"他安慰着老岳父，心里却是暗道："蒋湘渝不是好东西，刚才吃饭时明明接到了侯卫东的电话，却瞒着我，这是什么意思？”

蒋湘渝劝住了李太忠，笑呵呵地走回了包间，坐下以后，对侯卫东道：“才把人关到派出所，讲情的人就来了，成津是个小地方，大家抬头不见低头见，侯主任在益杨当过委办主任，最清楚下面的事情。”

如果涉及自己的事，侯卫东多半就让蒋湘渝把人放了，只是此时有吴英在身边，吴英没有说话，他就不表态。蒋湘渝又对吴英道：“这位大姐怎么称呼？今天让您看成津的笑话了。”

吴英是真的不想暴露身份，道：“我姓吴，小宁和朱小勇是我的女儿女婿。”说到这里，她便停住这个话题，道：“这个清真馆子是百年老店，二十多年了，菜品也没有多大变化。”

听到吴英如此说，蒋湘渝道：“您以前在成津工作过吗？”

“我在成津当过知青，有时候就到这个清真馆子来吃饭，当时这个清真馆子还是两间平房，那个马老板也刚结婚。”

蒋湘渝神情明显放松，他对进来的服务员道：“让你们老板过来一趟，这里有老朋友。”

清真馆子的老板面皮黝黑，看上去比吴英至少大十岁，仔细看了看吴英，不好意思地道：“当时知青都喜欢在我的馆子聚餐，你们人数多，我实在记不起来了，二十多年了。”

吴英道：“我还记得你，有一次我们一队的知青到你这里来吃饭，还和你摔跤，以后我们来你都要免费送点卤牛筋。一晃就是二十多年，时间过得真快。”

清真馆子老板一拍大腿，道：“我记起来了，你是和项勇一起来的，当时你是一根长辫子，老长。”

提到项勇，吴英神情一黯。清真馆子老板不停地搓着手，道：“唉，二十年了，唉。”当年项勇是知青中名动全县的人物，是飞石镇那几个知青点的头头，每次进城都要带着三朋四友到清真馆子来吃一顿，有钱就花，没有钱就想吃白食。

城里大多数馆子都是国营的，只是这个清真馆子涉及少数民族，便被留了下来，是唯一的私人馆子。

有一次为了吃白食，项勇就和清真馆子的小马老板比赛摔跤。清真馆子有两个家传手艺，一是主业餐馆，二是摔跤，在成津很有名气。当时项勇挑战，马老板年轻气盛，两人就在土坝子里拉开了战场，原来大家都是来看项勇的笑话，孰料清真馆子老板连输了三场，被摔得七荤八素，心服口服。

项勇的事，是吴英心中永远的痛。虽说应该给项勇的政策，蒙豪放早就给了，可是这痛却如一根刺入肉中的刺，虽然渐渐与身体合在一起，却永远是独立而真实的存在。

酒足饭饱以后，蒋湘渝提议道："侯主任，我陪你们到飞石镇，有人跑个腿，要方便一些。"

侯卫东已经很清楚吴英的态度，道："不必了，我们吃完饭后，随便转一转就回沙州，蒋县长事情多，别管我们。"

送至车门口，蒋湘渝握着侯卫东的手，道："今天中午确实是特殊情况，方杰的爷爷满八十岁，他喝了酒，人又年轻，难免火气大。他姑父李太忠是常务副县长，主抓农村工作，天天朝大山里钻，对侄子的管教少了些。我作为县政府一把手，代表太忠向侯主任道歉，改天我和太忠一道，到市里来亲自给侯主任道歉。"他这样说，点出了方杰等人的身份。

离开了县城，走了二十来里，水泥路面就变成了泥结石路面，又走了十来分钟，就开始爬山。绕着狭窄的盘山泥结石公路一圈一圈朝上爬，右边是越来越高的山坡，让人看着心惊。

爬了半个小时，上了山顶，顿时豁然开朗，山顶颇为宽阔，倒与上青林有几分神似。

上了山，山坡景色二十多年没有变化，时间在这里走得慢了，吴英心里是五味聚集。朱小勇开车在前面带路，一路走走停停，最后来到了一处叫不出名字的山弯。

吴英从车后拿了一把铲刀和香烛，铲刀和香烛是在岭西买的，当时蒙宁不知母亲为何要买这两样东西，此时便有几分明白。

进了山弯，又沿着山道走了一会儿，穿过了一个林子，吴英走一会儿看一会儿，约半个小时以后，终于在一个小山坡前停了下来。

两座墓地，杂草足有一人多高，吴英来到一座墓前，用手拨开杂草，露出一块石墓碑，上面刻着几个大字——知识青年项勇之墓。

吴英亲自用铲刀收拾杂乱的墓地，不让蒙宁等人帮忙。朱小勇和侯卫东干脆走远一些，在一堆乱石旁边抽烟。

经过了清真馆子的合作，侯卫东不禁对朱小勇刮目相看，道："朱老师，没有看出来，你身手还真是利落。”

朱小勇道：“手无缚鸡之力是对读书人的偏见，六艺是礼、乐、射、御、书、数，某种程度上也是培养文武之全才。我倒不敢称文武全才，不是书呆子而已。”

“哪一个书呆子敢独自驾车游西藏！”

初到沙州时，朱小勇完全掩在刘明明、沈浩等人身后，似乎有些木讷，此时侯卫东再看朱小勇，与初见时印象完全不同，身体瘦得矫健、瘦得有力量，两只眼睛黑亮如漆。

侯卫东暗道：“蒙宁毕竟是省委书记的女儿，眼力还真是不错。朱小勇头脑聪明，又有行动能力，是个人物，兼有蒙豪放在背后撑腰，恐怕非是池中之物。”

有了这个认识，再看陪着母亲在收拾墓地的蒙宁，感觉也是不同。蒙宁初看并不漂亮，亦不显眼，如果不姓蒙，给人的印象一定会很普通，只是蒙宁待人接物很平和，做事很淡泊，很有些亲和力。

“这是最有味道的一对。”侯卫东得出了结论。

吴英到底是久未动过体力，墓地杂草还剩下一半，手掌上已磨出来一个小水泡，腰也累得直不起来，额头上沁出些汗滴，她对蒙宁道：“老了，以前在山上做这些活还是小菜一碟。”

蒙宁道：“妈，我帮你铲吧。”吴英将铲刀递给了蒙宁，道：“也好，你帮项叔叔铲一铲，他这人虽然最喜欢打架，其实是很爱整洁的。当年我们洗衣服的时候，他总是趁着我们不注意，将他的脏衣服塞到我们的盆子里。”回首看着已经风化的墓碑，她心道：“在项勇心里，我永远是十七八岁的小姑娘，可是人总归是要老的，是要死的。”

关于项勇的事情，蒙宁还是在小时候听到过一些，这些年来，全家人都忙来忙去，二十年前的往事已经很少被人提起。她看着墓碑上漂亮工整的楷书“知识青年项勇之墓”，想道：“也不知项勇是从哪里到飞石镇插队，一个年轻生命就永远地凋谢在山地间，只有他的父母和极少数人，才会记起这位曾经充满青春梦想和生命活力的年轻人。”

既然蒙宁接了手，侯卫东与朱小勇就没有闲着，他们三人一起，很快就将另一座墓一起打扫出来。这也是一座知青的墓，吴英也认识此人，她给两座坟都上了香烛纸钱，又单独在项勇墓上插了些香烟，倒了整整一瓶茅台。

吴英不胜欷歔地对蒙宁道："你项叔叔当年最大的理想就是能喝到一瓶茅台酒，他练过武，最崇拜许世友，可惜，到死都没有喝成。"

蒙宁对项勇的事情也很是好奇，见母亲的神态，还是忍住没有问。她对于当年知青时代的故事很有兴趣，也曾经专门到重庆歌乐山看过武斗致死者公墓，虽然两者不太相同，却同属于那一个激情、梦想、血泪、苦难交织难分的时代。

不知不觉就在墓地待了三个多小时，项勇墓地被整理出来，反而将其破败显露无遗。吴英在墓地站了一会儿，道："如果下一次还能够抽出时间，就找个小施工队，将墓地彻底修缮。照现在这样破败下去，这墓，迟早会被淹没在草丛中。"

她心里明白，在这个世界上，项勇已经没有朋友了，尽管当初他在成津知青点上一呼百应，可是随着时光流逝，在多数知青的印象中，他只能是一个遥远的背景。

下山时遇到了麻烦。这条路平时走的主要是货车，车上装的全是矿石，连车带货好几十吨，一路上都需要用水冲淋轮胎，才能将车刹住，因此，右侧公路有很多稀泥，很不好走。

走了一半，一辆货车在路上抛锚，将公路堵得死死的，必须得有修理工才能解决问题。侯卫东又拉着司机问了问，得知这是下山的唯一公路，大家也就没有办法，只得眼巴巴地等着修理工。

吴英有些乏了，看到一时半会儿无法开车，就坐在副驾驶位置上，将座椅放下来，拿了一床薄被单盖上，安心地睡觉。

侯卫东、朱小勇和蒙宁就下了车，站在公路边聊天。货车坏掉的地方正好是一个高坎，距下面有两三百米，高坎下只有些矮树，遮不住视线，山下的乱石很有些吓人。

此镇名为飞石镇，恐怕与山下这些石头很有些关系。

陆续有货车从山上下来，很快就沿着盘山公路形成了车队，除了朱小勇和侯卫东的两辆越野车，全部是清一色的货车。

朱小勇道："没有想到小小的飞石镇，居然有这么多货车，这山上多半是产什么矿石吧？"

侯卫东道："朱老师眼光利害。飞石镇这座山属于海山山脉，钨砂矿藏量丰富，品质最高的就属于茂云市与沙州市交界的这一段，若没有这矿，这山就是穷山恶水。当年吴阿姨在山上当知青，应该是最苦的地方，但是自从开采了钨砂矿以后，这山就变成了宝山，这和当年美国的淘金热差不多。”

朱小勇仔细观察了一会儿，道：“这些车是五花八门，说明整个矿业开采很有可能处于无序状态。当然，我这个说法很主观，主要是个人感受，我见到现代化的矿业开采，绝大多数车辆都是统一型号的。”

侯卫东的经济实力最初就来源于石头，因此对于矿山开采很有感情，道：“沙州各县经济水平低，典型的靠资源吃饭，现在这个状况各地相差不多。”

朱小勇是从学者的眼光看问题，道：“这种搞法对环境影响大，对资源更是掠夺性开采，迟早有一天要被国家制止。”

两人一边抽着烟，一边随意聊着，蒙宁抱着手，站在岩边看远处的风景。

许多驾驶员都等得不耐烦，纷纷跑下来查看情况。秦敢也在飞石镇弄到一个小矿，正随着驾驶员一起下山，他突然见到侯卫东在山下，连忙跑了过去，先喊了一声“疯子”，又觉得不对，再喊了一声：“侯叔，你怎么在这里？”

侯卫东倒有些惊奇，道：“你怎么在这里？我记得你不是在这边。”

“在那边没有站住脚。最开始在临山镇找了一个矿，贫矿，开采起来没有意思，富矿又夺不下来。后来听说飞石镇的资源也还行，我和曾宪勇就过来了，已经承包了一个小矿，今年应该能赚钱，就是这里地方保护主义严重，我们外来户生存起来不容易。”

侯卫东想到成津宾馆众车云集，心中一动，道：“有没有县领导参与有色金属矿？”

秦敢道：“怎么没有？常务副县长李太忠的儿子李东方就是最大的铅锌矿、钨砂矿老板，他占的全是好矿。我和曾宪勇买的矿是一个要死不活的矿，只是我们运气好，买下来以后，无意又发现一处矿脉，发现这个矿脉以后，我们运输量开始增大，已经有人开始骚扰我们了。”

想着秦大江的事情，侯卫东表情有些凝重，道：“我看李东方也不是个善茬，你要注意安全，现在赚钱的生意很多，不必非要在这矿上打主意。”

“我们是误打误撞搞到了一个富矿，现在都投了二百多万了，根本撤不了。这个矿开采完，我和曾宪勇就收山，够吃一辈子。”秦敢原本就是胆大之辈，此时见有巨大利润，自然不肯放手。

盘山公路已经有一长溜货车，不少司机都跑下来看情况。秦敢说着说着，脸色就不对了，他对侯卫东说了句：“侯叔，这里情况复杂，我要回到货车那边，免得被人弄了手脚。”他腰里还插着一柄仿造的五四手枪，光天化日之下也不怕被人欺负，只是现在的货车都是重车，在下坡时如果被人弄了手脚就是大麻烦，所以他要回去与司机一起守着车。

朱小勇听了秦敢一席话，有些惊讶地道：“成津的社会治安怎么这样差？看来我们中午的遭遇虽然是偶然，却也有必然性，你是市委办副主任，回去以后要将这方面的情况反映给周书记。”又问道，“你们市委难道不下基层，深入调查研究，密切联系群众？这可是优良传统！”

侯卫东当过县委办副主任，此时又是市委办副主任，对此最有发言权：“现在领导下基层，连路线都是事先确定好，很难了解基层的实际情况，真要掌握一手情况，还需要如今天这般的轻车简从。”

朱小勇道：“这并不是一件难事。”

侯卫东还不太好解释这事。在他的印象中，周昌全每天都是忙得团团转，几百万人口的大市，需要解决的问题太多，需要见的人太多，还有体制内的种种事情，朱小勇这种学者也不太理解。他暗自想道：“等以后我当了一把手，每个星期一定要到基层去走一走。”

第十章
让领导在关键时刻，先想起你

要命的车祸 艰巨的任务

侯卫东一行被困在成津县飞石镇，周昌全担心得紧，推掉晚上应酬，在小招待所焦急地等待。

秘书长洪昂考察学习回来，不少部门的头头都打来电话，要为他接风洗尘，洪昂一一推掉，来到小招待所，汇报了考察心得，并陪着周昌全吃了晚饭。

听说吴英被困在了成津县飞石镇的半山腰，洪昂安慰道："周书记不用着急，侯卫东办事能力很强，有他在就不会出什么事情。"

等到了6点，眼见着夕阳出现在天边，周昌全终于下定了决心，道："当断不断，自食其乱，你立刻给成津县打电话，让他们派人去飞石镇接人，必须在天黑之前安全地将人接下山。"做完决定，他又给吴英打了电话，道，"如果天黑了，成津的路恐怕不好走，我已经给成津县政府打了电话，让他们派车在前面接你们。"

吴英原本不想再惊动成津县的人，这个意见侯卫东提过，她没有同意，此时周昌全亲自打电话，而拦路的货车一时半会儿也修不好，这才同意成津县派车的建议。

而章永泰仍然在大山中没有出来，信号一直不通。

蒋湘渝接到洪昂秘书长的电话，不敢怠慢，派了县政府最好的两辆车，亲自带队，直奔飞石镇。

此时成津县城里的修理工已带着各式工具赶到现场，正在抓紧修理汽车，一帮司机围在损坏的汽车旁，七嘴八舌地出着主意。

蒋湘渝步行绕过了货车，与侯卫东等人见了面：“侯主任，你太见外了，这事怎么不早说？”又对吴英道，“我留两个司机在这里，帮你们把车开回来，你们先坐县政府的车回沙州，周书记还在等着你们。”

众司机见到县长亲自接人，胆大的司机就趁着天黑且人多，在一旁七嘴八舌地提意见。

“蒋县长，成津县的路太差了，政府应该想些办法。”

“现在整个沙州，就属成津县的公路最差。”

蒋湘渝听了这些话，并不着恼，道：“县里已经有了规划，经济再紧张，也要尽最大努力改善公路，你们放心。”

到了县城，蒋湘渝已经在政府招待所准备了晚宴，吴英见饭菜已经准备好，而蒋湘渝又是如此热情，最后还是同意就在成津吃晚饭。

侯卫东问道：“章书记的电话怎么一直打不通？”

蒋湘渝道：“我也急着找他，县里有一大堆事情，他带队进山，已经两天了，山里没有手机信号，恐怕明天才能回来。”又道，“方杰已经被治安拘留了，这事太忠副县长很支持，也算给方杰一个教训。”

吃完饭，趁着吴英上卫生间之际，蒋湘渝悄悄地问道：“这位女士是什么来头？”侯卫东笑而不语。

等回到了沙州，已是晚上9点，在小招待所，周昌全、洪昂以及省政协副主席刘铁松仍然在等着，周昌全劈头就将侯卫东一阵臭骂。这其实同自家孩子闯了祸，回家就要挨打一个道理，看似严厉，实则透着一家人的概念，侯卫东明白这个道理，老老实实听着。

反倒是吴英说了话，道：“昌全，小侯这事处理得挺好。”

“好什么好，早就应该想到通知成津县来接车？”

“侯卫东提过，我没有同意。”吴英为项勇扫了墓，还了二十来年的心愿，心情很平静。

周昌全清楚往事，对吴英的心态很清楚，骂了两句，就转了话题，道：“章永泰多次打报告，想修成津公路，看来有必要提起此事。”

第二天，送走了吴英一行，侯卫东回到办公室，建委柳大志站在办公室门口等待。

等到柳大志离开，周昌全把侯卫东叫到办公室，道：“卫东，你过来，昨天发生的事，你详细说，我想听一听成津真实的情况。”

听完整个情况，周昌全倒是心平气和，道：“当初我安排章永泰到成津县去工作，给了他一个很重要的任务，就是整治越来越混乱的矿业秩序。矿业秩序已经不是成津一个县的问题，而是涉及所有资源型地区的通病，吴海县如此，茂云市也是如此，成津县应该是一个突破口。”

侯卫东回想起在成津宾馆看到的一幕，道：“成津的经济水平在沙州四个县中排名靠后，但是城里好车特别多，听说常务副县长李太忠的儿子就是最大的矿业老板。”

周昌全已经听章永泰汇报过此事，道：“李太忠是成津县老资格的领导，恐怕是在成津待得久了，成了地头蛇了，永泰同志曾跟我提起过此事。”

议完此事，周昌全又吩咐道：“到底有多少单位想搬到南部新区来，以正式报告为准，我记得教委、建委、交通等部门都打了报告，你让办公室收集起来。这得有计划地统筹安排，不能一窝蜂地乱搞。”

侯卫东就到秘书科安排此事，恰好杨柳也拿着材料走了进来，道：“侯主任，这两天没有见到你，在忙什么？”

杨柳心里很有些话要对侯卫东说，只是一直没有找到合适的机会，跟着侯卫东走出了秘书科，低声道：“侯主任，听到高书记口里的只言片语。”杨柳对侯卫东，依然保持着在新管会时的态度，这是发自内心的态度，不用装腔作势，也不用刻意追求，在她心里，侯卫东是她最好的上司和朋友，以前是，现在也是。

侯卫东见杨柳神情，知道这个话题有些严肃，道：“高书记才从岭西回来吗？”

杨柳点头，道：“听到些小道消息。”

两人在走道上，说话不方便，侯卫东道：“找个时间，单独聊聊。”作为周昌全的秘书，他有必要保持敏锐的触觉，自觉主动地成为周昌全延长的眼睛、耳朵和鼻子。

正在此时，秘书长洪昂从办公室快步出来，经过侯卫东身边时，神情格外冷峻，道：“跟我来。”

到了周昌全办公室，洪昂将门关上，道：“刚才接到成津县县委副书记高小楠的电话，章永泰在进山检查工作的时候，小车翻进大山，一行四人全部遇难。”

此话如一声炸雷，将侯卫东震得有些昏眩，暗道：“难怪在成津一直打不通章永泰的电话，原来出了车祸！”

周昌全脸色一下子变得没有任何血色，沉默了一会儿，道：“让政法委杜正东立刻到我办公室，先得追查事故原因。请黄书记也到我办公室来。”

侯卫东接受了任务，立刻给黄子堤打了电话。一般情况之下，周昌全有事要找黄子堤，他都是亲自到办公室去请，在今天这种情况下，他也顾不得这个细节，直接将电话打到黄子堤手机之上：“黄书记，我是小侯，周书记请你到办公室来一趟，对，现在。”

“什么事？”

“章永泰书记出了车祸。”侯卫东没有在黄子堤面前隐瞒此事。

黄子堤此时正在西城区委，放下电话，对区委一班人道：“我有事先走，你们继续开。”区委书记老梁道：“黄书记，中午在醉仙楼。”黄子堤摆了摆手，道：“算了，你们自己去吃，确实有急事。”杨腾接过了黄子堤的手包，两人匆匆而回。

侯卫东给政法委书记、公安局长杜正东打电话时，杜正东正在开政法委员工作会。杜正东道：“侯主任，有急事吗？我正在开政法委员会，半个小时以后到，行吗？”

侯卫东简洁地道：“不行，周书记有急事找你，请杜书记立刻到办公室。”

杜正东知道肯定有大事了，他对检察长老孔等几位政法委员道：“今天只能到此为止，什么时候再开这个会，另行通知。”政法委员会是一种例会，这个会上要商量一些政法系统的大事，有些特别难的案件还会在这个会上平衡，这也是市委常委、政法委书记调控公检法司的重要手段之一。

杜正东赶到了周昌全办公室，才知道是章永泰翻车事故，道：“我马上调集精兵强将，将事情真相调查清楚。”

周昌全郑重地道：“沙州公安局技术力量够不够，是否需要请省厅支持？”

杜正东是市委常委，又是公安局长，知道成津一些事情，而周昌全的表情及语调让他感到肩上的担子很沉，他还是道：“周书记，不用请省厅的人，沙州公安局有能力办好此事，绝对会还原事实真相。”

成津县委书记章永泰出了车祸，他进山的重要原因是奉命整顿矿业秩序，这一点，周昌全心里很清楚。他将“出师未捷身先死，长使英雄泪满襟”在心里默念了数遍，心情变得格外低落，将办公室门关上，除了黄子堤、洪昂、杜正东等少数人，其他人一律不见。

周昌全罕见地没有坐在办公桌后面，而是坐在会客的沙发上，自言自语道：“没有想到，永泰就这样走了！”

他戒烟已经有一段时间了，在沙发上沉默了一会儿，道：“小侯，拿支烟给我。”

侯卫东坐在周昌全身边，陪着他抽了一会儿烟。

抽烟时，他无意中看了一眼周昌全的侧影，意外地看见其头发里夹杂着几根白发，这些白发躲在浓密的黑发中，平时还真没有发现，此时坐得近了，还真是刺眼。

过了一会儿，洪昂进来，见到侯卫东和周昌全坐在一起抽烟，稍微顿了顿，道：“周书记，我简单拟了治丧委员会名单，请您过目。”

周昌全手里夹着吸了两口的烟，看了治丧委员会名单，点了点头，道：“就按照这个名单。”

洪昂所拟名单规格很高，是近期在沙州最高规格的治丧委员会。周昌全平时办事干脆利落，今天却明显有些啰唆，道：“永泰是进山搞调研，属于因公牺牲，他是沙州所有干部的楷模，值得起这个规格。”

洪昂道：“那我通知宣传部门，认真挖掘章永泰书记的先进事迹，还可以邀请省报记者来宣传。”

周昌全摇了摇头，道：“暂时不要宣传，等公安局的鉴定结论出来以后再说，现在时机不成熟。”章永泰在上个月曾经单独汇报过成津的事情，准备对县境内的矿产进行一次整顿。今天听闻章永泰出了车祸，他第一反应就是让公安局调查事故原因。

又在沙发上坐了一会儿，周昌全脸色渐渐恢复，他将烟摁灭，对侯卫东道：“提前一天开常委会，近期需要研究的事不少。”

就在沙州市委几位主要领导忙于应对章永泰丧事的同时，省城里开出一辆普通的九座客车，省纪委副书记宁缺带队，另外还有省纪委第一纪检监察室的陈再喜主任、组织部的一位处长以及几名工作人员。

他们来得隐秘、迅速，到了沙州以后也没有接触其他人，按照事先的规划，找了一个国营工厂的招待所住下来。这个招待所虽然不大，胜在安静且干净。

一切安排妥当，陈再喜单独找到了宁缺，犹豫了一会儿，道："还是先找周昌全？"

"高书记早就交代过，周书记党性强，这一点不用怀疑。"

陈再喜还是颇为犹豫，道："可是，他毕竟与此事有关。"

"这是高书记定下的章程，他的眼光，还用得着我们怀疑？"

陈再喜摸了摸自己挺出名的秃顶，道："不过，我总觉得这事有些不妥当。"

宁缺打断了他的话，道："这是纪律，不必说了。"

"好吧，我这就叫小马开车去。"陈再喜口头上虽然不说什么，心里却并不是太服气。沙州这一块，素来是廖平副书记在抓，这次出马却由宁缺带队，按理说宁缺是老岭西，与各方面关系都挺熟，并不是办理此案的最佳人选，可是白包公偏偏就点了宁缺的将。

到了市委大院，宁缺先给济道林打电话，只道有事要见周昌全，却并不道明什么事情。济道林当了数年纪委书记，懂得规矩，也不多问，给周昌全打了电话，道："省纪委宁缺副书记到了沙州，要见您。"

周昌全心里还挂着章永泰的事情，此时纪委来人多半不是好事，他心里就有些烦躁，可是作为领导数百万人口的市委书记，他也有许多不自由，比如平常人遇到灾难，可以害怕，可以伤心，可以悲痛，可是周昌全就不能有这些情绪，至少不能在部下面前将这些情绪表现出来。

"老宁来了，都是熟人，你接待就行了。"

济道林道："他有重要的事情，一定要见你。"

周昌全心里一惊，略为沉吟，道："既然这样，请宁书记到我办公室。"他与宁缺倒是相熟，宁缺此人与各方大员关系都不错，但是办起事情来也不含糊，是相当厉害的人物。高祥林派他带队到沙州，意味着沙州肯定要有重要官员落马。

孬事一件接一件，这让周昌全心里一阵恼火。

宁缺来得极快，从接到电话到上楼不到十分钟。

进了办公室大门，宁缺大大咧咧地道："老周，怎么愁眉苦脸，不欢迎老朋友？"说完，就很自然地坐在了周昌全办公桌的对面。

周昌全已经明白肯定有什么大事发生，他不动声色，对侯卫东道："小侯，宁书记为茂东烟厂做了不少贡献，请他品一品沙州烟厂的新产品，以后回了省城，好为我们免费打广告。"

侯卫东笑着从抽屉里拿了一包白板香烟，道："宁书记，这是沙州烟厂新出来的烟，品质很不错。"

"我来一支。"周昌全主动要了一支烟，抽了起来。

宁缺胖胖的圆脸上闪着些笑意："我听说周书记戒烟成功，怎么又抽起来了？难道是为了我开戒？宁胖子可是不胜荣幸。"

周昌全深吸了一口烟，沉痛地道："成津县县委书记章永泰出了车祸，同行四人全部因公殉职，此事已报到省委、省政府。"

宁缺进屋以后，就见到周昌全眉头间神色不对，原本以为是案子的事情，心里还担心着周昌全的态度，此时听到是县委书记章永泰车祸身亡，反而放下心来。

欷歔之后，宁缺从手包里取出了一份文件，笑容也就从脸上消失，一对圆眼眯了眯，道："周书记，这是省纪委的材料，事关沙州财政局孔正义。"

周昌全锁着眉头将材料看完，半晌没有说话。

宁缺是经验丰富的办案老手，一点也不急躁，随手拿起桌上的白板烟，取了一支，又扔给了周昌全。

两股轻烟在办公桌前袅袅升起，时而聚在一起，时而分开。

陈再喜进门与周昌全握手以后，便坐在一旁，安静地听两位领导谈话，趁着周昌全低头看材料时，他瞟了一眼侯卫东。

侯卫东神情凝重地坐在一旁，并没有与他目光相对。

陈再喜暗道："侯卫东正是仕途上升期，不知是否参与了沙州这些脏事？如果周昌全出事，作为专职秘书，他只怕难以独善其身。"又想道，"即使他没有参加，如果周昌全出了事情，他以后的前程多半会大受影响。"

周昌全头脑里闪现了无数的念头，随后又将这些念头果断地扔在一边，道："既然省纪委有了足够证据，高书记又有明确意见，市委全力配合工作。"

宁缺的圆眼又眯了眯，道："高书记的意思，要将孔正义带至岭西进行'双规'，这样利于孔正义彻底交代问题。"

陈再喜暗中观察着周昌全。据检举信上以及省纪委了解到的情况，沙州财政局长孔正义与市委书记周昌全来往甚密。依他多年的办案经验，在这种情况下，最好的办法是悄悄将孔正义带走，然后再通知沙州市委，稍有不慎，很有可能会打草惊蛇，将简单的事情复杂化。

只是白包公高祥林坚持要事先与周昌全通气，他只能执行，却并未完全想通。

周昌全道："侯卫东打电话给孔正义，让孔正义到小招待所，你们从小招待所带人走。"

侯卫东只知道有事情发生，可是具体什么事情并不清楚，听说是将孔正义双规，他心里"咯噔"跳了一下，听到周昌全吩咐，又看了看周昌全的表情，这才转身就朝自己的办公室走去。

陈再喜看了宁缺一眼，用眼睛示意他。纪委查案，最怕通风报信，他着实担心侯卫东在另一间办公室会用隐晦语言通知孔正义，便站起来，道："侯主任，上个星期怎么不来党校上课？是从岭西大学请的教授，讲得很精彩。"

宁缺明白陈再喜的意思，没有出声阻止。

周昌全也明白陈再喜的意思，他脸色平静，不屑于阻止。

侯卫东也知道陈再喜的意思，他看了看表，平静地问道："需要孔正义几点钟到小招待所？"陈再喜立刻道："一刻钟以后。"

打完电话以后，宁缺讲了些场面话，就与济道林一道离开了市委，到小招待所守株待兔。在去小招待所的路上，陈再喜心里仍然有些忐忑："如果有人提前通知了孔正义，事情就复杂了。"他看到宁缺一副成竹在胸的样子，又回想起周昌全的态度，也就没有开口提出此事。

等到顺利地将孔正义带上车，陈再喜心里一块大石头这才落了地，不禁暗自佩服遥控指挥的白包公高祥林。

检举信的内容已经涉及了周昌全，而且此事的真实成分还比较大，制订方案时，高祥林特别强调要充分相信沙州市委，说白了就是要相信市委书记周昌全。如今看来，高祥林看事情眼光确实老辣，陈再喜暗自承认道："我是多疑了。"

宁缺离开沙州境内以后，再给周昌全办公室打了电话，道："周书记，我已经带着孔正义前往岭西，感谢您对省纪委工作的支持。"

周昌全道："这是沙州市委应尽之职，何谈感谢。"刚刚死了一位县委书记，财政局长又被双规，他的心情很是压抑，与宁缺敷衍了几句，就挂断了电话。

侯卫东一直默默地守在办公室，他原本以为周昌全多半要在办公室“闷”一阵，不料周昌全很快就道：“请黄子堤到我办公室来。”

黄子堤听到孔正义被省纪委双规，他惊讶得半天合不拢嘴巴，道：“这是什么事？”他与孔正义关系很好，昨天在一起喝酒时，他还在劝孔正义争取一下副市长的位置，孔正义也被说得心动了。没有料到，今天孔正义就从天堂坠入了地狱，别说副市长成了水中花、镜中月，人身自由恐怕都成了问题。

周昌全淡淡地说了一句：“我想听一句实话，孔正义的事情，会不会牵涉到你身上？”

黄子堤没有料到周昌全说得如此直接，略为思忖，便道：“这些年来，为了沙州的财政收入，老孔可是费尽了心血，谁想到是这个结果！”他叹息一声，又道，“我和老孔关系很不错，闲时在一起也打打牌，另外，还有些费用也是由老孔处理。这些费用都是为了公事，我个人没有从老孔那里得什么好处。”

黄子堤所说，周昌全都清楚，他道：“没事就好，孔正义被双规，我估计还得牵出些什么人来，如此一来，沙州会有些乱，你是分管组织的书记，要提前做些准备。沙州安定团结的局面来之不易，我们绝不能因为这些事情影响沙州的发展大局。”

黄子堤道：“既然是省纪委高书记亲自批示的案子，孔正义肯定是出不来了。财政局长位置很重要，不能空着，更不能混乱，现在有两个方案，一是选一个副局长来主持工作，另一个方案是任命一位新局长。”他的意思很明确，就是要派人镇守财政局，免得被人利用，再出乱象。

周昌全明白他的心思，将第一个方案否决了：“孔正义被双规，说不定还会涉及班子其他成员，第一个方案不行，我的意思是挑一个财政系统以外的人来出任财政局长。”

黄子堤将熟悉的正处级干部在头脑里梳理了一遍，道：“益杨县县长季海洋为人正派，工作经验丰富。”

季海洋一直在益杨县工作，曾经当过县委副书记，与黄子堤关系不错，更重要的是，他并不是刘兵派系，虽然是县长，却与刘兵走得并不近，这是周昌全很看重的一点，也是他选拔干部中的隐秘。

黄子堤曾经是市委大管家，跟着周昌全的时间很长，对其心理摸得很准，提出季海洋这个人选，针对性很强。

周昌全心里也有些踌躇，财政局长是很关键的职位，而季海洋并不是他的首选目标，甚至连备选目标都不是。只是孔正义当财政局长的时间不短，与多数局行领导都有牵连，如果新任命的财政局长亦被孔正义一案牵涉进去，对沙州市委来说就是一个政治笑话。

季海洋一直在县里工作，任县长时间不长，从这一点来说，倒是接任财政局长的合适人选。

周昌全很快就将任用季海洋的利弊考虑了一会儿，同意了黄子堤的意见。

之所以同意季海洋，他还有更深的想法。**孔正义当了多年财政局长，业务精熟，这一次被双规，百分之百是内部人搞鬼。堡垒总是从内部攻破，这句话是经历过血泪的经验之谈。**如果让一位副局长主持工作，如果此人是内鬼，则后患无穷，搞不好事情还会变得更坏。

周昌全自问是经得起检查，坦荡无私，可是对于手下的干部，他则带着三分怀疑。水至清则无鱼，这是他从政得出的经验，也是他经常对一些小事睁一只眼闭一只眼的原因。当然，水浑到什么程度，他作为市委书记是要严格掌握的，孔正义曾经是他最信任之人，如果检举信上的事情被查实，他绝对不会回护：一来这种严重违反党风政纪的事情，作为一名有二十多年党龄的共产党人，他不能容忍，如果不严肃处理，沙州整个干部队伍将随之感染；二来孔正义如此行为已经超出水微浑的程度，而且直接将水严重污染，这就超出了他能容忍的底线。

只是作为沙州市委书记，周昌全也不愿意看到沙州有过多干部卷进孔正义的事情，让季海洋坐镇财政局，可以避免有人利用此事搞乱沙州，安定团结的局面是地方发展的必要条件。

两人一合计，便决定了季海洋的命运。

侯卫东暗道："真是天上掉下来一个馅饼，季海洋肯定想不到他会莫名其妙地成为沙州市财政局长。"**市财政局长虽然与县长同级，但是重要性却不可同日而语，财政局长都是强势领导的心腹，而且手中掌着财权，权力极大。**

"周书记到沙州工作时，黄子堤还只是市委副秘书长，七八年时间，他就一跃成为市委副书记，也确实很有独到之处。他所提的建议总是藏些私货，却总是能恰到好处地适合周书记的要求，这就是本事啊！”侯卫东对于黄子堤提议的时机很有些佩服。

黄子堤与洪昂是两类人，洪昂就是正规军，要打仗总是堂堂正正地与对手博弈，而黄子堤和反政府游击队很有几分相似之处，长于用埋伏、偷袭，以奇取胜。

从侯卫东个人来说，他更倾向于洪昂，反政府游击队虽然厉害，可是十有八九会被正规军追着跑，实力总是阴谋的天敌。

“常委会提前开吧，就定在明天下午，议题就增加季海洋之事，其余不变。”周昌全在黄子堤离开之前，又交代道，“此事你要亲自与赵东谈一谈，让他了解基本情况，明天还是按照程序由他提出来。”

在沙州，这种事情只要周昌全点头，就算办成了，细节从来不过问，今天他却主动提出来与赵东谈，虽然这只是一句话，黄子堤却很是敏锐地觉察到其中的不同，道：“周书记放心，赵东讲政治，有原则。”

侯卫东一时还没有领会两人对话中暗藏的玄机。

黄子堤离开以后，周昌全将秘书科小邓送来的文件夹打开，里面是十几个市级部门提出的搬迁申请，他翻看完毕，安排道：“请步海云到我办公室来。”

步海云是典型的周派人物，在市政府里是执行周昌全路线的代言人，接到电话，很快就赶了过来。两人议了议四大班子搬迁一事，周昌全便将孔正义一事简明扼要地给步海云交代了。

步海云同样是吃了一惊，他立刻道：“财政局长得赶紧物色人选，政府这一摊子事情，没有一位好局长绝对不行。”

“季海洋如何？”

步海云沉吟道：“这个，嗯，季县长是很合适的人选。”

侯卫东揣摩道：“周书记是在给常委们打招呼，形成统一战线。”

过了一会儿，周昌全又吩咐道：“让杜正东到我办公室来。”

杜正东进办公室时，手里拿着章永泰车祸案子的初步调查材料，汇报道：“周书记，市局抽调精干力量对车祸现场进行了勘察，又请专家进行了分析，只是由于汽车损坏太严重，难以得出准确结论。”

周昌全道：“这就是结论？”

杜正东道：“如果是写在报告上的正式结论，只能是驾驶人员操作不当。可是几位专家分析，刹车被弄手脚的几率占了六成，否则经验丰富的驾驶员不会犯这种低级错误。”

侯卫东听到此语，大吃一惊。杜正东的意思就是指，在沙州境内，一位县委书记被人暗算了，此事如果被媒体知道，必定是耸人听闻的爆炸性新闻，对沙州甚至岭西的政治形象将产生极为严重的影响。

周昌全脸上阴晴不定，过了半晌，道：“我们要尊重专家的结论，既然此事不能下准确结论，只能是车祸身亡。”他对侯卫东道，“在明天的常委会上，增加一条如何在全省宣传章永泰事迹的内容。县委书记为了谋发展，倒在工作岗位上，这就值得大书特书。”

晚上，周昌全整夜未眠，早上起来，眼里布满了血丝。到了办公室，他将侯卫东叫到身旁，道：“成津经济发展水平低，矿业秩序混乱，黑社会横行，县委书记章永泰死得不明不白，我准备在适当的时间派你去收拾乱局，有信心吗？”

侯卫东没有料到机遇这么快就来了，他挺起胸膛，道：“不压千斤担，没有硬脊梁，我不会辜负组织和周书记的信任，有信心将成津的工作做好。”

《侯卫东官场笔记5》即将出版，精彩预告：

沙州市成津县县委书记章永泰车祸身亡，这究竟是意外事故，还是一起精心策划的人为谋杀？侯卫东临危受命，被市委书记周昌全派至成津县任县委副书记，查处章永泰真实死因，整治成津县乱局。以常务副县长李太忠为代表的地方势力，插手矿业生产，损公肥私，对侯卫东进行了孤立。侯卫东经过详细谋划，在一番合情合理的正常公务中，不动声色地替换和提拔了20名干部。在各项整顿工作初见成效时，周昌全离开沙州到省里工作，新书记降临沙州。

……侯卫东的官场命运，又将如何再生波澜……

写给读者朋友的几句话
——我的《巴国侯氏》写作梦想

其实，不管外界怎么说，我从来没有把自己看成一个官场小说作家。

2008年1月1日，新年钟声在寒冷的黑暗天空中骤然响起，全城顿时热闹起来。我关掉电视，回到书桌前，揉了揉冻得发僵的手指，在键盘上打下一行字："1993年6月30日，沙州学院里充满了毕业前的离愁别绪。"

从这一刻开始，我迷失于自己虚构的巴国岭西这片热土；侯卫东、张小佳、祝焱、周昌全、曾宪刚、郭兰等人就如我的亲朋好友；闭上眼，我能感受到他们的鲜活面容，能体验他们的喜怒哀乐，甚至能嗅到他们的气味，听到他们的声音。他们已经构成了我生活的世界，而且，在近四年从未间断的写作过程中，这个世界越来越丰满，越来越开阔，现实生活中的人与事参与进来，更久远的记忆被勾起，更深层的情绪被触发，我感到我必须写出侯卫东之外的全部故事。那些在我生命中出现过的人，那些事，这片热土，这个时代，在虚构与现实之间，已经完全交融，我觉得我必须把它们全部写出来。

有了这个想法之后，我甚至自不量力地产生了一种记录时代的使命感，写出我所热爱的这一切：热情洋溢的巴国风俗文化，热火朝天的变革时代，为改变自己命运而热血沸腾的普通人。

我的脑中渐渐地构建出了《巴国侯氏》的写作计划：一个盘根错节地生长在巴国的侯氏家族，他们活跃在社会的各个阶层与领域，他们是我的亲人，他们身上寄托着我们不同人的不同欲望与梦想，他们是这个时代最平凡的写照。在写作《侯卫东官场笔记》的四年中，《巴国侯氏》的构想就这样慢慢地成型丰满起来：

巴国：泛指以古江州为中心的长江中上游区域，北至汉中，东至汉水中上游，南至清江上游。

侯氏：明末清初，巴蜀人口大减，发生了历史上有名的大移民——湖广填四川。侯氏家族由湖广迁至贵州遵义府桐梓县，在康熙二年移居长江上游，定居于古巴国区域。

侯氏让字辈代表人物：十四岁的侯让礼进入新学堂，改名为侯振华。解放前夕，团长侯振华跟随刘邓大军参加了解放西南之役。

国字辈代表人物：有的是根红苗正的红小兵，有的成为牛鬼蛇神的子女，有的是上山下乡接受再教育的知识青年，代表人物有侯国栋、侯国梁等。

正字辈代表人物：改革开放激发了千万人对生活的欲望，无数的平凡人崛起于乡间田野，代表人物有侯卫东、侯海洋等。

侯振华、侯国栋、侯国梁、侯卫东、侯海洋等侯氏子弟性格迥异却都个性鲜明，他们都有着荡气回肠的精彩故事，**他们是我的祖辈、父辈、同辈亲人**；四十年来他们的故事我一直耳濡目染，烂熟于心，这些故事既独立又交集，侯氏子弟们的命运错综复杂地交织在一起，深入到我们社会的各个角落，共同组成一幅华丽的、庞大的、真实的历史画卷，反映了这个跌宕年代普通人的真实生活。

四十不惑，我今年四十岁，我在这个写作计划中找到了自己的命运与归宿：为我所爱的人、土地和时代，写下他们自己的故事。

《巴国侯氏》，一群草根英雄演绎的时代传奇。

希望读者朋友喜欢。

小桥老树

2011年10月21日

读客®知识小说文库

读 小 说 · 学 知 识

什么是读客知识小说？

畅销全国的读客知识小说文库，每部小说都在精彩的故事中，融合了丰富系统的人文知识；让您每一次充满乐趣的阅读，都成为汲取知识的智慧之旅：

◎ 关于西藏宗教、文化、地理的百科全书式小说《藏地密码》

◎ 逐层讲透村、镇、县、市、省官场现状的自传体小说《侯卫东官场笔记》

◎ 讲述中国社会底层结构变迁的黑道小说《东北往事：黑道风云20年》

◎ 带您重返中国一切神话、传说与文明源头的奇妙小说《山海经密码》

◎ 带您见识鲁班设计的那些千年难破的杀人武器的机关暗器小说《鲁班的诅咒》

◎ ……

每个系列，都是人文知识丰富、销量过百万册的超级畅销小说。翻开读客知识小说文库的每本书，您都将在感受小说无穷魅力的同时，轻松获取某一方面的系统知识，增强自己对这个世界的理解，成为一个学识渊博的人。

读小说，学知识，多看读客知识小说文库。

读客|知识小说文库_001-010：读小说，学知识

超级畅销巨著《藏地密码》系列全套
刚刚出完，还是热的！

一部关于西藏的百科全书式小说
了解西藏，必读《藏地密码》！

从来没有一本小说，能像《藏地密码》这样，奇迹般地赢得专家、学者、名人、书店、媒体、全球最知名的出版机构以及成千上万普通读者的狂热追捧，《藏地密码》是当下中国数千万“西藏迷”了解西藏的首选读本，也是当下最畅销的华语小说，目前销量已达到惊人的300多万册。

《藏地密码》被广大读者誉为“一部关于西藏的百科全书式小说”。

翻开《藏地密码》，犹如进入一幅从未展开过的西藏千年隐秘历史画卷……从横穿可可西里到深入喜马拉雅雪山深处，从藏獒“紫麒麟传说”到灵獒“海蓝兽传奇”，从宁玛古经秘闻到格萨尔王史诗，从公元838年西藏最黑暗时期的“朗达玛禁佛”到1938年和1943年希特勒两次派人进藏之谜……跟随《藏地密码》的脚步，您将穿越西藏深不可测的千年历史迷雾，看尽西藏绵延万里的雪域高原风光，走遍西藏每一个传说中永不可抵达的神奇秘境。

从《藏地密码》中，您还可以了解到不可思议的古格地下倒悬空寺、西藏极乐之地香格里拉，以及西藏历史上突然消失的无尽佛教珍宝去向之谜……雪山、圣湖、墨脱、象雄、布达拉宫、密修苦僧、传唱艺人、帕巴拉神庙、古藏仪式、千年兽战、神秘戈巴族、死亡西风带……一切都如此神秘、神奇、神圣。通过《藏地密码》，您将与西藏这一千年来所有最最最隐秘的故事和传说逐一相遇。